Hasta que las estrellas se apaguen

CAROL S. BROWN

Hasta que las estrellas se apaguen

CAROL S. BROWN

BOOKISS

BOOKISS, 2024
Publicado por Ediciones Kiwi S.L.

Primera edición, marzo 2024
IMPRESO EN LA UE

ISBN: 978-84-19939-46-3
Depósito Legal: CS 73-2024
© del texto, Carol S. Brown
© de la cubierta, Borja Puig
© de la foto de cubierta, shutterstock
Corrección, Carol RZ

Copyright © 2024 Ediciones Kiwi S.L.
www.grupoedicioneskiwi.com

Nota del Editor
Tienes en tus manos una obra de ficción. Los nombres, personajes, lugares y acontecimientos recogidos son producto de la imaginación del autor y ficticios. Cualquier parecido con personas reales, vivas o muertas, negocios, eventos o locales es mera coincidencia.

Para todas aquellas personas que creyeron en los Daventry y quisieron a Leo desde su primera aparición.

Este libro es para vosotras.

Capítulo 1

Leo

Por lo general, era muy difícil sorprender a Leonard Daventry. No porque fuera una persona muy cínica y apática o porque viviese constantemente en guardia y atento a lo que sucedía a su alrededor. En realidad, Leo creía que, tras veintiocho años de vida, ya estaba curado de espanto. Cualquiera que le conociese bien, y no lo que Leo pretendía enseñar al mundo, sabría que toda su caótica vida era una sorpresa continua. O quizá debería decir que su mente era un caos.

No le ocurrían cosas demasiado graves. Al menos, la mayoría de las veces. Tras asumir que aquello no eran «tonterías infantiles» —como solía decir su hermano mayor— ni «extrema vagancia» —como le repetía su padre constantemente—, Leo supo que era parte de su ser y algo que le sucedería toda su vida. Solía despertarse por las mañanas con la sensación de que acabaría perdiendo algo. Podría ser el sombrero, las llaves, quizá se le olvidaría ponerse el pañuelo al cuello o enganchar al chaleco el reloj de bolsillo. Cuando era niño, sus continuos despistes eran un tormento para él, pero, tras marcharse de Boston y mudarse a Londres lejos de la mirada crítica de su familia americana, Leo había

7

terminado por acostumbrarse y ahora enfrentaba sus problemas con la actitud despreocupada y resignada del que ya sabe que algo es inevitable. Eso no impedía que agradeciese al cielo el tener un ayudante que se encargaba de que no fuese descalzo a trabajar.

Por todas aquellas razones, no acostumbraba a sorprenderse cuando algo no le salía acorde al plan. Lo extraño era, en realidad, que saliese bien a la primera. Claro que el hecho de que una mujer entrase en su despacho sin preguntar y se escondiese bajo su escritorio sí podía considerarse una enorme sorpresa.

La puerta se abrió de golpe y Leo dio un respingo, alzando la cabeza de los documentos que llevaba una hora tratando de leer. La noche había comenzado como cualquier otra, con el hotel lleno hasta los topes tras una de sus exitosas cenas mortales. Leo se había recluido en su despacho y estaba tratando de recordar qué demonios acababa de firmar, pues había vuelto a abstraerse de sus quehaceres, cuando se encontró con la mirada de una mujer de pelo color caoba y apariencia agitada que irrumpió en la estancia como un elefante en una cacharrería. Nada más hacer contacto visual, la dama avanzó hacia él.

—¡No diga que me ha visto, por favor! —le dijo suplicante.

Leo parpadeó extrañado, pero no tuvo tiempo ni de abrir la boca porque la mujer, sin esperar respuesta, se escondió debajo de su escritorio, donde él estaba sentado con cara de idiota. En ese mismo momento, un hombre irrumpió en la habitación, completando aquella escena rocambolesca. Era alto, moreno y aparentaba unos cincuenta años. Su expresión era molesta, como si estuviera oliendo algo muy desagradable. Leo comenzó a preguntarse por qué nadie llamaba a la puerta, pero enseguida perdió el hilo de sus pensamientos cuando notó un golpe en la pierna izquierda, proveniente de la escapista agachada a sus pies. Por fortuna, el escritorio era amplio, pero aun así Leo no se atrevió a moverse ni un milímetro.

—¿Me está escuchando, señor? —El hombre le hablaba y Leo hizo un esfuerzo hercúleo por prestarle atención.

Dios santo, con lo que a él le gustaba la tranquilidad. Recordó de puro milagro que la mujer escondida le había pedido silencio, así que carraspeó.

—Disculpe, ¿qué decía? —preguntó.

El hombre, cuyo rostro le resultaba familiar, lo miró extrañado, aunque a él no le molestó. Leo estaba al tanto de las habladurías que comentaban que el joven dueño del Hotel Daventry era un excéntrico y un tanto maleducado. Sin duda, lo toleraban porque su hotel era muy atractivo para los clientes y, sobre todo, porque era el primo del conocido y querido marqués de Satherton. Sus cinco primos ingleses, los Daventry, eran tan populares que la alta y media sociedad londinense estaba dispuesta a perdonar el comportamiento horrible de un americano con aires de grandeza.

Ojalá alguna parte de la fama que le atribuían fuese cierta. Quizá podía serlo en el pasado, cuando viajó hasta Inglaterra en busca de una mujer rica que lo mantuviese a cuerpo de rey, pero había trabajado tanto por llegar a donde se encontraba que era muy injusto que siguiesen despreciándole por ser un americano sin modales.

—Le preguntaba si ha visto a una mujer morena con un vestido rosa pasar por aquí —decía el señor, ya impaciente. Quizá era la segunda o tercera vez que se lo repetía, Leo no podía estar seguro—. Estaba hablando con ella, pero se ha esfumado.

—Pues... Es una descripción que podría encajar con la mitad de las invitadas, ¿no podría ser algo más específico?

Un nuevo golpe en la pierna lo hizo distraerse. Acabaría saliéndole un buen cardenal en la pantorrilla. Leo parpadeó y consiguió esbozar una sonrisa, obligando a su mente a centrarse.

—Aun así, no he visto a nadie, disculpe —logró responder por fin con soltura. Señaló los numerosos documentos que tenía en el escritorio, pulcramente ordenados por fecha y temática—. Me abstraigo mucho al trabajar y no me fijo en la gente que viene y va. De hecho, si pudiera cerrar la puerta al marcharse, se lo agradecería mucho. El ruido de fuera me distrae.

El hombre gruñó algo que Leo no entendió, pero que seguramente no era nada agradable sobre su persona, y se fue dando un portazo. Leo soltó el aire que no sabía que estaba conteniendo.

La joven salió de su escondite con el recogido deshecho y una sonrisa de alivio.

—Por poco. Ese tipo es muy fastidioso —comentó mientras se ponía en pie de nuevo con naturalidad, como si no hubiese estado agazapada bajo el escritorio de un hombre desconocido—. Muchas gracias por ayudarme, señor...

Leo la observó con interés. Tenía la cara redonda, salpicada por multitud de esas pecas que la aristocracia creía tan horribles. Parecían estrellas esparcidas por su piel clara. Tenía los ojos grandes del color de la miel, enmarcados por espesas pestañas. Era guapa, sin duda. Se fijó en que fruncía el ceño con extrañeza y se imaginó que estaba tardando demasiado en responder.

—Daventry —dijo con premura—. Leonard Daventry. Aunque todos me llaman Leo.

¿Por qué había dicho eso? Ella entrecerró los ojos, pero finalmente sonrió.

—Pero yo no soy todos, Leonard Daventry. Sin duda, usted es el famoso dueño de este hotel y mente pensante de sus entretenimientos —dijo con retintín—. ¿Le importa que me quede aquí unos minutos? No quisiera volver a la fiesta y encontrarme con que ese estúpido de Carmichael esté todavía buscándome.

Aquel era un nombre que le sonaba. Estaba casi seguro de que era el dueño de varios negocios en Londres. ¿Qué más había dicho ella? Que estaba en la fiesta. Ah, seguramente había acudido a la cena mortal de aquel día. Leo estaba especialmente orgulloso de ellas porque le permitían enfocar su atención en una misma cosa durante mucho tiempo. Se sentía muy útil creando misterios con asesinato para el divertimento de sus clientes y era algo que se le daba especialmente bien.

Volvió a mirar a la chica.

—¿Qué quiere de usted el señor Carmichael? —preguntó.

Ella se encogió de hombros y, con todo el descaro del que ya había hecho gala desde que había entrado en su despacho, se sentó en uno de los cómodos sillones que Leo usaba para leer novelas de misterio. Su sedoso vestido rosa pálido se desparramó a su alrededor como si también se sintiera como en su casa.

—Lo que quieren todos, señor Daventry —respondió con aplomo—. Cazar a una mujer rica para poder manejar su dinero y después ignorarla.

Parecía mirarlo desafiante, como si Leo no pudiera atreverse a desmentir dicha afirmación. En su día, antes de convertirse en un hombre de negocios, él también había buscado a una mujer rica cuyo dinero lo ayudase a llevar una vida ociosa. Y, ciertamente, en sus planes no había estado el prestar atención a su hipotética esposa.

No obstante, las cosas habían cambiado y, por fortuna, había encontrado la forma de sentirse realizado sin necesitar el dinero de otros. Mucho menos, el de su padre. Tenía suficiente con el suyo propio y jamás hubiese pensado que sería algo que lo haría sentir tan orgulloso.

—Creía que Carmichael ya era rico —se limitó a decir Leo—. ¿No es el dueño de varias algodoneras?

La joven ensanchó su sonrisa, se levantó con agilidad y se acercó hasta la silla ubicada frente al escritorio de Leo, la que utilizaban las visitas.

—Está bien informado. —Se inclinó hacia delante, apoyando los codos en el escritorio con muy poca elegancia y apoyando la barbilla en la palma de las manos. Sus ojos ambarinos reflejaban curiosidad sincera—. No parecía tan avispado cuando hablaba con él. Creía que iba a descubrirme por su culpa.

Leo arqueó las cejas ante su falta de tacto, pero no se sintió ofendido. La miró a los ojos, que no parecían estar burlándose de él, sino que reflejaban curiosidad sincera. En otros tiempos, Leo habría tratado de desviar la atención de sus rarezas y habría seducido a la dama para que se olvidara de sus preguntas. No obstante, en esa ocasión Leo decidió responder con franqueza. Quizá destinaba demasiado tiempo a hablar con Rose, la esposa de su primo Simon. Ella siempre le recalcaba que no debía avergonzarse de quién era.

Aunque no pudo evitar la punzada de incomodidad que le cruzó el pecho, se encogió de hombros y sonrió de forma encantadora, como si no le importara lo más mínimo que le echasen en cara su actitud.

—Me distraigo con facilidad, y la verdad era que estaba más pendiente de su presencia debajo de mi mesa que del señor Carmichael. ¿Acaso podría alguien culparme por ello? —respondió, e hizo un ademán con la mano, restándole importancia—. Espero que no se presente así ante todos los desconocidos o a alguien le acabará dando un infarto.

Ella asintió, como si acabara de encajar alguna pieza del puzle, y sonrió.

—Solo lo he hecho con usted. —Le guiñó el ojo de forma descarada y Leo rio ante su desparpajo. De repente, ella adoptó una expresión calculadora—. ¿Sabe qué? Debería agradecerle de forma apropiada haberme ayudado.

Leo se tensó cuando ella se levantó, rodeó el escritorio y se acercó a él con seguridad. Él permaneció sentado, preguntándose qué demonios se traía entre manos y preguntándose si el protocolo en estos casos lo obligaba a permanecer de pie con ella. Arqueó las cejas de nuevo cuando, en un rápido movimiento, la dama se sentó en su regazo y se agarró a sus hombros. Inconscientemente, Leo la sujetó por la cintura. Por supuesto, no iba a quejarse, pero ¿desde cuándo las inglesas eran tan directas? Por lo que había visto durante los últimos años, las damas ricas se comportaban de forma muy comedida. Quizá las únicas excepciones que conocía eran sus primas. Sobre todo Gwen, que tenía la fama bien merecida de ser un auténtico terremoto.

—¿Sorprendido? —preguntó ella, aunque, por su cara de suficiencia, Leo estaba seguro de que ya sabía la respuesta—. Ahora parece totalmente concentrado solo en mí, ¿no?

Leo parpadeó, dándose cuenta de que tenía razón. La miró a los ojos y sintió la tensión que emanaba entre ambos. Se fijó en que, pese a la seguridad que demostraba, respiraba con dificultad. Estaba nerviosa o quizá solo era anticipación. Sonrió, ladino. Le gustaba su actitud descarada, pues le daba alas para portarse mal, y a Leo le encantaba portarse mal. La estrechó más contra él, acomodándola mejor sobre su regazo. Quedaron envueltos en su vestido rosa, como un capullo de flor en plena primavera.

—He de admitir que usted se lleva todo el protagonismo de la sala —respondió con una sonrisa, acariciándole el rostro repleto de estrellas—. La alternativa son unos aburridos documentos que no tengo ganas de leer.

Ella se inclinó hasta que sus rostros casi se rozaron. A esa distancia, vio que sus ojos castaños tenían motitas doradas salpicando el iris. Movió las pestañas, coqueteando.

—Entonces, es mi deber salvarlo del tedio. —Su voz era suave y su sonrisa, encantadora—. No me perdonaría que muriese de aburrimiento sin hacer nada por evitarlo.

Cuando ella le besó sin esperar respuesta, Leo cerró los ojos y se dejó llevar. No parecía una mujer inexperta, pero enseguida dejó que Leo se hiciese con el control. La sujetó por la nuca y la atrajo más hacia él. La joven se agarró a sus hombros con más fuerza, y eso dio a Leo libre albedrío para tocarla. Cuando sus lenguas se encontraron, Leo la escuchó gemir y el sonido le excitó. Quiso volver a provocar ese sonido y profundizó el beso. Estaba comenzando a perder los papeles, totalmente abstraído por su sabor, cuando ella se detuvo echándose hacia atrás.

Respiraba con dificultad cuando se apartó de él, pero sonreía. Leo estuvo a punto de protestar al verla alejarse, pero se contuvo. La observó con ganas de seguir devorándola hasta el final. Ella debió de percibir su hambre, porque dio un paso atrás sin perder su atrevido aplomo.

Leo no haría nada que ella no quisiera, así que se quedó quieto tratando de recuperar la compostura. No quería que se apreciara que incluso le faltaba un poco el aliento. Pero su olor a flores todavía le embotaba la mente, que iba a mil por hora, sorprendido por lo que acababa de ocurrir.

Le había gustado mucho besar a esa mujer y hacía tiempo que no le ocurría algo así. La miró con asombro por su atrevimiento.

¿Ella sería de la misma opinión? Por su expresión, no parecía disgustada. Tenía las mejillas arreboladas y los ojos brillantes. Le daban ganas de levantarse y besarla de nuevo hasta que no quisiera alejarse.

—Besa usted de maravilla, Leonard Daventry —dijo ella, antes de encaminarse hacia la puerta con rapidez—. Ojalá podamos repetirlo pronto.

No le dio tiempo a responder porque desapareció en apenas segundos, cerrando la puerta tras ella con suavidad, dejándolo de nuevo solo. Casi parecía que había sido una de sus ensoñaciones. Confuso, se pasó la mano por la cara, y de repente se dio cuenta de que la misteriosa y atrevida mujer ni siquiera le había dicho su nombre.

Capítulo 2

Amelia

Cuando Amelia Fulton llegó al barrio de Belgravia y vio la fachada de la familia Harlem, su ansiedad comenzó a remitir. Por si fuera poco, tras entrar en la casa y escuchar las risas de sus mejores amigas, el nudo que tenía en el pecho desde que se había despertado desapareció por completo. Sonrió y, tras darle las gracias al mayordomo, avanzó con paso vivo hacia la sala de estar, donde la esperaban las tres mujeres más importantes de su vida.

Amelia abrió la puerta y ellas interrumpieron la charla para saludarla. Las miró con infinito cariño. A pesar de haberlas visto hacía tan solo unas horas, las había echado mucho de menos. En el internado para señoritas donde las cuatro se habían hecho inseparables se veían a diario, pero, desde que regresaron a Londres y atendían decenas de compromisos según su posición, cada vez era más complicado. A veces, Amelia deseaba volver a tiempos más sencillos, donde el problema más grave que tenían era que no las pescasen robando comida de las cocinas, escapándose del internado para ir al pueblo cercano o leyendo libros de la sección de la biblioteca «no apta para señoritas».

—Llegas tarde —le dijo Heather con un ligero tono de censura casi inconsciente.

—Déjala en paz. —Su gemela, Florence, la miró con reproche. Señaló a Amelia con inquietud—. ¿No ves que viene alterada?

Era escalofriante lo bien que la conocían. Pensaba que estaba más tranquila, pero era evidente que se equivocaba y la ansiedad volvió a intentar adueñarse de ella. Miró a las hermanas Harlem, gemelas idénticas que nacieron con tan solo diez minutos de diferencia. Ambas rubias como los ángeles, con los ojos azules y la piel blanca. El perfecto prototipo de dama inglesa. Si fuesen aristócratas, Amelia estaba segura de que serían las incomparables de la temporada.

No obstante, ahí terminaban sus similitudes. Heather era la más sensata del cuarteto, aunque siempre terminaba cediendo a participar en cualquier travesura que se les ocurriera a las demás. Casi siempre, a Florence o a Amelia. Aun así, cuando Heather se relajaba y procuraba no ser tan estirada, era una persona muy divertida. Florence, en cambio, era soñadora, romántica y escandalosa. Siempre dispuesta a hacer travesuras y cometer locuras. Si no fueran idénticas, no parecerían hermanas.

—Es cierto —respondió Amelia—. No me regañarías si supieras la mañana que he tenido.

Se dejó caer con un suspiro en uno de los sillones y Heather, ablandada, se apresuró a servirle una taza de té con un poquito de leche. Amelia le dio las gracias y cogió uno de los apetecibles pastelitos de nata que había sobre la mesa. Pocas cosas le hacían perder el apetito y esa no era una de ellas, así que mordió con ganas. Estaba buenísimo.

—¿Qué ha pasado? —preguntó Roxie con preocupación.

Amelia tragó y giró el rostro hacia ella. Completando el cuarteto de amigas, estaba Roxanne Wallcott. Sus indomables rizos negros —que la señora Wallcott siempre procuraba encerrar en un apretado moño— contrastaban con su naturaleza sensible y empática. Era la que más preocupaba a Amelia desde que habían salido del internado. Roxie solía ser muy vivaracha y, aunque no era tan extrovertida como Florence y tenía momentos en los que se encerraba en sí misma, sí tenía ese punto travieso que las había unido tantos años atrás. Sin embargo, desde que el padre de Roxie había adquirido un título nobiliario, ascendiendo a toda la familia en la escala social, su amiga se había ido apagando y Amelia imaginaba por qué. Si había algo que odiasen los nobles, era que alguien adquiriese sus mismos derechos por medio del dinero, sin haber nacido para ello. Roxie, ahora lady Roxanne, debía soportar que la repudiasen por su origen, algo que enfurecía a sus amigas.

Aquella mañana parecía especialmente alicaída, pero Roxie solía cerrarse en banda si la interrogaban. Las otras tres sabían que debían ser pacientes y esperar a que ella hablase por propia voluntad. Así que Amelia decidió centrar la conversación en su problema.

—Mi padre, eso pasa —respondió—. Hemos tenido una discusión monumental. Los gritos deben de haberse escuchado hasta en Buckingham Palace.

Florence rio y Heather puso los ojos en blanco ante su exageración. Un buen público.

—¿La discusión se basaba en el matrimonio que te niegas a contraer?

Fue el turno de Amelia de poner los ojos en blanco y tragarse una respuesta mordaz. Como dictaba el rol que se había autoimpuesto, Heather estaba prometida a un respetable y aburrido banquero. Un compromiso que su padre, dueño de varios periódicos y revistas de tirada nacional e internacional, había arreglado sin consultarle. Heather, como la mayor de ambas hermanas, había asumido su compromiso con el estoicismo que la caracterizaba, por eso no entendía que Amelia renegase con tanto ahínco de lo que la gente llamaba «su deber».

Ni tampoco comprendía sus razones para hacerlo, aunque debía decir a su favor que casi siempre había logrado dejar sus propias opiniones a un lado para apoyarla.

—Quiso endosarme como pretendiente a Richard Carmichael en la fiesta de anoche.

Heather arrugó la nariz con disgusto y Florence hizo una mueca.

—Tiene como ochocientos años. —Roxie verbalizó lo que todas pensaban.

—Por eso me escondí de él. —Amelia sonrió al recordar cómo y con la ayuda de quién había esquivado a su indeseado pretendiente. Miró a los ojos a Roxie, tan verdes como los de Leonard Daventry—. Algo que a papá no le ha hecho ni pizca de gracia. Me ha despertado a las seis de la mañana diciéndome que era una desagradecida y que, por supuesto, no vería un penique de su dinero para irme a América.

Su voz se apagó un poco con las últimas palabras. Le dolían y no podía negarlo por mucho que quisiera. Se sentía muy incomprendida. Amelia quería ser doctora y, viniendo de una familia de pintores y artistas que creían en el intelecto femenino, nunca había contemplado la posibilidad de que su padre le cortase las alas a su idea de querer estudiar Medicina al otro lado del océano.

En el último mes, había descubierto que su padre era tolerante hasta cierto punto. Defender el intelecto femenino dependía del oficio del que se trataba. «Hipocresía» lo llamaba ella. «Sensatez» lo llamaba él.

—Es normal que tu padre se muestre desconcertado —alegó Heather en tono prudente—. Me admitirás que no hay muchas mujeres doctoras.

Amelia la miró con cara de pocos amigos.

—Pero las hay. —Era cierto. Amelia sabía que, en Estados Unidos, dos hermanas ejercían la medicina en su propia clínica[1]—. Mi padre debería entenderme, sobre todo tras lo que pasó con John…

Sus amigas la miraron compungidas ante la mención de su hermano pequeño. Solo pensar en él era como si le acuchillasen el alma con un hierro al rojo vivo. Florence se inclinó para cogerle la mano en señal de apoyo.

—¿Qué opina tu hermano?

Amelia se encogió de hombros. Gerald Fulton hijo era su hermano mayor y el orgullo de su padre. Pintor igual que él, se dedicaba en cuerpo y alma a su trabajo en la Royal Academy y a hacer feliz a su esposa embarazada, Mary Ellen. Gerald estaba consiguiendo todo lo que su padre había esperado de él, al contrario que Amelia, que solo le daba disgustos. Eso le hacía sentir un poquito de rabia hacia su hermano, pero la verdad era que se adoraban. Cuando ella estudiaba en el internado, se carteaban a menudo y Gerald jamás la había juzgado por sus aspiraciones.

---

1 Elizabeth Blackwell obtuvo su título de Medicina en 1849, tras matricularse en el Geneva Medical College, en el oeste del estado de Nueva York. Le costó mucho combatir la oposición masculina a que una mujer estudiase Medicina. Cinco años más tarde, su hermana Emily se convertiría en la tercera mujer en conseguir el mismo título. Juntas abrieron la Clínica de Nueva York para Mujeres y Niños Indigentes en 1857.

—Creo que me apoya, pero está demasiado ocupado lidiando con su trabajo y con el hecho de que será padre muy pronto. Apenas le veo.

—¿Qué piensas hacer? —preguntó Roxie—. Porque la Amelia que yo conozco no se dejaría vencer por una nimiedad como esa.

Todas rieron, dándole la razón. Incluso Amelia sonrió. No era ninguna nimiedad que su padre no la apoyase, pero sí era cierto que no pensaba rendirse.

—Ya se lo he dicho a mi padre —respondió—: si él no me paga el viaje y la universidad, buscaré trabajo y lo haré yo misma.

Sus amigas la miraron estupefactas.

—No he dicho que vaya a hacer la calle, no me miréis así —resopló Amelia, poniendo los ojos en blanco—. Sin embargo, sí tengo una buena educación y hay oficios que puedo desempeñar.

Las gemelas compartieron una mirada y asintieron en sincronía.

—Podríamos preguntarle a papá si tiene algo para ti en alguno de sus periódicos —sugirió Florence.

—O al mío —añadió Roxie, cuyo padre, además de ser el nuevo conde de Redford, regentaba una flota de navíos de exportación e importación—. Siempre necesita gente en las oficinas del puerto registrando mercancías.

Amelia se emocionó ante el apoyo incondicional que le ofrecieron sus amigas sin vacilar. Sacudió la cabeza, evitando echarse a llorar por poco. No era dada a los sentimentalismos, pero por esas tres mujeres daría su vida.

—Os lo agradezco mucho, pero quiero intentarlo por mi cuenta —respondió—. Quizá solo es orgullo estúpido, pero si en algún momento debo tragármelo, vendré a pediros ayuda.

Las cuatro se sonrieron y, antes de que Amelia se dejara llevar por sus blandas emociones, dio una fuerte palmada para distraerlas y también distraerse de sus problemas.

—Ahora quiero saber qué pasó anoche en la fiesta y si alguna de vosotras, malditas cobardes, cumplió con la apuesta.

Las miró con los ojos entrecerrados, divertida. Heather puso cara de disgusto, Florence, para su sorpresa, se puso roja como un tomate y Roxie esquivó su mirada. No sabía a quién acudir primero, pero le daba la impresión de que todas tenían una historia que contar.

—Claro que he cumplido —dijo Heather con cierta superioridad—. La pregunta es si lo has hecho tú, querida Amelia. ¿Te dio tiempo mientras esquivabas al carcamal de Carmichael?

Amelia sonrió ampliamente.

—Pues da la casualidad, querida Heather —dijo imitando su tono—, de que sí. Esquivando a Carmichael, cumplí con la apuesta. Así que pagadme las dos libras, y no pienso haceros ninguna rebaja, pues dentro de poco tendré muchos gastos.

Florence la miró con curiosidad y una cierta sorpresa que casi la ofendió.

—¿A quién besaste?

Amelia se hizo de rogar unos segundos para alargar la curiosidad y poner a prueba la paciencia de sus amigas, que la observaban expectantes. No estaba segura de si debiera sentirse orgullosa de sí misma, dado que su comportamiento había sido del todo censurable, pero no pudo evitarlo. Al fin y al cabo, había sido una travesura sin importancia. Pasaba a todas horas entre mujeres y hombres de su edad; Amelia lo veía en cada fiesta a la que acudía.

—A Leonard Daventry.

22

Las reacciones de sus amigas no se hicieron esperar.

—¡Joder!

—¡Florence! ¿Acaso eres un marinero? —la regañó Heather.

—No pienso disculparme. Es el dueño del Hotel Daventry y primo del marqués de Satherton. Bien merece una blasfemia o dos.

—¿No es un tipo de lo más raro y maleducado? —Roxie la miró pensativa—. Mi padre dice que no escucha cuando le hablas.

—Es muy atractivo.

—¡Florence! —repitió Heather con exasperación—. ¿Solo piensas en el físico?

—Por supuesto que no, pero tengo ojos en la cara.

Amelia arrugó la nariz, recordando el episodio de la noche anterior.

—A mí me pareció muy simpático, y me ayudó con Carmichael sin preguntarme siquiera o censurarme por ello. —Se quedó pensativa. Tenía una teoría sobre lo que le podía suceder a Leonard Daventry, pero no quería sacar conclusiones erróneas—. Creo que hay más de lo que parece. No es un maleducado…

Heather frunció el ceño.

—¿Crees que le pasa algo? La gente dice que está un poco loco.

Las tres sabían que Amelia pasaba cada minuto libre leyendo libros sobre medicina, anatomía, enfermedades y todo tipo de volúmenes relacionados con su vocación. No obstante, no eran los libros los que la habían hecho teorizar aquello. En realidad, en algunos aspectos del comportamiento extraño del señor Daventry, Amelia veía a su hermanito.

Ignoró la punzada de dolor que le atravesó el pecho al pensar en John y se encogió de hombros. No quería alimentar rumores sin importancia hablando de su supuesta enfermedad con sus amigas. Por lo que parecía, ya tenía suficiente mala fama.

—Lo único que puedo asegurar es que me gustó su personalidad.

—¡Os estáis desviando de lo importante! —Florence las miró con incredulidad, como si no pudiera creer que se enfocasen en semejantes nimiedades—. ¿Cómo fue el beso? ¿Lo cogiste por sorpresa?

Amelia rememoró el beso y sonrió. La verdad era que no tenía mucha experiencia —apenas había besado a dos o tres chicos del pueblo en alguna fiesta campestre, y nada que pudiese catalogarse de memorable—, así que era sin duda el mejor beso que le habían dado. Ante él había fingido ser una experta y estar muy segura de sí misma, pero la realidad era que, cuando bajó del regazo del señor Daventry, todavía le temblaban las piernas. Él, sin duda, estaba más versado en esos asuntos. Le daba la impresión de que sabía bien lo que se hacía y la verdad era que una parte de ella hubiese continuado sobre él, aceptando lo que la lujuriosa mirada del señor Daventry le prometía. No obstante, por fortuna se había impuesto la razón al deseo.

Aquello solo había sido para ganar la apuesta.

—Un poco sí —respondió finalmente—. Besa muy bien. No parecía molesto por mi arrebato.

Florence silbó mostrando su apreciación y Heather rio.

—Claro que no, es un hombre. ¿Cómo le iba a molestar eso?

—Hay hombres que prefieren llevar la iniciativa —dijo Roxie—. A la mayoría, de hecho, les gustamos pasivas.

Florence puso los ojos en blanco.

—Pues que Dios los pille confesados si se topan con nosotras. —Se encogió de hombros y Amelia y Roxie rieron. Heather fue la única que se mantuvo al margen de la broma—. ¿Qué tiene de divertido ser una mujer pasiva?

Amelia asintió, dándole la razón. Ya el hecho de querer ser doctora la obligaba a adoptar una actitud muy poco conciliadora frente a los que le decían que no podía hacerlo o que era una locura. Su carácter fuerte ayudaba a mantener esa postura.

—¿Y vosotras a quién besasteis?

Se hizo el silencio. Heather, finalmente, se encogió de hombros. Hasta aquel gesto parecía elegante viniendo de ella.

—A William Pickford, claro.

Amelia resopló, decepcionada.

—¿Florence nos desafía a besar a algún desconocido de la fiesta y tú besas a tu prometido?

Heather alzó el dedo con toda la intención de encontrar una laguna en su argumento. Estaba claro que había preparado su discurso con antelación.

—Jamás dijimos que el hombre al que debíamos besar tuviese que ser un desconocido. —Heather la miró, esperando con expresión satisfecha, y Amelia remugó. Debía darle la razón—. Así que besé al señor Pickford, porque es lo correcto.

Su rostro parecía tenso, como si el beso no le hubiera gustado en absoluto.

—Decidme que vosotras tenéis una historia más escandalosa, por favor. No es muy difícil de superar.

Roxie desvió la mirada.

—Me pregunto por qué accedí a esto.

—Porque te aburrías tanto como yo. —Florence se encogió de hombros de nuevo—. Quitando el juego de la cena mortal, el resto de la fiesta fue tan soporífero como el cumpleaños de mi tía abuela.

Heather miró a su hermana.

—¿La tía abuela Chelsea? Es bastante divertida.

Florence la miró incrédula.

—Si llamas diversión a jugar a las charadas, no puedo creerme que naciésemos al mismo tiempo.

Amelia interrogó a Roxie, ignorando la discusión de las otras dos sobre si una era diez minutos más mayor o en realidad ninguna era más pequeña que la otra.

—¿No besaste a nadie?

Roxie vaciló antes de responder.

—A un camarero.

No la miró a los ojos. Amelia estaba segura de que mentía.

—¡Oh! ¿Aquel que servía el champán? Era bastante atractivo —dijo Florence pensativa, claramente viendo atractivos a casi todos los hombres jóvenes y solteros del planeta.

—No sé cómo se llamaba. —Roxie se encogió de hombros y forzó una sonrisa—. Solo fue por el orgullo de no perder el maldito reto. Nada del otro mundo.

Seguía sin estar segura de que aquello fuera todo, pero quizá el beso había sido tan horrible que Roxie prefería no decir nada. Amelia suspiró con dramatismo.

—Sois unas aburridas —fingió contrariedad—. ¿Florence?

Su amiga inspiró hondo y pareció perder toda su energía de un plumazo.

—Está bien, confieso. —Florence cerró los ojos—. Besé a Jeff.

Las otras tres la miraron sin dar crédito, olvidando todo lo demás.

—Oh, Dios mío —soltó Roxie.

—¿Qué? —Heather miró a su gemela como si acabara de confesar que quería enrolarse en la marina.

Amelia, en cambio, ató cabos de inmediato.

—¡Por eso nos planteaste la apuesta! —exclamó, levantándose como un resorte. Florence la miró con cierto arrepentimiento—. Querías tener una excusa para besar a Jeff.

Florence asintió y bajó la cabeza, compungida. Amelia, más calmada, se sentó de nuevo y sonrió.

—No está mal pensado, la verdad. —Florence la miró sorprendida y Roxie rio.

—Sabía que dirías eso.

Heather, en cambio, arrugó el ceño.

—Tenéis que dejar de reírle las gracias o se acabará metiendo en un lío del que no sabrá salir. —Miró de reojo a su hermana y añadió—: ¿Funcionó?

Florence sonrió con tristeza.

—Claro que no. ¿Por qué iba a funcionar? —Suspiró—. Para Jeff, solo soy su mejor amiga.

Amelia apretó los labios, compadeciéndose. Jefferson Hughes era el hijo de un buen amigo y socio del señor Harlem, y un amigo de la infancia de las gemelas. Sobre todo de Florence. Florence llevaba mucho tiempo enamorada de Jeff, pero jamás le había dicho nada porque no era correspondida.

—Fui hasta él, me armé de valor y lo besé... —Florence hizo una pausa, como si no quisiera continuar—. Me miró como si me hubiera vuelto loca y saqué la excusa de la apuesta que ya guardaba en la manga si sucedía algo así. Se rio al entender que era una travesura más, me llamó «pequeña locuela» y se fue como si nada hubiera pasado. Suerte que no escuchó mi corazón hacerse cachitos.

En un visto y no visto, las tres estuvieron sobre ella, abrazándola. Florence lloró en silencio durante unos segundos, arropada por sus amigas.

—Es un cerdo.

—Un auténtico imbécil.

—Más ciego que un topo.

Amelia miró a Heather con disgusto.

—¿De verdad? ¿Ni en un momento así vas a insultar?

Florence rio y Heather reprimió la respuesta mordaz que iba a darle a Amelia.

—Gracias a las tres. Estoy bien, de verdad —dijo Florence y, ante la mirada escéptica de sus amigas, sonrió—. En serio. Necesitaba su rechazo para olvidarme de él.

Se le volvieron a humedecer los ojos, así que Roxie decidió cambiar de tema. Un acuerdo tácito entre las cuatro, aunque nadie en aquella habitación había creído ni por un momento que Florence fuera a olvidar tan fácilmente a Jeff.

—Así que Amelia es la clara ganadora de esta absurda apuesta. Bien jugado, querida —dijo, guiñándole un ojo al volver a su butaca. Dio un sorbo a su té antes de continuar hablando—. El atractivo señor Daventry. Puedes añadir una muesca en tu cabecero o lo que sea que hagan los hombres con nosotras.

Amelia puso cara de suficiencia, siguiéndole el juego.

—Soy la mejor.

—Dirás que eres la que está más loca —alegó Heather, y siguió hablando antes de que Amelia pudiese discutir—: Aunque Roxie ha besado a un camarero, así que no sé qué deciros...

Roxie protestó y Florence soltó una carcajada, descargando la tensión del ambiente y las otras tres se relajaron de golpe, pensando que lo peor había pasado. Pasaron el resto de la tarde charlando, riendo y cotilleando sobre cualquier cosa. Dejando sus preocupaciones a un lado.

Cuatro amigas que se adoraban y nada más.

Capítulo 3

Amelia

Cuando Amelia regresó a su casa poco antes de la cena, lo hizo con el alma revitalizada y su decisión más clara que nunca. Sus amigas siempre le hacían ver las cosas con más claridad.

Iba a conseguir un trabajo e iba a convertirse en doctora. Costase lo que costase. Tenía casi veintiún años y mucho tiempo para invertir sus energías en esa meta. Le parecía mucho más loable que casarse y tener hijos. O, al menos, no le parecía que fueran dos vías incompatibles.

Estaba subiendo las escaleras hacia su habitación para cambiarse para la cena cuando una voz conocida la detuvo.

—Hermanita.

Se giró para encontrarse con un sonriente Gerald. Amelia soltó un grito de alegría y se lanzó a sus brazos de inmediato. Su hermano la sujetó sin vacilar, estrechándola contra él. Respiró su olor familiar y la invadió la nostalgia de cuando eran niños y Gerald cuidaba de ella y de John. Cuando se separaron, Amelia se dio cuenta de que lo había echado mucho de menos. Lo miró de arriba abajo: estaba un poco más delgado que de costumbre, pero no parecía enfermo. Mientras que él, con su cabello rubio y los ojos azules, había salido a su padre, Amelia tenía el aspecto de su madre. A simple vista, no parecían hermanos.

—¿Te quedas a cenar? ¿Mary Ellen no ha venido contigo?

—Ha ido a visitar a sus padres antes de que le resulte más difícil moverse por el embarazo —le respondió—. Padre se acaba de ir al club, así que he decidido quedarme y molestar un poco a mi hermana pequeña.

A pesar de que Amelia y su padre vivían cerca de la Royal Academy of Arts, donde Gerald trabajaba, su hermano no venía mucho de visita desde que se había casado. Lo miró con atención, preocupada. Gerald sonreía, pero la felicidad no le llegaba a los ojos. En su rostro había cierta tensión y Amelia lo conocía tan bien que imaginó enseguida de qué se trataba.

—Has hablado con padre sobre mí, ¿verdad? —Se cruzó de brazos, molesta—. No pienso cambiar de opinión, así que ahórrate el discurso que has estado practicando en tu mente.

Gerald la miró con disgusto, confirmando que Amelia había acertado.

—Ni siquiera voy a entrar en el tema del matrimonio —dijo con, a su juicio, bastante sensatez. Sus palabras iban a caer en saco roto y ambos lo sabían. No obstante, Gerald estaba preocupado por otra cosa—. Amelia, no tienes por qué trabajar. Yo te daré el dinero que necesites.

Por un segundo estuvo tentada de aceptar, ya que así podría irse a Nueva York mucho antes, pero de inmediato sacudió la cabeza. Quizá Amelia podía asumir que Gerald le pagase las nueve libras que valía el pasaje de barco, pero no dejaría que se gastase cientos en su educación.

—Eso disgustaría a padre y sé que odias ir en su contra —respondió, y su hermano no se atrevió a llevarle la contraria en eso. Gerald siempre había idolatrado y obedecido a su padre—. Además, quiero conseguir esto por mí misma, aunque me lleve meses. Ya lo he decidido.

Su hermano suspiró, derrotado.

—Eres demasiado cabezota para tu propio bien. —Amelia sonrió como si le hubiese hecho un cumplido—. ¿De qué piensas trabajar?

Se encogió de hombros.

—Tengo dos manos perfectamente funcionales —respondió, y lo miró de reojo—. Puedo ser institutriz o dama de compañía, por ejemplo. O... actriz.

El escalofrío de su hermano fue tan patente que no pudo evitar soltar una carcajada.

—Cálmate, Gerald, estaba bromeando. Es evidente que no tengo madera de actriz.

Su hermano la miró como si la viera perfectamente capaz de convertirse en actriz con tal de conseguir el dinero que necesitaba. Divertida, decidió seguir pinchándole.

—Podría buscarme un amante. Quizá sería lo más rápido y efectivo. Ya sabes, ser un poco casquivana —fingió reflexionar. Lo miró y se rio a carcajadas ante su cara horrorizada.

Gerald sacudió la cabeza.

—Vas a acabar conmigo, Amelia —dijo con pesadumbre—. Dios me libre de que mi futuro hijo sea tan cabezota como su tía.

—Para eso tendría que ser niña, hermano —bromeó, pero de inmediato se puso seria—. No me crees capaz de lograrlo, ¿verdad?

—Al contrario, querida. Te veo bien capaz y eso es lo que me preocupa.

Sus palabras, junto con su expresión compungida, aplacaron un poco el creciente enfado de Amelia. Respiró hondo, le sujetó el rostro entre las manos y lo miró a los ojos.

—Tendré cuidado, te lo prometo. Quiero un trabajo, pero no soy tan estúpida como para coger lo primero que vea y que eso suponga un problema para mi integridad física y moral.

Gerald suspiró y Amelia decidió cambiar de tema. No tenía por qué alegrarse por ella, pero le bastaba con que no la detuviese. Tanto su padre como él debían confiar un poco en su buen juicio.

—No te preocupes, Gerald. Si necesito ayuda, te la pediré. Te lo prometo —le dijo tratando de mostrarse convencida—. Vamos a cenar y me cuentas cómo te va todo.

Como su padre no estaba, Amelia ni siquiera subió a cambiarse para la cena. Solo eran ellos dos, los hermanos Fulton, disfrutando de su mutua compañía. Como cuando eran niños. Mientras degustaban la sopa, Amelia le contó a Gerald cómo se encontraban sus amigas y, con el plato principal, ambos estuvieron hablando del estrés que le suponía a Gerald la exposición anual de la Royal Academy, a pesar de que todavía quedaban meses para su inauguración.

—Tengo una pintora nueva en la exposición a la que creo que te gustaría conocer, porque tenéis ideas similares —dijo Gerald tras pasar a la salita a tomar el café—. Es prima de Leo.

De repente, como un estallido de fuegos artificiales, Amelia recordó las palabras que había utilizado Leonard Daventry para presentarse.

«Leonard Daventry. Aunque todos me llaman Leo».

Un mal presentimiento se instaló en su pecho, como un nudo que le impedía respirar con normalidad. No, no podía ser. Trató de hacer memoria, pero una nebulosa se había instalado sobre su mente, opacando el recuerdo de las decenas de cartas que había compartido con su hermano mientras habían estado separados.

—¿Leo? —preguntó, vacilante, al fin.

Gerald la miró con reproche.

—Te he hablado mil veces de Leo, Amelia —le dijo con impaciencia—. Mi mejor amigo, Leonard Daventry.

Dios Santo. Se le cayó el alma a los pies.

—¿El dueño del hotel? —Era una pregunta estúpida. ¿Cuántos Leonard Daventry existían en Londres? Era un apellido poco común. No obstante, su vana esperanza era que existiesen al menos un par y que Amelia no hubiese besado al mejor amigo de su hermano por una estúpida apuesta—. ¿Es tu mejor amigo?

—Sí, Amelia —le respondió, ya molesto con ella—. Claro que sí. Te he hablado de él en muchísimas de mis cartas.

Amelia cerró los ojos y de nuevo trató de recordar. No recordaba que Gerald hubiese mencionado que el apellido de su mejor amigo fuese Daventry. Era un dato que en ese momento le traía sin cuidado y no tenía por qué retener. Por el amor de Dios, prácticamente había asaltado a ese hombre con la firme idea de no volver a cruzárselo jamás. Notó que las mejillas le ardían.

—¿Estás bien, Amy? —Gerald la miró con preocupación, usando el diminutivo cariñoso que le puso cuando eran pequeños. Eso hizo que se sintiera todavía peor—. Te has puesto muy roja. ¿Tienes calor?

Amelia negó. La única salida que tenía era fingir que ese beso no había existido nunca. ¿Leonard Daventry sabía quién era ella cuando se conocieron? No lo creía; ella no le había dicho su nombre y jamás habían sido presentados. Estaba a salvo. Solamente tenía que esquivar al mejor amigo de su hermano durante el resto de su vida. O, al menos, hasta que se marchase a Nueva York. Dios santo, se había sentado en su regazo como una descarada. ¿Podía tragársela la tierra?

Esbozó una sonrisa que pretendía ser tranquilizadora, aunque el corazón le retumbaba en los oídos.

—Sí, estoy bien —mintió—. Trataba de hacer memoria, pero no recuerdo que me dijeras el apellido de tu amigo.

Gerald puso los ojos en blanco.

—Esa es la atención que me prestas. —No parecía enfadado ni suspicaz, y Amelia soltó el aire que retenía—. Tengo que presentártelo. Es una persona estupenda.

«Antes, prefiero irme a Nueva York nadando».

—Claro, me encantará conocerlo —respondió, maldiciendo para sus adentros—. Entonces, me estabas hablando de su prima, ¿no? ¿Es pintora?

Esperaba que el cambio de tema funcionase. Su hermano la miró pensativo, pero enseguida se distrajo hablándole de Gwen Daventry y su obra. Amelia no podía dejar de pensar que simplemente había atrasado una situación inevitable, pero haría todo lo que estuviera en su mano para no volver a ver a Leo Daventry y pasar por semejante trago amargo. Si Leo le contaba a su hermano lo que había sucedido entre ellos, estaba perdida.

Era imperativo no volver a cruzarse con él hasta que Amelia pudiera marcharse a América.

Leo

—¿Dices que te besó? —Su primo Gabriel, marqués de Satherton, lo miró sorprendido—. ¿Así, sin más?

—Es fabuloso —dijo Belle, su esposa, y la más romántica de la familia. Gabriel la miró con el ceño fruncido, como si «fabuloso» no fuera el término que él hubiese utilizado.

—Para darme las gracias por no delatarla. —Leo se encogió de hombros—. O eso me dijo.

Todos comenzaron a hablar a la vez para dar su opinión. Leo observó con una sonrisa a sus cinco primos, los Daventry, y a sus cinco parejas. Habían logrado reunirse todos allí, como un milagro de principios de otoño. Normalmente era impensable que todos pudieran coincidir el mismo día y a la misma hora fuera de la temporada porque solían pasar el invierno en sus propias casas de campo, pero las estrellas se habían alineado. Tenía mucho que ver el hecho de que Gwen acabase de dar a luz a su segundo hijo, Andrew, hacía apenas dos semanas y que el parto se hubiese adelantado, pillándolos por sorpresa en Londres. Eso provocaba que toda la familia pululase cerca por si la madre o el pequeño necesitaban cualquier cosa. Por suerte, todo había salido de maravilla y el nuevo integrante de la familia era fuerte y sano.

Leo había llegado desde Boston pensando en que no encajaría con sus primos ingleses, a los que apenas había visto un par de veces a lo largo de su vida, pero nada más lejos de la realidad. No habían tardado ni un segundo en acogerle como a uno más de la familia. Gabriel, Simon, Michael, Gwen y Sophie conformaban una gran parte de las razones por las que todavía permanecía en Inglaterra. Y cada nueva incorporación a los Daventry había sido inmejorable. Sus primas y primos políticos eran muy diferentes entre sí, pero maravillosas personas.

Les adoraba con toda su alma.

Los diez lo miraban como si estuviera contando la mejor historia que hubiesen oído nunca. Leo había ido a cenar a Satherton House aquella noche, como casi todos los lunes, y mientras tomaban el café en una de las confortables salitas, no había podido callarse los sucesos de la última cena mortal. Era una suerte que en aquella casa no creyeran en tomar el café de después de la cena disgregados por género. Así no tenía que contar las cosas dos veces, algo que le resultaba agotador.

De hecho, a veces incluso pensaba que todo aquel asunto había sido imaginación de su mente caótica. No obstante, la misteriosa mujer que le había regalado un beso se había dejado una horquilla de pelo en forma de flor debajo de su escritorio y eso le demostraba que había sucedido de verdad.

—Leo, regresa —dijo Gabriel.

Parpadeó, y volvió a concentrarse en ellos. Ninguno estaba molesto porque hubiese dejado de escucharlos. Era otra razón por la que los adoraba. No le juzgaban y le aceptaban tal y como era.

—Decía que te pasan cosas muy raras, querido primo —repitió Michael, continuando la conversación como si nada.

Leo se encogió de hombros, dispuesto a darle la razón. Pero Simon puso los ojos en blanco e intervino antes de que pudiese abrir la boca.

—¿Raras? Afortunadas, más bien —dijo como si su hermano fuese idiota—. Ya me hubiese gustado a mí que en mi época de soltero las mujeres tuvieran más arrojo con estos asuntos. Es una forma bastante efectiva de ahorrarse el cortejo.

Rhys, mejor amigo de Simon y pareja secreta de Michael, lo miró divertido.

—Pero si con Rose lo tenías todo hecho.

—De hecho, lo hizo todo ella. —Gabriel quiso apostillar—. Poco más y nos toca darte un guantazo para que espabilases.

La susodicha bebía té en ese momento, pero se las arregló para asentir y las carcajadas de todos no se hicieron esperar. Simon hizo una mueca de disgusto, pero acabó riendo con los demás.

—Me muero por saber quién es la dama. —Los ojos de Sophie brillaban encantados por un buen cotilleo—. ¿Quién estaba alojado en el hotel ese día?

Su esposo, Bastian, le cogió la mano y ella se aplacó un tanto.

—Lo siento, me he emocionado demasiado —sonrió Sophie—. Pero me parece una historia maravillosa. Ojalá te la encuentres de nuevo.

—Ya le estás buscando el lado romántico al asunto, Soph —intervino Gwen, la más joven de los cinco hermanos—. Quizá la mujer solo quería un buen beso y si te he visto no me acuerdo.

—El amor mueve el mundo. —Belle defendió a Sophie.

Leo logró meter baza en el gallinero que se estaba formando a marchas forzadas.

—Me parece bien así. —Sonrió con despreocupación—. Las relaciones sin ataduras son las mejores.

Nueve pares de ojos lo miraron con escepticismo. Era valiente y estúpido por parte de Leo decir aquello delante de cuatro matrimonios y una pareja de hombres que se habían atado de todas las formas clandestinas que habían podido.

Pero Rose le conocía mejor que nadie. Maldita fuera.

—Eso lo dices porque crees que nadie va a soportar tus extravagancias. —Las miradas se volvieron comprensivas y

Leo se sintió incómodo—. Y nada más lejos de la realidad. Porque eres una persona maravillosa.

Su familia se apresuró a asentir de inmediato.

—Divertido —alegó Gwen.

—Con un gran corazón —dijo Belle.

—Muy atractivo —aseguró Sophie.

—Un gran empresario —terminó Rose.

Los hombres se miraron, incómodos.

—Ya lo han dicho todo ellas. —Nick, el esposo de Gwen, se encogió de hombros—. Me parece inteligente no añadir nada más.

—Estoy de acuerdo con el inspector —alegó Simon, riendo—. Parad antes de que se hinche como un pavo y no pueda soportarle como jefe.

Leo sonrió. Simon trabajaba en el hotel como contable, y agradecía tener a alguien de confianza al frente de sus cuentas. Los números se le daban de maravilla, un aspecto con el que Leo no contaba entre sus virtudes. Era extraño que un noble trabajase, pero a Simon le daba igual que lo criticasen por ser uno de los pocos que lo hacía.

—Solo hemos dicho la pura verdad —alegó Gwen, satisfecha.

—Vaya, tenemos que juntarnos más a menudo, porque engrandecéis mi ya de por sí enorme ego. —Intentó bromear para ocultar que se había emocionado. Pero a su familia no podía engañarla. Hubo un silencio lleno de turbación que tuvo que romper con un carraspeo—: De todas formas, me inclino más hacia la teoría de Gwen. Esa dama me utilizó y yo estuve completamente de acuerdo. Fin de la historia.

Aunque Sophie y Belle querían discutir sus palabras, terminaron siendo arrastradas a un nuevo tema de conversación propiciado por Simon, que le conocía lo suficiente como para saber que su primo no quería seguir hablando del tema. Leo se sintió aliviado porque no le gustaba el cariz que había tomado lo que había comenzado como una inocente anécdota.

Lo lógico sería, ahora que su negocio funcionaba muy bien, pensar en casarse y seguir expandiendo su empresa hotelera. No necesariamente en ese orden. El problema era que, aunque la sociedad dictaba que debía seguir esas conveniencias, él no era como los demás. Al principio había deseado casarse para seguir viviendo de las rentas de su esposa, pero ahora le sorprendía lo mucho que había cambiado. Llevaba años viviendo en Inglaterra y ya no era el mismo Leo que había llegado de Boston con demasiados pájaros en la cabeza. Su único objetivo al marcharse era que su familia americana lo dejase en paz y ahora deseaba que se sintieran orgullosos.

Algo que era muy difícil cuando se trataba de su padre.

¿Casarse? Debía admitir que Rose tenía razón y su principal miedo era que su esposa, con la que debía compartir el resto de su vida, también le dedicase miradas molestas y comentarios insidiosos como hacía la gente la mayor parte del tiempo. No podría soportarlo. Era más fácil divertirse de vez en cuando con alguna dama dispuesta y nada más.

Por otro lado, si expandía su empresa por América, el lugar natural sería hacerlo en Nueva York o Boston. Pero solo con pensar que la sombra de su padre, un increíble hotelero, estaría acechándole a cada instante, se abrumaba y desechaba la idea.

No, era mejor así. Quizá incluso podría montar otro hotel en Edimburgo y no tendría que cruzar el charco de nuevo. Más cómodo y conocido. Si algo funcionaba, ¿por qué iba a cambiarlo?

Capítulo 4

Florence

Florence siempre había tenido las cosas muy claras: se casaría por amor. Hacía años parecía una meta plausible, dado que no se consideraba fea y tenía un carácter divertido y vivaracho. Podía cumplir con los estándares sociales y encontrar a un hombre al que amar y que la amase a su vez, hasta que la muerte los separara. Pero, cuando se dio cuenta de que estaba enamorada de uno de sus mejores amigos, sus planes saltaron por la borda.

Jeff jamás la amaría y cada día que pasaba lo tenía más claro.

De hecho, en aquellos momentos prefería que la tierra se la tragase y no volverle a ver jamás en la vida. Ojalá jamás se le hubiese ocurrido sugerir aquella maldita apuesta. ¿Qué pensaba que iba a suceder? ¿Que Jeff se daría cuenta de que la amaba cuando sus labios se tocasen?

Estúpida. Mil veces estúpida.

Cada vez que cerraba los ojos, veía la cara desconcertada de Jeff mirándola como si se hubiera vuelto loca. Las mejillas le ardían al imaginar lo que podía pensar de ella. Por eso le aseguró que era una broma cuando vio que no podía salir del paso sin perder la dignidad. Que solo era una tontería que habían ideado sus amigas.

El alivio que vio en su cara fue lo que acabó por romperle el corazón. Alivio por no tener que lidiar con ella y sus sentimientos.

Suspiró y siguió removiendo la taza de té de forma distraída. Acababa de bajar a desayunar después de una muy mala noche y notaba los ojos cansados y la cabeza embotada por la falta de sueño. Su padre ya se había marchado a trabajar, su madre estaba de compras y su gemela había ido a pasear con su prometido por Hyde Park, así que se encontraba sola.

Reprimió un nuevo suspiro, tratando de no ser tan dramática. Tendría que empezar a acostumbrarse. Cuando Heather se casase con William Pickford, se marcharía de casa y Florence estaría sola cada día.

Adoraba a su hermana, y no solo porque fueran gemelas. Eran como las dos caras de la misma moneda, muy diferentes pero complementarias. Heather era el sosiego que Florence necesitaba cuando sus sentimientos amenazaban con hacerla explotar y ella, en cambio, era la dosis de valentía y atrevimiento que su hermana necesitaba cuando su sentido de la obediencia y de la responsabilidad se imponía. Se querían con locura y sabía que eso no cambiaría aunque Heather se casase. Pero no dejaba de sentir un pequeño pinchazo en el pecho.

Todo estaba cambiando de forma radical y el desasosiego la inundaba cuando pensaba en ello. El matrimonio de su hermana, las ansias de Amelia por marcharse a Nueva York y el nuevo estatus de Roxie. Todo junto y casi al mismo tiempo. Dios sabía que se alegraba por ellas; Amelia y Roxie también eran como sus hermanas. Deseaba que las tres mujeres más importantes de su vida fueran felices. Pero,

¿en qué estaba cambiando ella? En nada. Florence estaba estancada en un amor juvenil abocado al fracaso.

Suspiró de nuevo, odiándose por regodearse en la autocompasión. Debía hacer entender a su corazón que Jeff jamás sería lo que ella quería. Tenía que conformarse con su amistad. Que seguiría siendo su amigo y vecino de confianza. Y que, cuando él por fin encontrase una mujer que le hiciera feliz, su deber era alegrarse por él.

Solo de pensar que se casaba con otra se le desgarraba el pecho.

Decidió salir a pasear por el jardín, viendo que era incapaz de comer nada consistente a causa de su estado de ánimo. El día estaba nublado, así que prescindió del sombrero, y paseó un buen rato sumida en sus pensamientos, caminando entre los espléndidos rosales que tanto adoraba su madre.

Quizá debía dejar de verle tan a menudo, así su estúpido corazón se acostumbraría a ello y comenzaría a olvidarle. Pero, ¿qué le diría a Jeff cuando le pidiese explicaciones? A pesar de su sufrimiento, no quería perderle como amigo. Ambos tenían una relación muy bonita, compartida desde que tenían seis años y Florence prefería trepar a los árboles y mancharse de barro que atender a las lecciones de su institutriz. Aunque Heather, mucho más obediente y educada, se enfadaba con ella, Florence siempre había sido más desobediente y un dolor de cabeza para sus padres. Jugaba con Jeff siempre que podía y ambos se fueron haciendo muy amigos hasta que fueron enviados a los respectivos internados y no les quedó más remedio que crecer. Aun así, se carteaban muy a menudo y mantuvieron el contacto. Florence estaba encantada de que las diferencias educativas de ambos y sus objetivos vitales no impidiesen su amistad.

Hasta que Florence regresó a Londres y volvió a ver a Jeff. Y todo su mundo se puso del revés en cuanto se dio cuenta de que el niño que había dejado ahora era un hombre inteligente, atractivo, divertido y encantador.

Que le quería como a algo más que a un amigo.

Tenía que alejarse. Era lo mejor para protegerse de la tristeza. En cuanto tomó esa resolución, una voz resonó por el jardín y cerró los ojos porque la habría reconocido en cualquier parte. Maldito fuera el traicionero destino.

—¡Florence!

El corazón comenzó a latirle con fuerza como si quisiera salírsele del pecho y acudir a la llamada de su amado. Pero lo retuvo y fingió que todo estaba bien cuando se giró para mirar a Jeff.

Venía por el camino de rosas que ella misma había recorrido hacía unos minutos y alzaba el brazo para saludarla, sonriente. Parecía el mismo de siempre, pero el recuerdo del beso hizo que Florence quisiera salir corriendo. Más que la idea de alejarse de él, le resultaba insoportable pensar que Jeff se alejase de ella.

—Buenos días, Jeff —dijo en cuanto él llegó a su altura—. No te esperaba hoy.

Se sorprendió por lograr mantener un tono agradable y una sonrisa relajada. Era una magnífica actriz. Lo vio encogerse de hombros. Observó con atención su atractivo rostro y reprimió un suspiro. Jefferson Hughes era el sueño de cualquier mujer, maldito fuera. Alto, con una buena mata de cabello oscuro y enormes ojos castaños enmarcados por espesas pestañas. Tenía la cara redonda, lo que le daría un aspecto infantil si no fuera por la barba que cuidaba con tanto esmero. A pesar de tener solo dos años más que ella,

Florence se sentía muy niña a su lado. Con apenas veintidós, Jeff ya ocupaba un puesto importante en los periódicos que gestionaba tanto su familia como la de ella. Era un magnífico partido, tal y como le encantaba decir a su madre.

—¿Acaso necesito invitación para venir a verte? —respondió con una sonrisa pícara que le aceleró todavía más el pulso.

Estúpida.

—Claro que no. —Florence le devolvió la sonrisa—. Estaba dando un paseo. ¿Me acompañas?

Jeff le ofreció su brazo como un perfecto caballero y ella se agarró a él con cuidado, como si tocarle empeorase la situación. Le preguntó por Heather y hablaron durante un rato de trivialidades, pero era como si ambos estuvieran demasiado tensos y la conversación murió de inmediato. Odiaba sentirse incómoda con él. Caminaron unos minutos en silencio, pero Florence le conocía demasiado bien como para saber que su amigo le estaba dando vueltas a algo.

—Escúpelo, Jeff —le dijo cuando ya no pudo soportar más el silencio—. Casi te escucho pensar.

Él sonrió y la miró casi con disculpa.

—Me conoces demasiado bien. En realidad, he venido porque estaba preocupado por ti. —Jeff se pasó una mano por el pelo, nervioso, buscando las palabras adecuadas—. Creo que no reaccioné bien el otro día y no quiero que pienses que me repugnas o algo así. Simplemente me sorprendió y no supe qué decir. Ya sabes que somos amigos y no quisiera haberte dado una idea equivocada.

Florence desvió la vista, dolida a pesar de que sus palabras eran amables. No quería su compasión ni nada parecido. Así que forzó una sonrisa e hizo un ademán con la mano para restarle importancia.

—Fue un lío en el que nos metió Amelia, no te preocupes —mintió con toda la ligereza que fue capaz—. No sabía a qué pobre incauto escoger y pensé que contigo sería más fácil. Si no cumplía con la apuesta, me lo recordarían durante meses. Pero no le des más vueltas, de verdad. De hecho, preferiría que lo olvidásemos.

De nuevo, vio el alivio en su rostro y deseó que no siguiera insistiendo. Por suerte, lo vio asentir y sonreír.

—Vosotras cuatro juntas sois un peligro —le dijo y soltó una pequeña carcajada—. Aunque he de decirte, mi querida amiga, que tú podrías tener a tus pies a cualquier pobre incauto que quisieras.

Se tragó la risa amarga que le burbujeó en la garganta. Si él supiera…

—Sabes que no es cierto, pero te agradezco la mentira piadosa.

En ese momento, Jeff se detuvo y la cogió por los hombros con suavidad. No obstante, su mirada era intensa, casi de enfado. Florence tragó saliva con disimulo.

—Puedo ser muchas cosas, Florence Harlem, pero no un mentiroso —le dijo con seriedad, y ella no supo qué responder. Por suerte, él no esperaba que dijese nada—. Irás a la fiesta que organiza el conde de Redford el mes que viene, ¿no?

Florence asintió. Los padres de Roxie estaban organizando una fiesta campestre en su recién estrenada casa de campo de Bedforshire a la que asistirían, según su amiga, multitud de personas burguesas y los pocos nobles que no eran tan *snobs* como para pensar que se estaban rebajando si acudían. El conde podía ser muy poco popular entre la aristocracia, pero tenía mucho poder entre la clase media. Iba a ser un evento importantísimo con muchísimos hombres de negocios en la lista de invitados.

—Bien, así podré demostrarte cómo todos los hombres solteros caen rendidos a tus pies —sonrió con satisfacción.

Florence frunció el ceño.

—Jeff, ni se te ocurra ser mi celestina —le advirtió con una voz más débil de la que pretendía.

«No podría soportarlo».

Jeff sonrió.

—Solo quiero que entiendas que podrías tener a quien quisieras porque eres simplemente maravillosa. —El traicionero corazón de Florence se aceleró, dando volteretas—. Aunque… sí necesitaré que tú seas mi celestina.

Florence parpadeó, creyendo haber oído mal.

—¿Qué? —Fue lo único que pudo decir.

Jeff, algo incómodo, se rascó la cabeza.

—Ya conoces a mi padre y que quiere que me case lo antes posible y me encargue de la empresa ahora que él está enfermo. No para de decir tonterías como que debo hacerlo antes de que se muera y cosas así —comenzó, incómodo, y Florence asintió, nerviosa. El padre de Jeff llevaba meses con una enfermedad que le provocaba dolor en todos los huesos del cuerpo. Había días que, incluso, no podía levantarse de la cama—. La cuestión es que hay días que le veo empeorar a marchas forzadas y, como toda mi vida me he preparado para un arreglo matrimonial, no me importa que suceda ya. Quiere que elija esposa durante la fiesta y la verdad es que no tengo ni idea de por dónde empezar porque, básicamente, jamás he hecho ningún caso a las mujeres de mi entorno social. Pero tú conoces a estas damas mejor que yo, puedes aconsejarme.

La miró casi suplicante, con un aire perdido que la enterneció y le rompió el corazón a partes iguales. El día que más había temido había llegado. Jeff iba a encontrar esposa y ella tendría que ver cómo se casaba sin poder evitarlo. Pero lo que no había imaginado ni en sus más terribles pesadillas era que Jeff le pediría ayuda para encontrar una mujer con la que pasar el resto de su vida. Era como si le ordenara que se arrancase el corazón y lo pisotease.

No podía hacerlo.

Jeff debió ver algo en su mirada que le insinuó que se negaría porque le cogió las manos y la miró suplicante.

—Por favor, ardillita, no me dejes solo con esto o acabaré escogiendo una esposa horrible con la que seré infeliz el resto de mi vida.

Florence entrecerró los ojos. La llamaba ardillita porque se le daba de maravilla trepar a los árboles cuando no tenía que utilizar siete capas de ropa para ponerse un vestido.

—Usar el apodo que me pusiste cuando éramos niños es jugar sucio, Jefferson Hughes —le dijo enfadada.

Él, en cambio, sonrió como el canalla que era.

—Pero ¿funciona?

Suspiró. Claro que funcionaba. Cuando se trataba de Jeff, Florence estaba perdida de antemano. Más si le pedía ayuda con tanta vehemencia.

—Está bien —dijo con voz débil—. Haré lo que pueda.

Cuando Jeff la abrazó, agradecido, Florence cerró los ojos y se perdió en su familiar olor, sabiendo que acababa de cavar su propia tumba. ¿En qué lío se había metido?

—Gracias, Florence, de corazón. —Estaba tan agradecido que la joven tuvo que obligarse a sonreír—. A cambio, te demostraré que eres una de las mujeres más deseadas de la fiesta.

«Y entonces, ¿por qué no te casas conmigo?», estuvo a punto de decir. Se mordió la lengua con tanta fuerza que se hizo daño.

—No es necesario, Jeff —respondió en cambio, todavía con el rostro escondido en su pecho—. Estoy bien así.

Pero la realidad era que estaba de todo menos bien. El nudo que tenía en el estómago se hacía más grande a cada segundo que pasaba.

Saldría de aquella fiesta con el corazón más destrozado de lo que ya estaba.

Y sería su culpa.

Capítulo 5

Leo

Ye Olde Chesire Cheese era uno de los *pubs* más antiguos de Londres y uno de los favoritos de Leo para reunirse con sus amistades. Ubicado en Fleet Street, el lugar era pintoresco y bullicioso, con un maravilloso laberinto formado por varias estancias, decoradas de formas diferentes dependiendo de su uso. Leo y sus amigos solían empezar la noche en la zona de bar, formada por largas mesas de madera y bancos del mismo material, donde se concentraba siempre la mayoría de la clientela y el ambiente era divertido. No obstante, para hablar más tranquilos, hoy habían decidido reunirse en una de las salas interiores, decorada de forma mucho más elegante.

Lo que más le gustaba del *pub* era que había muchísimo ambiente literario y, aficionado como era a las novelas —sobre todo de misterio—, era maravilloso encontrar por allí a algún que otro escritor buscando inspiración con una pinta de cerveza en la mano.

De hecho, estaba tan ensimismado intentando adivinar si uno de los señores que ocupaba el asiento del rincón era el famoso Charles Dickens que había desconectado por completo de la conversación con sus amigos.

—Leo, atiende, que esto es importante —le decía en ese momento Gerald.

Leo giró la cabeza y miró a sus cuatro amigos: Gerald Fulton, con el que había pasado mucho tiempo en Boston antes de viajar a Inglaterra, arquitecto y miembro reputado de la Royal Academy; Jefferson Hughes, el futuro dueño de la mitad de los periódicos del país; Wesley Davis, libertino notorio y dueño de un famoso club de juego del Soho; y Maximus Carter, dueño de una gran empresa de ferrocarriles que conectaba Londres con el norte de Inglaterra, la London and North Western Railway.

Aunque adoraba a sus primos y jamás le habían hecho sentir inferior o diferente, Leo también apreciaba reunirse con gente que tuviese sus mismas inquietudes y problemas. Gente empresaria con aspiraciones y que tenía que gestionar un negocio, con todas las vicisitudes que eso conllevaba.

Sin embargo, la conversación de hoy iba por derroteros mucho más… sentimentales. Lo que su padre llamaría despectivamente «asuntos de mujeres». Miró con curiosidad a Jeff.

—Como os iba diciendo, la delicada salud de mi padre me ha hecho tomar una decisión. —Jeff los miraba con una expresión seria, algo que no casaba en absoluto con su carácter—. Voy a casarme.

Las reacciones fueron de lo más variopintas. Wes silbó y meneó su rubia cabeza como si su amigo acabase de anunciar que se marchaba a pasar cinco años en un barco mercante. Leo lo miró asombrado porque, de los cinco, Jeff era el más joven y no creía que deseara casarse. Max tenía una extraña expresión en el rostro, como si se debatiese entre querer felicitar a su amigo o darle el pésame.

Gerald fue el único que se alegró de corazón. Claro que también era el único que estaba casado.

—Me parece una magnífica idea —alegó—. ¿Quién es la afortunada? ¿Florence?

Jeff lo fulminó con la mirada, como si estuviera diciendo algo de lo más ridículo.

—Desde luego que no es Florence. De hecho, no sé quién es.

Cuatro pares de ojos esperaban que se explicase y Jeff resopló, impaciente.

—Elegiré esposa en la fiesta campestre de Redford y, si la dama quiere, nos casaremos.

—¿Si quiere ella o si quiere su padre? —alegó Max.

Jeff puso los ojos en blanco.

—Ambos, claramente. No quiero una esposa que vaya a disgusto hasta la vicaría.

Fue el turno de Gerald de fruncir el ceño. Como artista y romántico empedernido, Leo sabía lo que iba a decir antes de que pronunciase las palabras.

—Entonces, retiro mis felicitaciones —respondió, lanzándole una mirada disgustada—. Creo que si algo nos diferencia de la clase alta es que podemos permitirnos el casarnos por amor.

Wes soltó una carcajada tan fuerte que algunos hombres reunidos en otra parte de la sala se giraron a mirarlo con censura y curiosidad.

—Gerald, amigo, a veces eres demasiado ingenuo —le dijo con voz burlona—. Los matrimonios por amor son tan escasos en nuestra clase como en la aristocracia. Los enlaces se mueven por dinero, son intercambios materiales entre dos personas, y ha sido así desde que el hombre golpeaba dos piedras para hacer fuego.

—Eres demasiado cínico, Wes —le dijo Gerald con cierta acritud—. Solo digo que Jeff es muy joven como para elegir ya la opción del matrimonio concertado. Tiene veintidós años.

Leo intervino para calmar las aguas.

—Como persona que ha visto de primera mano más de un matrimonio por amor, podría estar de acuerdo con Gerald. —Todos lo miraron—. Aunque por propia experiencia me incline hacia la opinión que tiene Wes.

Sus propios padres eran un ejemplo de matrimonio económico. Edward Daventry necesitó el patrimonio de su madre, Agatha, para crear su negocio hotelero. En cambio, la otra rama de la familia se había casado al completo por amor.

—Tus primos no cuentan, Leo. Son un grupo diferente dentro de la clase alta porque no tienen un palo metido por el culo —dijo Max, que siempre había aborrecido a los aristócratas.

Leo sonrió antes de volver al quid de la cuestión, mucho más serio.

—Y olvidáis que Jeff se casa por su padre, no porque quiera. Con esa razón sobre la mesa, se anula todo lo demás.

Jeff asintió, agradecido.

—No puedo permitirme el lujo de encontrar a alguien tan maravilloso como tu esposa, Gerald —dijo con expresión preocupada—. No sé si mi padre verá el nuevo año y un cortejo no es lo más adecuado en estas circunstancias. Es una transacción y me conformo con que la mujer me guste un poco.

—Entonces —en la voz de Max había curiosidad sincera—, ¿por qué no te casas con Florence?

La expresión de Jeff se endureció.

—Florence no es una opción. Es mi amiga desde que éramos niños, no una candidata a esposa.

Max se encogió de hombros, para nada afectado por el tono irritado de su amigo.

—Precisamente por eso. Mejor una amiga de la infancia que una completa desconocida —dijo de forma fría y racional—. Me extrañaría que Florence te dijese que no, la verdad.

—Además, con lo torpe que eres en sociedad, sería lo mejor que podría pasarte —añadió Wes con una sonrisa burlona—. Una Harlem, nada más y nada menos. La otra parte del negocio sería tuya también.

—Sería la opción ideal, desde luego —alegó Leo en un tono más conciliador—. Ya tienes mucho ganado porque te aseguras de que te vas a llevar bien con tu esposa.

Pero parecía que sus amigos habían tocado un punto delicado que Jeff no quería ni pensar o sopesar. Le sorprendió que Jeff expresase tanto desagrado ante la idea porque, por lo que Leo sabía, Jeff quería mucho a la señorita Florence Harlem desde que ambos tenían apenas seis o siete años.

—He dicho que Florence no es una opción, y como volváis a mencionarlo, os lleváis un puñetazo.

Se hizo un silencio algo incómodo, sorprendidos por el violento arrebato de Jeff. Leo no entendía qué le sucedía, pues por lo general Jeff era un tipo despreocupado y nada agresivo. Pocas veces le había visto perder los papeles. Por fortuna, Wes alzó las manos como si quisiera pedir paz. No obstante, en sus ojos azules brillaba una chispa de diversión.

—Vale, Romeo, te dejaremos en paz... por ahora —dijo con una sonrisita de canalla—. Aunque no te libras de que nos pongamos en primera fila para observar tus torpes intentos de interacción con alguna pobre dama. Suerte que tienes dinero. ¿Seguro que no quieres que te dé algunas clases antes de que hagas el ridículo?

Las carcajadas de todos distendieron el ambiente. Incluso Jeff relajó los hombros visiblemente y sonrió, devolviéndole la pulla a su amigo.

Pronto las conversaciones derivaron en otros temas, como el precio de la libra o de los suministros provenientes de las colonias. Mientras los otros tres discutían sobre si era mejor importar o no el algodón desde la India o desde América, Gerald se inclinó hacia Leo.

—Necesito pedirte un favor.

Leo lo miró con curiosidad.

—¿Gerald Fulton pidiéndome un favor? Los planetas se han alineado esta noche.

Su amigo le lanzó una mirada hastía y Leo se carcajeó. Ambos sabían que Gerald, por no ser una molestia, solía esconder sus problemas y encargarse de ellos en solitario. Leo le había dicho más de una vez que aquello era una estupidez, pero también era un ser de lo más tozudo.

Así que el hecho de que le pidiese ayuda le daba a entender que era algo importante.

—Es para mi hermana.

—Eso lo explica todo. Amelia es la única excepción a tu regla. —Leo volvió a carcajearse, pero le hacía feliz poder hacer algo por su amigo—. ¿Qué necesitas?

Gerald suspiró.

—Antes has dicho que te has quedado sin ayudante personal, ¿cierto?

Leo asintió con fastidio. Tommy Franklin, su ayudante personal desde que había abierto el Hotel Daventry, había hablado con él aquella misma mañana para despedirse. Tenía que volver a Birmingham para ayudar a su padre con la granja, porque este se encontraba muy delicado de salud y no podía trabajar lo suficiente como para pagar los impuestos. Aquello había supuesto un enorme revés para ambos; Tommy no quería dejar su trabajo y Leo temblaba cada vez que pensaba en la enorme cantidad de errores que cometería si se quedaba sin nadie que lo guiase en sus tareas del día a día. Tommy había llegado a entender a la perfección la forma de ser de Leo y trabajaban muy bien juntos.

A pesar de todo, Leo comprendía sus circunstancias y no le había puesto trabas. Todo lo contrario.

—Te irás con dos meses de sueldo, una carta de recomendación y un lugar al que volver cuando lo desees —le había dicho Leo con total sinceridad. A Tommy casi se le habían saltado las lágrimas y le había prometido que no se iría hasta que su sustituto estuviese bien enseñado.

—No sé qué voy a hacer sin él. —Volvió al presente, donde Gerald esperaba una respuesta.

—Tengo una idea, pero no me interrumpas hasta que haya terminado.

Leo lo miró con curiosidad y asintió.

—Tiene que ver con mi hermana Amelia —repitió con nerviosismo. Leo volvió a asentir, esperando con paciencia obtener más información—. Bien, se ha empeñado en que quiere trabajar para ahorrar y marcharse a estudiar Medicina en Nueva York.

Alzó las cejas, sorprendido, y fue a hablar, pero Gerald lo interrumpió.

—Te he dicho que me dejes acabar —insistió—. Mi padre considera que Amelia no sabe lo que dice y no la está tomando en serio, pero yo la conozco, Leo. Es tozuda y tenaz. Si ha dicho que trabajará, estará ya mirando anuncios en el periódico. Me preocupa que se meta en cualquier trabajo de mala muerte donde la maltraten. Por muy valiente que sea, sabe poco de la vida.

Leo no pudo aguantar más callado.

—Por lo que quieres que sea mi nueva ayudante.

Su amigo le miró suplicante.

—Es espabilada, puede hacerlo. Estoy seguro. Por favor, Leo... —le rogó—. No quiere que le preste el dinero y mi padre no va a darle nada porque quiere que se case. Estaría mucho más tranquilo si sé que trabaja contigo. Quizá, cuando vea lo mucho que cuesta ahorrar tantas libras, abandona la idea, aunque no lo creo.

Con tanta información que procesar, Leo desvió la vista y se centró en un enorme cuadro que colgaba de la pared. Aquel caballo era demasiado rollizo... Gerald carraspeó para llamar su atención y Leo preguntó lo primero que se le vino a la mente.

—¿Por qué Medicina?

—Tiene que ver con John... —Se interrumpió y Leo no quiso insistir más. Sabía que a Gerald no le gustaba hablar de su pequeño hermano fallecido—. Y bien, ¿me harás ese favor? Ya no te pediré nada nunca más.

Miró a los ojos a su mejor amigo, reticente a aceptar lo que le pedía. No porque no considerase a Amelia Fulton capaz de trabajar, sino por lo que suponía pasar tanto tiempo con Leo.

—¿Estás seguro de esto, Gerald? Yo soy una persona muy difícil de llevar —le dijo con cautela—. Saco de quicio a cualquiera y lo sabes.

—Te aseguro que es bien capaz —respondió sin vacilar—. Al menos habla con ella y, si no te gusta o no la encuentras capaz, no la contrates. Pero al menos conócela.

Leo guardó silencio, nada convencido por la idea. Le resultaba muy difícil enseñar a los demás cómo era el Leo que no conseguía centrarse más de cinco minutos seguidos en algo. Sabía que aquella preocupación la tendría con cualquiera que sustituyese a Tommy, pero, por alguna razón, que fuera la hermana de su mejor amigo lo hacía todavía más difícil. Pero Gerald le estaba pidiendo un favor y no quería decepcionarle.

Suspiró. Maldito fuera Gerald Fulton y su amistad.

—Está bien —claudicó—. Que venga mañana por la mañana al hotel y la entrevistaré.

Gerald sonrió, agradecido.

—Eres el mejor, Daventry —respondió—. Gracias de corazón.

—Me debes una cena. —Lo señaló con el dedo.

Su amigo rio.

—Las que quieras.

Leo suspiró de nuevo para sus adentros. Esperaba no arrepentirse.

Capítulo 6

Amelia

Siempre le había gustado salir a pasear con su hermano. No era algo que hicieran muy a menudo porque hubo un tiempo en el que se veían más bien poco, pero le gustaba que siguiesen haciéndolo aunque la vida adulta hubiese tomado las riendas. Sobre todo en el caso de Gerald, que siempre estaba muy ocupado. El bebé nacería en tres meses y Amelia estaba segura de que jamás había visto a su hermano tan nervioso por nada.

De hecho, aquella misma mañana su hermano mayor parecía especialmente distraído.

—¿Gerald? ¿Todo bien? ¿Mary Ellen ha tenido algún problema?

—¿Eh? —dijo, volviendo del trance en el que se encontraba—. Sí, todo va de maravilla. Perdona, estaba pensando en el trabajo.

Esbozó una sonrisa que no le pareció demasiado convincente y Amelia se detuvo. Gerald detuvo también sus pasos y la miró confuso. Se encontraban cerca de Regent's Park, donde se apreciaba muchísima actividad aquella mañana. No le extrañaba, porque hacía un día espléndido para encontrarse ya a finales de septiembre. Había cantidad de niños jugando entre los árboles, férreamente vigilados por sus cuidadoras.

Pensó en sus amigas, a las que ya hacía unos días que no veía. Roxie estaba muy atareada ayudando a su madre a preparar la gran fiesta campestre que estaba organizando su familia y a la que tanto ella como las gemelas estaban invitadas. Las cuatro se reencontrarían en Bedforshire, a no ser que Amelia hubiese encontrado trabajo para entonces.

No es que estuviese teniendo mucho éxito.

Había revisado cada día la sección de anuncios de *The Times* y *The lady* y no había encontrado nada. Por desgracia, no había demasiados trabajos a los que podía acceder una mujer, así que había buscado trabajo como institutriz o como dama de compañía. No había demasiado donde elegir, quizá porque la temporada había terminado y la aristocracia pasaba el invierno en el campo hasta que comenzase la siguiente. Solo había visto trabajos como doncella y, aunque a Amelia no le asustaba el trabajo duro, estaba segura de que ni su reputación ni el corazón de su padre soportarían algo así. Y, a pesar de estar enfadada con él, no quería que su padre sufriese las habladurías que provocaría que su única hija se emplease en el servicio doméstico de alguna casa. Tampoco su hermano ni su futuro sobrino. A los ingleses les encantaba censurar a cualquiera que se pasase de la raya.

«Quieres ser doctora y eso ya es pasarse de la raya», dijo una molesta vocecilla en su cabeza a la que no le faltaba razón. No obstante, prefería tratar de jugar otras opciones antes que tratar de ser doncella. Era mucho lo que debía ahorrar para estudiar en Nueva York y no era su intención pasarse muchísimos años haciéndolo.

Debía ser práctica, aunque quizá estaba pidiendo demasiado. Si fuera un hombre, las cosas no le serían tan difíciles.

Frustrada por su poco éxito laboral, miró a su hermano con el ceño fruncido.

—Me estás ocultando algo.

Pero él negó con la cabeza.

—Claro que no. —Retomó el paseo—. Es solo que tengo muchas cosas en las que pensar. Tenemos un nuevo cuadro en la galería que me gustaría guardar hasta la próxima exposición de verano, pero al mismo tiempo me parece ruin privar a la gente de su belleza tantos meses.

Amelia, algo apaciguada por su palabrería del trabajo, lo siguió. Podía entender que tuviese muchas cosas encima y Gerald no tenía por qué mentirle. Más calmada, siguieron con su charla, en la que hablaron un poco de todo, sobre todo de arte y de la Royal Academy. Con un padre arquitecto y pintor, ambos tenían una formación muy versada en todo lo que tuviese que ver con las artes plásticas, así que les encantaba hablar de ello. Amelia casi ni se dio cuenta de que habían llegado a Regent Street hasta que Gerald se detuvo en la esquina con Langham Place.

—¿Me acompañas dentro? —le dijo, señalando el enorme edifico a su espalda—. Ya que hemos pasado por aquí, me gustaría saludar a Leo. Hace mucho que no le veo.

Con horror, Amelia alzó el rostro y se enfrentó al enorme edificio que era el Hotel Daventry. ¿Cómo demonios habían acabado allí? Debería haberse dado cuenta del rumbo que tomaba su paseo y cambiarlo. El corazón comenzó a latirle con rapidez y quiso que se la tragase la tierra.

—Mejor te espero aquí. No quiero molestar.

Gerald puso los ojos en blanco.

—No seas ridícula, sabes que no puedes quedarte en la calle. —Maldito fuera, tenía razón—. Y me haría mucha ilusión presentarte a Leo. Venga, Amy.

Gerald la miró con ojos de corderito y Amelia se tragó un suspiro. No tenía más remedio que entrar. ¿Con qué excusa iba a negarse a conocer al mejor amigo de su hermano? Era imposible escapar de ello y no quería que Gerald se decepcionase por considerar a su hermana una estúpida sin raciocinio si le contaba la verdad.

Solo esperaba que el señor Daventry fuera un caballero y no la delatase. No le pareció mala persona, pero tampoco alguien que supiese disimular en una situación crítica. Con el estómago retorciéndose por los nervios, siguió a su hermano al interior del majestuoso hotel y en la recepción les atendieron de inmediato. El recepcionista, sin duda enterado de la identidad de Gerald, fue de inmediato hasta ellos.

—Señor Fulton, señorita, bienvenidos —les dijo con cortesía, y le hizo un gesto galante a ella a modo de saludo. En la chapa que llevaba colgada del chaleco decía que se llamaba James—. ¿En qué puedo ayudarles?

—Buenos días, señor Rivers —le dijo Gerald en idéntico tono cortés—. ¿Por casualidad no se encontrará el señor Daventry?

Amelia rezó durante el par de segundos que el hombre tardó en responder para que Leonard Daventry hubiese salido a hacer recados o se le hubiesen pegado las sábanas, pero Dios no quiso escucharla.

—En su despacho, como siempre. ¿Quiere que le avise?

Pero Gerald negó.

—Conozco el camino, no quisiera molestarle más. Gracias, señor Rivers.

Se despidieron del tal James Rivers y Amelia siguió a Gerald a través del impecable vestíbulo. Visto a la luz del día, el hotel era todavía más bonito. La impresionante escalera de mármol blanco que conducía a las plantas superiores rivalizaba con la espléndida lámpara de araña que colgaba del techo. Había repartidos varios sillones de aspecto mullido para que los clientes esperasen y una enorme alfombra persa de color rojo cubría el brillante suelo. El hotel estaba decorado a la última moda y a Amelia volvió a gustarle tanto como el día de la fiesta.

Fiesta en la que besó al dueño del notable hotel. Quería desmayarse allí mismo y no tener que ver a Leonard Daventry. Tal vez podía fingir un vahído. Su traicionera mente ya imaginaba la conversación: «Tiene usted un hotel precioso, pude apreciarlo mientras me sentaba en su regazo. Por cierto, ¿podría no mencionarle a mi hermano que le seduje? Muchas gracias. Oh, por supuesto que quiero una taza de té, es usted muy amable».

Santo Dios, qué desastre.

Se le ocurrió una cosa de repente.

—¿El señor Daventry nos espera?

¿Habría concertado Gerald aquello de alguna forma retorcida porque quería obligarla a confesar? Poco probable, pero no imposible.

Pero su hermano negó y sonrió.

—No es un problema. Tampoco es que Leo fuese a leer su agenda —respondió sin un ápice de preocupación—. Si no puede atendernos, simplemente nos lo dirá y punto.

Amelia cada vez tenía más claro que Leonard Daventry era una persona de lo más peculiar. ¿Despacharlos no sería el colmo de la descortesía? No obstante, Gerald no parecía preocupado. Llegaron a un pasillo lleno de puertas cerradas. Recordaba perfectamente el lugar; lo había recorrido mientras huía de Carmichael, entrando por la última puerta, la del fondo. Amelia tragó saliva y retorció la tela de uno de sus guantes. Ni siquiera recordaba habérselo quitado. Qué poco apropiado.

Se lo puso con rapidez al mismo tiempo que otra de las puertas se abría y aparecía un hombre alto, de cabello castaño y ojos gris azulado que le llamaron la atención. Tenía la nariz algo torcida, pero una sonrisa vivaz y alegre que le hacía parecer muy atractivo. Se detuvo a saludarles.

—Señor Fulton, me alegro de verle. —Se estrecharon las manos de forma muy americana. Su abuela decía que todos los malos vicios se pegaban como la miel, aunque a ella le resultó gracioso ver a dos ingleses saludándose como dos hombres de negocios de Boston—. ¿Viene a ver a Leo?

—Así es, señor Daventry. —Amelia miró al desconocido con renovada curiosidad. Así que aquel hombre era uno de los famosos primos, hermano del marqués de Satherton—. Le presento a mi hermana, la señorita Amelia Fulton. Amelia, él es el honorable Simon Daventry.

Amelia hizo una pequeña reverencia, pero Simon hizo un gesto con la mano restándole importancia.

—No se preocupe por los formalismos, señorita Fulton —le dijo con alegría—. En este hotel solo soy un empleado más y los amigos de Leo son mis amigos.

Amelia se quedó sorprendida. Que ella supiera, estaba muy mal visto que los nobles trabajasen, aunque no fuesen los poseedores del título familiar. Pero no le pareció apropiado preguntar por ello.

—Si me disculpan, he de acabar de contabilizar unas facturas —siguió diciendo—. He quedado a comer con mi esposa y no me perdonaría que llegase tarde. Encantado de conocerla, señorita Fulton.

Lo dijo en tono divertido, pero en su voz y mirada Amelia pudo apreciar el inmenso amor que Simon Daventry sentía por su esposa. Casi sintió envidia. Casi.

Apenas un minuto después, Gerald llamaba con fuerza a la puerta del despacho de Leonard Daventry. Colgado de la madera, había un letrero en el que se leía «Dirección». Los nervios regresaron con renovada fuerza. Gerald golpeó de nuevo.

—Adelante. —Se escuchó desde el interior.

Amelia contuvo un gruñido y se mostró lo más serena posible cuando su hermano se giró para sonreírle antes de abrir la puerta. Respiró hondo, siguiéndole al interior de la estancia.

Enfrentándose de nuevo a Leonard Daventry.

Leo

Leo estaba nervioso y paseaba de un lado a otro de su despacho, incapaz de quedarse quieto. Además de estar preocupado por contratar a Amelia Fulton como su ayudante y demostrarle a la hermana de su mejor amigo que era un bicho raro, Gerald le había pedido un último favor.

—Debemos hacer creer a Amelia que no ha sido idea mía o su orgullo no le permitirá aceptar el trabajo —le había dicho la noche anterior—. Asegúrate de encontrarte en tu despacho a las diez en punto y fingir contrariedad.

Debía mentir a la joven dama, y nunca se le había dado bien ocultar las cosas. Estaba seguro de que era mucho más fácil poner un anuncio en *The Times* y esperar resultados. Pero no quería fallarle a Gerald. Desde que se habían conocido en la universidad, eran como hermanos. Él había sido la primera persona que se había acercado a Leo con genuino interés, no por la posición de su familia. Había obviado sus desplantes, despistes y demás faltas de respeto y visto cómo era Leo en realidad.

Aquello era impagable.

Llamaron a la puerta con fuerza y dio un respingo. Rápidamente se sentó tras su escritorio y fingió estar leyendo algo de sumo interés, aunque en realidad se había pasado un par de horas planeando la cena mortal del próximo mes. Se había enfrascado en una nueva novela de detectives que...

Volvieron a llamar. Carraspeó.

—Adelante —dijo fingiendo seguridad.

O eso esperaba.

Claro que la vida debía de ser malditamente irónica. Cuando se levantó para saludar a los Fulton con una sonrisa, clavó la vista en la famosa Amelia, de la que tanto había oído hablar.

Se le cayó el alma a los pies.

«No puede ser cierto —se dijo con angustia—. No estoy delante de la misteriosa mujer que me besó hace cinco días. Debe de ser mi imaginación».

Parpadeó, esperando que fuera un espejismo. Pero no, allí seguía. Con una cara de susto que debía de ser idéntica a la suya. Leo comenzó a comprender, lentamente, que había besado y tocado de forma muy impropia a la hermana pequeña de Gerald. Fue como si le cayese encima un enorme jarro de agua fría.

Dios santo.

No debían de haber pasado más de dos segundos, pero estaba tan ofuscado que casi se perdió el saludo de su amigo.

—Buenos días, Leo —dijo con una sonrisa amplia—. ¿Molestamos? Quería presentarte por fin a mi hermana. Te he hablado mucho de ella.

Leo no podía despegar la mirada de la señorita Fulton, un par de pasos por detrás de su hermano. La vio hacerle un gesto de súplica con las manos que captó de inmediato: no quería que le dijese nada a Gerald. Leo, que Dios lo ayudara, estaba de acuerdo. No quería recibir un puñetazo de buena mañana.

Así que se repuso como pudo y sonrió como si no ocurriese nada.

—Qué agradable sorpresa, amigo. —Le miró por fin—. Me alegra que hayáis venido a visitarme.

Se dirigió a Amelia, que esperaba tan tensa como el arco de un violín. Con una galante reverencia, le besó la mano.

—Encantada de conocerla por fin, señorita Fulton —dijo con una sonrisa. El alivio de la joven fue casi palpable y se relajó al tanto—. Gerald me ha hablado mucho de usted.

Amelia forzó una sonrisa.

—Lo mismo digo, señor Daventry.

Su voz era muy diferente a la de la muchacha descarada que conoció. Amable, comedida. Le daba la impresión de que Amelia Fulton contenía su verdadero ser delante de su hermano. O quizá era la tensión que la invadía al temer ser descubierta, algo que él mismo sentía en cada músculo de su cuerpo.

—No hace falta que seáis tan formales —dijo Gerald con entusiasmo—. Sois de las personas más importantes de mi vida.

Aquello lo enterneció y le dolió a partes iguales. Gerald jamás debía enterarse de lo ocurrido o lo mataría. Amelia debía de estar pensando lo mismo, porque no parecía capaz de responder.

—¿Qué puedo hacer por vosotros? —dijo Leo, apartándose y cambiando a un tema más seguro—. ¿Os apetece un té?

Sin esperar respuesta, abrió la puerta del despacho y llamó a Tommy, que acudió de inmediato desde el despacho contiguo. Le aseguró que enseguida traerían el té y Leo volvió a cerrar la puerta. Ofreció asiento a los Fulton en los sillones de su despacho y Gerald se sentó donde Amelia lo había hecho días atrás, desplegando todo su descaro. Creyó que ella estaba pensando lo mismo porque miraba el asiento con una fijeza inusitada. Por suerte, Gerald no parecía haberse dado cuenta de nada y comenzó una charla trivial en la que le preguntaba por su familia y por cómo iba el hotel. Leo respondió como pudo, aunque estaba increíblemente tenso.

Cinco minutos después, un par de camareros traían un juego de té completo, con pastas, *scones* y pequeños sándwiches. Lo sirvieron con presteza y se marcharon tan silenciosamente como habían acudido.

—Bendito señor Franklin, como voy a echarle de menos —dijo de modo casual, o eso esperaba—. Me soluciona la vida cada minuto. Ni siquiera había pensado en pedir algo de comer, pero él siempre se adelanta por mí.

Gerald dio un sorbo a su té y lo miró con curiosidad.

—¿Tommy Franklin se marcha? —dijo como si no estuviera enterado. Si Gerald no fuese pintor, podría dedicarse al teatro. Leo casi dudaba que estuviera fingiendo—. Creía que adoraba este trabajo.

—Lo hace, pero su familia le necesita en la granja de Birmingham. Tiene a su padre muy enfermo. Me consta que su marcha le duele tanto como a mí. —Se giró hacia una silenciosa Amelia para hacerla partícipe—. El señor Franklin es mi ayudante personal. Sin él, creo que hubiese incendiado el hotel al menos en dos o tres ocasiones.

—Exagerado —dijo Gerald con un ademán de la mano, restándole importancia a sus palabras—. Aunque admito que es un tipo muy capaz.

—Lamento su situación, señor Daventry —intervino Amelia con educación.

Leo tragó saliva, pues era el momento de la pantomima. Volcó en aquella escenita la habilidad adquirida durante los años que había pasado fingiendo que no le dolía lo que la gente pensaba de él.

—No sé dónde encontraré a alguien tan capaz como él. —Suspiró con ligero dramatismo, aunque se sentía un fantoche—. Pondré un anuncio mañana en *The Times*.

Gerald lo miró con compasión.

—Seguro que aparece alguna persona a la altura del señor Franklin. ¿Verdad, Amelia? —dijo, mirando de reojo a su hermana, que se limitó a asentir.

Ese momento era cuando Gerald había esperado que su hermana se ofreciese para ocupar el puesto de Tommy, pero estaba claro que no iba a decir una sola palabra. Su amigo estaba claramente confuso, pero Leo imaginaba por qué Amelia prefería ahogarse en el Serpentine antes que trabajar con él.

Se inclinaba a darle la razón. Aquella situación no podía ser más incómoda. Por el amor de Dios, si cada vez que rememoraba aquel beso se excitaba y ahora que tenía delante a la mujer en cuestión se sentía sucio.

No, era mejor no decir nada más.

Al ver que su hermana callaba, Gerald bajó los hombros, abatido, y carraspeó.

—¿Estás trabajando en la nueva cena mortal?

Leo lo miró aliviado por el cambio de tema. Quizá su amigo se había rendido.

—Oh, sí —respondió con entusiasmo—. Estoy leyendo una novela de detectives de Willkie Collins que acaba de publicarse. Su prosa es una maravilla y hay alguna escena que me ha dado buenas ideas para la próxima cena mortal.

Hablaron un rato de aquello hasta que el reloj dio las once y Gerald decidió por fin que no valía la pena alargarlo más. Amelia Fulton se levantó del sillón como un resorte, como si estuviera deseando salir corriendo. Leo también estaba aliviado de despedirles.

Los acompañó hasta el vestíbulo del hotel, donde Gerald recuperó su sombrero y bastón.

—Solo una cosa más, Leo —dijo su amigo cuando ya se marchaban. Tanto él como Amelia se quedaron paralizados—. ¿Cuál sería el sueldo por ser tu ayudante? Te pregunto por si se me ocurre alguna persona de confianza que pueda desempeñar el trabajo.

Leo volvió a relajarse y sonrió con cierta disculpa, como siempre que hablaba de sus problemas.

—Treinta libras al mes —respondió sin ningún reparo—. Un sueldo algo más alto de la cuenta, pero es que tratar conmigo es también más complicado, por lo que lo considero justo.

De reojo, creyó ver cómo Amelia abría los ojos asombrada. Gerald asintió y, con una sonrisa, se despidieron. Cuando Leo los perdió de vista, soltó todo el aire que estaba reteniendo sin saberlo. Había sido una de las horas más largas de su vida.

Con suerte, no tendría que ver a Amelia Fulton más de lo estrictamente necesario, y ella parecía ser de la misma opinión.

Capítulo 7

Leo

A la mañana siguiente, Leo intentaba recordar cómo despegar los ojos cuando llamaron a la puerta y, reprimiendo un bostezo, medio adormilado, abrió la puerta sin pararse a pensar en quién podía ser.

Tommy entró en la antesala de su *suite* con la agenda del día en la mano. Le echó un vistazo rápido a su jefe y, sin inmutarse lo más mínimo, dijo:

—Buenos días, señor Daventry. Debería ponerse algo encima.

Leo maldijo. Había olvidado que solía dormir desnudo. Suerte que había llamado Tommy y no alguna de las camareras o doncellas. Hubiese sido la comidilla del hotel al completo. El director del hotel recibiendo a sus visitas como Dios lo trajo al mundo. Normalmente, cuando Tommy llegaba, él ya estaba vestido y preparado para la jornada laboral, pero aquel día era evidente que se le habían pegado las sábanas. No había dormido bien, incapaz de dejar que su mente inquieta descansase. Poco antes de acostarse, se había obsesionado muchísimo con un punto de la cena mortal que debía resolver y no había podido detenerse hasta lograr deshacer el embrollo. Claro que, por entonces, eran ya las tres de la madrugada.

—Suerte que soy digno de ver —bromeó para quitarle hierro al hecho de ser un maldito desastre.

Su ayudante tuvo la prudencia de guardar silencio.

Volvió a su habitación y abrió el armario casi con ansiedad. Como siempre, Leo se vistió solo, sin ayuda, concentrado en la sucesión de prendas que debía utilizar. Pantalones, zapatos, camisa, chaleco, chaqueta, reloj de bolsillo… Repetía el proceso como un mantra diario que lo ayudaba a recordar todos los pasos.

Al terminar, salió triunfante de la habitación y se dirigió hacia Tommy como si nada hubiera sucedido. Su ayudante le echo un vistazo rápido.

—Se ha dejado el pañuelo sin anudar, señor Daventry —le dijo con calma, señalando la tela blanca que rodeaba su cuello.

Leo chasqueó la lengua y se giró hacia uno de los espejos que colgaban de la pared de la habitación. Puso todo su empeño en anudarse la suave tela blanca al cuello como dictaba la moda. No había día en el que no se le escapase algún detalle de su indumentaria.

—Bueno, hoy solo he hecho mal dos cosas antes del desayuno —ironizó—. Promete ser un buen día.

—En realidad, no las ha hecho mal, señor Daventry, sino que sencillamente no las ha hecho —replicó Tommy mientras anotaba algo en su inseparable agenda—. Es un leve matiz, pero importante.

Leo rio entre dientes.

—Eres demasiado magnánimo conmigo. —Leo se sentó en una de las sillas que había junto a la ventana, frente a la mesa donde ya le esperaban unos documentos que firmar. Tommy se sentó frente a él—. Cuando te vayas, el hotel será un caos.

—Exagera. —Aunque creyó ver una sonrisa de orgullo disimulada casi a la perfección—. Solo un leve terremoto.

Contuvo una carcajada.

—¿Qué tenemos para hoy?

De inmediato, Tommy fue sustituido por el profesional señor Franklin.

—Debe aprobar un par de presupuestos para que podamos encargar las nuevas telas para las cortinas de las habitaciones. Ya se los he dejado en su despacho. A las once viene el nuevo chef y debería degustar alguno de sus platos. También debe aprobar el cambio de licores de la sala de juegos. Ha quedado a almorzar con el señor Hughes para ver si es viable que su empresa realice en el hotel aquel evento periodístico del que me habló la semana pasada... —recitó en orden Tommy—. Ah, y recuerde que hoy cena con sus primos en Satherton House, aunque no sea lunes. Es el cumpleaños de lady Sophie, he dejado el regalo en la antesala de la *suite*.

Leo asintió. Tenía en mente la mayoría de las cosas, aunque no todas. Lo que más le funcionaba era seguir un estricto orden, por lo que Tommy solía relatarle su agenda en el sentido horario.

—¿Eso significa que tengo la tarde libre para preparar la cena mortal?

Tommy asintió y Leo sonrió satisfecho. Llamaron a la puerta; era su almuerzo. Tan puntual como el Big Ben.

—Sabe que siempre le busco tiempo para eso —dijo Tommy cuando el camarero les dejó solos de nuevo. Le entregó tres cartas—. Aquí tiene su correspondencia personal. Tiene tiempo para leerla tranquilamente mientras almuerza. Iré a buscarle a las diez al despacho para el asunto de las cortinas.

—Gracias, Tommy —le dijo antes de que se marchase—. ¿Podrías avisar a Simon para que revise de nuevo las cuentas de la última semana? Creo que no hemos añadido los gastos de la fiesta benéfica de la Royal Academy. Uno de los invitados rompió un par de jarrones que me gustaría reponer, pero no sé cuánto margen tenemos para ello. Ya sabes que se pone muy pesado con los gastos que él considera innecesarios.

Su ayudante asintió y un par de segundos después se encontraba solo. Miró por la ventana, desde donde se veía Regent Street. Hacía un día desapacible y la niebla cubría la mayoría de la ciudad. Aun así, se veía algún que otro carruaje cruzando la calle con presteza.

Suspiró y se decidió a abrir las cartas. Las dos primeras eran de antiguos compañeros de la universidad que se interesaban por él y por su vida en Inglaterra. Uno de ellos le decía que le gustaría alojarse en su hotel el mes que viene, pues viajaba a Londres por negocios. Las respondió de inmediato y en orden porque, si lo dejaba para más tarde, lo olvidaría y no quería ser más descortés de lo acostumbrado. Eran ya las nueve cuando cogió el último sobre. Tragó saliva al leer el nombre del remitente.

Edward Daventry.

En los cinco años que llevaba en Inglaterra, podría contar con los dedos de una mano las veces que su padre le había escrito, y le sobraban dedos. Su madre era mucho más comunicativa, aunque solo fuera por insistirle en que debía casarse y formar una familia porque no quería que estuviese tan solo. Incluso las arrogantes cartas de su hermano Rafe eran mejor bienvenidas. Por eso, cada vez que recibía una misiva de su padre, el desasosiego le inundaba.

No solía interesarse mucho por él a no ser que se dispusiera a inundarlo de críticas. La abrió con cuidado, como si fuera a explotar de un momento a otro. Miró la recargada caligrafía de su padre con escepticismo. La carta era breve, pero a Leo se le cayó el alma a los pies.

Leonard:

No dejan de llegarme buenas palabras de mis conocidos sobre tu hotel, así que he decidido que quiero verlo por mí mismo. Tu madre, tu hermano y yo cogeremos el próximo barco que parte hacia Liverpool dentro de dos semanas. Si la marea y el clima acompañan, llegaremos a Londres el doce de octubre y nos quedaremos en Inglaterra hasta después de Navidad. Ya lo he hablado con tu tía Olivia y tu primo Gabriel.

Aunque nos alojaremos la mayor parte del tiempo en Lily Manor, quiero ver de primera mano cómo es tu vida de empresario. Prepara un par de habitaciones para nosotros en tu famoso Hotel Daventry. Por cierto, no puedo creer que hayas utilizado el mismo nombre que usé yo para mis hoteles, ¿acaso te falta imaginación?

Nos vemos el doce de octubre.

Saludos cordiales,

E. Daventry.

Santo Dios. Quedaban menos de dos semanas para el doce de octubre. Pensó en su padre, juzgando absolutamente todos los aspectos de su vida, y un sudor frío se instaló en su columna vertebral. El famoso y poderoso señor Daventry no venía a decirle a su hijo cuán orgulloso estaba de él, sino a sacarle fallos hasta la última piedra del edificio.

Recordó con demasiado detalle la última vez que se habían visto, dos días antes de que Leo partiese hacia Inglaterra para vivir una temporada con sus primos. Ambos pensaban que sería poco tiempo; Leo, porque tenía intención de asegurarse el patrimonio seduciendo a alguna mujer rica que le hiciera la vida más fácil y su padre, porque imaginaba que, como todo lo que Leo emprendía, su viaje acabaría sin terminar. Tenía grabado a fuego lo último que le dijo:

—Eres un bueno para nada, Leonard, pero al menos intenta encontrar un trabajo en Inglaterra con el que puedas ganarte el sustento. —Su voz, fría como el hielo, le caló hondo—. No seas una carga también para tu primo.

Cerró los ojos. Su padre siempre había creído que él no valía para nada que no fuera la diversión. Jamás le había dado la oportunidad de explicarle que, simplemente, Leo era incapaz de hacer las cosas como él quería. Pero no porque no quisiera o no tuviera voluntad, sino porque le resultaba imposible.

Pero, cuando Edward Daventry sacaba sus propias conclusiones, no había nada que hacer. Por eso, en parte, había construido el hotel. Leo quería demostrarle a su padre

—demostrarse a sí mismo— que no tenía razón, y lo había logrado. Había logrado montar un negocio más que rentable a pesar de que su mente no colaborase. Le había puesto el mismo nombre, sí, pero no porque no tuviera imaginación, sino porque quería demostrarle que él también podía encargarse del negocio familiar.

Entonces, ¿por qué le aterraba de esa forma verle de nuevo?

Se levantó con rapidez y bajó las escaleras como un rayo. Al llegar a la planta baja fue a buscar a Tommy, al que encontró en la recepción hablando con James Rivers.

—Tommy, ¿cuándo decías que te ibas a Birmingham?

Su ayudante lo miró sorprendido por su nerviosismo.

—El nueve de octubre, señor.

Gimió con el pánico cruzándole cada poro de la piel. Se iba tres días antes, maldito fuera. Vio llegar de reojo a Charles Grason, el gerente del hotel, y lo llamó de inmediato. Ambos lo siguieron hasta su despacho, y Simon se les unió segundos después.

—Señores —dijo, señalando la carta con dramatismo—. Mi padre, madre y hermano llegarán al hotel dentro de trece días. Esto es una emergencia.

Su primo silbó, comprendiendo de inmediato el problema.

—El temible tío Ed —dijo con sorna—. Juez, jurado y verdugo autoproclamado.

Leo lo fulminó con la mirada.

—No estás ayudando, Simon —le dijo, y su primo le lanzó una mirada de disculpa, pero ambos sabían que no lo lamentaba en absoluto—. El hotel debe funcionar como un impecable reloj cuando mi padre llegue.

—Siempre funciona así —se ofendió el señor Grason—. Al menos, cuando estoy yo al mando.

—Por supuesto que sí —le apaciguó Leo—. Sabe que valoro muchísimo su trabajo, señor Grason, pero estos días ha de ser especialmente agudo. Los tres deben serlo. No escatimen en esfuerzos y personal si es necesario.

El señor Grason se hinchó como un pavo.

—Confíe en mí, señor Daventry.

Leo asintió, agradecido.

—No regales tu dinero a la ligera, primo —le dijo Simon en su papel de contable.

—Estoy seguro de que puedo ofrecer algo más de dinero del habitual a cambio de no tener a mi padre más tiempo del necesario instalado en Londres —le replicó—. Bastante tengo con saber que se queda en Lily Manor hasta después de Navidad.

Simon silbó de nuevo.

—Suerte que le aguantará Gabriel por todos nosotros. —Leo lo miró exasperado y Simon le puso una mano en el hombro, poniéndose serio por fin—. Descuida, Leo, el hotel va bien y seguirá yendo bien dentro de quince días.

Cuando Leo asintió, más tranquilo al ver que sus empleados comprendían la razón de su ansiedad, les dejó ir por fin. No obstante, Tommy, que no había abierto apenas la boca, se giró para enfrentarle.

—Si necesita que me quede…

Pero Leo negó.

—Aunque quisiera tenerte a mi lado para no meter la pata delante de mi familia, no puedo hacer eso. Tu propio padre te necesita. —Su ayudante apretó la mandíbula, pero no replicó—. Sí te pediré que pongas ya un anuncio en *The*

Times. No podemos retrasarnos más en encontrar tu sustituto. Debes haberle enseñado lo máximo posible antes de tu
marcha.

Tommy asintió y salió del despacho con expresión grave.
Leo se pasó la mano por el pelo, nervioso. ¿Por qué su padre
debía venir a meter las narices donde no le llamaban? Una
parte de él quería que viese lo mucho que había conseguido
sin su ayuda, pero la otra estaba aterrada por escuchar sus
críticas.

Al fin y al cabo, era lo único que había recibido de él
durante toda su vida.

Llamaron de nuevo a la puerta con fuerza.

—Adelante —dijo algo molesto. Odiaba que le interrum-
piesen cuando estaba tan fuera de sus casillas porque su
concentración disminuía, pero al girarse y ver quién había
llamado, olvidó la dichosa carta de golpe—. Señorita Fulton,
qué sorpresa.

Parecía tan agitada como él mismo. Lo miró a los ojos y,
de repente y sin poder evitarlo, Leo sintió que el ambiente
se espesaba. No, no podía permitirlo. Como si el tener el
escritorio entre ellos fuese a servir de algo, Leo rompió el
contacto visual y se pertrechó tras la maciza madera.

—Señor Daventry —respondió ella con cautela, dando un
paso adelante—. Creo que debemos hablar.

Por un fugaz momento, se planteó negarse. Al fin y al
cabo, y aunque era muy dado últimamente a rememorar
aquel beso, el halo de misterio que había rodeado a Amelia
se había tornado frío como la nieve al saber su identidad. En
su opinión, no tenían más que tratar. Sin embargo, era un
caballero y hubiese sido de mala educación cerrarle la puerta
en las narices.

Además, en parte sentía curiosidad por saber qué quería, ya que el día anterior apenas había abierto la boca en presencia de Gerald.

—Pase y cierre la puerta, por favor —le dijo finalmente, y Amelia obedeció. Si alguien entraba, los encontraría sentados, con un enorme escritorio entre ellos. Nada peligroso para la reputación de la joven—. ¿Se le ofrece algo? ¿Un té?

Ella negó con la cabeza y tomó asiento frente a él. Parecía nerviosa y se retorcía las manos; una actitud muy lejana a la de la primera vez que se habían visto. Se preguntó cuál de las dos Amelias era la verdadera o si, en realidad, era ambas a la vez. O ninguna.

—¿Y bien? —comenzó, impaciente por ir al meollo del asunto. Si se atrasaba demasiado en sus compromisos, no tendría tiempo por la tarde para seguir con la preparación de la cena mortal. Si su padre iba a asistir a ella, debía de ser la mejor que hubiera hecho hasta la fecha—. ¿Qué puedo hacer por usted, señorita Fulton?

La vio vacilar, como si estuviese pensando qué palabras emplear. No obstante, Amelia pareció recuperar todo su aplomo de golpe cuando lo miró a los ojos y le espetó.

—Gracias por no decirle nada a mi hermano. Ya sabe… —Su voz se apagó.

Leo arqueó las cejas, algo sorprendido.

—No hay de qué —respondió—, aunque, si he de serle totalmente sincero, también lo he hecho por mí. No quería que Gerald me citase al amanecer por propasarme con su hermana pequeña.

Amelia asintió dubitativa, como si no creyese a su hermano capaz de dispararle.

—Aun así, gracias.

Parecía que no iba a decir nada más, pero él quería saber algo. Era una duda que lo carcomía desde que habían sido presentados formalmente y que no lo dejaba en paz.

—¿Sabía usted quién era yo cuando me abordó aquella noche?

—Desde luego que no —respondió de inmediato, y abrió mucho los ojos por el espanto. Parecía sincera—. Si lo hubiese sabido, jamás me hubiese acercado a usted de esa forma.

Leo hizo una mueca.

—Demonios, señorita. Sabe cómo ofender a un hombre.

Había sido demasiado espontáneo. No obstante, la joven no se espantó ante su blasfemia, todo lo contrario. La burla estaba muy patente en su voz, así que Amelia esbozó una pequeña sonrisa.

—Estoy segura de que su ego lo tolerará —le respondió más relajada, y sonrió más ampliamente—. Discúlpeme por mi comportamiento. No quiero que piense que soy una cualquiera. El beso vino a raíz de una tontería de apuesta que hice con mis amigas.

Leo ladeó la cabeza con curiosidad. En ningún momento se le había pasado por la cabeza que la joven fuese una cualquiera, pero sus palabras habían llamado su atención.

—¿Una apuesta?

Amelia apretó los labios, sin duda arrepentida de haber mencionado el asunto, pero le explicó de qué se trataba. Leo la miró asombrado mientras la joven le hablaba de sus tres amigas. Conocía de vista a las gemelas Harlem y creía haber hablado alguna que otra vez con el padre de lady Roxie, el conde de Redford. De hecho, acababa de recibir una invitación para su fiesta campestre. Se había reunido en Londres un cuarteto de damas muy peculiar. Casi parecían americanas.

83

—Los ingleses me tienen muy engañado y confundido —dijo con el ceño levemente fruncido—. Se suponía que las damas debían ser poco más que un florero y resulta que hacen apuestas para besar a hombres desconocidos. ¡Esto sí es interesante!

Fue el turno de Amelia de sorprenderse.

—¿No le parece escandaloso? —le preguntó.

—Oh, sin duda lo es, y si las viejas damas de la sociedad se enterasen, se desmayarían. —Leo no pudo evitar guiñarle un ojo—. Pero eso no significa que sea censurable, al menos para mí. Creo que mis primas estarían encantadas de escuchar esta historia.

Suspiró y se encogió ligeramente de hombros. En realidad, sentía una punzada de dolor hacia su amor propio, pero trató de hacerlo a un lado y fingir ante Amelia que no le importaba en absoluto su pequeño ardid. Al menos, quería pensar que lo había elegido a él por su atractivo y no porque había sido lo más conveniente para cumplir con la apuesta.

—Entonces, ¿no está enfadado? —preguntó ella de forma suspicaz, como si hubiese esperado gritos en lugar de la serenidad de Leo.

—Algo desilusionado, más bien. Yo pensaba que le resultaba atractivo. —Se llevó una mano al corazón con dramatismo. A él se le daba tan bien fingir cuando se encontraba en sociedad que hubiese sido hipócrita por su parte echarle algo en cara a Amelia—. Estoy destrozado por la verdad.

Amelia rio y a Leo le pareció un sonido muy bonito. De hecho, de repente le sorprendió que llevase varios minutos concentrado, sin distraerse lo más mínimo. Aquella mujer le parecía de lo más interesante.

—Entonces, espero que me perdone por mi pequeño engaño y no me descubra ante Gerald.

Parecía de verdad arrepentida y Leo se sentía a gusto con ella. Era inteligente y divertida, bastante diferente a las estiradas inglesas que había conocido. Le gustó su forma de ser y, a pesar de resultarle atractiva, estaba bastante seguro de que no sería un problema. Podría olvidar el beso en cuanto hubiesen pasado unos cuantos días más. Ya no le parecía necesario alejarse de ella tanto como pudiese. Además, no le parecía correcto sentir enemistad hacia la hermana de su mejor amigo.

—Empecemos de cero —le propuso, y le tendió la mano—. Soy Leo Daventry, encantado.

Amelia miró su mano tendida durante unos segundos antes de sonreír con dicha. La verdad era que tenía un rostro precioso y adorable. No pudo evitar volver a fijarse en sus pecas antes de que ella le estrechase la mano a su vez. Casi no había contacto a través de la mano enguantada de ella, pero Leo no pudo evitar evocar a Amelia sentada sobre él.

Había dicho que olvidaría aquel beso, pero quizá le iba a resultar más difícil de lo que pensaba.

—Amelia Fulton —le respondió—. O Amy, si lo prefiere, aunque casi nadie me llama así.

Leo sonrió.

—Me gusta Amelia. —La miró con intensidad, y la notó ruborizarse. Era el momento de recular—. Encantado de conocerla por fin como toca.

Amelia sonrió y se inclinó un poco hacia él. Su semblante se volvió serio.

—Señor Daventry —comenzó—. Quisiera postular para el puesto de ayudante.

Leo arqueó una ceja. ¿Habría tenido Gerald algo que ver? Según su amigo, Amelia era demasiado orgullosa como para aceptar caridad, así que quizá estaba allí por voluntad propia.

—¿Quiere ser mi ayudante? —preguntó. Amelia asintió—. ¿Por qué?

Ella se mordió el labio inferior y Leo no pudo evitar que su mirada se centrase en ese pequeño punto.

«Basta, Leo».

—Necesito trabajar, señor Daventry —le dijo más sinceramente de lo que él hubiese esperado—. Quiero ahorrar y creo... No, estoy segura de que puedo hacerlo muy bien. Sé que soy una mujer y es escandaloso trabajar en algo así, pero tengo una buena educación y cultura, soy organizada y daré todo de mí para desempeñar el trabajo a la perfección. Voluntad no me falta, se lo aseguro.

No se le escapó que no le había explicado nada sobre Nueva York ni la carrera de Medicina, así que prefirió no mencionarlo o ella sabría que Gerald se había inmiscuido.

Se lo pensó un momento. Si podía parar de pensar con la entrepierna y dejar a un lado la atracción inicial, lograría hacerle un favor a su amigo y a la vez conseguir una ayudante con varios días de antelación a la llegada de su padre. Quizá incluso Tommy podría enseñarle suficientes cosas como para que todo fuese sobre ruedas. Era mucho más rápido que esperar a los candidatos que respondiesen al anuncio en el periódico, hacer las entrevistas y elegir a la persona idónea. O a lo mejor no encontraba a nadie idóneo y sería todavía peor.

Quizá no era mala idea...

Pero, ante todo, Leo era empresario, por lo que debía tratar a todo el mundo por igual. Sacó el reloj de bolsillo de su chaleco y lo miró.

—¿Por qué la hija de sir Gerald Fulton quiere ahorrar cuando no creo que le sea necesario? —preguntó.

Ya sabía la respuesta, pero quiso saber qué le diría ella. La vio sonreír.

—Por motivos escandalosos, pero nada censurables.

La pequeña broma le hizo reír. Era una mujer muy aguda.

—Aunque no dudo de su voluntad, no sé si tiene la destreza para ello y ser mi ayudante es un trabajo muy exigente. No porque yo sea un tirano, sino porque tendrá que ser mi mente, mi memoria y mi agenda durante muchas horas al día. No obstante, le daré una oportunidad de convencerme —le dijo, y Amelia lo miró con seriedad—. Tiene dos minutos para demostrarme que es capaz de llevar a cabo este trabajo. Tictac.

Amelia no apartó la vista de él mientras sopesaba su discurso. Leo había esperado un alegato sobre sus muchas virtudes, fueran reales o inventadas, pero lo que no había esperado era lo que dijo a continuación:

—Inquietud mental.

Leo parpadeó, confundido.

—¿Qué?

—Es un término médico acuñado por un doctor galés llamado sir Alexander Crichton —le explicó con una actitud de profesora que le resultaría graciosa si no estuvieran hablando de algo que le tocaba tan de cerca—. Tiene un libro muy interesante[2], que le puedo prestar si quiere, en el que habla

2   Sir Alexander Crichton, médico escocés, describe las características de lo que hoy conocemos como TDA predominantemente inatento en su libro *An inquiry into the nature and origin of mental derangement: comprehending a concise system of the physiology and pathology of the human mind and a history of the passions and their effects*,1798. Lo denomina «agitación o inquietud

de que algunos niños desarrollan una incapacidad para prestar atención que se suaviza al llegar a la edad adulta.

»Según el doctor, estos niños deberían recibir educación especial acorde a su dolencia. Creo que mi hermano John, que en paz descanse, sufría de inquietud mental y creo, señor Daventry, que usted también.

Estaba seguro de que pocas veces le había ido el corazón tan rápido. ¿Estaba diciendo que Leo tenía una enfermedad? ¿Que lo que toda la vida le habían declarado como vagancia y mala educación en realidad era una especie de problema mental?

Inquietud mental…

—¿Cómo sabe usted todo esto? —le preguntó más bruscamente de lo que pretendía.

Pero Amelia no se amedrentó ante su tono.

—Me interesa mucho la medicina y he leído muchísimos libros de diversos temas médicos —le explicó, y su voz se debilitó un poco cuando siguió hablando, como si le doliese pronunciar las palabras—. En especial, este tema me interesaba porque, aunque John murió a causa de un accidente, solía distraerse, perder el hilo de las conversaciones y mi padre siempre pensó que su hijo más pequeño era, hablando en plata, tonto.

Leo no dudaba de ello. Su propio padre lo pensaba de él. Trató de borrar de su mente la mirada de censura que Edward Daventry dedicaba únicamente a su hijo pequeño. No quería perder el hilo de la conversación por culpa de recuerdos lamentables.

—John, además, no paraba quieto un solo segundo y eso es lo que lo llevó a perderse por los campos de la propiedad

mental», haciendo referencia a un estado inquieto y a la incapacidad para atender con constancia.

y caer en aquella zanja. —Amelia bajó el rostro, apesadumbrada, y a él le dio la impresión de que había omitido una parte de la historia. Vio que le temblaba el labio inferior y Leo sintió una punzada de lástima—. Imagino que el resto ya lo conoce.

Gerald jamás le había dado tantos detalles, así que negó. Discretamente, se sacó un pañuelo del bolsillo y se lo entregó para que se secase la solitaria lágrima que corría por su mejilla. Pero ella negó y se la apartó con la mano, impaciente.

—Estoy bien —dijo, y sonrió, más repuesta.

Tuvo ganas de abrazarla, pero sería poco profesional y del todo impropio para ambos, así que se obligó a mantenerse quieto y desterrar tan absurdo deseo.

—No lo sabía, pero, como es un tema doloroso, no tiene que seguir explicándomelo —le dijo Leo, y ella asintió agradecida—. ¿Por qué cree que a mí me pasa eso que ha dicho y no soy simplemente, en palabras de su padre, un tonto?

—Inquietud mental —dijo ella rápido. Dejar el tema de su hermano la ayudó a centrarse de nuevo en la entrevista—. Porque, señor Daventry, usted es uno de los hombres más inteligentes que conozco. ¿Organizar aquel intrincado circuito de pistas y acertijos para el divertimento de sus clientes? Créame que no todo el mundo puede hacerlo.

No tenía que creerla, él lo tenía muy claro. Amelia, sin saberlo, había dado en el clavo: su mayor orgullo eran las cenas mortales que montaba una vez al mes en el hotel y a las que siempre acudía tanto gente alojada en su negocio como ciudadanos de Londres. Empleaba muchísimas horas en ellas, pero lo hacía con gusto.

—Además —siguió diciendo ella, y volvió a sonreírle. Ya no había rastro de tristeza en su rostro—, usted mismo sabe que no es simplemente tonto. Si no fuera así, no recalcaría tantas veces que es difícil trabajar con usted, como si quisiera asegurarse de que las personas que le conocen no se lleven una desagradable sorpresa.

Leo frunció el ceño, bastante molesto. Había calado su actitud de inmediato, maldita fuera. Se estaban hundiendo en el fango de una conversación en la que no se sentía cómodo y no quería seguir así. Él era el entrevistador, no el entrevistado.

—¿Qué tiene que ver todo esto para convencerme de que la contrate? —Quiso volver al tema principal, donde tenía más control.

Amelia se inclinó hacia él con una sonrisa triunfante.

—Porque, si conozco y comprendo su dolencia, puedo adelantarme a ella y ser la mejor ayudante que ha tenido nunca.

Tuvo ganas de reír por su descaro, a pesar de que odiaba la palabra «dolencia» tanto como la de «vago» o «tonto». Era como si el hecho de tener un término que describía lo que le ocurría fuese un alivio y un problema al mismo tiempo. Aunque no estaba seguro de que ella tuviese razón, podía ser una posibilidad y tenía la intención de preguntarle a su médico por ello lo antes posible. Mientras ella aguardaba en silencio y para no olvidarlo, cogió la pluma y se apuntó la palabra «médico» e «inquietud mental» en su pequeña agenda.

Aunque no creía poder olvidarse de algo así.

Pensó en las palabras de Amelia y, aunque no creía que saberse un libro de memoria la convirtiese en una experta en su persona, sí apreciaba su voluntad de querer hacer bien las cosas. Aunque no se lo había dicho, se notaba que quería estudiar Medicina con todas sus fuerzas. Se había presentado allí, sola, a darle sus argumentos con un aplomo envidiable. Leo apreciaba a la gente con iniciativa.

Pensó de nuevo en su padre, que ya estaría cruzando el Atlántico. Tenía prisa por encontrar nuevo ayudante y ella necesitaba trabajo. Era un buen trato.

De momento, le bastaba con eso. Tommy se encargaría de enseñarle lo demás.

—Bien, señorita Fulton —dijo con una sonrisa—. Está contratada. Empieza usted ahora mismo.

Ella abrió mucho los ojos y, de repente, sonrió con tantas ganas que su rostro se iluminó. La alegría salía por cada poro de su piel.

—No se arrepentirá, se lo prometo —le dijo emocionada—. Muchísimas gracias, señor Daventry.

Leo esperaba que tuviese razón.

—Bienvenida al Hotel Daventry.

Capítulo 8

Amelia

El primer día como ayudante del señor Daventry pasó volando. A pesar de la seguridad que había tratado de demostrar en la improvisada entrevista de trabajo, Amelia no podía evitar sentir una pizca de desasosiego al pensar en desempeñar su primer trabajo. Además, en un puesto que, en principio, era catalogado como «de hombres».

«Igual que la medicina y, sin embargo, quieres ser doctora», dijo una vocecita en su cabeza a la que debía darle la razón. Aquel pensamiento le insufló ánimos.

No obstante, y a pesar de las reticencias que le imponía la sociedad, la seguridad que desprendía Leo Daventry al contratarla la había tranquilizado. Se sentía capaz de cumplir su cometido y honrar la confianza que había puesto en ella. La había sorprendido que aceptara tan rápido darle el trabajo; Amelia se había mentalizado para rebatir cada uno de los argumentos que, pensaba, el señor Daventry le daría para rechazarla.

Sin embargo, él apenas había ahondado en su interés por ahorrar dinero y le había bastado muy poco para darle una oportunidad. Le estaba muy agradecida por ello. Más aún por su sueldo.

—¿Treinta libras al mes? Ese salario es demasiado alto y, además, las mujeres no... —había comenzado Amelia, sorprendida.

—¿Las mujeres no cobran tanto como los hombres? —había dicho él con una sonrisa, interrumpiéndola—. Como le he dicho, señorita Fulton, este puesto de trabajo es muy exigente y no voy a hacer distinciones. Es usted igual de válida que un hombre.

Aquellas palabras la habían llenado de una calidez indescriptible. Amelia estaba segura de que, exceptuando sus amigas, nadie había confiado tanto en ella como ese hombre. Otro empresario en su lugar se habría burlado y la habría despedido con una sonrisa condescendiente antes de reírse a carcajadas a su espalda por atreverse a pedirle trabajo.

Con treinta libras al mes, podría ahorrar la cantidad que necesitaba en menos tiempo. Hacía unos meses que había escrito al decano del Geneva College de Nueva York haciéndose pasar por su hermano, interesándose por la carrera de Medicina y por el coste de esta. El decano, muy complaciente, le había explicado con todo lujo de detalles sobre los dos años de estudios, los seminarios y los tres mil dólares que necesitaba para pagar las clases, prácticas y libros necesarios[3]. Su intención era ahorrar al menos para el primer año y después seguir trabajando en Nueva York. Mientras tanto, Amelia cumpliría los veintiún años requeridos para entrar en la universidad.

Todo se ponía en marcha por fin.

Estaba deseando comenzar su trabajo e intentaba no exteriorizar su entusiasmo y parecer profesional mientras el señor Daventry le presentaba a Thomas Franklin, la persona a la que ella iba a sustituir.

---

3   Con la conversión de la época, la cantidad se traduciría en, aproximadamente, unas 700 libras esterlinas de entonces.

—Tommy sabe cómo funciona cada rincón del hotel y lleva mis asuntos con la puntualidad británica de la que yo carezco. —Leo lo miró con apreciación y Amelia se fijó en que el hombre esbozaba una sonrisa de orgullo antes de mirarla con cierta suspicacia—. La señorita Fulton será tu sustituta, enséñale todo lo que creas conveniente que sepa. Ya sabes que es muy importante que aprenda rápido.

Amelia imaginó que el señor Daventry tenía tanta prisa porque el señor Franklin se marchaba pronto de vuelta a Birmingham a ayudar en la granja de su familia. Sin embargo, la mirada que el señor Franklin le dirigió no fue muy amistosa.

—Señor Daventry —le dijo bajando el tono de voz, aunque Amelia pudo escucharle perfectamente—, ¿está usted seguro? ¿Una mujer?

Allí estaba lo que ella había esperado ver en el señor Daventry: desconfianza, prejuicios, condescendencia. Temió por un segundo que su ahora jefe le hiciera caso y le dijese que había reconsiderado su postura. No obstante, él la miró con alegría y sus ojos verdes, totalmente sinceros, hicieron que se ruborizara.

—Claro que estoy seguro. No me digas que eres un hombre de esos que piensan que las mujeres no son capaces de trabajar. —Su tono era jocoso, pero en su mirada Amelia advirtió tensión—. La señorita Fulton es perfectamente capaz de ser mi ayudante.

—Claro que sí —se atrevió a decir ella, mirando desafiante al señor Franklin—. Deme una oportunidad antes de juzgarme.

Vio que las mejillas del ayudante se coloreaban por la vergüenza. Carraspeó y su ceño se relajó un poco.

—Está bien, confío en su criterio, señor. —Miró a Amelia con seriedad—. Será mi sombra de ahora en adelante, señorita Fulton. Más le vale estar atenta y al caso de todo lo que le explique.

Le ofreció la mano para que se la estrechase, saludándola como a una igual, y Amelia lo recibió como una disculpa muda por su poco acertado comentario. Ella la aceptó de inmediato.

—No le fallaré, señor Franklin.

Por el rabillo del ojo vio que Leo sonreía y que no apartaba la mirada de ella. Amelia trató de fingir que no le ponía nerviosa su escrutinio. Durante la entrevista, cuando le había dado explicaciones sobre el beso, él parecía tranquilo y nada ofendido por el tema de la apuesta. Incluso había bromeado sobre ello. Le había parecido incluso aliviado, como si así se ahorrase el tener que rechazarla. En realidad, Amelia se había guardado para ella la razón principal por la que lo había besado: ese hombre le parecía muy atractivo y simpático.

Un tema nada conveniente para una entrevista de trabajo.

Ni para referirse al mejor amigo de su hermano.

Mientras avanzaban por el hotel con la intención de elegir unas cortinas nuevas para las *suites*, Amelia miraba la espalda del señor Daventry, sus andares ligeros, y no podía dejar de rememorar que había estado entre los brazos de ese hombre y que lo había disfrutado. Tampoco podía dejar de pensar que le besaría de nuevo con mucho gusto.

Aunque Amelia jamás había estado en la cama con un hombre, sí había tenido algún que otro encuentro clandestino cuando era adolescente de besos y caricias poco escandalosas. A Amelia, suponía que como a todas las mu-jeres, le gustaba sentirse deseada y guapa. No era inmune a las miradas de apreciación que le había dirigido Leo. Estaba bastante segura de que él no la rechazaría si volvía a lanzarse a sus brazos, pero también percibía cierta reticencia, quizá por el hecho de ser la hermana de su mejor amigo.

Era mejor así, que ambos mantuviesen las distancias. Algo diferente era totalmente inconcebible desde el momento en el que se había convertido en su empleada. ¿Y qué diría Gerald? No, era una atracción imposible de satisfacer. Debía mante-nerse a una distancia prudencial y focalizarse en su verdadero objetivo: marcharse a Nueva York a estudiar Medicina.

El resto del día pasó en una vorágine de compromisos del señor Daventry, presentaciones al resto de empleados y lecciones del señor Franklin que ella apuntaba en su cuader-no con todo lujo de detalles. Amelia aprendió aquel día que el señor Daventry se encargaba de seleccionar a los emplea-dos del hotel, elegir la decoración, gestionar los eventos que se celebraban en sus numerosas salas y dar su aprobación a muchísimos y diversos asuntos.

Por debajo de él se encontraba el gerente del hotel, el señor Charles Grason, que la saludó con un aire militar que le resultó algo pomposo y divertido. Se dio cuenta enseguida de que el señor Grason dirigía el hotel y a todos los emplea-dos con eficiencia y estaba orgulloso de que todo marchase como una maquinaria bien engrasada.

También volvió a ver a Simon Daventry. Era un hombre simpático, al igual que su esposa Rose, que le dio la bienve-nida con timidez y una sonrisa tranquilizadora.

Para cuando terminó su jornada, muy cerca de la hora de cenar, la mente de Amelia bullía con muchísimos datos y nombres nuevos, pero estaba satisfecha de haber podido seguir el ritmo.

Mientras el señor Daventry trabajaba en su cena mortal del mes, el señor Franklin y ella habían estado preparando la agenda del día siguiente. A pesar de su reticencia inicial, el ayudante le explicaba con todo lujo de detalles cada aspecto de su trabajo con paciencia y calma.

—Debe prestar mucha atención, porque el señor Daventry suele olvidar elementos básicos de su vestimenta, que debe responder el correo, firmar facturas o incluso comer —le decía en ese momento con seriedad—. Deberá repetirle las cosas varias veces y asegurarse de que recibe a sus visitas correctamente.

Amelia asintió.

—Sí, ya me he fijado que se despista —dijo sin mencionar el término médico que ella le había dado al señor Daventry—. Procuraré recordarle las cosas en cada momento.

—Tampoco lo exagere —replicó el señor Franklin—. Aunque el señor Daventry es consciente de sus… excentricidades, no le gusta que le traten como a un inválido. De hecho, es muy inteligente y le verá bromear sobre sus olvidos a menudo como si no le importasen, pero lo que en realidad siente es rabia hacia sí mismo. Simplemente trate su comportamiento con naturalidad; solo debe intervenir cuando vea realmente necesario que necesita un toque de atención.

Amelia asintió, pensativa. Sintió que el corazón se le estrujaba de pena al comprender el mal concepto de sí mismo que tenía su nuevo jefe. En realidad, no le sorprendían las palabras del señor Franklin, pues había visto al señor Daventry muy incómodo cuando ella había insinuado que su comportamiento se debía a una enfermedad. De hecho,

Amelia había llegado a pensar que había ido demasiado lejos, que se había pasado de lista y pedante, pero él no le había recriminado nada en absoluto. Algo que también le había sorprendido.

Se había dado cuenta a lo largo del día que el señor Daventry se mostraba abierto, extrovertido y dicharachero ante los demás, como si fuese lo más natural del mundo, pero que en realidad trataba de esconder que a veces perdía el hilo de la conversación y que no estaba escuchando a su interlocutor en absoluto.

Amelia había sospechado que se avergonzaba de sus olvidos, de su inquietud mental. Le había visto apuntar discretamente en su agenda que debía hablar con su doctor, como si fuese un pecado mortal. Se sentía mal por haber dado a entender que estaba enfermo, cuando la realidad era que había demostrado con creces tener la capacidad suficiente como para abrir un negocio y sacar rendimiento de él. Ojalá pudiese verlo como ella y no sintiese esa rabia que el señor Franklin describía. Se disculparía con él en cuanto pudiera.

Se levantó para despedirse del señor Franklin y marcharse a casa. Según él, el señor Daventry dejaba de necesitarles a las seis, cuando se marchaba a sus compromisos nocturnos o a su casa en Mayfair.

—Mañana debe estar aquí... —comenzó él.

—A las siete en punto, media hora antes de que el señor Daventry despierte. Descuide, lo recuerdo. —Le lanzó una sonrisa amable al hombre, que asintió con aprobación.

—Bien, no ha estado mal para un primer día —dijo levantándose—. Iré a asegurarme de que el señor Daventry recuerda que debe ir a cenar con su familia antes de marcharme. Hasta mañana, señorita Fulton.

Amelia miró al hombre con aprecio, sorprendida por su entrega. Desempeñaba su trabajo con una eficacia impresionante.

—Hasta mañana, señor Franklin. Gracias por su ayuda.

Amelia salió del hotel con una sonrisa y la satisfacción de haber cumplido con su cometido. Sí, estaba segura de que podría realizar ese trabajo, el primer paso para cumplir sus sueños.

Con esa motivación, salió del hotel dispuesta a coger un coche de alquiler que la llevara de vuelta a su casa. Estaba segura de que su padre no aprobaría que fuese sola por la calle sin acompañante, pero no podía traer carabina a su trabajo. Suspiró ante la perspectiva de tener una nueva discusión con él.

No obstante, un vistazo al cielo hizo que olvidase la hipotética pelea que se desarrollaba en su mente. Diluviaba con tanta fuerza que le resultaba imposible ver más allá de sus narices. Se arrebujó en su abrigo y decidió esperar a que amainase un poco para buscar un coche de alquiler o acabaría calada hasta los huesos. No había pasado ni cinco minutos sumida en sus pensamientos cuando una voz la sorprendió.

—¿Quiere que la lleve?

Se giró, dando un respingo, y se topó de bruces con la canalla sonrisa del señor Daventry. Amelia no respondió de inmediato, por lo que él se explicó con más detalle.

—Voy hacia Mayfair y tengo el carruaje esperando. No la dejaré aquí sola bajo el diluvio. —Le ofreció su brazo con galantería. Debió de verla vacilante, porque se acercó un poco más y le susurró—: No muerdo, no se preocupe.

Sus palabras hicieron que se ruborizara. Amelia salió de su sopor, todavía sorprendida, y dio un paso atrás. Le tentaba no tener que enfrentarse a la lluvia, pero no le parecía correcto ahora que trabajaba para él.

—No lo veo decente, señor Daventry —le dijo—. ¿Lleva en carruaje a todos sus empleados?

Él encogió un hombro con despreocupación.

—Solo a las hermanas de mis amigos; Gerald me mataría si supiera que no la he auxiliado —le dijo con un guiño—. No se preocupe, su reputación está a salvo conmigo. Será un secreto entre usted y yo.

Una pequeñísima parte de ella se decepcionó con sus palabras, pero su lado racional sabía que aquello era lo que debía suceder. Una relación estrictamente cordial y profesional. Con ese pensamiento en mente, aceptó el brazo que le tendía.

—¿Otro secreto? —dijo con una pequeña sonrisa.

Leo le devolvió el gesto.

—Es casi como si ya fuéramos amigos, ¿no cree?

Amelia no respondió, aunque no le desagradaba la idea de ser amiga de aquel hombre. Pero no era correcto. Llegaron al carruaje, donde el conductor esperaba mirando el cielo con aprensión.

—Va parando, señor Daventry —dijo a modo de saludo—. Aprovechemos ahora antes de que vuelva a llover con fuerza.

Leo le lanzó una moneda al hombre, que la cazó al vuelo.

—Por las molestias, George —le dijo—. Primero, llevaremos a la dama a su casa y, después, no quiero que me esperes. Ve a tomarte algo caliente y a descansar. Ya me las apañaré para regresar, o quizá abuse de la hospitalidad del marqués y le pida una cama.

El hombre se tocó el sombrero a modo de agradecimiento y no rechistó. A Amelia le pareció un gesto muy galante para con su empleado y le sorprendió la familiaridad con la que hablaba con el conductor. Algo que, en realidad, Leo hacía con todos sus empleados al tratarlos como a iguales. ¿Es que aquel hombre no tenía defectos?

Se imaginó que él se describiría a sí mismo con una larga lista de defectos y la culpabilidad volvió a hacer mella en ella.

Subieron al carruaje y Amelia se relajó al encontrarse a salvo de la lluvia. Sintió que su cuerpo quería relajarse tras un día tan largo e intenso, pero su mente seguía en guardia ante la cercanía de Leo. Lo miró y vio que él también le observaba. Sus ojos, tan verdes como el césped recién cortado, parecían brillar ante la escasa luz que había en el carruaje.

—Gracias por llevarme a casa, señor Daventry —musitó para romper el silencio, que comenzaba a hacérsele demasiado espeso.

Él desvió la vista, rompiendo el contacto, y Amelia casi suspiró de alivio. ¿Por qué se sentía tan alterada? ¿Dónde estaba la Amelia poderosa que la poseyó durante el beso? ¿Por qué ahora le daba la impresión de que era él quien llevaba la batuta con apenas mirarla? Quizá era vergüenza, atracción o una mezcla de ambas, sumado a que ya no eran las mismas personas que compartieron un momento íntimo durante una fiesta.

Santo Dios, se le iba a hacer largo el viaje.

—Continuando por donde lo habíamos dejado —respondió Leo finalmente—, si vamos a ser amigos fuera del hotel, debería llamarme Leo. El señor Daventry es mi padre.

Amelia vaciló y se mordió el labio. Vio que él seguía el movimiento con la vista y liberó la tierna carne de inmediato, procurando no ruborizarse.

—No sería correcto —respondió con más aplomo del esperado—. Soy su empleada.

—Ahora mismo, en este carruaje, eres la hermana de Gerald y mi amiga. Yo no soy tu jefe, soy solo Leo —replicó, dejando a un lado los formalismos—. Y me gustaría tratarte como tal.

A Amelia le dio la impresión de que sus palabras eliminaban barreras y ponían distancias al mismo tiempo. Como si ofreciéndole su amistad quisiera dejar patente que aquel beso no iba a repetirse nunca.

Sintiendo un irracional desasosiego, decidió asentir ante la irresistible sonrisa de él.

—A usted... —Se interrumpió—. A ti no se te puede negar nada, ¿verdad?

Leo encogió un hombro y sonrió.

—Te sorprendería saber las muchas cosas que no he conseguido a lo largo de mi vida —respondió—. Aunque es cierto que soy adorable.

Amelia rio sin poder evitarlo y sacudió la cabeza. Aquel era el Leo que había conocido en primer lugar y le gustaba mucho. Quizá no era tan mala idea que fueran amigos lejos del hotel. Le gustaba su compañía, y si él podía olvidar el beso, ella también.

Como si le hubiera leído la mente, Leo añadió:

—Además, ya hemos superado todas las barreras formales, ¿no crees?

La alusión hizo que el corazón se le saltase un latido. Él la estaba mirando con tanta intensidad que casi palpó el momento en el que el ambiente se espesó y crepitó como si uno de los rayos que atravesaban el cielo en el exterior fuese a caer entre ellos. Amelia tragó saliva, pero no apartó la mirada. Estaba atrapada en ese campo verde y se negó a marcharse aunque sabía que debería.

Por el rabillo del ojo vio que Leo cerraba los puños con fuerza, como si estuviera evitando moverse con todas sus fuerzas. Quizá él no era tan inmune a ella como había pensado. Quizá...

No, se negó a seguir por ahí. No podía complicar las cosas, no ahora que había encontrado un buen trabajo y bien pagado. No estropearía su sueño por un absurdo deseo irracional y nada recomendable.

Si él se lanzaba se apartaría, se dijo con seguridad. Pero, cuando lo vio tragar saliva y abrir la boca para hablar, no podía asegurar que su contención no saltase por los aires.

—Amelia... —comenzó.

En ese momento, el carruaje se detuvo abruptamente y ambos se sobresaltaron. Habían llegado a Knightsbridge, a casa de los Fulton. Respirando con dificultad, Amelia tuvo que sujetarse al asiento, con la cabeza gacha, y estuvo segura de que si se levantaba le temblarían las piernas. Pero el hechizo se había roto y una mezcla de alivio y decepción le inundó el pecho, donde su corazón todavía latía con rapidez. ¿Así se sentía el deseo? ¿Cómo era que la gente no moría de infinidad de ataques al corazón? Tendría que preguntarlo en la universidad.

Casi se dejó caer del carruaje, farfullando apenas un «hasta mañana» y sin esperar a que él respondiese. Atravesó la cancela con rapidez, sin importarle estar empapándose por la lluvia.

—Hasta mañana, Amelia —creyó escuchar que decía desde el carruaje.

No se giró para mirarlo, hizo un gesto con la mano, y no soltó el aire que estaba conteniendo hasta que estuvo al otro lado de la puerta principal, a salvo de su mirada. Cerró los ojos, exhausta. ¿Amigos? Imposible.

Leo Daventry era un hombre muy peligroso.

Capítulo 9

Jeff

Una vez al mes, los dos dueños de la empresa Hughes & Harlem se reunían para ponerse al día y tratar los asuntos que fueran necesarios para mantener el buen funcionamiento de los negocios. Como además de socios eran amigos y vecinos de toda la vida, tanto Harry Hughes como Raymond Harlem habían convertido las reuniones de negocios en veladas familiares y solían celebrarlas en sus respectivas mansiones. Desde que su padre se había puesto enfermo y apenas salía de casa, las reuniones se celebraban en la casa de los Hughes y Jeff solía acompañar a los dos socios para aprender de ellos y empaparse del negocio que algún día sería suyo.

Al menos, la mitad.

Aquella noche había bastante gente en la casa. Jeff se había tomado la libertad de invitar a sus amigos y el señor Harlem se había traído consigo a su esposa y a sus dos hijas, así que la casa estaba repleta de gente.

Observó el salón, contento de que su padre estuviese distraído de sus dolores. Desde que la enfermedad dio la cara, Jeff dividía su vida en días buenos y malos. Recientemente los malos se habían convertido en catastróficos; el dolor era tal que a veces su padre perdía el control de su cuerpo y no podía moverse. El médico no podía precisar cuánto le quedaba, pero sí que los días malos serían más frecuentes que los buenos conforme pasaran los días.

Aquel día era de los buenos. Max hablaba con él sobre exportación de sedas y de cómo estaban los asuntos en las colonias inglesas. Su padre estaba claramente encantado con la conversación y por poder dar consejos a alguien que no fuera su hijo. Jeff ya los tenía más que escuchados, pero sonrió al verle tan contento.

«Jeff, necesito verte del brazo de una buena mujer antes de irme».

Recordó sus palabras de la mañana anterior. Jeff, tratando de controlar la impotencia por no poder hacer nada por paliar su dolor, sí podía cumplir su último deseo: encontrar una esposa y casarse.

Aunque la mera idea le hiciese sentir como si lo estuvieran torturando. Pero podía hacer eso por su padre; devolverle aunque fuera una milésima parte de todo lo que él le había dado a Jeff.

Tratando de distraerse de sus malos pensamientos, desvió la mirada hacia el otro lado de la habitación. Wes charlaba con Raymond en voz baja y Leo rondaba por el salón con aire perdido. Parecía más despistado de lo que era habitual.

—¿Estás bien, amigo?

Leo lo miró como si acabase de cortar una línea de pensamiento muy importante. Su amigo solía comportarse de forma extraña, pero normalmente en público se controlaba muchísimo. Debía de estar muy preocupado por algo.

Forzó una sonrisa.

—Sí, es solo que la visita de mi padre me tiene muy trastornado. Quedan dos días para que llegue y mi a... —Se interrumpió y no parecía querer añadir nada más. Jeff no estaba muy convencido de que solo se tratase del temible Edward Daventry, pero no quiso insistir.

—Si puedo ayudarte en algo…

Leo asintió, pero ya no le miraba.

—Siento aguarte la fiesta.

Jeff rio.

—No estás aguando nada, solo son unos señores hablando de negocios —dijo, señalando a los cuatro hombres que charlaban a su espalda totalmente enfrascados—. Ni que hubiese bellas damas a las que cortejar.

—¿Alguien ha dicho «bellas damas»?

Jeff se giró hacia su madre, que le sonrió con dulzura. Las damas habían tomado el café en otra salita y ahora se reunían con los hombres de nuevo. Tras su madre venían la señora Harlem y Heather. Florence cerraba la comitiva. Jeff se quedó mirando a la muchacha y le devolvió el gesto cuando ella le lanzó una pequeña sonrisa. Estaba seguro de que, por muchos años que pasasen, una parte de él siempre estaría sorprendida porque alguien tan bueno y dulce como Florence lo hubiese elegido como amigo. Pero allí estaban tras quince años de juegos, cartas y risas compartidas.

Aunque la vida y la sociedad los estaban llevando por caminos distintos, le alegraba saber que Florence era un elemento inquebrantable en su vida. Más ahora que su padre estaba tan enfermo y que quizá no vería el próximo año. Ahora que debía casarse para darle el gusto, para asegurarse de que pudiese ser testigo de su boda y de cómo encontraba una esposa que quisiera pasar el resto de su vida con él. De que partiese tranquilo sabiendo que la empresa a la que había destinado tanto esfuerzo y energía quedaba en buenas y capaces manos. Jeff se esforzaba cada día para que eso sucediese, aprendiendo sobre la empresa y mentalizándose para asumir que se casaría demasiado joven.

Tantos cambios en tan poco tiempo, pero Florence se mantenía inalterable.

—Las más bellas de todas, sin duda —dijo guiñándole un ojo a su amiga, que apartó la vista de él.

¿Era su imaginación o Florence parecía incómoda?

—Tu hijo es un adulador, querida —dijo la señora Harlem con un golpe de abanico—. Esos son los más peligrosos de todos.

Las dos mujeres compartieron una mirada cómplice y avanzaron por el salón entre risitas nada acordes con su estatus. Jeff les cedió el paso con un galante gesto y las mujeres se acomodaron junto a sus maridos. Heather se sentó frente al piano y comenzó a tocar una alegre tonada que hasta Leo escuchaba con atención. Florence, en cambio, se detuvo junto a él.

—Adulador —le dijo con retintín.

Jeff sonrió. Le gustaba ver que Florence comenzaba a ser la misma de siempre, pues llevaba unos días algo decaída y no tenía claro el motivo. Normalmente se lo contaban todo, pero le daba la impresión de que Florence había creado un muro entre ellos que no le gustaba ni pizca.

¿O era él quien se sentía diferente? Era cierto que llevaba días incómodo, como si algo le rondase por la mente, pero no se materializase del todo. Como un pensamiento escurriéndosele como el agua entre los dedos. Jeff tenía claro que aquella estúpida sensación le dominaba desde que había decidido casarse y nadie a su alrededor entendía por qué se negaba a hacerlo con Florence.

Ella, que era preciosa, inteligente y le entendía mejor que nadie porque era su amiga.

Ella, que sería una esposa magnífica y una compañera aún mejor.

Ella, que lo había besado para después decirle que era parte de una apuesta.

Jamás había pensado en Florence como algo más que su amiga. Jamás hasta la noche en la que ella le besó. No en el momento, pues se avergonzaba al recordar que se había quedado rígido por la sorpresa, mirándola como si estuviese ante un fantasma. Había sido después, en la privacidad de su dormitorio, que se había permitido analizar sus sentimientos, el desbocado latido de su corazón, y se había preguntado si no sería porque la quería mucho. Más de lo que un amigo quiere a una amiga. Pero no había encontrado respuesta. Jamás había estado enamorado y no sabía si la confusa maraña de sentimientos que lo ahogaban tenía que ver con el amor. Sus padres no se habían casado por amor, aunque sí se tenían mucho cariño. Pero jamás había visto en su casa algo como lo que Leo aseguraba ver a diario en sus primos.

Aún no estaba seguro de que haberla rechazado fuera lo correcto, pero no podía decidir sin saber qué era lo que su corazón le dictaba.

No obstante, sí tenía clara una cosa. Se negaba a pedirle matrimonio a Florence porque ella le había besado por una apuesta. Porque no había ni pasión ni amor tras ese acto y Jeff, a pesar de la confusión, tampoco creía estar enamorado. Porque veía cruel que, por comodidad, él le quitase a Florence la oportunidad de encontrar a un hombre que la amase con todo el corazón y la tratase como a una reina. Ella estaba convencida de que no era la clase de mujer que podía despertar pasión en un hombre, pero Jeff sabía que era mentira. Que, si se lo proponía, tendría a todos los hombres a sus pies.

Incluido él mismo.

Pero para ello tenían que volver a ser los mismos de siempre. Los mismos de antes del beso confuso que todavía inundaba su mente cuando menos lo esperaba. Quizá por eso le había pedido ayuda para elegir esposa y quizá por eso se había propuesto ayudarla a cambio. Porque necesitaba esa dosis de normalidad entre ellos. Unos amigos auxiliándose mutuamente.

—Siempre a su servicio, señorita —le dijo con idéntico tono jocoso, esperando recuperar la dinámica divertida que siempre habían tenido.

No obstante, ella perdió su sonrisa de nuevo, como si la hubiese entristecido. Jeff, confuso, tragó saliva. Le preocupaba que esa extraña barrera que los separaba acabase convirtiéndose en un abismo insalvable. No soportaría perderla.

«Lo harás cuando se case con otro —dijo—. ¿O acaso crees que su futuro marido la dejará estar a solas contigo?»

Rechazó de plano sus pensamientos. Florence no se iba a dejar amedrentar por ningún hombre, por mucho que este fuera su marido. Jamás se alejaría de él por algo así, estaba convencido. Ni él de ella.

No obstante, no podía seguir con aquel nudo constriñéndole la garganta. Jeff era implacable en los negocios, tal y como su padre le había enseñado, y a pesar de su juventud. No tenía piedad a la hora de castigar la mediocridad, pero era igual de duro consigo mismo cuando cometía un error. Sus trabajadores le trataban con respeto y él les daba el mismo trato. Imponía mientras trabajaba y se tenía por una persona razonable y serena.

Pero, cuando se trataba de Florence, se convertía en un imbécil.

Vio que el resto de invitados seguían atentos a Heather, así que cogió la mano de Florence con cuidado. Esta lo miró sorprendida y la retiró como si le hubiese quemado. Se sintió como un perro abandonado, rechazado por su dueña. Vio que ella hacía una mueca de arrepentimiento y eso solo consiguió que redoblase sus esfuerzos.

—Ardillita —dijo utilizando el apodo que le puso cuando eran niños por lo mucho que le gustaba trepar a los árboles—. ¿Podemos hablar a solas? Por favor.

Ella lo miró a los ojos y Jeff pudo ver algo de miedo reflejado en los iris, azules como el cielo de verano. No obstante, asintió y en silencio siguió a Jeff hasta el jardín, donde la luna les daba suficiente luz y privacidad como para que pudieran mantener una conversación.

No le preocupaba la reputación de la joven porque todos en aquella casa sabían perfectamente lo muy amigos que eran. Que seguían siendo. Necesitaba arreglar la situación, fuera la que fuese.

La miró. Estaba preciosa con el vestido azul oscuro que se había puesto para la ocasión y que ahora parecía plateado. Sus grandes ojos azules y su cabello rubio le hubiesen dado un aire de muñeca si no fuera porque era casi tan alta como él. Parecía incómoda y lo miró dubitativa, algo que lo llenó de desasosiego.

—Florence —comenzó sin andarse con medias tintas—. ¿Qué nos pasa?

Ella lo miró sorprendida.

—¿Cómo?

Jeff inspiró hondo y soltó de sopetón todas sus dudas.

—Das respingos cada vez que me acerco a ti, tu expresión es triste casi siempre y cada vez que te toco te apartas de mí. —Florence bajó la mirada y él quiso alzarle el rostro, pero no se atrevió por si ella volvía a alejarse—. Sé que te pasa algo y no sé si es porque yo he hecho algo mal. Sea lo que sea, podemos solucionarlo.

Florence negó con la cabeza, todavía sin mirarle.

—Habla conmigo, ardillita. —Su tono era una súplica, pero no le importó. Ella no dijo nada y Jeff suspiró, abatido—. Ni siquiera me miras.

Florence alzó el rostro y el corazón se le paró al ver las lágrimas que corrían por sus mejillas. Sin pararse a pensar, él la abrazó con fuerza, acunándola entre sus brazos. Florence lloró contra su pecho, llenándole la camisa de lágrimas mientras él le acariciaba el pelo y le susurraba palabras de consuelo que no parecían tener efecto.

—Florence, ¿qué puedo hacer? —le dijo agobiado—. Dímelo.

Ella se apartó entre hipidos y lo miró. Sus ojos estaban tan devastados que una parte de él supo lo que ella diría antes de que las palabras se pronunciasen.

—No puedo seguir con esto, Jeff —dijo—. No puedo seguir siendo tu amiga.

El abismo que tanto temía se abrió a sus pies de golpe. Retrocedió un paso, como si ella le hubiese golpeado.

—¿Por qué? —atinó a decir. Un pitido desagradable se había instalado en sus oídos.

Florence dio un paso atrás y negó, guardando silencio. Parecía querer escapar de él, salir huyendo, pero Jeff no pensaba dejar las cosas así.

—Si me estás destrozando, qué menos que darme una explicación —le dijo con una voz que no parecía la suya.

Ella le miró desolada, como si aquello fuese tan difícil para ella como para Jeff escucharlo.

—Porque ya no es lo mismo —dijo con voz estrangulada—. Tenemos vidas diferentes, metas distintas, y es una estupidez seguir manteniendo una amistad que no va a ninguna parte. La gente habla y mi reputación se ve afectada por nuestra... relación. Nadie me pedirá matrimonio si...

No podía creer lo que estaba escuchando.

—¿Que no va a ninguna parte? —repitió—. ¿Te estás oyendo, Florence?

Se enjuagó las lágrimas con el dorso de la mano y asintió.

—Es mejor que lo dejemos aquí —dijo con la voz más controlada—. Tú vas a casarte y yo ya no seré nadie en tu vida. Cuanto antes nos hagamos a la idea, mejor.

Jeff la miró incrédulo.

—¿Es por eso? ¿Crees que cuando me case me voy a alejar de ti?

Florence le sostuvo la mirada.

—No lo creo: lo sé. Tendrás esposa, hijos y una familia que atender —dijo de corrido, como si lo hubiese estado meditando durante días. Quizá era precisamente lo que había hecho: encontrar la mejor manera de partirle el corazón—. Así que, cuanto antes cortemos esto, mejor.

Sacudió la cabeza, indignado. No daba crédito y le resultaba inconcebible que Florence se comportase así y tratase quince años de amistad como «esto».

—Así que esa es la opinión que tienes de mí —dijo con voz fría, decepcionada. Ella dio un respingo, dolida—. La opinión que tienes de nuestra amistad. ¿Me estás diciendo que si me caso te pierdo? ¿Es eso, Florence? ¿Mi padre o tú?

—Jamás te haría elegir algo así. Pero es mejor que me vaya.

Incrédulo, fuera de juego completamente, la vio alejarse unos cuantos pasos y esa vez no la detuvo. Las lágrimas volvían a correrle por las mejillas, incontrolables. Contuvo el deseo de enjugárselas. Ya no tenía ese derecho.

—Yo no tengo opinión en esto, ¿no? Simplemente te vas, como si quince años de amistad no significasen nada para ti.

Eso la dejó paralizada y se sostuvieron la mirada durante un par de segundos. Dolidos, destrozados y, en el caso de Jeff, desconcertado.

—Tú has tomado tu decisión y yo la mía. —Florence le dio la espalda y sus palabras fueron como puñales clavados en su pecho—. Es mejor así, Jeff.

Segundos después, Jeff se quedó solo en medio del jardín con el alma hecha pedazos, preguntándose de nuevo por qué todo lo que tenía que ver con Florence dolía tanto.

Por qué sentía que le habían robado el corazón del pecho.

Amelia

—Espero que sea rápido, mañana madrugo muchísimo para ir a trabajar —dijo Amelia tras abrazar a Roxie en su salita privada, en Redford House—. ¿Sabes por qué nos han citado?

Su amiga negó.

—Heather me mandó una nota pidiéndome que hiciésemos una reunión urgente en mi casa y me limité a avisarte, no sé nada más. Yo mañana me marcho hacia Bedforshire, así que estoy tan desconcertada como tú —respondió, encogiéndose de hombros. Después la miró con curiosidad y esbozó una sonrisa—. Es extraño oírte decir que tienes que ir a trabajar.

Amelia sonrió, entendiendo lo que quería decir. Llevaba casi quince días trabajando para Leo Daventry y todavía no podía creerlo. Estaba labrándose el futuro ella sola y se sentía muy orgullosa de haber aprendido todo lo que el señor Franklin le había enseñado y que estaba poniendo a prueba desde que el hombre había dejado su puesto de ayudante definitivamente hacía un par de días con desolación, pero con la satisfacción de haber cumplido su cometido.

—Creo que lo harás muy bien, Amelia —le había dicho antes de despedirse, ya totalmente convencido de su valía—. Tienes mucho talento.

Sus palabras la habían llenado de orgullo y satisfacción y, conteniendo las lágrimas, se había despedido de Tommy con tristeza y emoción a partes iguales.

—Es increíble, ¿verdad? —le dijo a Roxie, volviendo al presente—. Mi padre cree que voy a cansarme en dos días, pero no tiene ni idea de lo equivocado que está.

—¿Te gusta?

Amelia asintió, encantada.

—Obviamente no es tan maravilloso como creo que será ejercer de doctora, pero la verdad es que me gusta mi trabajo —le dijo con sinceridad—. Además, el señor Daventry es un buen jefe. Justo. Me paga como si fuese un hombre, ¿sabes?

Roxie parpadeó, tan sorprendida como ella lo estuvo en su momento. La verdad era que, cuanto más conocía a Leo, más le parecía una persona excepcional. No solo la trataba a ella con respeto, sino que se portaba de maravilla con todos los empleados del hotel, y Amelia veía a diario que todos le adoraban. Jamás perdía la sonrisa y era sumamente inteligente. A pesar de lo mucho que se despistaba y lo olvidadizo que era para las cosas más triviales, Leonard Daventry era capaz de recordar el nombre y apellido de todos los empleados, sus familiares y la situación de cada uno de estos. Por no hablar de que tenía en mente cada uno de los intrincados detalles que hilaba para crear misterios y asesinatos ficticios o, como él mismo los llamaba, «las cenas mortales».

Le parecía una persona increíble y cada día reforzaba más esa impresión.

—Desde luego, parece una persona singular tu señor Daventry. —Roxie sonrió con picardía y pareció leerle la mente cuando añadió—: ¿No piensas nunca en repetir el beso?

Amelia recordó aquella noche lluviosa en la que ambos compartieron carruaje y la tensión se instaló entre ellos. Las manos de Leo cerradas en puños, como si estuviera conteniéndose a duras penas. Recordó lo mucho que le latió el corazón y el deseo que la recorrió de pies a cabeza. A veces, tras meditarlo, se preguntaba si no se habría inventado todo. Si su corazón, deseoso de aventuras, no se habría empeñado en ver y sentir lo que en realidad no ocurría. Leo se había portado como si aquello no hubiese sucedido jamás y quizá era así.

—Al principio, me daba la impresión de que ambos habíamos pensado en ello —respondió Amelia, y sintió que se sonrojaba—. Pero lleva varios días manteniendo las distancias y se porta de una forma muy profesional. Así que creo que eran imaginaciones mías.

—O tus propios deseos, que te juegan malas pasadas. —Roxie movió las cejas con intención y Amelia se echó a reír—. Coincido que seducir a tu jefe no es la mejor idea, pero podrías plantéartelo cuando vayas a marcharte a Nueva York. Ya sabes, un regalo de despedida.

Le guiñó el ojo sin ningún asomo de vergüenza.

—Roxanne Walcott, ¡eres una descarada! —Amelia fingió escandalizarse y la otra se carcajeó. Le alegraba mucho que su amiga estuviera más animada que la última vez que se habían visto—. Que tiemble la aristocracia cuando pases por su lado.

La sonrisa de Roxie flaqueó un poco, pero no dejó que Amelia ahondase en ello.

—No me cambies de tema, estamos hablando de ti.

Amelia negó.

—No creo que suceda nada, Roxie. Aquello fue por la apuesta y nada más —le respondió—. Además, el señor Daventry padre llega mañana desde Boston y Leo está tan nervioso que casi tengo que trabajar el doble. Si no llevase la cabeza pegada al cuerpo, la perdería. No tengo tiempo para romances, sino para ahorrar suficientes libras.

Roxie frunció los labios en una mueca.

—Aguafiestas.

No le dio tiempo a añadir nada más porque la puerta de la salita privada de Roxie se abrió y Heather entró con cara de circunstancias, seguida de Florence. En cuanto Amelia le vio la cara a su amiga, supo lo que había sucedido.

Los ojos de Florence, increíblemente rojos, se inundaron en cuanto las miró.

—Le he dicho que se acabó nuestra amistad.

No hizo falta más. Amelia se levantó y la abrazó con fuerza mientras Florence lloraba sobre su hombro como si estuvieran arrancándole el alma. Roxie y Heather se acercaron a ellas, acunándola también, como si entre las tres pudieran protegerla del dolor que le estaba partiendo el corazón. Amelia miró a sus amigas, apesadumbrada.

—Es lo mejor que podías hacer, cielo —dijo Heather con suavidad—. Dolerá ahora, pero después estarás bien. Aunque ahora no te lo parezca.

Un amor no correspondido debía de ser de las peores torturas que podía sufrir una persona. No se lo deseaba ni a su peor enemigo. Amelia apretó más a Florence contra ella, que temblaba entre hipidos y sollozos.

—Estamos contigo —dijo Roxie, y le acarició el pelo.

Amelia sabía que nada de lo que decían podía llegar hasta ella, consolarla. Así que no dijo nada. Simplemente dejó que Florence le empapase el vestido con sus lágrimas, sin soltarla. Asegurándole en silencio que estaría con ella para ayudarla a pasar el duelo.

Así era la amistad. En las buenas, en las malas y cuando se tambalease el mundo. Porque sus amigas jamás la dejarían caer y Amelia tampoco a ellas.

Capítulo 10

Leo

Apenas había podido pegar ojo en toda la noche y fue a dormirse, agotado, cuando los primeros rayos de sol atravesaban el cielo. Por eso, cuando Amelia llamó a su puerta para realizar la reunión matinal, Leo se despertó sobresaltado y sin saber bien dónde se encontraba. Había estado soñando con su padre y escenas desagradables que eran más recuerdos que pesadillas, por lo que le costó regresar a la realidad mientras se levantaba de la cama.

Un nuevo golpe en la puerta lo puso en marcha. Fue a trompicones hacia la puerta, con la boca pastosa y la mente adormilada. Abrió sin apenas aliento y, nuevamente, no recordó que debía vestirse primero.

Hasta que vio la cara de Amelia, roja como la grana, soltando un grito ahogado y girándose para darle la espalda a la velocidad del rayo.

Leo soltó tal blasfemia que se escuchó por encima de la puerta cerrándose de un fuerte golpe. Cerró los ojos, maldiciendo, y apoyó la frente en la hoja, tan fuerte que se hizo daño. Se lo merecía por imbécil. Sintió que el calor subía por su cuerpo hasta las orejas, la vergüenza haciendo acto de presencia al asumir que acababa de presentarse ante su ayudante sin ropa. Cuando se trataba de Tommy, era fácil de pasar por alto, pero siendo Amelia...

Echó muchísimo de menos a Tommy en ese momento, pues ni siquiera se hubiese inmutado al presentarse ante él de una forma tan indecente. Se tragó la frustración y trató de recordarse lo que su antiguo ayudante le había dicho antes de marcharse.

—Muchísimas gracias por todo, Tommy —le había dicho él con sinceridad, dándole un abrazo repleto de camaradería.

Su ayudante, demasiado británico como para aceptar un gesto tan íntimo sin mirarlo escandalizado, carraspeó con incomodidad antes de responderle.

—Le dejo en buenas manos, señor Daventry —declaró con solemnidad—. Ha sido un placer trabajar con usted.

En buenas manos, sí. Dios santo, era un asno. En esos momentos, odiaba su mente con toda su alma. Iba a encargar un ajuar completo de ropa de cama y aprendería a utilizarlo.

—Lo siento mucho, Amelia. —Leo le habló a la hoja de madera, esperando que ella siguiese allí. No la hubiese culpado si hubiese salido corriendo. ¿Cómo iba a mirarla de nuevo a la cara?—. Me visto de inmediato. Voy a dejarte la puerta abierta para que puedas entrar en la *suite*. Yo me voy a mi dormitorio.

—De... de acuerdo, señor Daventry. —La escuchó carraspear con incomodidad y su vergüenza aumentó. Cerró los ojos y quiso darse otro golpe en la frente—. No se preocupe.

Reprimió una carcajada amarga. Que no se preocupase... Precisamente aquel era el día en el que llegaba su padre y se sentía más perdido que nunca. Se comportaba peor que nunca. Se encerró en su habitación, se lavó la cara con agua fría para ver si le entraba algo de entendimiento y rápidamente buscó su ropa. Pantalones, zapatos y camisa, aquello era lo primero. Repitió para sí mismo las tres palabras hasta que estuvo vestido y al menos visible. Ahora quedaba todo lo demás.

Pero era incapaz de concentrarse. La tercera vez que intentó sin éxito ponerse los gemelos, se rindió. Abrió la puerta con cuidado y vio a Amelia sentada en una silla mirando al frente, con la espalda tan tiesa que sintió un nuevo ramalazo de culpabilidad. Estuvo a punto de no decirle nada, pero estaba claro que no estaba en sus cabales y necesitaba ayuda. Al fin y al cabo, su dignidad ya había saltado por la ventana.

Pensó que Amelia lo entendería. Que sabía que su «inquietud mental» a veces era más fuerte que él. Leo había consultado con su doctor la posibilidad de que Amelia tuviera razón y el doctor le había dicho que no hiciera caso de un informe de un médico escocés. Su comentario desdeñoso le había recordado al desdén inglés hacia los extranjeros que él mismo sufría, así que salió de su consulta decidido a cambiar de médico y a leerse el libro que Amelia le había recomendado. Aunque todavía no había tenido el valor de pedírselo.

Pero sabía que ella lo entendería.

—Señorita Fulton —la llamó pensando que mantener las distancias protocolarias era la mejor baza que tenía—. Siento pedirle esto, pero me siento incapaz de terminar solo la rutina de vestirme.

Ella lo miró con los ojos muy abiertos, pero vio cómo el alivio inundaba su mirada al no ver ninguna parte de su cuerpo desnuda. Bajó los hombros y se levantó. Parecía resuelta a no decir nada sobre el tema y Leo se lo agradecía con toda su alma.

—Por supuesto, señor Daventry. —Dejó la agenda encima de la mesa y se acercó—. Yo le ayudo.

Leo la miró, avergonzado. De él mismo, de sus despistes y de su escasa capacidad de concentración, porque lo único en lo que podía pensar en esos momentos era en que su padre estaría llegando en tren desde el puerto de Liverpool, directo hasta el hotel. Sentía absoluto pánico y era incapaz de mantenerlo a raya.

—Lo siento mucho —repitió, mirándose las manos. Le temblaban—. No sé qué me ocurre.

Le diría que era un inútil, que no valía para nada. Que su negocio era pura suerte, que no entendía cómo había logrado que fuera rentable…

Cerró los ojos, tratando de parar aquel despliegue de pensamientos negativos. Respiró hondo, pero el aire se atascó en sus pulmones. Tenía un nudo atravesándole la garganta. De repente, las manos de ella se posaron sobre las de él y alzó la cabeza, sorprendido. Amelia le dedicó una sonrisa tranquilizadora.

—Es un ataque de pánico. Céntrese en respirar, que yo me encargo del resto.

La vio abrocharle la camisa despacio, pues se había dejado varios botones. No parecía incómoda, pero Leo sintió que aquello no estaba bien. Que cada decisión que había tomado desde su sobresaltado despertar era un maldito error.

—Puedo pedirle a George que…

—No, está bien. —Lo miró a los ojos y le sonrió de nuevo. Leo se perdió en sus pecas y en su mirada sincera—. ¿Qué clase de ayudante sería si dejase que otros hiciesen mi trabajo?

—Ayudarme con la ropa no es su trabajo —replicó él, resignado.

Pero Amelia negó. Se fijó en que sus pestañas eran larguísimas cuando bajó la mirada para acabar de abotonarle la camisa.

—Me refería a poner orden cuando usted solo ve caos.

Leo tragó saliva, agradecido. Trató de centrarse en sus movimientos, seguros y firmes. Dejó que ella le pusiese los gemelos y el chaleco. Trabajaba despacio, con cuidado, y Leo se dio cuenta de que procuraba tocarle lo menos posible. Aun así, Leo sintió que aquel momento tenía cierto grado de intimidad que lo abrumó.

—Parece que ha hecho esto toda la vida —dijo para romper el silencio. El nudo del pecho comenzaba a ser más soportable.

Amelia rio y le indicó que se girase para poder ajustarle el chaleco por la tira de la espalda. Leo miró por la ventana, al cielo londinense, y trató de respirar hondo, quitándose la desagradable sensación de parecer un niño pequeño. Casi se pierde la respuesta de Amelia, pero logró a duras penas centrarse en su voz.

—El secreto está en tener un hermano y ser muy observadora.

Leo se sorprendió sonriendo. Amelia Fulton era una mujer peculiar. Más que nunca, se dijo que había tomado una buena decisión contratándola. Antes de marcharse Tommy le había dicho que la joven aprendía rápido y que tenía mucha predisposición. No obstante, y aunque eran buenas noticias, Leo dudaba que pudiese ayudarle con su padre allí.

Estaba claro que se equivocaba.

La miró coger la corbata y acercarse para ponérsela. Leo ya se sentía más dueño de sí mismo, pero sin saber muy bien por qué, la dejó hacer. La miró mientras colocaba bien la tela esmeralda por debajo de las solapas de la camisa y se disponía a hacer el nudo. Frunció ligeramente el ceño y Leo reprimió las ganas de alisárselo con la yema del dedo. Observó de nuevo sus largas pestañas y, más abajo, sus labios...

—La corbata hace juego con sus ojos —dijo ella de forma distraída.

La miró sorprendido y ella se mordió el labio, como si se arrepintiera de lo que había dicho. Sus mejillas se colorearon de un rojo intenso mientras apretaba el nudo. Leo tragó saliva.

Un calor muy diferente al de la vergüenza se instaló en sus pantalones cuando ella terminó de apretar el nudo y volvieron a mirarse a los ojos. Leo no supo qué vio ella en su mirada, pero la observó alejarse un paso y contener un suspiro que tuvo ganas de atrapar con un beso.

Era el momento de detener aquello. Ya se había dado cuenta en el carruaje, dos semanas atrás, que aquella mujer le afectaba los sentidos y que cuando se encontraba cerca toda su atención se centraba en ella sin que Leo tuviera que esforzarse. Se sentía demasiado atraído como para no procurar mantener las distancias, y le había salido bastante bien hasta aquella misma mañana.

Carraspeó y se alejó hacia el armario para coger la chaqueta. Le dio la espalda dos segundos para recomponerse y se giró.

—Creo que ya estoy más tranquilo —dijo, poniéndose la chaqueta—. Gracias por su ayuda.

Aquello último fue completamente sincero y ella debió entenderlo así, porque le sonrió en respuesta.

—El pañuelo, el sombrero y el reloj, señor Daventry —le indicó sin acercarse. Él obedeció y cogió todos los complementos de los distintos cajones. Cuando se giró hacia ella, asintió satisfecha—. Muy elegante.

Leo sonrió y le indicó con un gesto cortés que se dirigiera de vuelta a la antesala de la *suite*. En ese momento llamaron a la puerta para traer su desayuno y el silencio se instauró entre ellos mientras el camarero dejaba los platos sobre la mesa. No se movieron hasta que la camarera los dejó solos de nuevo.

—Me ha salvado la vida —dijo, sentándose en su mesa habitual con ella enfrente. Había recuperado su enorme agenda y la sujetaba contra su pecho como un escudo. Aunque Amelia había demostrado gran temple, le preocupó que aquella situación tan incómoda fuera irreversible—. De verdad que lo lamento. A veces olvido…

—Está bien —lo cortó ella, y sonrió—. A la próxima me aseguraré de gritarle que se vista a través de la puerta cerrada. Entiendo que la visita de su padre lo tenga preocupado e inquieto.

—Por no decir completamente desquiciado —sonrió tratando de bromear—. Van a ser días muy largos, lamento de antemano todos los problemas que pueda causarle.

Ella hizo un ademán con la mano, restándole importancia.

—Repito que mi trabajo es quitarle problemas.

Leo se sirvió un café en silencio. Le ofreció lo mismo a ella, pero Amelia declinó la oferta. Escribía algo en su agenda cuando Leo respiró hondo, dispuesto a sincerarse de nuevo.

—No me dejará solo, ¿verdad? —Necesitaba escucharlo para sentirse menos vulnerable—. Cuando mi padre está cerca, yo… soy diferente. Como si mi seguridad se evaporase.

En realidad, no tenía claro que la seguridad que trataba de proyectar al mundo fuera falsa la mayoría del tiempo, no solo cuando su padre andaba cerca. Amelia alzó los ojos y lo miró con seriedad. Leo observó sus iris avellanados y tragó saliva de nuevo cuando le dijo:

—Estaré con usted todo el tiempo. Lo prometo.

La gratitud lo inundó y por fin pudo dar un sorbo al café sin temer vomitar. Esperaba que lo despertase lo suficiente como para poder combatir a Edward Daventry.

Capítulo 11

Amelia

Por la actitud de Leo los últimos días y por la tensión que se respiraba en el ambiente y entre los trabajadores ante la inminente llegada de Edward Daventry, a Amelia no le hubiese extrañado que cruzase la puerta del hotel el demonio encarnado luciendo sus cuernos rojos y una mirada oscura que prometiese muerte.

No obstante, las elegantes puertas del Hotel Daventry se abrieron para dar la bienvenida a un hombre de unos cincuenta años de gesto adusto pero atractivo. Tenía los ojos azules, hombros anchos y complexión fuerte. No se parecía nada a su hijo. Mientras que la mirada de su jefe era cálida, simpática y accesible, la de su padre era fría como el hielo. No le gustó en absoluto.

El señor Daventry vio a su hijo y se acercó a él a paso vivo. Tras el hombre venía una mujer muy guapa que miraba a su alrededor impresionada y una versión más joven de Edward, que imaginó que era Rafe, el primogénito. Unos pasos por delante de él, escuchó a Leo tragar saliva y Amelia quiso darle la mano para infundirle ánimos y decirle que todo saldría bien.

Pero no era correcto ni profesional.

«Ah, pero ayudarle a vestirse sí es correcto, ¿no?».

Recordó la mirada hambrienta que Leo le había lanzado mientras le colocaba la corbata y se le aceleró el corazón.

Había necesitado toda su fuerza de voluntad para dar un paso atrás y comportarse como una profesional. Estaba necesitando dicha voluntad para no reproducir en su mente la imagen de Leo desnudo.

Dios santo, aquel hombre era una obra de arte. Maldito fuera. Obviamente, Amelia jamás había visto a ningún hombre desnudo, ni siquiera a su hermano, pero Leo le había parecido demasiado atractivo.

Habían sido solo dos segundos, pero suficiente para que la imagen se clavase en su retina y no se marchase. Mientras Amelia le ayudaba a vestirse, trató de no tocarle demasiado, aunque en realidad tenía ganas de reseguir con la yema del dedo las líneas torneadas de su pecho que se apreciaban debajo de la tela. Había sido un momento demasiado íntimo para tratarse de su jefe. Pero otra vez había sentido la misma tensión que en el carruaje, que hacía que le temblasen las piernas.

—Está mirando todo como si lo odiase —le susurró con enfado el señor Grason a su lado, haciendo que regresase al presente. Bendito fuera—. ¿Para qué viene entonces?

Amelia se fijó en el señor Daventry que, efectivamente, miraba a su alrededor con seriedad, como si se preguntara por qué estaba allí soportando tamaña falta de buen gusto. Amelia vio que se giraba hacia Leo y había esperado un saludo o algo similar, pero el señor Daventry espetó:

—No está mal para ser tuyo.

Amelia lo miró con rabia. ¿Cómo se atrevía a denostar así todo el trabajo de Leo? Ahora entendía el miedo que sentía aquella mañana. Leo sabía que no recibiría nada bueno de su padre y, por su mirada, no le había sorprendido. Pero sí vio, por la mueca que trató de ocultar con rapidez, que le dolían sus palabras.

A su izquierda, escuchó a Simon Daventry chasquear la lengua con disgusto.

—Típico del tío Edward. Es un amargado. —Lo miró con antipatía y Amelia se alegró de no ser la única que tenía ganas de golpear su estúpida cara.

—Me alegro de verte, padre —dijo en cambio, aunque por su tono cualquiera dudaría de que era cierto.

—Mi querido hijo. —La mujer sí se acercó a Leo con el cariño reflejado en sus rasgos. Amelia vio de dónde había heredado los ojos su jefe. La señora Daventry era realmente bella y su sonrisa amable acrecentaba esa idea—. Estás guapísimo. Inglaterra te sienta bien.

—¡Leo, hermano! —Rafe se acercó para golpearle en el hombro con la mano de forma amistosa, y vio que este tambaleaba un poco—. ¿Cómo estás? ¡Menudo palacio! Demasiado inglés para mi gusto, pero muy majestuoso. ¡Has creado un buen negocio!

Aunque el hermano le parecía demasiado ruidoso, tampoco había sido demasiado desagradable a pesar de su insulto velado hacia los ingleses. Amelia volvió a mirar con rencor a Edward Daventry. La señora Daventry, Agatha, todavía no había soltado a su hijo y este le sonreía con cariño. Rafe parloteaba sin parar al lado de su hermano pequeño, pero Edward estaba allí como una estatua, incapaz de decir o hacer nada agradable.

—Voy a echarle una mano —dijo Simon antes de adelantarse—. ¡Tío Edward! ¿Cómo es que te has decidido a cruzar el charco de nuevo?

El señor Daventry miró a su sobrino con desagrado, quizá por su espontaneidad. Aunque Simon tampoco intentó ocultar que le importaba un bledo su opinión.

—Tía Agatha, tan bella como siempre —dijo, pasando de largo ante su tío y haciéndole una galante reverencia—. Primo Rafe, estás estupendo.

—¡Simon! ¿Qué haces aquí? —preguntó la señora Daventry, sorprendida.

—El primo Simon es mi contable, madre —dijo Leo por fin, cuando Amelia pensaba que se había desconectado de la conversación. Incluso lo vio esbozar una sonrisa—. Lleva todos mis asuntos monetarios.

El susodicho amplió su sonrisa.

—Planeo robarle en el momento en el que menos se lo espere y huir a Francia con el dinero. —Le guiñó un ojo a su tía, que rio.

—¿Le confías tus asuntos financieros a un noble? —Edward intervino con voz fría.

Amelia se indignó. ¿Acaso ese hombre no sabía decir nada bueno? Era increíble su crítica gratuita, teniendo en cuenta que él mismo venía de una familia noble y su hermano había sido marqués de Satherton antes de morir. Que, por si fuera poco, sus sobrinos eran nobles y estaban casados con nobles. Amelia se preguntó si sus críticas eran meras formas de buscar gresca. A su lado, el señor Grason contuvo un resoplido.

Se hizo el silencio y Simon miró a su tío con las cejas arqueadas, aunque no parecía ofendido. Pero fue la mirada de Leo la que se endureció.

—Simon estudió contabilidad en Oxford y es uno de los mejores contables de la ciudad, padre. Lleva mis finanzas con absoluta eficiencia.

El señor Daventry no parecía satisfecho con la respuesta, como si pensara que su hijo no tenía criterio suficiente como para decidir aquello. Sin duda, y teniendo en cuenta la buena fama que tenían todos los Daventry de Londres, aquel hombre era la oveja negra de la familia.

Fue entonces cuando Rafe se fijó en Amelia y sus ojos la barrieron de arriba abajo con descaro. Se sintió muy expuesta, pero no permitió que se reflejase en su rostro.

—Oh, ¿y quién es esta encantadora señorita?

Amelia arrugó la nariz, dispuesta a responderle de mala manera, pero contó hasta diez por mantener su puesto de trabajo y por Leo. Así que sonrió mientras su jefe la presentaba.

—Os presento al gerente del hotel, Charles Grason, y a mi ayudante personal, Amelia Fulton.

—Es un placer —dijo con amabilidad.

Agatha Daventry la miró con curiosidad.

—¿No serás familia de Gerald Fulton por casualidad?

Amelia le sonrió. Aquella mujer sí le gustaba, y parecía mentira que se hubiese casado con semejante imbécil.

—Sí, señora Daventry. Es mi hermano.

La mujer lanzó una exclamación de sorpresa.

—¡Qué casualidad! —Miró a su hijo con una sonrisa antes de volver a dirigirse a ella—. Gerald siempre estaba de visita en nuestra casa de Boston. ¿Le darás recuerdos de mi parte?

Amelia inclinó la cabeza, agradecida.

—Por supuesto, señora.

—¿Una mujer como ayudante, Leonard?

La desagradable voz del señor Daventry rompió la pequeña y decente conversación que se estaba llevando a cabo. El enfado volvió a invadirla. Agatha miró con reproche a su marido e incluso Rafe le lanzó una mirada de censura y negó con la cabeza.

—Cuando estás con Leo, cambias, padre —lo escuchó murmurar, aunque tenía la impresión de que hablaba para sí mismo.

Amelia iba a defenderse, olvidándose de que debía mantener un perfil bajo para poder seguir trabajando allí, pero Leo la sorprendió cuando lo vio cerrar el puño y girarse hacia su padre.

—No has hecho otra cosa que criticar desde que has llegado, padre, y estoy dispuesto a soportarlo porque es lo que siempre haces conmigo. Ya estoy más que acostumbrado —dijo de carrerilla. Escuchó que la señora Daventry ahogaba un grito y que Simon arqueaba las cejas de nuevo, sorprendido. Hasta Rafe se quedó mudo. Amelia se fijó en la postura tensa de Leo y se dio cuenta de que estaba realmente cabreado. Era como si su padre hubiese sobrepasado uno de sus límites—. Podrás criticarme a mí y a mi hotel cuanto se te antoje, pero no permitiré que insultes ni faltes el respeto a mis empleados. ¿Queda claro? Pero, si no te gusta, estoy seguro de que tía Olivia estará encantada de ofrecerte su casa.

Amelia sintió que una ola cálida la envolvía con las palabras de Leo. Lo vio soltar el aire, como se hubiese quitado un peso de encima. Edward parpadeó sorprendido, como si jamás hubiera esperado que su hijo pequeño le hablase de esa manera. Simon silbó con admiración y todos los demás miraron perplejos, esperando a que Edward Daventry estallase. Pero parecía haberse quedado sin palabras por fin.

Leo debió de pensar lo mismo, porque se giró hacia su madre.

—Os enseñaré el hotel y vuestras habitaciones —dijo, y su madre asintió de inmediato, mirando a su marido con preocupación—. Los botones se encargarán del equipaje. Señor Grason, encárguese de ello.

El gerente miró a su jefe con tanto orgullo que a Amelia no le hubiera sorprendido que flotase unos centímetros sobre el suelo.

—De inmediato, señor Daventry.

Leo se giró hacia ella y lo vio en su mirada. A pesar de su actitud beligerante, Leo temía perder el control de un momento a otro. El pánico se reflejaba en su rostro. Amelia asintió, recordándole sin palabras su promesa. Estaría a su lado en todo momento. Él pareció entenderlo, porque sus hombros se relajaron un ápice.

—No es necesario que nos enseñes nada, Leonard. —La fría ira de Edward Daventry se reflejaba en su voz—. Es evidente que no somos bienvenidos aquí. Tal y como has sugerido, nos iremos a Satherton House. Esa sigue siendo mi casa, no como este sitio.

—¡Edward! —exclamó Agatha con reproche.

Amelia pudo ver en la mirada de Leo el momento exacto en el que las palabras de su padre lo golpearon. Inspiró con fuerza y sus hombros se tensaron todavía más. Amelia sintió tanta rabia que no pudo permanecer callada ni un segundo más. No pensó demasiado lo que dijo a continuación, o quizá hubiese cerrado el pico.

—Es increíble que se haga usted la víctima cuando lo único que ha logrado desde que puso un pie aquí es dañar a su hijo. —Todos se giraron hacia ella con expresiones que iban desde la sorpresa, en el caso de Rafe, al horror, en el caso de Leo. Pero no supo ni pudo detenerse—: Quizá no le interese, pero este hotel se ha convertido en el mejor de Inglaterra. No hay nadie que pase por Londres que no quiera alojarse aquí. Todo gracias a su hijo. Debería sentirse orgulloso, señor Daventry, pero no tengo claro que sea capaz de ello. Y ahora, si me disculpan, tengo mucho trabajo.

Las aletas de la nariz del señor Daventry se dilataron por la rabia. Amelia se giró para marcharse, horrorizada por lo que había hecho. Sabía que se había pasado de la raya, y la satisfacción de cantarle las cuarenta a aquel tipo duró apenas segundos. Pudo alcanzar a oír lo que Edward Daventry decía antes de que se cerrase la puerta que conducía a los despachos de administración.

—¿Vas a dejar que tu empleada me hable así? Debería estar ya despedida.

Corrió hacia su propio despacho, aunque tenía claro que acababa de dejar de ser suyo. Leo iba a despedirla. ¿Cómo se le había ocurrido hablarle así al padre de su jefe? Pero es que la rabia la había poseído... No era justificación alguna. ¿Cómo iba a operar a un paciente si no era capaz de mantener la cabeza fría con un simple hombre maleducado? Dios santo, acababa de perder su trabajo. Su mejor opción para irse a estudiar Medicina había estallado en mil pedazos.

Amelia no dejaba de dar vueltas por su despacho, invadida por el pánico, cuando la puerta se abrió de sopetón. Se detuvo y miró a Leo, que la observaba con gesto serio. Jamás había visto esa mirada en él. Amelia cogió aire, dispuesta a disculparse. A intentar arreglar aquel desastre, si es que tenía solución. Bajó la vista, avergonzada, cuando vio que él se movía para acercarse a ella. Estaba acabada.

—Señor Daventry, lo s...

Pero no pudo terminar la frase, porque Leo le alzó el rostro y la besó.

Leo

No era lo que había planeado mientras iba tras ella. Al menos, no conscientemente. Pero cuando Leo la vio, sus instintos tomaron el control. Lejos de enfadarse por lo que había hecho, el escuchar cómo ella lo defendía con tanta fiereza le había llenado el pecho de un sentimiento indescriptible. Y, cuando la besó como llevaba deseando desde hacía días, no encontró ningún motivo para apartarse. Sobre todo cuando ella le devolvió el beso con las mismas ganas.

Amelia retrocedió un paso, apoyándose contra la pared, y Leo aprovechó su posición para profundizar el beso. Pegó su cuerpo al de ella, deseando que no hubiese espacio entre ellos. Su mente se apagó, dejando libre la tensión que había acumulado desde que recibió la carta de su padre y convirtiéndola en deseo. Ella le rodeó el cuello con los brazos, y Leo tomó aquello como una invitación a seguir. Sus lenguas se encontraron y el gemido de Amelia casi le hizo perder la razón. Apagó una vocecita en su cabeza que le intentaba gritar algo que no quería escuchar.

Solo quería sentir a Amelia. Su sabor en su lengua y su cuerpo vibrando contra el suyo. Ella se acercó más a él, como si pensase exactamente lo mismo. La escuchó jadear cuando Leo la alzó para sentarla sobre el escritorio y seguir besándola. Se puso entre sus piernas, alzándole las faldas para tener acceso a su piel. Ella se aferró a sus hombros con fuerza y se encajó completamente contra su erección. Leo gruñó, excitado. Quería...

Un fuerte golpe en la puerta les hizo dar un respingo y separarse. Leo abrió los ojos y se encontró con la mirada confusa y asustada de Amelia. Como si se hubiese quemado, Leo se apartó de la joven hasta que fue su espalda la que dio contra la pared del despacho. ¿Qué demonios estaba haciendo?

—¿Señorita Fulton? —La voz de Simon atravesó la neblina de excitación que lo envolvía hasta penetrar en su mente. Fue como un jarro de agua fría cayendo sobre su cabeza—. ¿Está ahí? ¿Se encuentra bien?

Jadeando como si hubiese corrido la maratón, Leo miró a Amelia, que no estaba mucho mejor que él. Se había incorporado y se estaba arreglando las faldas con las mejillas encendidas. Faldas que él le había levantado como un energúmeno incapaz de razonar.

Que Dios lo ayudara, porque acababa de perder la cabeza definitivamente.

Amelia se llevó un dedo a los labios cuando Simon volvió a golpear la puerta. Aterrado, vio que el pomo de la puerta se giraba y Leo no encontró palabras para explicarle a su primo por qué estaba en el despacho de su ayudante despeinado y sin aliento. Se preparó para enfrentarse a él, pero en ese momento se escuchó una voz femenina y el pomo dejó de moverse. Leo hubiese jurado que era Rose quien estaba alejando a Simon de allí. Bendita fuera esa mujer. Su corazón desbocado se fue ralentizando conforme el silencio se adueñaba de ellos y la razón se imponía al deseo.

Se había jurado que no la tocaría de nuevo y no había tardado ni dos segundos en romper su promesa. Era un maldito imbécil. Ella debió de malinterpretar su mirada, porque se mordió el labio y asintió.

—Recogeré mis cosas —musitó.

Leo frunció el ceño.

136

—¿Qué?

Amelia parpadeó.

—Estoy despedida, ¿no?

Las palabras que le había lanzado a su padre volvieron a su mente. Leo negó con la cabeza.

—No voy a despedirte, Amelia —dijo con suavidad—. Aunque entendería que te marchases después de lo que acaba de suceder. Me he comportado como un hombre de las cavernas. Lo siento.

Algo parecido al dolor se reflejó en los ojos de Amelia, pero fue tan fugaz que Leo pensó que lo había imaginado.

—Claro —dijo en un tono demasiado neutro, carente de sentimiento—. Soy la hermana de Gerald, ¿no?

Leo asintió, incapaz de decir nada más. Era lo que se estaba repitiendo desde que Simon había llamado a la puerta. Porque lo que en realidad le estaba gritando todo su cuerpo era que siguieran donde lo habían dejado. Respiró hondo, tratando de alejar el deseo arrollador que Amelia Fulton provocaba en él. Era una estupidez, había demasiadas damas en el mundo como para perder la cabeza de aquella manera.

Debía centrarse.

—Gracias por defenderme ahí fuera —dijo finalmente, intentando mantener a raya sus instintos—. No creo merecer tus palabras, pero fueron un bálsamo para mí.

Amelia sacudió la cabeza, incrédula.

—Claro que las mereces —replicó, y alzó la barbilla, como una declaración de intenciones—. Y no quiero irme.

Leo se permitió sonreír y se sintió aliviado.

—Me alegra oírlo.

Ella le devolvió el gesto.

—Hagamos como que esto no ha sucedido, ¿vale? —le dijo ella con un tono más alegre. Quizá demasiado.

Leo asintió, tragándose la amargura. ¿Por qué le dolían sus palabras si eran las correctas?

—Es lo mejor —respondió, aunque no tenía claro a quién estaba intentando convencer.

Carraspeó y se dispuso a salir del despacho.

—Mi familia se ha marchado a Satherton House, así que no tendrás que ver a mi padre de nuevo —dijo intentando tranquilizarla.

Amelia asintió aliviada.

—Siento haber estropeado más la situación —musitó.

Pero Leo negó. ¿Estropeado? Jamás había visto a nadie hablarle así a su padre y lo único que lamentaba era no haberlo hecho él mismo. El hecho de que Edward Daventry se hubiese marchado ofendido solo demostraba lo poco que le importaba Leo. Que, como había supuesto, la razón de su viaje tenía que ver con recordarle que no era un buen hijo.

Aunque dolía y le resultaba humillante, era bueno saber que no debía esperar nada más de él. Leo debía convencerse de que había hecho un gran trabajo con su negocio, aunque su padre no fuera de la misma opinión.

Se prometió que dejaría de importarle.

—Al contrario, Amelia. Me has ayudado más de lo que crees.

Capítulo 12

Florence

Desde la habitación de invitados que le habían asignado los condes de Redford, Florence observó la ingente cantidad de carruajes que iban y venían por el pedregoso camino que cruzaba los jardines de la propiedad hasta la puerta principal de la casa de campo. Sus ocupantes saludaban a los anfitriones, que esperaban frente a la entrada para recibir a los invitados y distribuirlos por las diversas habitaciones de la enorme mansión, que herviría de actividad durante los siguientes siete días. Vio a Roxie junto a sus padres, con una sonrisa forzada pintada en la cara, aceptando los saludos de los invitados con corteses inclinaciones de la cabeza. Florence estaba segura de que estaba pasándolo francamente mal. Roxie nunca había querido ser noble y aquellas estúpidas ceremonias le traían sin cuidado.

Los miembros del servicio, por su parte, se encargaban de que los voluminosos baúles y equipajes fuesen llevados a las habitaciones correspondientes. Recorrió con la mirada a la multitud. Había mucha gente a la que conocía de vista, empresarios en su mayoría, aunque también algún que otro noble dispuesto a mezclarse con la burguesía. Se dio cuenta enseguida de que acudían más invitados de los que habían supuesto Heather y ella.

En otras circunstancias, Florence estaría contentísima, dispuesta a pasarlo en grande durante el tiempo que durase aquella fiesta campestre. Pero llevaba tres semanas languideciendo sin apenas interés por algo. El agudo dolor que sentía en el pecho y que le gritaba que había tomado la decisión equivocada no la dejaba respirar con normalidad y batallaba contra su mente, que seguía empeñada en que había hecho lo correcto alejando a Jeff de su vida.

Entonces, ¿por qué su amor no correspondido dolía más ahora que antes? Era una dualidad de la que no conseguía desprenderse.

—¿Qué miras con tanto interés, Flor? —dijo Heather a su espalda.

Florence parpadeó, saliendo de su ensimismamiento. Había dejado vagar su mente y tenía clavada la vista, sin ver nada en realidad, en el hermoso paisaje de Bedfordshire. Miró hacia abajo de nuevo y vio a Leonard Daventry bajando del carruaje con gesto divertido. La primera impresión de Florence al conocerlo en una fiesta fue que era una persona muy alegre con la que se llevaría bien. Además, Amelia hablaba tan bien de él que estaba segura de que era una buena persona. Como si la hubiese invocado, su amiga bajó del siguiente carruaje, acompañada por su padre. Frunció el ceño al percibir lo tensa que parecía estar. Incluso a aquella distancia se podía apreciar su postura, como si fuese a romperse en cualquier momento.

—A Amelia —le respondió a Heather—. Parece disgustada.

Su hermana se asomó a la ventana y miró hacia donde ella señalaba.

—Es cierto —dijo, corroborando su hipótesis—. Quizá ha vuelto a discutir con su padre. Un viaje en carruaje desde

Londres, repleto de baches e incomodidad, sacaría de quicio al más pintado, y no es que ellos tengan la mejor de las relaciones en estos momentos.

Florence asintió, comprensiva.

—Aun así, ¿no crees que le pasa algo? Lleva dos semanas comportándose de forma muy extraña. Taciturna.

Heather sacudió la cabeza.

—Será por el trabajo. —Hizo un ademán de la mano, restándole importancia—. Debe de ser muy duro para ella, que nunca ha desempeñado un oficio.

—Nosotras tampoco —replicó Florence, girándose para mirarla con una ceja arqueada—. No somos las más indicadas para juzgar.

A Heather se le colorearon las mejillas, indignada.

—¡No estaba criticando! —se apresuró a decir—. Simplemente constato un hecho.

Florence casi se permitió sonreír. Casi.

—Eres demasiado remilgada, Heather —respondió—. Es muy fácil tomarte el pelo.

—Una dama no debe tomarle el pelo a otra. —Heather arrugó la nariz con desaprobación—. Es muy poco apropiado.

Florence desvió de nuevo la vista, ignorando la perorata de su hermana sobre los modales. Craso error, porque como si la atrajese una fuerza sobrenatural, su vista se detuvo en una figura masculina que hizo que se le saltase el corazón del pecho, como si no hiciese tres semanas que no le veía.

Como si no hiciese tres semanas que se había encargado de destrozar su amistad.

Como si no hiciese tres semanas desde que se prometió que le olvidaría, sin éxito.

Jeff.

Su antiguo amigo alzó la vista hacia los ventanales de la enorme mansión y Florence tuvo que dar un paso atrás, asustada por si la veía. Era lógico que estuviera allí. Él mismo le había dicho que sería en aquella fiesta donde buscaría esposa. Cerró los ojos, tratando de contener las lágrimas. Tendría que haberse quedado en casa, tal y como le había suplicado a su padre, que no había ni querido oír hablar del tema. Pero ahora tendría que pasar siete días tan cerca de él que solo con pensarlo la sacudía un dolor casi físico. Tendría que ver cómo cortejaba a otra mujer sin poder hacer o decir nada.

No estaba segura de poder soportarlo.

Su hermana le puso una mano en el hombro y la miró con compasión.

—Tienes que ser fuerte, Flor —le dijo con voz suave, como si estuviera hablando con un animal malherido—. No podrás evitarle aquí.

Ella asintió, desolada. Durante las pasadas tres semanas, hubo días malos y días peores. No obstante, había creído que podría con ello. Que lo superaría. Pero estaba claro que no era así. La presencia de Jeff acababa de atropellarla como un caballo desbocado. Era como si hubiese retrocedido todo lo andado, volviendo a aquella fatídica noche de nuevo.

—Quizá no pueda, pero Dios sabe que haré todo lo posible —respondió, tragando saliva—. Le he pedido a Roxie que no me siente cerca de Jeff ni en los almuerzos ni en las cenas. El resto del tiempo procuraré no estar en la misma habitación que él.

Heather suspiró y Florence sabía por qué sin necesidad de preguntárselo. Su hermana era de la opinión de que huir de los problemas no los solucionaba, pero ella no había estado nunca enamorada. No podía entender que, simplemente, ver a Jeff era superior a sus fuerzas.

—Si es lo que necesitas, te ayudaremos entre todas para que no te cruces con él —declaró, hablando en nombre de las tres.

Florence no tenía duda de que sería así. Sin sus amigas allí, aquella semana sería todavía más infernal de lo que ya se planteaba. Se miró al espejo y estudió su rostro, algo demacrado por la falta de sueño. Jeff utilizaría aquella fiesta para encontrar esposa y dar un paso adelante en su vida, por lo que ella podía usarla para recuperar a la Florence alegre que había perdido por culpa de la tristeza.

—¿Me ayudas a arreglarme? —le preguntó a Heather—. Quisiera disimular un poco las ojeras.

Era hora de hacer el paripé y simular que era plenamente feliz delante de la sociedad. Su hermana asintió sin decir nada, entendiendo sus intenciones. Desde pequeñas se habían comprendido con solo mirarse y era una faceta que no había cambiado con los años. Florence se sentó frente al tocador e inspiró hondo, rogando a Dios que le diera fuerzas para superar aquel obstáculo. Iba a arrancarse a Jeff del corazón fuera como fuese.

Amelia

Si ya de por sí viajar en carruaje le parecía uno de los peores castigos, si encima se pasaba varias horas encerrada con la única compañía de su padre, todavía era peor. En realidad, le dolía estar enfadada con él a pesar de que nunca habían estado muy unidos. Obviamente, y como solía ocurrir en la mayoría de las familias, el varón siempre era el preferido del patriarca, ya que este heredaría todo su patrimonio a su fallecimiento. Aunque sir Gerald Fulton no era una excepción, siempre había tenido palabras amables para Amelia.

Hasta que esta había decidido salirse del camino impuesto por él.

Era la quinta vez que su padre le pedía que no comentase que estaba ejerciendo un oficio cuando Amelia saltó, incapaz de callarse por más tiempo.

—¿Acaso temes que tus amigos piensen que eres un mal padre por dejar que tu hija trabaje como una pobre proletaria?

No tenía nada en contra de la clase baja, pero sabía que a su padre le herirían sus palabras. O, más bien, tocarían su orgullo masculino. Algo que se confirmó en cuanto su mirada se endureció. Sus ojos azules, tan parecidos a los de su hermano, se clavaron en su rostro como dagas.

—Si no fueses tan testaruda y dejases esos estúpidos sueños infantiles de ser doctora, no estaríamos teniendo esta conversación —replicó con voz dura—. Tu deber es casarte, Amelia. Te he consentido esta estupidez de trabajar en el hotel de ese americano porque estoy seguro de que te cansarás rápido, pero si no eliges pronto a alguien, lo haré yo por ti.

Amelia apretó los dientes hasta que se hizo daño. No sabía cuál de sus palabras dolía más, pero no permitió que se reflejase en su rostro que le entristecía que su padre no quisiese alimentar sus ambiciones por el simple hecho de ser mujer.

—*Ese americano* es un grandísimo empresario, el mejor amigo de Gerald, y tiene en cuenta mis capacidades y mi inteligencia —respondió con enfado—. Algo que, por desgracia, tú no haces, padre.

Este suavizó el rostro y la miró con algo parecido a la lástima.

—Un gran empresario y el primo de un marqués, sí —dijo con un tono de voz más moderado—. No pongo en duda tus capacidades, Amelia, pero la medicina es un oficio de varones. Aunque consiguieses acceder a la universidad, los demás alumnos nunca te aceptarán.

—Si eso lo hubiesen dicho las pintoras que ahora exponen en tu galería, jamás se hubiesen conocido sus nombres.

Su padre apretó los labios, pero no dijo nada. Antes muerto que darle la razón a su hija testaruda. Miró por la ventana, deseando haber llegado ya. A Amelia le importaba un comino si los demás alumnos la aceptaban o no mientras le permitiesen aprender junto a ellos. Pero había algo en las palabras de su padre que le rechinaron.

—¿El primo de un marqués? —repitió. Sir Gerald la miró con tanta intención que abrió la boca, indignada—. ¡Estás maquinando mi boda con él! No me lo puedo creer. ¿Por eso no me has insistido en que deje mi trabajo?

Amelia estaba tan asombrada que incluso olvidó por un momento que el tema de la discusión era su futuro como doctora y no el hecho de que su padre albergara la esperanza de que Leo se enamorase de ella.

—Es rico, sabe ganarse la vida y está emparentado con la aristocracia —dijo como si estuviese enumerando las cualidades de una res—. Encima, es apuesto. La gente comenta que es bastante raro y, por desgracia, es americano, pero son puntos salvables teniendo en cuenta todo lo demás.

Su padre la miró con satisfacción, como si acabara de descubrir su plan maestro y esperase unas palmaditas en la espalda. Amelia sacudió la cabeza, tan enfadada que le temblaban las manos.

—Estás muy equivocado, padre. —Amelia lo miró con dureza—. Conseguiré el dinero y me iré de aquí.

En ese momento el carruaje frenó, entrando en la propiedad de los Redford. Su padre la miró con decepción. Cada vez dolía menos tener que soportar la desilusión de su padre. Le resultaba más difícil aceptar que jamás le perdonaría lo que ocurrió con John.

Se detuvo antes de que su mente viajase por derroteros demasiado oscuros.

—Tú misma caerás por tu propio pie, hija —le dijo, ajeno a los pensamientos de Amelia—. Te agradecería que estos días te comportases como una dama, que es lo que se espera de ti.

Amelia salió del carruaje sin decir nada más, dispuesta a no cruzarse con su padre durante el transcurso de aquellos siete días. Estaba deseando ver a sus amigas y desahogarse con ellas. Lanzó un vistazo al carruaje que tenían delante y el corazón se le aceleró al ver a Leo Daventry ante ella. Este se giró, como si se sintiera observado, y le sonrió al reconocerla. Ella le devolvió el gesto casi sin pensar.

Estúpida.

La voz de su padre, esperanzado por su posible boda con Leo, entró de nuevo en su mente, pinchando la burbuja de euforia que acababa de crearse en su pecho. Llevaba días sin verle, pues Leo se había adelantado a Bedfordshire para instalarse en Lily Manor, la casa de campo de sus primos, y así poder pasar tiempo con su familia. En la última conversación que habían tenido, Leo le había dicho que aprovecharía para trabajar durante la estancia en Redford Manor y

Amelia no había dudado en ofrecerse a ayudarle, a pesar de que una pequeña parte de ella seguía sintiendo rencor por lo que había sucedido dos semanas atrás.

Él se había abalanzado sobre ella como un sediento en busca de agua. La había besado con fiereza y pasión, como nunca la había besado nadie. Amelia se había derretido entre sus brazos, con su mente y su cuerpo anhelando más. Leo había despertado en ella un deseo que consumía cada poro de su piel.

Pero había dicho que había sido un error.

Aunque la Amelia racional sabía que tenía razón, la emocional se sentía dolida y rechazada. No obstante, no podía perder de vista que aquel hombre tan apuesto y que la hacía enloquecer era su jefe y amigo de su hermano, que Amelia había insultado a su padre y que le debía muchísimo por haber confiado en ella lo suficiente como para darle trabajo.

El deseo debía permanecer a raya, más sabiendo las esperanzas que albergaba su padre. No obstante, Amelia tenía claro que le resultaba cada vez más difícil estar cerca de él. Leo se había comportado de forma muy profesional tras aquello, por lo que Amelia imaginaba que, después de dos semanas, lo que fuera que había inspirado su arrebato se había evaporado por completo.

Debía llevar parada como un pasmarote varios minutos, por lo que fue el propio Leo quien se acercó a ella para saludarla.

—Señorita Fulton —dijo con su alegría habitual, como si jamás hubiese pasado nada entre ellos. Odiaba su extraordinaria capacidad para el disimulo—. Me alegra verla.

Amelia sonrió.

—Señor Daventry...

—¡Hombre, Daventry! —Su padre intervino para saludar a Leo con demasiada efusividad para su gusto—. ¿Cómo está usted?

Leo le estrechó la mano a su padre disimulando el desconcierto que sin duda debía sentir.

—Sir Gerald, es un placer volver a verle —respondió él de inmediato. No obstante, algo por encima del hombro de su padre captó su atención. Amelia giró la cabeza para mirar y se encontró con la mirada adusta de Edward Daventry. La joven se giró de inmediato con la esperanza vana de que no la viese. Leo no había vuelto a mencionar a su familia en su presencia, por lo que no sabía en qué punto estaban las cosas entre ellos—. Discúlpenme.

Leo se marchó hacia su padre, dejando a sir Gerald con un palmo de narices. Su padre estaba tan consternado por su falta de educación que Amelia tuvo que reprimir una risita. Le estaba bien empleado.

—Qué tipo más raro —lo oyó murmurar—. Al menos, es rico.

Amelia puso los ojos en blanco y puso rumbo hacia la casa, esperando encontrarse con sus amigas. Necesitaba una buena dosis de apoyo para superar la discusión con su padre.

Y para dejar de ver a Leo como algo más que su jefe.

Capítulo 13

Leo

Una típica noche de finales de octubre, repleta de viento frío y nubes tormentosas, envolvía Redford Manor. Leo, sentado en una mesa cercana a una de las chimeneas que había encendidas por toda la casa, miraba por la ventana, ajeno a la partida de cartas que se desarrollaba frente a él. Apenas llevaba unas horas instalado en la mansión y ya quería regresar a la comodidad de su hotel, donde menos gente le juzgaría. Suerte que estaba bien acompañado.

Wes, Jeff y Max, como siempre, le habían dado por perdido mientras se jugaban los cuartos al póker. No es que les fuese la vida en ello, ya que tenían más dinero del que podían gastar, pero en cierto modo era gracioso ver su comportamiento pasivo-agresivo con el fin de no desechar fácilmente los modales ante tanta gente diferente con la que podrían hacer negocios potenciales.

Un empresario nunca descansaba.

Sin dejar de pensar en lo mucho que le gustaban las tormentas y lo bien que ambientarían una buena cena mortal, Leo hizo un esfuerzo hercúleo por prestar atención a sus amigos. Echó de menos a Gerald, pero su esposa ya no podía asistir a eventos sociales dado su avanzado estado de gestación, así que él, como un esposo comprensivo, se quedaba para cuidar de ella. Algo que la sociedad censuraba, pero Leo alababa. Sus primos hacían lo mismo.

—Pareja de ases. —Max descubrió las cartas con satisfacción, viéndose victorioso.

Pero Wes sonrió casi imperceptiblemente antes de sacar su escalera de color.

—De eso nada —dijo, recogiendo las monedas del centro del tablero ante la mirada ceñuda de los otros dos—. Sois unos perdedores.

Jeff dejó las cartas con un gesto brusco y suspiró.

—Hoy no es tu día. —Max metió el dedo en la llaga.

Leo le lanzó una mirada de advertencia.

—Lo que Max quiere decir con tan poco tacto es que pareces nervioso —aseguró.

Max lo miró con cara de querer decirle que no había sido esa su intención, pero Wes le plantó la baraja en las manos para que repartiese. Le lanzó una mirada que prometía muerte si abría la boca.

—No es tan difícil, Jeff —dijo Max mientras barajaba con garbo. Sus ojos grises relucieron, pícaros—. Te acercas a una dama que te guste, le preguntas si se quiere casar contigo y la probabilidad de que te diga que sí es bastante alta. No hay de qué preocuparse. Estarás en el altar en menos que canta un gallo.

Leo observaba a Jeff, que había fruncido tanto el ceño que parecía que se le quedaría de forma permanente.

—No es por eso —murmuró—. Al menos, no del todo.

—¿Te has arrepentido? —preguntó Wes arqueando una ceja, como si no le sorprendiese en absoluto.

Había algo más, se apreciaba en sus hombros hundidos y su gesto sombrío. En que se había pasado toda la partida de cartas mirando de reojo hacia la puerta, como si estuviese esperando a alguien. Leo sabía que pocas personas podían hundir el ánimo de Jeff de ese modo. Una era su padre y la otra era...

—¿Ha pasado algo con Florence?

Al escuchar el nombre de su mejor amiga, Jeff se envaró como si acabaran de golpearle con una fusta en la espalda. No dijo nada, pero su silencio fue suficiente para que los otros tres se mirasen con comprensión. Claramente incómodo, Jeff se disculpó con un murmullo inteligible y salió de la sala de juegos como un rayo. No les dio tiempo ni a musitar una respuesta.

Max chasqueó la lengua con disgusto.

—Es un idiota. —Cualquiera que no lo conociera pensaría que su tono era desagradable, pero Leo veía que estaba preocupado—. No quiere casarse. Al menos, no con una desconocida.

Leo le dio la razón.

—No sé qué habrá ocurrido con Florence, pero debe de ser muy grave. —Leo pensó que no había visto al cuarteto de amigas en toda la tarde, y se preguntó si tendría algo que ver con el comportamiento de Jeff—. Está claramente enamorado de ella y no entiendo cómo no lo ve. Me da la impresión de que solo con un golpe en la cabeza lograríamos arrancarle la venda de los ojos.

De repente, Max sonrió ladino. Sus ojos, iluminados como la mañana de Navidad. Lejos de alegrarse, Leo tuvo un mal presentimiento. Wes parecía pensar lo mismo por la mirada alarmada que le lanzó.

—No me gusta esa sonrisa. ¿Qué demonios estás tramando?

En ese momento, la condesa de Redford apareció en la sala y llamó la atención de todos con una sonrisa. Como dictaba el protocolo, todos se pusieron en pie al verla. Leo se dio cuenta por primera vez de que eran al menos diez caballeros en la sala. Observó a la elegante condesa, que había nacido tan lejos de la aristocracia como muchos de ellos. Por su saber estar, parecía que se había pasado años cubierta de sedas, satén y joyas. Su cabello pelirrojo era de un rojo tan intenso como el de su prima Gwen. Su hija Roxanne, la amiga de Amelia, se parecía mucho a ella.

—Como es la víspera de Halloween y muchos de ustedes aún no conocen formalmente al resto de invitados, ¡he pensado organizar un pequeño y divertido juego! ¿Serían tan amables de venir conmigo?

Cuando los diez hombres salieron al pasillo murmurando entre ellos, Leo se fijó en que una especie de gruesos hilos de colores recorrían las paredes, enredándose en lámparas, apliques, muebles y demás objetos. Extrañado, se acercó un poco para comprobar que era lana. Confuso, caminó tras la condesa sin dejar de preguntarse por qué aquella mujer había decidido cubrir su casa de hilos de lana.

La condesa los llevó a una sala de visitas, donde un par de lacayos sujetaban los cabos de dicha lana, y después les repartieron uno a cada uno. Leo sujetó el suyo, confundido; era de color morado.

—Es sencillo. —La condesa estaba exultante y no lo disimulaba—. He enredado y repartido por diversas habitaciones varios ovillos de lana que, por supuesto, tienen un final. Ustedes buscarán el final de su hilo mientras otra persona hace lo mismo desde el otro lado. ¡Al final se encontrarán y esa persona será su pareja de hoy en la cena!

Lady Redford sonreía con tanta alegría que Leo procuró disimular la mueca de horror que le cruzó el rostro. Mientras Max se acercaba a la condesa para susurrarle algo, Leo se inclinó hacia Wes.

—¿Esto es una costumbre inglesa? —dijo alarmado.

Wes puso los ojos en blanco, claramente hastiado.

—Es un juego infantil que la condesa está utilizando para emparejar a los solteros de la fiesta —le explicó con desidia—. Al otro lado de los hilos encontraremos una dama casadera, ya verás. Seguramente, las parejas ya se han decidido por preferencia de la condesa.

Leo pensó en Teseo, que había seguido el hilo de Ariadna para no perderse en el laberinto del minotauro. Solo que, en lugar de una bestia mitad toro mitad humano, Leo encontraría al final de su hilo a una mujer dispuesta a cazarle. Sintió un escalofrío y, sin pretenderlo, el rostro de Amelia sacudió su mente. No era el momento de perderse pensando en ella. Bastante lo hacía ya mientras trabajaban juntos. Estaba tan despistado últimamente que obligaba a sus trabajadores a esforzarse más aún para suplir sus fallos. Se avergonzaba de su debilidad y de no poder quitarse a aquella mujer de la cabeza. Había escrito y quemado una lista de motivos por los que volver a besarla era imposible pero, por más que la repitiera en su mente una y otra vez, Leo flaqueaba cuando la tenía lo suficientemente cerca.

Si fuera listo y egoísta la despediría, pero ella no merecía eso. No tenía la culpa de que él fuese un idiota. Ella solo quería ser doctora y hacía bien su trabajo. No quería prescindir de Amelia por no ser capaz de controlarse.

—¿Señor Daventry? —De repente, la condesa de Redford estaba frente a él. Leo parpadeó, confuso. ¿Cuándo se había acercado?—. ¿Podría cambiarle su cabo al señor Carter? He cometido un pequeño error.

Max lo miraba con una sonrisa tan amplia que Leo se planteó negarse. Estaba seguro de que no saldría nada bueno de ese gesto. Algo tramaba y, por experiencia, sus ideas rocambolescas no solían tener éxito.

No obstante, no podía negarse a una petición directa de su anfitriona. Ya era tachado de maleducado, como para hacerle un desaire de ese calibre. Estaba convencido de que aquella mujer no había cometido ningún error, pero tampoco podía acusarla de mentir. Por tanto, solo le quedaba una salida.

—Por supuesto, lady Redford —respondió con la mejor de sus sonrisas.

Así, un satisfecho Max se quedó el cabo morado y Leo sujetó uno verde intenso. Observó la lana con la creciente sensación de que se mascaba la tragedia.

—¡Bien! —exclamó la anfitriona con una sonrisa—. ¡Que empiece el juego!

Max salió de la sala siguiendo su hilo de lana como si al otro lado lo esperase un millón de dólares. Wes suspiró a su lado y comenzó su andadura mucho más despacio, sin duda, deseando que el hilo se rompiese en algún punto del camino. Los demás le imitaron y a Leo no le quedó más remedio que comenzar su propio camino.

Esperaba que al otro lado hubiese una mujer simpática. Había conocido damas casaderas —a menudo, presentadas por su tía Olivia, a la que le encantaba hacer de celestina— que le hacían desear volver a Boston. Haría uso de su mejor sonrisa para librarse de ella en cuanto terminasen de cenar. No iba a dejarse enredar.

No como aquel maldito hilo. La condesa se había esforzado por hacer aquel ridículo juego de lo más complicado. No solo había que desenrollar la lana de los muebles y demás objetos, sino que a menudo se encontraba con que su hilo cruzaba otros ovillos de colores y tenía que esquivar a los demás invitados que hacían su propio rumbo. No obstante, empezó a cogerle el tranquillo y cada vez iba más rápido, acumulando un buen montón de lana verde alrededor de su mano izquierda.

Leo ya había cruzado dos habitaciones especialmente complicadas cuando notó que su hilo se tensaba. Su pareja estaba cerca. Se agachó para pasar por debajo de una mesa y seguir recogiendo lana cuando se topó con unas faldas de color turquesa. Leo miró hacia arriba y vio a una hermosa Amelia, que le sonreía. Tenía en la mano un batiburrillo de lana verde.

—Jamás imaginé que te tendría a mis pies.

Se le aceleró el corazón como a un estúpido. No supo si maldecir o bendecir su suerte por haber sido emparejado con la razón de sus desvelos. ¿Se podía desear tanto a alguien o era que el simple hecho de saberla prohibida aumentaba sus ganas de saltarse las normas?

—¿De verdad no lo has imaginado nunca? —respondió sin pensar.

Se levantó despacio. Amelia no parecía saber qué responderle, y se mordió el labio sin dejar de mirarle. Leo se fijó en sus labios y reprimió un suspiro. Él sí lo había imaginado miles de veces. Si supiera lo que quería hacerle… Si supiera que le tendría a sus pies todas las veces que lo pidiera, porque sería incapaz de resistirse si ella se ofrecía. Lo había pensado tantas veces que debería llevarlo escrito en la cara.

Estaría encantado de postrarse a sus pies y entre sus piernas como un maldito monárquico ante su reina.

—Así que tú eres mi pareja —consiguió decir por fin, enmascarando su deseo. Si ella le respondía que sí lo había imaginado, no saldría vivo de aquella habitación.

Amelia esbozó una pequeña sonrisa.

—¿Decepcionado?

Parecía coqueta, como el día que se coló en su despacho, pero ahora la conocía mejor y podía ver qué había inseguridad escondida tras su actitud tranquila. Temía que le dijese que sí.

Leo sacudió la cabeza. Ni en un millón de años un hombre estaría decepcionado en su presencia.

—Nada más lejos —sonrió a su vez—. Siempre soy afortunado por tenerte cerca.

El rostro de Amelia se contrajo imperceptiblemente. Era ella la decepcionada. Sabía que pensaba que él lo decía por sus dotes como ayudante y Leo no iba a sacarla de su error, por más que quisiese besarla hasta que olvidase su nombre. Era mejor así. Para Amelia, su trabajo era una parada antes de su viaje a Nueva York, hacia la universidad. Podía desearle, pero estaba casi seguro de que ella no le pediría nada más que pasión. No habría ataduras entre ellos.

Sería una situación maravillosa para Leo en otras circunstancias, que no quería casarse ni atarse a nadie, pero no podía llevarla a su cama y arruinarla. Era una dama que, pese a sus ambiciones, quizá querría casarse en algún momento y formar una familia. Y él no podía darle eso. Gerald le castraría.

Se dijo que estaba siendo lógico. Jamás había tenido tratos con sus empleadas y no iba a empezar ahora.

«Un poco tarde, ¿no crees?», dijo una voz en su cabeza.

Podía reconducir la situación si no se perdía en esos ojos avellanados. En las curvas de su cuerpo que no había visto, pero sí imaginado.

Lamentablemente, perderse era algo que se le daba muy bien. Vio que Amelia iba a abrir la boca para hablar y se encontró anhelando que le diera todas esas razones que a él no se le ocurrían sobre por qué besarla era una magnífica idea. Que le pidiese enterrar la cabeza entre sus piernas hasta hacerla llegar al orgasmo.

Una mujer entró en tromba, asustándolos a ambos. Leo reprimió una maldición y Amelia fulminó con la mirada a la joven, que recogía su hilo entre risas nerviosas. Leo cerró los ojos, arrepentido de haberle cambiado el hilo a Max.

Había olvidado que estaban rodeados de decenas de personas, con las puertas de todas las habitaciones abiertas de par en par. Si esa dama hubiese tardado dos segundos más, su resolución hubiese flaqueado y habría arruinado la reputación de Amelia para siempre. Se hubiese tenido que casar con él y el sueño de Amelia se hubiese ido al garete.

No podía permitirlo. Si alguien merecía ser doctora, era alguien tan trabajador y tenaz como ella.

Dio un paso atrás cuando volvieron a quedarse solos.

—Deberíamos ir al comedor —dijo, haciendo un enorme esfuerzo por dejarla ir sin probar sus labios—. La anfitriona nos estará esperando.

Amelia asintió y, bendita fuera, le sonrió como si no ocurriese nada.

—Al menos, sé que contigo puedo tener una conversación interesante.

Leo dejó que las palabras no pronunciadas se le clavasen en el pecho. No debía tomárselo como si acabara de incumplir alguna regla no escrita entre ellos, pero sentía que Amelia quería reprocharle lo que él mismo se moría por hacer.

—Somos amigos, ¿no?

Amelia lo miró durante unos instantes, dudando, antes de asentir.

—Claro que sí.

Ojalá alguno de los dos lo creyera.

Capítulo 14

Jeff

La cena transcurría en un ambiente distendido y alegre. El juego del ovillo había eliminado la barrera social inicial y ahora los invitados conversaban con su pareja mientras degustaban los deliciosos platos. Probablemente él era el único comensal que estaba deseando que un rayo partiera la mesa en dos para acabar con la cena.

Sentados a varios sitios de distancia, Max y Florence conversaban animadamente. Su amigo —o examigo, debería decir— parecía estar divirtiendo a su compañera con anécdotas o algo similar, porque Florence reía con muchas ganas. Parecía contenta y nada afectada por haber roto su amistad con él.

Jeff apartó la vista, dolido. Max era un libertino de primer orden y todo el mundo lo sabía. Si había decidido ir a por Florence, le daría una paliza antes de permitir que le hiciera daño. Pero seguramente no era nada de eso, seguramente habían sido emparejados por el juego de forma fortuita. No había nada más. Pero estaba claro que se llevaban muy bien.

¿Por qué le molestaba tanto? Apretó los puños bajo la mesa. Un lacayo se acercó a él con una bandeja repleta de verduras asadas e hizo un esfuerzo hercúleo por no volver a mirar a Florence mientras se servía unas pocas. Respiró hondo, tratando de calmar su enfado. ¿Qué demonios le pasaba?

—Al menos finge hacerme un poco de caso, Jeff.

Miro a su izquierda, donde Roxanne lo miraba con una ceja arqueada. Había sido su pareja en el juego del ovillo y, tal y como le había recriminado ella, no le había prestado apenas atención. Siendo la hija de los anfitriones, era una enorme descortesía por su parte.

—Lo siento, Roxie —le dijo, arrepentido—. Estoy... nervioso.

La joven dama sacudió la cabeza.

—Nervioso no es como yo te describiría —respondió, y se dispuso a enumerar con las manos—. Enfadado, triste, celoso...

—Yo no estoy celoso —interrumpió, molesto—. ¿De quién? ¿De Max? Por favor.

Se le había acelerado el pulso y no entendía por qué. ¿Eran celos la rabia que le corroía el ánimo? Como un auténtico masoquista, miró hacia su derecha. Florence parecía estar explicándole a Max cada detalle de su vida. Gesticulaba con las manos con evidente entusiasmo.

—Ni siquiera había mencionado a Florence, pero ya veo que no piensas en otra cosa. —Jeff maldijo y Roxie continuó hablando—: Estás celoso porque el señor Carter tiene toda la atención de Florence. Y no parece nada disgustada, debería añadir.

Jeff la miró con disgusto.

—Te encanta meter el dedo en la llaga, ¿verdad? —Roxie encogió un hombro, nada arrepentida—. Florence fue la que me dijo que no quería verme más. Estoy seguro de que conoces hasta el último detalle.

Roxie no desmintió su afirmación. Estaba claro que el cuarteto de amigas se contaba hasta el color de la ropa interior de las demás. Habían pasado tres semanas desde aquella última conversación y todavía le dolía como si hubiera sido ayer. Lo que peor llevaba de aquella situación era que no entendía que Florence hubiese cortado lazos con él sin apenas explicación. La conocía, o creía conocerla, y estaba claro que sucedía algo más que no había querido contarle.

—Por el amor de Dios, Jeff. ¡Cásate con ella y deja de languidecer como el protagonista de una mala novela!

Jeff resopló.

—¿Casarme con ella? Es mi mejor amiga —dijo como si se hubiera vuelto loca. Entrecerró los ojos, disgustado—. Bueno, o lo era.

Roxie puso los ojos en blanco.

—Entonces, deja que Max se case con ella. Pero no vuelvas a acertarte a Florence si no eres capaz de entender por qué los miras como un toro enfurecido.

Jeff se imaginó a Max pidiéndole matrimonio y no fue capaz. Maximus Carter jamás se casaría. Se lo había dicho muchas veces.

—Max solo quiere llevarse a las mujeres a la cama, nada más —respondió con los dientes apretados—. Por eso estoy enfadado.

—Sigue diciéndote eso. —Roxie suspiró con cansancio—. Pero, cuando te des cuenta, quizá ya sea tarde.

Iba a preguntarle a qué se refería, pero el comensal de su izquierda aprovechó ese momento para distraerla. A su derecha, Amelia y Leo conversaban con tranquilidad, pero le daba la impresión de que ambos estaban muy tensos. A

Jeff no le quedó más remedio que soportar la cena tratando de no mirar a Florence.

Tras un tiempo que le pareció más bien un siglo, la condesa por fin se levantó, dando por concluida la cena, y sugirió que mujeres y hombres se separasen como era habitual. Las damas siguieron a la condesa hasta una de las salitas de juego y los hombres hicieron otro tanto con el conde. Las conversaciones seguían siendo muy animadas. Jeff se quedó algo rezagado y no dejó de observar la nuca de Florence, que se estaba despidiendo de Max. El muy idiota se había inclinado para besarle el dorso de la mano y no pudo evitar escucharle cuando le dijo:

—Espero que me reserve un baile, señorita Harlem.

Cuando ella le sonrió, asintiendo, Jeff no pudo soportarlo más. Vio que Max se alejaba hacia la sala donde le esperaban los demás hombres y se acercó a ella sin saber muy bien qué pretendía hacer, pero con una presión en el pecho que no era capaz de deshacer. Quería alcanzarla ahora que estaba sola.

—Florence —dijo, casi sin aliento. Vio que ella se tensaba de pies a cabeza antes de girarse para mirarle—. ¿Podemos hablar?

Vio en sus ojos que iba a negarse, la vio vacilar y tragar saliva antes de volver a mandarlo a paseo. Jeff no iba a permitir que le apartase de nuevo sin explicaciones.

—Por favor, ardillita —suplicó—. Me lo debes.

La había chantajeado, pero ya se arrepentiría después. Vio en su mirada que Florence lo sabía, pero asintió y dejó que la condujera hacia la sala cerrada más cercana, que resultó ser el estudio del conde.

—¿Qué quieres, Jeff? —le dijo en cuanto él cerró la puerta, cruzándose de brazos como si tuviera que protegerse de él—. No está bien que estemos a solas.

Su actitud defensiva, como si fueran dos extraños que apenas se conocían, encendió de nuevo el enfado que lo había dominado durante la cena. ¿Acaso era ella la que tenía derecho a enfadarse cuando lo dejó plantado sin nada más que vagas excusas sin sentido?

—¿También le dirías eso a Max? —replicó en tono mordaz.

Florence frunció el ceño, confusa.

—¿Qué demonios dices, Jeff?

—Parecías muy contenta con él —siguió diciendo, resentido—. No parece importarte nada que ya no seamos amigos.

El dolor cruzó su mirada y Jeff se arrepintió al instante de sus palabras, pero no se retractó. Él también tenía derecho a sentirse dolido. Se sostuvieron la mirada durante unos instantes hasta que Florence dio un paso atrás.

—No tengo por qué escuchar esto. —Hizo ademán de irse.

Jeff la sujetó por la muñeca y se acercó a ella hasta que apenas hubo espacio entre ellos. Florence apoyó la espalda contra la pared; respiraba de forma irregular.

—¿Quieres casarte con Max? ¿Por eso me dijiste todo aquello?

Ella abrió mucho los ojos. No obstante, su rostro enseguida se contrajo por el enfado.

—¿Te estás escuchando, Jeff? —le espetó con los dientes apretados—. No entiendes nada.

—Pues explícamelo, maldita sea. ¿Renuncias a años de amistad de un día para otro y pretendes que me parezca bien? —Jeff estaba llegando a su límite—. No me gusta verte coquetear con Max como si nunca me hubieses conocido. ¿También vas a besarle a él para ganar una apuesta?

Florence lo empujó para que se apartase y Jeff dio un paso atrás, sorprendido. En sus ojos las lágrimas amenazaban con salir. Lo miró tan dolida que Jeff estuvo a punto de recular.

—¿Acaso eres el único que tiene derecho a casarse? ¿Tú puedes destrozarme diciendo que vas a casarte y yo no puedo intentar seguir adelante como pueda? —Con cada palabra le golpeaba en el pecho con rabia, sollozando. Jeff la sujetó de las manos, deteniéndola.

Florence gritaba, como si hubiese deseado decirle aquello desde hacía mucho tiempo. Jeff se quedó sin aire, como si sus golpes le hubiesen vaciado por dentro. La miró a los ojos y sus sentimientos se desbordaron. El enfado, la rabia y algo que no supo descifrar le nublaron la mente. Solo veía el dolor de Florence y quiso eliminarlo. Su instinto se impuso y, antes de que supiera lo que estaba haciendo, le había cogido el rostro entre las manos y la estaba besando.

Florence jadeó por la sorpresa y él aprovechó para saquear su boca como si llevase toda la vida esperando aquello. En cuanto sus labios se encontraron, la presión el pecho de Jeff se disipó como la niebla ante la salida del sol. Florence sabía al chocolate que habían servido en los postres y se encontró a sí mismo gruñendo cuando ella le rodeó la nuca con las manos, abandonándose al beso.

¿Cómo podía ser posible? La conocía de toda la vida y jamás había pensado en ella de esa forma. Y, sin embargo, cada poro de su piel estaba estallando en deseo por Florence Harlem. Cuando su amiga se arrimó más a él frotándose contra su cuerpo, temió perder el juicio. Su boca bajó hasta su cuello, mordisqueando la suave piel blanca. Florence gimió y se aferró más a él. Jeff le levantó las faldas con una mano, instándola a que rodease su cuerpo con la pierna para que él pudiese pegarse más a ella. Su erección se frotó contra la entrepierna de ella y fue su turno de gemir. Más cerca, más...

Era arrollador.

—¡Por el amor de Dios! ¿Qué escándalo es este?

Jeff se quedó congelado y se apartó de Florence, que enseguida se bajó la falda con una mueca de terror. Él se giró hacia su anfitriona, que los miraba horrorizada. Iba acompañada de tres mujeres, que los miraban con idéntico gesto de desaprobación.

Fue como si un rayo le cayese encima. Aquellas mujeres no dudarían ni un momento en contar lo que habían visto y la reputación de Florence se haría añicos por culpa suya. Él la había arrastrado a aquella habitación y la estaba medio desnudando como un imbécil incapaz de controlarse. Cerró las manos en puños para que no viesen que todavía le temblaban. ¿Cómo demonios habían acabado así?

Miró de reojo a Florence, que había cerrado los ojos, como si así las mujeres fueran a desaparecer por arte de magia si no las miraba. La vio sufrir y le dolió. Iba a arreglarlo.

Compuso la mejor de sus sonrisas avergonzadas.

—Discúlpenme señoras y milady —dijo aplicando a su voz la suficiente vergüenza—. He sido incapaz de contenerme ante la felicidad de que la señorita Harlem haya aceptado por fin ser mi esposa. No saben lo mucho que me ha hecho sufrir desde que me arrodillé.

Suspiró con cierto dramatismo y vio que los hombros de las mujeres se relajaban visiblemente. Jeff no se atrevió a mirar a Florence mientras pronunciaba las palabras que darían jaque mate a la obra de teatro que acababa de improvisar y que sentenciaría la vida de ambos.

—No he podido evitar mostrarle un pequeño adelanto de lo que será la noche de bodas. ¿Me pueden culpar? —Alzó las manos en señal de inocencia y escuchó que una de las damas soltaba una risita divertida—. Ruego que me disculpe, lady Redford, por haber cedido a mis impulsos bajo su techo.

La mujer lanzó una divertida mirada a sus acompañantes, como queriendo decir «ah, ¡la juventud!». Jeff miró, aliviado, que las damas daban por válida su historia. Dio gracias a Dios en silencio.

—Dadas las circunstancias, lo pasaré por alto —dijo la anfitriona por fin, sonriendo de oreja a oreja—. No sabéis cuánto me alegra que una amistad de tantos años culmine en un feliz matrimonio. Anunciaremos de inmediato el compromiso.

Jeff se forzó a sonreír mientras por dentro pedía que la tierra se lo tragase. Seguía sin atreverse a mirar a Florence. Estaba seguro de que comprendería que no les quedaba otra salida, pero aun así no se veía capaz de enfrentarse a su mirada.

Las mujeres se llevaron a Florence, que tampoco lo miró, en mitad de un incesante parloteo. Jeff se quedó solo, tratando de asimilar lo que acababa de suceder. Las manos aún le temblaban cuando se cubrió el rostro con ellas.

¿Qué había hecho?

Florence

Horas más tarde, sentada en la cama de la habitación que le habían asignado, Florence observaba el paseo molesto de

Amelia casi sin ser consciente de lo que veía. Heather, a su lado, le sujetaba la mano y la miraba con preocupación; apenas había hablado desde que su mundo se tambaleara horas atrás.

Roxie, sentada en la cama de su gemela, jugueteaba con un hilo suelto de su camisón. Las cuatro iban vestidas para dormir y se habían reunido con ella tras los acontecimientos de la noche en cuanto la mansión se había quedado en silencio. Florence les había contado todo lo sucedido con pelos y señales, desde que Jeff le había pedido conversar hasta que se anunció el compromiso una hora más tarde, durante el baile.

—No puedo creerlo —dijo Amelia por enésima vez—. ¿En qué demonios pensaba Jeff?

Amelia, como amiga leal, no había dudado ni un segundo en echar pestes sobre Jeff y su comportamiento escandaloso. Pero la verdad era que ambos habían sido responsables de la situación. Jeff la llevó al estudio, sí, pero ella aceptó ir con él.

Florence no lo apartó, sino todo lo contrario. Aceptó y devolvió aquel beso, que todavía incendiaba su alma. Estaba segura de que, si no los hubiesen interrumpido, Florence se hubiese entregado a él por completo. Que Jeff la besase había sido un deseo y un sueño para ella desde hacía mucho tiempo. Verse allí, con él besándola como si la necesitase, había sido demasiado para su corazón. No había tenido ninguna oportunidad de mantenerse firme en su enfado.

Pero las palabras que se habían gritado aún pesaban y se interponían entre los dos. Jeff le había echado en cara que lo apartase de su vida sin apenas explicaciones y podía aceptar esa parte de la culpa. Pero le había dolido que metiese al señor Carter en la conversación cuando sus reproches no tenían ni pies ni cabeza. La había acusado de casquivana, y eso no desaparecía así como así.

Ahora estaban atados de por vida sabiendo que Jeff no lo deseaba. Solo lo había hecho para salvaguardar su honra.

—Bueno, al menos te casas con él. —Roxie encogió un hombro—. Miremos el lado positivo.

Amelia resopló y Florence negó con la cabeza.

—No quería que las cosas sucediesen así.

—No quedaba otra, hermanita —le dijo Heather. Todavía no la había reñido por irse a solas con un hombre, aunque se tratase de Jeff, pero era cuestión de tiempo. Quizá pensaba que no era el momento de lanzarle más reproches—. Jeff tenía que actuar así para no arruinar tu reputación. Era su deber como caballero.

Lo sabía perfectamente. Pero le dolía que aquel matrimonio fuese por las razones equivocadas. Lo que ella deseaba era que Jeff la amase, no obligarlo a casarse con ella por un estúpido sentido del honor.

—Para empezar, no debería haberla asaltado de ese modo.

Florence frunció el ceño.

—No lo digas como si me hubiese forzado, Amelia —le dijo, mirándola a los ojos. Vio arrepentimiento en su mirada por su exabrupto y suavizó el tono—: Yo acepté besarle. Quería besarle.

Amelia respiró hondo, como si estuviera tratando de mantener su enfado a raya, y asintió. Se dejó caer pesadamente al lado de Roxie, que intervino de nuevo.

—Vosotras no le visteis en la cena. No os quitaba la vista de encima —explicó—. Cada vez que Maximus Carter te hacía reír, Jeff perdía años de vida.

Florence la miró.

—¿Quieres decir que estaba celoso?

Fue el turno de Roxie de resoplar.

—¡Obviamente! ¿Por qué crees que te dijo todas aquellas tonterías sobre el señor Carter? —Roxie alzó los brazos con indignación—. Pero no creo que el muy idiota sea consciente de que está celoso. Ni de por qué.

—Los hombres son idiotas —dijo Amelia, y parecía haber una particular amargura en su voz—. ¿Acaso puede haber otro motivo por el que Jeff haya decidido medio desnudarla en el estudio de un conde?

A Florence se le encogió el corazón.

—Que me amase y desease. No que estuviera intentando marcar territorio de alguna manera.

Amelia vaciló.

—No quise decir eso —se apresuró a replicar—. Que te desea es evidente…

—Pero no me ama.

Florence parpadeó para contener las lágrimas. Había perdido los papeles con Jeff y no quería volver a hacerlo. Roxie desvió la vista, como si no estuviera de acuerdo, pero no dijo nada. Fue Heather quien habló.

—Pero te quiere mucho como amigo —respondió con suavidad—. Y eso es mucho más de lo que la mayoría de las mujeres tienen.

Se miraron y Florence se preguntó si estaba hablando de ella y de su impuesto compromiso con Pickford. Ella lo aceptó sin rechistar, pero jamás le había dado la impresión de que no fuese feliz con esa boda. Hasta ese momento. De repente, sintió rabia. Rabia por Amelia, que tenía que trabajar contra los deseos de su padre para poder ser doctora. Por su hermana, que había aceptado un matrimonio que no le gustaba para aumentar la riqueza y estatus familiar, y por ella, que había tenido que dejar que un hombre la salvase del fuego del ostracismo. Estaban indefensas ante el mundo.

Sin embargo, si se negaba a casarse, toda su familia pagaría las consecuencias. Estaba dispuesta a soportar que la despreciaran a ella, pero no a su hermana. Era un callejón sin salida. Debía enfrentarse a las consecuencias de sus errores.

No obstante, nadie le impedía proteger su corazón.

—Tengo que hablar con Jeff —dijo haciendo uso de la rabia que sentía—. Quiero imponer mis condiciones.

Sus amigas la miraron con curiosidad.

—Tendré que volver a quedarme a solas con él —añadió.

Heather se envaró.

—De ninguna manera. ¿Quieres añadir otro escándalo a tu lista?

Amelia y Roxie se miraron.

—Es evidente que no sabéis ser discretos —dijo Roxie con una sonrisita, y se encogió de hombros cuando Florence la miró enfadada—. A las pruebas me remito.

—Pero os ayudaremos a pasar desapercibidos —agregó Amelia—. Apoyo totalmente que quieras imponer tus condiciones. Si no intervenimos, lo más probable es que no vuelvas a estar a solas con él hasta la noche de bodas, y no podemos permitirlo.

Florence les sonrió, agradecida, pero Heather las miró con censura.

—Habéis perdido la cabeza. Ya no estamos en el internado como para andar haciendo todas las travesuras que se nos ocurran.

—Vamos, Heather, sabes perfectamente que lo hará igual con nuestro beneplácito o sin él. —Amelia no se anduvo con

170

rodeos y Florence asintió, dejando claras sus intenciones—. Es mejor que la ayudemos nosotras. Sería más peligroso que cruzar la mansión de noche para ir al ala de los solteros y arriesgarse a que cualquier invitado con insomnio la vea entrando en la habitación de Jeff.

—Por favor, hermanita. —Florence la miró y Heather desvió la mirada, como si fuese demasiado débil como para rechazar su petición—. No puedo dejar las cosas así hasta la boda.

Su gemela parecía dividirse entre las palabras de Amelia y lo que ella creía que era férreamente correcto. Finalmente y tras soportar con estoicismo las miradas suplicantes de las otras tres, suspiró derrotada.

—Está bien —claudicó, y Florence le apretó la mano en señal de agradecimiento—. Pero debemos planearlo con cuidado. No permitiré que las cuatro salgamos mal paradas de esto. Hay demasiada gente en esta casa y decenas de cosas podrían salir mal.

Roxie le guiñó un ojo, para nada preocupada. Florence estaba segura de que ya estaba maquinando cómo lograr que Jeff y Florence pudieran hablar lejos de miradas indiscretas.

—¿Cuándo hemos sido descuidadas nosotras?

Heather puso los ojos en blanco, pero no replicó.

Capítulo 15

Leo

No eran ni las nueve de la mañana cuando Jeff entró en la sala de estar como un toro furioso. Leo se vio obligado a levantar la vista de su novela para ver cómo su amigo iba hacia donde se encontraba Max y le asestaba un fuerte puñetazo, que lo tiró al suelo.

—¡Yo te mato! —bramó, y no pudo golpear por segunda vez porque Wes lo sujetó con fuerza.

—¿Qué diablos te pasa? —dijo con dificultad, porque Jeff estaba tratando de liberarse.

—No le gusta que le toquen sus propiedades —dijo Max levantándose, mientras se frotaba la mandíbula magullada—. Pero es lo que pasa cuando las dejas sin supervisión.

Leo miró a su alrededor y dio gracias a Dios de que solo estuvieran los cuatro presentes. La casa se encontraba prácticamente vacía porque los invitados se habían marchado a hacer una excursión por los alrededores antes de la fiesta de Halloween de aquella noche. Hubiese sido difícil explicar por qué Jeff estaba a punto de darle una paliza a Max.

—No hables de Florence como si fuese un objeto o te juro por mi padre que te veré al amanecer y me importará una mierda que seas mi amigo —replicó con los dientes apretados. Wes tuvo que agarrarlo con más fuerza para que no acabase arrancándole la cabeza.

—Sí, Max, eso ha estado fuera de lugar —agregó Leo.

El aludido alzó las manos.

—Me disculpo con la dama entonces —respondió, aunque no parecía lamentarlo en absoluto—. Pero ¿acaso me he desviado mucho de la verdad? ¿Acaso no corriste a buscar a Florence cuando viste que había otro hombre a su alrededor?

El rostro de Jeff se puso rojo como la grana, dándole a entender a Leo que había cierta verdad en sus palabras.

—Lo hiciste a propósito —casi escupió.

Max lo señaló con el dedo.

—Para que te dieses cuenta, pedazo de imbécil obtuso, de que sientes algo por esa mujer.

Los otros tres se quedaron congelados, aunque Jeff, para ser más fiel a la realidad, estaba lívido. Wes cerró los ojos y negó con la cabeza, decepcionado. Leo se había quedado sin palabras. Max siempre había sido de los que pedían perdón antes que permiso, pero aquella vez se había pasado de la raya.

—O sea, que has provocado todo esto para demostrar tu maldita opinión como si Florence o yo no tuviéramos nada que decir.

Max lo miró con seriedad.

—No me eches la culpa, Jeff. El compromiso te lo has buscado tú solito no sabiendo mantenerla dentro de los pantalones. La próxima vez hazlo donde no pueda verte cualquiera.

Esa vez Wes no le paró cuando Jeff volvió a lanzarse contra él. Los dos hombres rodaron por el suelo, golpeándose con fuerza. Leo se acercó preocupado.

—¿Deberíamos detenerlos?

Wes se encogió de hombros.

—El idiota de Max se lo ha buscado solito —dijo sin ningún asomo de culpa en sus ojos claros—. A ver si así deja de meterse donde no le llaman. Todos están en la excursión, así que nadie sabrá lo que ha pasado. Deja que se golpeen para que Jeff pueda desahogarse.

Leo no estaba muy convencido, pero no tuvo que esperar mucho para que Jeff se levantase, cansado. Tenía el labio partido y la ropa arrugada. Max no estaba mucho mejor; seguramente, el ojo derecho se le pondría morado en cuestión de horas.

—Tú y yo hemos terminado —espetó Jeff, antes de salir de la habitación más furioso de lo que había entrado—. No vuelvas a dirigirme la palabra.

Leo y Wes se miraron y asintieron, dispuestos a dividir sus fuerzas. Mientras escuchaba a Max excusarse ante Wes, Leo corrió tras Jeff. Lo encontró en los jardines, como si hubiese corrido buscando aire fresco. Hacía un frío de mil demonios, pero a su amigo no parecía importarle. O quizá ni lo notaba. Leo maldijo y se aventuró tras él.

—Ni se te ocurra defenderle, Leo —dijo nada más verle.

Todavía tenía el rostro rojo por la ira y, quizá, la vergüenza. Le temblaban los puños. El labio comenzaba a hinchársele.

—No pensaba hacerlo —respondió, con las manos en los bolsillos. Se detuvo a su lado y le miró de reojo—. Pero no pensabas lo que has dicho.

Jeff resopló.

—Claro que sí.

Leo sabía que, en cuanto se calmase, Jeff recapacitaría y hablaría con Max de nuevo. Al menos, eso esperaba. Le daba la impresión de que, si Florence no estuviera implicada, el enfado de Jeff sería mucho menor.

—Si no quieres casarte, ¿por qué no buscas otra solución? —preguntó Leo.

Jeff sacudió la cabeza.

—Aunque seas americano, sabes perfectamente que no hay otra solución. Tengo que casarme con ella o jamás podrá casarse con nadie. —Lo vio tragar saliva—. No puedo hacerle eso.

Para Leo aquellas normas eran ridículas, pero no dijo nada. Jeff no lo miraba cuando siguió hablando.

—No es que no quiera casarme —rebatió—. Sé perfectamente que, dado que mi padre quiere verme casado antes de morir, Florence es la mejor opción.

Leo arqueó las cejas. Recordó la dura negativa que recibió Gerald cuando este sugirió ante Jeff que se casase con Florence.

—¿Pero?

—Merece a alguien que la ame. Que le dé un matrimonio feliz.

Las dudas se agolpaban en los ojos de Jeff, como si estuviera tan confundido que ni siquiera supiera qué decir. Estaba seguro de que, a pesar de su enfado, seguía dándole vueltas a lo que Max le había dicho. A su forma de actuar con Florence desde el juego del ovillo. Para Leo era evidente. Dados sus problemas de concentración, era una persona que no solía andarse con medias tintas y no entendía por qué a Jeff le costaba admitir sus sentimientos.

—¿Acaso no puedes ser tú esa persona, Jeff?

Seguía sin mirarlo cuando respondió:

—Siempre ha sido mi amiga. Algo diferente no estaba planeado por ninguno de los dos. Mucho menos de esta forma tan… obligatoria.

Leo se encogió de hombros aunque su amigo no se dio cuenta. No serviría de nada que él se lo dijera, debía darse cuenta solo.

—Pregúntate por qué la besaste, Jeff. Si era por celos estúpidos o porque la deseas.

Lo vio apretar la mandíbula por la rabia. Leo no quiso insistir; no creía que fuese beneficioso, dado el estado alterado de Jeff. Decidió quedarse en silencio junto a él, cada uno sumido en sus pensamientos. Su mente acabó volando a Amelia como si un hechizo lo obnubilase, condenado a acabar su recorrido en ella. No era la misma situación que tenía Jeff sobre la mesa, pero entendía la frustración mejor que cualquiera. El no saber cuál era la mejor opción, la que no le hiciera daño a nadie. Ni a Amelia ni a Gerald.

La cena anterior había sido un desencadenante para Jeff y un infierno para Leo. A pesar de que sabía que Amelia era una gran compañía, una persona capaz de mantener su atención, era como si durante el juego del ovillo se hubiese abierto un abismo entre ellos. Leo había reculado y se había dado de bruces contra el suelo. Apenas habían logrado mantener una conversación de dos frases seguidas cuando siempre habían sabido de qué hablar. Leo tenía la impresión de que había cometido un error irremediable y no tenía muy claro por qué.

—Buenos días.

Como si la hubiese invocado, Amelia apareció a su lado con una pequeña sonrisa. Leo dio un respingo, sobresaltado. Ni siquiera la había escuchado acercarse.

—Dios santo, casi muero de un infarto. —Se llevó una mano al pecho y la miró. Tenía un brillo de diversión en sus ojos, nada parecido al arrepentimiento por haberlo asustado—. Creía que estabas en la excursión a las ruinas.

Amelia se encogió de hombros.

—He preferido quedarme —respondió enigmáticamente. Se fijó en Jeff y a Leo le pareció que se tensaba y aceraba el tono al seguir hablando—: Parece doloroso.

Jeff se tocó la herida del labio e hizo una mueca.

—Nada grave, Amelia —dijo forzando una sonrisa—. Me he tropezado.

¿Quién demonios iba a creerse eso? Leo los miraba a ambos con curiosidad. Seguramente Amelia había hablado con Florence y era la causa de su actitud seria. Jeff debía de estar pensando lo mismo, porque no se atrevía a decir nada más a pesar de que, Leo estaba seguro, se moría de ganas de preguntarle por Florence. Tras unos segundos de incertidumbre, Amelia suspiró.

—Ven conmigo. Te curaré la herida y le aplicaremos hielo para bajar la hinchazón.

Jeff la miró sorprendido. No sabía si porque se había ofrecido a ayudarlo a pesar de su animadversión o por lo profesional y segura que parecía.

—Gracias —dijo rascándose la nuca.

Leo los acompañó hasta las cocinas, que parecían haber sufrido una reciente limpieza a fondo, a juzgar por los rostros cansados de las sirvientas y la harina que aún cubría parte del suelo. Amelia pidió alcohol y paños limpios para limpiar la herida antes de entregarle a Jeff un poco de hielo cubierto por otro paño. El procedimiento fue rápido, ya que era una herida bastante superficial. Mientras la veía trabajar y darle instrucciones a su amigo, Leo la imaginó ejerciendo como doctora de verdad. Haciendo gala de los conocimientos que aprendería en la universidad y salvando vidas. Se la veía contenta ayudando a Jeff y Leo imaginó lo mucho que deseaba convertirse en médico si había accedido a trabajar para él.

—Pareces saber muy bien lo que haces —le dijo en un intento de que fuera la propia Amelia quien le contase sus intenciones de futuro.

Pero ella se limitó a encogerse de hombros.

—Solo sé curar raspaduras y heridas similares, como cualquiera —respondió, y Leo estuvo a punto de decir que muchos de los invitados no sabían hacer ni la O con un canuto, pero ella continuó hablando—: De pequeña aprendí a limpiar las heridas que se hacía mi hermano, que era un torpe.

Lo dijo con cariño y Leo supo que no se refería a Gerald, sino a John. Se preguntó por qué, si estaba tan dispuesta a cumplir con sus ambiciones, no hablaba de ello con él. Quizá porque estaban rodeados de gente atenta en las cocinas, incluido Jeff, que los miraba con curiosidad mientras se aplicaba el hielo con una mueca arrugando sus facciones.

—No parecéis jefe y empleada.

Leo frunció el ceño y Amelia se ruborizó. «Si tú supieras, Jeff...».

—Ahora no estamos trabajando —respondió Leo, evadiendo la mirada de ambos—. Dicho lo cual, ya que veo que estás de una pieza, iré a trabajar. Esa maldita cena mortal no va a crearse sola y mi familia al completo acude a la fiesta de esta noche, por lo que tendré suficientes distracciones para toda una vida.

—¿El señor Daventry también?

Vio a Amelia arrugar la nariz al nombrar a su padre. Leo casi sonrió.

—Por desgracia, sí —respondió, y contuvo una mueca—. Podrás esquivarle fácilmente entre tanta gente, no te preocupes.

Esa vez Amelia bajó la cabeza, avergonzada, y Leo quiso decirle que no tenía por qué sentir culpa. Que se sentía muy agradecido porque poca gente lo había defendido con tanta vehemencia, y menos contra su padre. Que ahora su padre le ignoraba, lo cual era tristemente mejor que recibir sus críticas. Probablemente, era gracias a ella.

No obstante, no sabía cómo se tomaría Amelia esa información y no quería enredar más las cosas.

Salieron de las cocinas y Jeff murmuró algo sobre descansar en su habitación antes de desaparecer escaleras arriba. Cuando Leo se quedó a solas con Amelia, una parte de él quería volver a sentir la tensión que lo llenaba de deseo, pero reprimió aquella estupidez y fingió que no le alteraba su presencia. Como si sus cinco sentidos no estuvieran únicamente puestos en ella. Sonrió como si nada malo sucediese.

—Voy a trabajar un rato en la biblioteca —dijo despidiéndose, huyendo como el cobarde que era—. Nos vemos después.

No había dado ni tres pasos cuando su voz lo detuvo.

—Leo.

Escuchar su nombre en sus labios le provocó un escalofrío que le hizo imaginarse cómo sería que Amelia lo gimiera en sus brazos. Definitivamente, estaba perdiendo la maldita cabeza. Se giró para mirarla y ella dio un paso en su dirección.

—¿Te ayudo con el trabajo? —preguntó, insegura. Sus ojos parecían esperar que se negase.

¿Estaba siendo demasiado evidente al poner distancia entre ambos? ¿Por qué si no ella se comportaría con tanta cautela, como si temiese provocar la ira de un león dormido?

179

Sintió vergüenza de sí mismo. Amelia seguía siendo su ayudante y él podía comportarse como un profesional.

Así que sonrió de nuevo.

—Gracias. —Siguieron andando juntos rumbo a la biblioteca—. ¿No prefieres descansar? Aprovecha, porque la semana que viene tendremos mucho trabajo acumulado.

Amelia negó.

—Me ofrecí a ayudarte si se daba la ocasión. Sé que te preocupa la cena mortal.

Leo parpadeó.

—¿Cómo lo sabes?

Amelia sonrió.

—Es mi trabajo saberlo —dijo con retintín, y soltó una carcajada—. La semana pasada no dejaste de hablar de ello, a pesar de que yo no hacía más que reconducir tu agenda hacia asuntos más urgentes. Perdiste el sombrero tres veces mientras recorrías el hotel buscando inspiración y encontramos tu reloj de bolsillo dentro de una de las ollas del chef.

Leo sintió que le ardían las orejas por la vergüenza.

—Dios santo, soy un jefe terrible —dijo, mortificado.

—En absoluto. Es maravilloso trabajar para ti.

Leo sintió que se le aceleraba el pulso ante sus palabras, como si jamás le hubieran hecho un cumplido semejante. Sus trabajadores solían expresarle lo contentos que estaban de trabajar para él, pero que lo hiciera alguien que veía sus rarezas tan de cerca era... diferente. La miró a los ojos y algo diferente al deseo se agitó en su pecho. Amelia rompió el contacto y se adelantó para abrir la puerta de la biblioteca, dejando atrás a un sorprendido Leo.

¿Qué diablos había sido aquello?

Capítulo 16

Leo

La condesa había tirado la casa por la ventana para decorar la mansión durante la noche de Halloween. Cuando Leo entró al salón de baile, lo primero que vio fueron los fantasmas que colgaban del techo, hechos por ramas cubiertas de paños de algodón, junto a farolillos que proporcionaban luz tenue para no malograr la atmósfera tétrica.

Las mesas estaban repletas de comida típica de aquellas fiestas y el hogareño olor a manzana asada cubría la estancia. Decenas de jarrones con flores otoñales completaban la decoración; guirnaldas de hibiscos, pensamientos y dalias se repartían por las mesas y colgaban de las paredes. La orquesta ya estaba tocando y los bailarines llenaban la pista. Anduvo distraído, mirando cada detalle durante muchísimo tiempo, hasta que se dio cuenta de que comenzaban a murmurar a su alrededor y a mirarlo con censura. Seguramente sería de mala educación observar fijamente las cosas o algo similar. Era complicado recordar las dos mil normas que los aristócratas ingleses portaban por bandera.

Puso los ojos en blanco y buscó a sus amigos entre la multitud, pero, antes de que pudiera dar con ellos, sus primos entraron en el salón como un batallón bien entrenado, parloteando sin parar. El marqués de Satherton y su adorada esposa iban a la cabeza de la comitiva.

Sonrió ampliamente al verlos. Los Daventry siempre se hacían notar en cualquier fiesta y, aunque no habían sido invitados formalmente a pasar la semana en Redford Manor, su condición de vecinos de los condes les daba la oportunidad de acudir a la festividad principal de aquellos días. Saludó a todos con efusividad y le dio un abrazo enorme al pequeño Alexander, el hijo de Gabriel y Belle. Al contrario que en la mayoría de las celebraciones, en aquella fiesta sí estaban permitidos los niños y, como a sus cinco años era suficientemente mayor, sus padres le habían traído para que se divirtiera. Los demás niños de la familia eran todavía bebés o demasiado pequeños. Leo observó divertido cómo Gabriel iba tras su hijo mayor a través del salón, ya que, como el travieso que era, se había dado a la fuga en cuanto había podido. Belle lo seguía a paso rápido, pero sin perder el decoro que la caracterizaba.

—¿Cómo estás, primo? —le preguntó Gwen con una sonrisa. Sophie lo abrazó con fuerza y los dos maridos de ambas, Nick y Bastian, le dieron la mano con su característica seriedad—. Me alegra no ser la anfitriona de esta fiesta de Halloween. La última vez que lo fuimos, tuvimos que soportar demasiado drama.

Sophie y Bastian se miraron y sonrieron con complicidad. Leo no recordaba aquello con alegría precisamente, pero, por suerte, todo aquel episodio había tenido un final feliz.

—¿Estará por aquí la misteriosa dama que te besó? —Sophie miró a su alrededor encandilada, como si la mujer en cuestión fuera a presentarse ante ella de un momento a otro.

Leo forzó una sonrisa. No había dicho nada a sus primos para que no se hiciesen ideas equivocadas sobre Amelia y él.

Conociendo a su familia, planearían la boda a sus espaldas y no le dirían nada hasta que llegase engañado hasta la vicaría.

—Quién sabe —dijo sin querer ahondar en el tema.

Gracias al cielo, Simon cambió de tema.

—Mamá está por allá con tus padres —le dijo, señalando a su espalda—. Como siempre, tío Edward tiene aspecto de haber chupado un limón. No sé por qué no se vuelve a Boston si le disgusta todo tanto.

Leo reprimió un suspiro y trató de armarse de paciencia para poder estar en la misma habitación que su padre. Estaba claro que, si Edward Daventry se lo proponía, le amargaría la velada a su hijo pequeño. Tenía la esperanza de que siguiese tratando de mantener las distancias con él. Era mejor sufrir su indiferencia que sus ataques.

—Cuento los días, primo —respondió en voz baja, por si había cerca oídos indiscretos. No necesitaba que la gente fuera murmurando que el terrible y maleducado Leonard Daventry también odiaba a su padre—. No ha vuelto al Hotel Daventry desde la primera semana tras llegar a Inglaterra. Me aseguró que venía a ver mi trabajo con sus propios ojos y lleva semanas escondido en Lily Manor.

Simon se carcajeó.

—Lo que le dijo la señorita Fulton debe escocerle todavía. —Simon miró a su alrededor—. Por cierto, ¿dónde está? Me gustaría saludarla.

Leo no veía Amelia desde aquella mañana. Habían estado trabajando varias horas en la cena mortal y, gracias a ella, por fin había podido desencallar un par de cabos sueltos del montaje. Le había venido muy bien pensar en su trabajo y no en lo que estaba ocurriendo entre ellos. O quizá era solo cosa de él, porque Amelia no parecía afectada en absoluto por su cercanía.

«Gerald te matará. Déjala en paz», se recriminó por enésima vez. No obstante, cada vez que Amelia lo deslumbraba con su inteligencia y su carácter divertido, su pulso viajaba por libre hasta que notaba el latido de su corazón en los oídos. Las ganas de besarla y acabar lo que su primo Simon había interrumpido eran cada vez más irrefrenables.

—Imagino que estará con sus amigas. Son inseparables —dijo al fin, aunque estaba claro que había tardado demasiado en responder. Simon lo miraba con curiosidad y se dio cuenta de que estaba a punto de comentar algo que no tenía ganas de escuchar—. Si me disculpas…

Puso pies en polvorosa sin rumbo fijo. A lo lejos vio a su madre hablando con su hermano y decidió ir a saludarlos. Cualquier cosa era mejor que enfrentarse al interrogatorio de Simon y, además, ellos dos no tenían la culpa de la actitud de su padre. Nunca le habían atacado como lo hacía Edward, aunque en realidad tampoco le habían defendido. Leo imaginaba que temían ponerse en su contra. Era una razón que podía llegar a entender si se esforzaba mucho.

Vio de lejos a Max y a Wes, que charlaban en un rincón apartado. Jeff no parecía encontrarse por ninguna parte. Se preguntó fugazmente si estaría con Florence, pero vio a la dama junto a la mesa de refrigerios hablando con su gemela y lady Roxanne, así que lo descartó. Ya estaba llegando junto a su madre cuando se preguntó dónde estaría Amelia.

—Madre, Rafe… —saludó.

—Leo, cariño, qué agradable verte —dijo su madre con una sonrisa, aunque parecía tensa—. Estábamos comentando lo estupendamente decorado que ha quedado este lugar.

—Sí, para ser una fiesta inglesa, no está nada mal —añadió Rafe con su acostumbrada superioridad.

Leo quiso recriminar su comentario, pero decidió no discutir. Era mejor tener la fiesta en paz. De reojo, vio que Jeff pasaba cerca con gesto hosco y lo llamó sintiendo que el alivio lo invadía. Se daba cuenta de que, tras tanto tiempo sin verlos, no sabía estar a solas con su familia sin que lo invadiera la incomodidad.

—Me gustaría que conocieseis a una de mis mayores amistades aquí, en Inglaterra —les dijo con una sonrisa—. Jeff, ella es mi madre, Agatha Daventry, y él es mi hermano, Rafe. Os presento a Jefferson Hughes.

Su hermano lo saludó de inmediato ofreciéndole la mano, pero Leo se distrajo al mirar a su madre, cuyo rostro se había quedado blanco como la cal. Miraba a Jeff como si de un fantasma se tratase.

—Gracias por cuidar de mi hermanito —decía Rafe en ese momento—. Sabemos que no es fácil.

Ni siquiera supo qué había respondido Jeff porque su madre seguía sin reaccionar.

—¿Madre? —preguntó, extrañado por su actitud.

Ella parpadeó, dándose cuenta por fin de que se había quedado congelada, y forzó una sonrisa. Se aferró a su chal como si estuviera tratando de mantenerse a flote y se dirigió a Jeff.

—Es un placer conocerle, señor Hughes —dijo al fin, y carraspeó—. Conozco a su familia de algunas reuniones sociales. ¿Su padre se encuentra entre los invitados?

El rostro de Jeff se ensombreció. Por suerte, la hinchazón del labio había remitido de forma notable.

—Mi padre está muy enfermo y ya no puede acudir a eventos tan multitudinarios —respondió, y a Leo le pareció

185

que un párpado le temblaba. Estaba claro que no había mejorado su ánimo desde aquella mañana—. Pero le diré que le manda saludos.

—Oh, siento muchísimo escuchar eso —respondió Agatha con la voz apagada.

¿Era alivio u horror lo que reflejaba el rostro de su madre? ¿Ambas? Leo la miró preocupado, pero no se atrevió a decirle nada. Rafe, por su parte, decidió acaparar la atención de Jeff hablando de sus respectivos negocios. Quizá era una manera de destensar el ambiente y Leo se lo agradeció. Era mejor evitar el tema de la enfermedad del señor Hughes.

—¿Madre? —repitió, dando un paso hacia ella.

—Discúlpame, Leo —respondió ella, alejándose a toda prisa.

Estupefacto, la observó marcharse como si la persiguiera el mismísimo infierno. La siguió con la vista y vio que salía por uno de los ventanales que daban al jardín, a pesar del frío que hacía. Mientras se preguntaba si debía seguirla o no, vio que su tía Olivia salía tras ella y su preocupación se aplacó un tanto. Al menos, su madre no estaría sola. Estaba claro que algo la había alterado muchísimo, pero no podía imaginar de qué se trataba. ¿Acaso había ocurrido algo con la familia de Jeff que él desconocía?

—Parece que hayas visto un fantasma.

Se giró hacia la voz que había aparecido a su izquierda y se encontró cara a cara con su ayudante. Amelia le sonrió y Leo trató de dejar de comportarse como un lunático. Estaba muy hermosa vestida de azul medianoche y un sencillo recogido adornado con pequeñas flores plateadas. Ella ladeó la cabeza, esperando una respuesta, y se dio cuenta de que quizá había estado demasiado tiempo seguido mirándola sin decir una palabra.

—¿No se trata de eso esta noche? —respondió finalmente, fingiendo tranquilidad—. ¿Ver fantasmas?

—Depende de si son amistosos o no —se carcajeó. Levantó la mano derecha y Leo se fijó en su carné de baile—. ¿Te gustaría apuntar tu nombre?

Aquella mujer era una descarada. Casi sonrió.

—¿No son los hombres los que invitan a las mujeres a bailar?

Ella se encogió de hombros. Sus ojos avellanados brillaban a la luz de los farolillos.

—La impaciencia es uno de mis defectos —respondió sin ningún asomo de vergüenza—. ¿Y bien?

La vio sacudir el carné como un reclamo. Leo no sabía cómo empezar a enumerar las razones por las que bailar con Amelia Fulton era una terrible idea, pero decidió verbalizar la más importante de ellas.

—Lamento decepcionarte, pero yo no bailo.

Le lanzó una sonrisa de disculpa, pero, por supuesto, Amelia no iba a aceptar aquello como una razón válida.

—¿Por qué no bailas, si se puede saber?

Leo suspiró, rascándose la nuca con incomodidad. A ella podía decírselo, pues le había visto en sus peores momentos. La miró y se preguntó si Amelia ya imaginaba la respuesta, pero quería oírselo decir. Pero ¿por qué iba a querer que pasase por un mal trago como ese?

—Como sabes, no se me da bien seguir pasos de ninguna clase. El baile no es una excepción, por mucho que me guste.

Sintió vergüenza y rabia hacia sí mismo. En América, había tratado de bailar en los eventos un par de veces antes de tirar la toalla. Le gustaba mucho bailar, y era la vía más rápida para conquistar a una dama, así que no había visto la dificultad en intentarlo hasta que lo hizo en público. Terminaba haciendo el ridículo, incapaz de seguir los pasos para guiar a su pareja y perdiéndose entre el resto de los bailarines hasta que tenía que salir de la pista para no entorpecer a los demás. Su padre lo miraba con tanta decepción y desagrado que dejó de intentarlo. No era más que otro recordatorio de por qué Edward Daventry no le quería.

Amelia, no obstante, parecía inmune a lo que acababa de confesarle. Tras unos instantes mirándole fijamente, sonrió todavía más.

—Eso es porque tu pareja no era lo suficientemente buena —alegó, y se acercó un poco más a él—. Me gustaría que fueras la mía en el siguiente vals.

Leo dio un paso atrás y negó con la cabeza.

—No me pidas eso, Amelia —dijo, mortificado, pues comenzaba a hacerse evidente que le resultaba muy difícil negarle algo a esa mujer—. No saldrá bien.

—El vals consiste en realizar unos pocos pasos repetitivos y te prometo que no te dejaré solo —respondió con tanta seguridad que Leo tragó saliva, dudando—. Confía en mí, Leonard Daventry.

Su nombre completo condujo su mente hasta el día en el que se conocieron, cuando la seguridad arrolladora de Amelia lo dejó fuera de combate. La miró a los ojos y ella le sostuvo la mirada sin flaquear, completamente convencida de que aquello saldría bien y Leo podría bailar el vals sin equivocarse.

No sabía por qué, pero la creyó.

Así que le tomó la mano y la condujo hasta la pista de baile, donde la orquesta comenzaba a tocar las primeras notas de un vals. Leo cerró los ojos un segundo, abrumado por toda la gente que le rodeaba y por lo que estaba a punto de intentar. Amelia le cogió la mano izquierda y se la colocó en su estrecha cintura. Le sujetó la mano derecha con fuerza y sonrió.

—Tres pasos, Leo —le ordenó—. Hacia delante, hacia atrás, giro. Céntrate en mi voz.

Conocía los pasos, era solo que no era capaz de seguirlos. Pero aquella vez hizo lo que ella le pedía y comenzaron a moverse. Amelia lo guiaba constantemente con la voz y, a pesar de la torpeza inicial, una parte de la mente de Leo registró que estaba danzando por la pista igual que el resto de las parejas que los rodeaban. Perdió el paso un segundo, chocando con Amelia, pero la dama siguió controlando la danza y narrándole los pasos hasta que pudo centrarse de nuevo en el movimiento de sus pies. No dejó de mirarla a los ojos, como hipnotizado, mientras se centraba en su voz y en mover los pies como ella le indicaba.

De repente, Amelia se detuvo y Leo parpadeó, sorprendido. Se dio cuenta de que la orquesta había parado de tocar, pero nadie le miraba con censura o desagrado. De hecho, ninguna de las parejas que avanzaba hacia el final de la pista o que se colocaba en posición para bailar la siguiente pieza le prestaba la menor atención. Abrió más los ojos, asombrado.

Había terminado el vals sin ningún contratiempo. Abrumado, se giró hacia Amelia, que le sonreía feliz. No había podido concentrarse en nada más que en sus pasos y apenas había disfrutado del baile, pero había logrado terminarlo. Se sentía...

Se había quedado sin habla, algo difícil en él.

—Te dije que solo tenías que encontrar una buena pareja.

La voz de Amelia estaba llena de suficiencia. Le devolvió la sonrisa mientras le ofrecía su brazo para sacarla de la pista de baile. Leo la miró, encandilado y sorprendido. Nadie se había preocupado lo suficiente como para pensar en cómo le afectaba el día a día y cómo podía solucionar sus problemas con esa inquietud mental que se suponía que padecía. Sin embargo, Amelia había llegado con su arrolladora confianza y se había encargado de demostrarle que sus límites eran salvables.

Aquella mujer era... maravillosa. La habría besado allí mismo si hubiese podido.

—Amelia, yo... —Tragó saliva, incapaz de seguir—. Gracias. De verdad.

Ella le lanzó una sonrisa tan cegadora que podría haber iluminado el salón de baile de rincón a rincón. Que Dios lo ayudara.

—Gracias a ti, Leo —dijo en cambio—. No te haces una idea de lo mucho que me estás ayudando tú a mí dándome este trabajo.

La emoción se apagó tan rápido como había llegado, el recordatorio fue un balde de agua fría que redujo el latido de su corazón. Su empleada, la hermana de Gerald, inaccesible en cualquier sentido. Había perdido de vista todo aquello una vez más. Pero ¿por qué no podía apartarse?

—¿Amelia?

Ambos se sobresaltaron y se giraron hacia Florence Harlem, que venía acompañada de su gemela y lady Roxanne. Amelia parpadeó, confundida.

—Tenemos algo que hacer, ¿recuerdas? —dijo Florence con cuidado, mirando a Leo con una mezcla de curiosidad y recelo.

—Es cierto. —Amelia sonrió débilmente y se giró hacia él—. ¿Me disculpas?

Leo sintió una mezcla de alivio e irritación que no sabía bien cómo gestionar. No obstante, se despidió de Amelia y de sus amigas con una inclinación cortés. La observó marcharse preguntándose si Dios le estaba mandando señales para que dejase las manos quietas.

Capítulo 17

Florence

—¿Listas?

Roxie asintió y se dispuso a despejar la sala oscura donde un par de damitas invitadas realizaban el juego del espejo. Como era la hija de la anfitriona, no la cuestionaron cuando les explicó que se iba a realizar otro juego en el salón de baile y que la condesa estaba esperándolas. Mientras Roxie se iba con ellas parloteando alegremente, Florence entró en la oscura sala, solo iluminada por una vela, y se dispuso a esperar.

—¿Estás segura de esto? —le preguntó su hermana por enésima vez, asomando la cabeza por la puerta entreabierta.

La tarea de Heather y Amelia era encontrar a Jeff y traerlo allí, pero su gemela no estaba muy de acuerdo con volver a saltarse las normas de protocolo y su sentido de la responsabilidad rivalizaba con la necesidad de ayudar a su hermana. Llevaba todo el día tratando de convencerla de que no lo hiciese.

—Sí, estoy segura —dijo con paciencia—. Vosotras aseguraos de que nadie nos encuentre.

Amelia asintió, demostrándole que estaba de su lado. Cerraron la puerta y Florence se quedó sola con sus pensamientos. La vela apenas iluminaba la estancia para poder realizar el juego del espejo en condiciones. Florence se acercó y se fijó en su reflejo, recordando que cuando era más joven también le gustaban aquellas estupideces. El juego consistía en esperar frente al espejo con la vela en la mano, recitar una especie de poemilla y, según la leyenda, el rostro de la persona con la que iba a casarse aparecería tras ella, reflejado en el espejo. Visto en perspectiva, le parecía un juego demasiado tétrico incluso para la noche de Halloween.

Más bien, absurdo. Obviamente no iba a aparecer ningún rostro, pero imaginaba que la sugestión les podía jugar malas pasadas y por eso el juego seguía realizándose cada Halloween. O quizá era una forma de pasar el tiempo con los amigos.

Florence sonrió. Incluso recordaba el poema. Lo recitó mentalmente y, por un segundo, el corazón se le aceleró al esperar encontrar el rostro de un hombre. Parpadeó y, de repente, se encontró a Jeff devolviéndole la mirada a través del espejo.

Del susto casi dejó caer la vela. Tuvo que morderse el labio para no gritar mientras el corazón se le desbocaba, sintiéndolo casi en su garganta.

—Dios santo, Jeff, qué susto me has dado —dijo, llevándose la mano al pecho.

Jeff arqueó una ceja y cogió la vela como si tuviera miedo de que Florence la dejase caer. Se dio cuenta de que temblaba y trató de decirse a sí misma que no debía estar nerviosa.

«Es Jeff, el de siempre».

Solo que no se sentía como si fuesen los de siempre. Desde el beso, había cambiado algo entre ellos. Algo que no creía que pudiese volver a ser como antes. Había pensado en ello largo y tendido. Florence había tratado de alejarse, y le había salido el tiro por la culata. Ahora debía compartir su vida con él de una forma que no había creído posible. Pero

Florence quería de Jeff algo que él no parecía estar dispuesto a darle: su corazón. Y, si no podía tenerlo, tampoco quería el resto de los aspectos del matrimonio.

No obstante, ¿podían volver a ser amigos tras lo que ambos habían estropeado?

—Eres tú quien me ha pedido que viniese —replicó, echando un vistazo a lo poco que se veía de la estancia gracias a la llama—. ¿Me vas a explicar por qué tus amigas nos han encerrado en esta habitación?

Amelia y Heather habían echado la llave tras traer a Jeff con ellas. La idea era fingir no saber nada si alguien trataba de entrar y se encontraban cerrada la puerta. Roxie le había quitado la llave al ama de llaves mientras estaba atendiendo una emergencia después del desayuno —quizá alguien había repartido harina por toda la cocina, cubriéndola de un manto blanco—, así que tenían tiempo de reacción si algo así sucedía. Sus amigas tenían órdenes de abrir la puerta tras media hora, así que debía darse prisa. Habían elegido aquella habitación porque tenían menos posibilidades de que alguien que no fueran las damas jóvenes quisieran utilizarla.

—Tenía que hablar contigo —respondió—. Y no quería que volviesen a encontrarnos a solas.

Jeff comenzó a encender un par de candelabros repartidos por la estancia, otorgando algo más de luz. Al fin, Florence pudo verle bien. Alguien que no lo conociese bien diría que Jeff era la viva imagen de la calma, pero Florence no era cualquiera.

Jeff estaba muy alterado. Tanto o más que ella. Se preguntaba si su matrimonio forzado era la razón principal o si había algo más que ignoraba. Florence había practicado su discurso varias veces a lo largo del día. Pensaba dejar claros sus puntos y exigir una disculpa por haber llegado adonde se encontraban sin haberlo pedido. No obstante, Jeff se le adelantó.

—Respecto a eso... —comenzó, y sonó de verdad arrepentido—. Lo siento, Florence. Todas aquellas mujeres nos habían visto y no vi otra salida. Tu reputación... Solo quería protegerte del escándalo.

Ella lo paró con una mano y respiró hondo. Si seguía disculpándose, perdería su determinación. Se aferró al enfado, la rabia y la frustración para comenzar a hablar.

—Me hubiese gustado que vinieses a hablar conmigo por tu propio pie en lugar de disculparte cuando te ves arrinconado. —Jeff abrió la boca para protestar, pero ella lo cortó—. Déjame terminar.

Su tono de voz era duro, pero no lo suavizó. Necesitaba dejar las cosas claras.

—No te estoy acusando de tenderme una emboscada ni nada parecido. Ambos tenemos razones para arrepentirnos de nuestras acciones. Yo no te aparté —siguió diciendo—. Pero sí creo que tus celos estúpidos nos han llevado a este momento. Así que, ya que vamos a casarnos, quiero poner condiciones.

Tomó una pausa para tomar aire y Jeff aprovechó para intervenir. Florence imaginaba que le rebatiría lo de los celos, pero nada más lejos de la realidad. Su corazón comenzó a desbocarse al ver que no lo negaba, pero trató de mantenerse impasible a sus ojos.

El problema era que él también la conocía muy bien a ella. O quizá no tanto, porque no era capaz de ver lo que su corazón gritaba.

—Bien —dijo, y se cruzó de brazos, a la defensiva, antes de apoyarse sobre un mueble bajo—. Tú dirás.

—Primero de todo, si fingiste estar prendado de mí frente a la condesa y sus amigas, qué menos que no desmentirlo —comenzó su enumeración—. Cuando estemos juntos en público, me tratarás como un esposo enamorado.

Jeff inclinó la cabeza hacia un lado.

—Acepto, pero entonces espero lo mismo de ti —respondió con calma.

Florence apretó los labios y asintió.

—No exijo menos de lo que estoy dispuesta a dar, Jeff —replicó—. Segundo, nada de amantes. Si voy a ser la esposa de un hombre de negocios y comportarme como tal, tú me vas a respetar.

Jeff no respondió, por lo que Florence se lo tomó como una afirmación. Por descontado, ella haría lo mismo, pero no creía tener que mencionarlo.

—Tercero, en privado seremos amigos. Como hemos sido siempre.

Lo miró, expectante. Esa era la condición que más le preocupaba, y eso que cada vez que imaginaba a Jeff buscándose una amante de curvas definidas y notable belleza se ponía enferma. Pero lo que más le importaba era aquella tercera condición. Conociendo a Jeff, discutiría con ella.

Jeff se quedó en silencio unos segundos más y por fin se movió. Descruzó los brazos y avanzó hasta ella con una expresión que no supo descifrar, pero que le aceleró el pulso. Florence se obligó a no dar un paso atrás y ceder terreno. Estaba parada en el centro de la habitación y entonces fue ella la que se cruzó de brazos, como si necesitara protegerse de su cercanía.

—Así que no puedo tener amantes, pero tampoco puedo tocarte —dijo en voz baja. Sus ojos claros estaban oscurecidos por la escasa luz y algo más que no supo reconocer—. No me parece justo, sobre todo después de ver lo bien que reaccionas a mis caricias.

Florence sintió que las mejillas le ardían por la rabia y la vergüenza.

—Aquello fue un error —replicó con todo el convencimiento que fue capaz de reunir.

Pero sintió que no estaba siendo del todo sincera. Que en realidad había estado más que deseosa, fundiéndose contra Jeff como la mantequilla caliente. Las mejillas le ardieron todavía más y él debió verlo en su mirada, porque sonrió como un canalla.

—Ambos sabemos que eso no es cierto, Florence. —Se aproximó más a ella, que se vio obligada a alzar el rostro para sostenerle la mirada—. Sentiste el deseo tanto como yo. Tu cuerpo hablaba por ti.

Le puso un pequeño rizo tras la oreja y toda su piel se erizó ante el tacto. Florence veía sus intenciones, que quería demostrarle que tenía razón, y no quiso darle el gusto. Pero su traicionero cuerpo tenía otros planes. Cuando se inclinó hacia ella para susurrarle al oído, Florence tuvo que cerrar los ojos.

—¿Por qué privarte de algo que te haría sentir tan bien? —susurró, y ella tuvo que obligarse a tragar saliva.

«Porque no me amas».

Quiso apartarse, pero su voz y sus suaves caricias, apenas perceptibles, la tenían inmovilizada. Su piel ardía y anhelaba un contacto más profundo. Maldito fuera su traicionero cuerpo.

—Además, tarde o temprano, tendremos que concebir un hijo —indicó él, apartándose solo lo suficiente para poder mirarla a los ojos de nuevo. Su mirada estaba tan nublada como la suya—. Y para eso debemos intimar.

Florence negó, tratando de imponer la razón a aquella locura que la consumía. Bloqueó una imagen mental de un niño con los ojos de Jeff y sus rizos rubios. No podía pensar en ello.

—No quiero intimar contigo, Jeff.

Pero ni su cuerpo, que temblaba ansioso, ni su amigo parecían ser de la misma opinión. Florence percibió el temblor de su voz, la vacilación y el poco convencimiento al pronunciar las palabras. Hasta ella sabía que se estaba engañando a sí misma. Pero no podía ceder, porque sabía que a Jeff solo lo motivaba un estúpido sentido del deber.

—Dios sabe que no estaba en mis planes casarme contigo —murmuró Jeff. Intentó que no le doliese, pero lo hizo. No obstante, él no dejó que el dolor echara raíces—. Hasta hace dos días, no sabía lo mucho que te deseaba. No quiero dejar pasar esa revelación, y mucho menos estando prometidos.

Florence parpadeó, sorprendida. La voz de sus amigas, asegurándole que Jeff la deseaba, que estaba celoso, le atravesó la mente. Su mejor amigo, el amor de su vida, estaba encerrado en una habitación semioscura con ella, nublándole los sentidos con su cercanía, su voz y su olor a jabón y algo que solo podía pertenecer a Jeff y que la volvía loca.

Ese hombre atractivo e inteligente le estaba diciendo que la deseaba. Algo que ella había soñado con escuchar durante meses. Quizá, aunque no tuviese su corazón, podía tenerle a él, y eso le bastaba. Se podía convencer de que le bastaba. Algo en su interior se rindió y Jeff debió percibirlo, porque se acercó de nuevo, dándole un beso en el cuello allí donde su pulso gritaba desbocado.

—Yo no quiero amantes, Florence. Soy un hombre de palabra y deseo a mi futura esposa. —Sus palabras la dejaron sin aliento—. Déjame hacerte sentir bien.

Florence cerró los ojos y asintió. Que Dios la ayudara.

Algo semejante al triunfo invadió la mirada de Jeff cuando se inclinó para besarla y todos los pensamientos de Florence ardieron hasta solo dejar cenizas. La furia que ambos sentían en el anterior beso había sido reemplazada por algo diferente, más íntimo e igual de arrollador. Cuando sus lenguas se encontraron, Florence se sintió flotar. Rodeó el cuello de Jeff con los brazos, enterrando los dedos en su cabello como si necesitara aquel contacto para seguir en pie. Un gemido suave salió de su garganta y aquel sonido hizo añicos el control de Jeff.

La estrechó más contra él y profundizó el beso con una pasión y un deseo que la dejaron con la mente en blanco. Florence no quiso ser menos y le devolvió cada gesto, cada beso, mordisco y caricia, tratando de hacerle sentir todo lo que se instalaba en su pecho y la hacía perder los papeles. Dios, estaba tan enamorada de ese hombre que sentía que el corazón saltaría de su pecho en cualquier momento.

—Florence —susurró él, antes de morderle el cuello. Ella soltó un gemido y Jeff sonrió contra su piel—. Me encanta cómo tu piel se eriza ante mi toque. Es como si me hubiese estado esperando.

Maldito fuera, no sabía lo cerca que estaba de la verdad. Florence cerró los ojos y se dejó llevar por un nuevo beso que incendió cualquier pensamiento coherente que pudiera albergar su mente. Jeff, impaciente, tironeó del escote de su vestido para dejar a la vista sus pechos. Sonrojada, pensó en taparse hasta que vio la expresión de adoración de Jeff.

—Realmente soy un tipo afortunado —susurró, antes de bajar la cabeza.

Se llevó un pecho a la boca, succionando, mordiendo y lamiendo la piel sensible. Florence abrió los ojos, fascinada por las sensaciones que recorrían su cuerpo. Jamás había sentido algo así; era increíble. Gimoteó, moviéndose contra la boca de Jeff, que dedicó a sus pechos tanto tiempo que a Florence comenzaron a temblarle las piernas. Si él no la hubiese tenido sujeta, se hubiese caído.

—Jeff —susurró, incapaz de decir nada más.

—Lo sé —dijo como si de verdad la comprendiera cuando ni ella misma se entendía. Florence estaba perdida en un mar de sensaciones y apenas podía captar sus palabras susurradas en voz baja—. Eres maravillosa.

Un golpe en la puerta los sobresaltó a ambos. Jeff maldijo y la tapó justo a tiempo para que sus amigas no la viesen con el pecho al descubierto. Florence recordó de repente que había pedido media hora y debía de haber pasado ya. A ella le había parecido un segundo. Veía en el rostro de Heather la determinación de proteger a su hermana gemela de otro escándalo y, por mucho que Florence odiara darle la razón, estaba claro que era demasiado débil cuando se trataba de Jeff.

—¿Todo bien? —dijo Amelia como si estuviera comentando el clima del exterior.

—S-sí —respondió Florence como pudo, tratando de aparentar normalidad. Una parte de ella las hubiese matado por interrumpirlos, mientras que la otra quería esconderse de sus miradas.

Evidentemente, ni su gemela ni Amelia eran tontas y el rostro de Florence debía de reflejar todo lo que sentía en ese momento. Se sentía tan abrumada que apenas podía hablar.

Sus amigas escondieron una sonrisita y les avisaron de que ya llevaban demasiado tiempo desaparecidos.

—Ha pasado por aquí Wesley Davis buscándote, Jeff —añadió Heather tratando de aparentar normalidad. Su tono de voz podía utilizarse tanto para la hora del té como para la cita clandestina de su gemela—. Mencionaba algo de una partida de póker. Deberías ir, tampoco es bueno que te vean aquí con nosotras.

—Maldición, lo había olvidado. —Jeff parecía haber recuperado el dominio de sí mismo y, cuando se giró hacia Florence, no parecía el hombre que acababa de seducirla como un canalla—. ¿Hablamos más tarde? ¿Mañana?

Florence asintió, incapaz de decir nada más, y Jeff salió tras saludar a las dos damas con un seco movimiento de la cabeza. En ese momento apareció Roxie, que aseguró que nadie parecía haberse dado cuenta de su artimaña, y acto seguido sus tres amigas la miraron expectantes.

—Está claro que aquí ha habido más que una conversación —dijo Amelia con sarcasmo.

—Mi amiga es una libertina. —Roxie fingió consternación.

Florence las ignoró deliberadamente. Tuvo que sentarse en uno de los sillones y respirar hondo. El pulso todavía le latía en los oídos. Su mente no dejaba de reproducir las palabras de Jeff, tratando de demostrarle que el deseo y la amistad eran suficientes para que su matrimonio funcionase. Su mente nublada estaba inclinada a darle la razón y su corazón trataba de convencerse de que Jeff tenía razón, ignorando el hecho de que en ningún momento había hablado de amor.

¿Por qué iba a hacerlo de todas formas? En realidad, Jeff nunca había sido deshonesto al respecto. Había sido sincero cuando le había dicho que jamás se le había pasado por la cabeza casarse con ella.

Y aun así… Florence lo conocía mejor que nadie, estaba segura. No había negado que estaba celoso. Eso le hacía albergar una estúpida esperanza de que Jeff sintiese por ella algo más que amistad. Un sentimiento difícil de sofocar y que esperaba que no la llevase a la desolación.

—¿Cómo ha ido la negociación? —preguntó Heather con retintín, dándole solo un par de segundos de tregua. Estaba claro que no iba a quitárselas de encima fácilmente.

Florence, a su pesar, sonrió.

—Creo que he perdido —respondió, todavía mareada.

Sus tres amigas se miraron y se carcajearon.

Capítulo 18

Leo

Sin Amelia y con la sensación de que la gente vigilaba cada uno de sus movimientos, Leo decidió que ya había tenido suficiente socialización. Se encaminó hacia una de las salas de juegos para buscar a sus amigos. Lo más probable era que estuviesen jugando al *bridge* o al póker. Recordaba que habían organizado una partida con varios invitados más. Imaginaba que Max y Jeff no habrían hablado para arreglar sus diferencias, pero al menos Wes le daría buena conversación. Nunca se le había dado bien jugar a las cartas, así que prefería ser espectador, y parecía un buen plan como cualquier otro. Necesitaba evadirse para no ir tras Amelia y pedirle que le dejara besarla y más cosas que prefería no imaginar.

La anfitriona había acondicionado varias habitaciones para la noche de Halloween, donde niños y jóvenes estaban jugando a divertimentos típicos, como el de capturar manzanas de un barreño con las manos atadas a la espalda. Al final del pasillo vio a Amelia y a una de sus amigas, la señorita Heather Harlem, plantadas delante de una puerta cerrada, como si estuvieran esperando a algo o a alguien. Las dos parecían tensas y le pareció un comportamiento muy extraño incluso viniendo de ellas, que tenían fama de ser algo escandalosas.

Con curiosidad, Leo se dirigió hacia allí y, de camino, esquivó a dos niños que corrían, perseguidos por un fantasma que no parecía ver bien con la sábana que le cubría la cabeza. Este se tropezó y abrió sin querer una de las puertas cerradas del pasillo antes de seguir corriendo para ganar el juego y atrapar a sus presas.

Leo sonrió ante la nostalgia de la niñez sin preocupaciones y continuó con su camino hacia las damas, pero, al pasar por la puerta entreabierta, se detuvo de golpe al escuchar gritos en los que creía haber escuchado su nombre. Congelado, se asomó con cuidado y vio que no era una estancia dedicada a los juegos. Su padre y la tía Olivia estaban de pie frente a la chimenea encendida. Parecían estar discutiendo y, por lo acaloradamente que hablaban, no se habían dado cuenta de que la puerta se había abierto.

—Leo no tiene culpa de tus frustraciones, Edward —decía en ese momento su tía. Estaba seguro de que pocas veces la había visto tan enfadada—. Deja de tratarle como si no fuese un Daventry.

Su padre la miró con disgusto.

—Es que no es un Daventry, Olivia.

Como si un rayo lo hubiese alcanzado, el corazón de Leo se detuvo. Se alejó un paso, sobresaltado, incapaz de procesar lo que acababa de escuchar de labios de su padre. No era posible. Volvió a acercarse con un nudo en la garganta que le impedía respirar.

—¡Se convirtió en un Daventry desde el momento en el que lo aceptaste como hijo tuyo! —Su tía alzó la voz, indignada, y como si acabara de darse cuenta de dónde se encontraba, bajó el tono—. Leo no tiene culpa de lo que tú y tu esposa hicieseis como matrimonio. Si no piensas como yo,

¿qué demonios haces aquí, Edward? ¿Por qué has venido a verle? Estaba bien sin ti, convirtiéndose en un hombre de negocios.

Su padre vaciló.

—Quería ver si... algo había cambiado. Si podía aceptarle sin amargura.

Olivia arqueó las cejas, escéptica.

—Bueno, es evidente que es superior a ti.

Leo ya tuvo suficiente. No iba a esconderse como una alimaña. Si querían hablar de él, que lo hicieran sabiendo de su presencia. Que se lo dijesen a la cara. Entró en la habitación, dándole un empujón a la puerta, y los dos dieron un respingo, asustados. Cerró la puerta y los encaró. Su tía abrió muchísimo los ojos por el susto y su padre endureció la expresión, apretando la mandíbula.

—Leo, cariño...

Se giró hacia su madre, sentada en un rincón de la salita. No la había visto hasta el momento y no la había escuchado decir una sola palabra. Vio que tenía los ojos rojos por el llanto y que sus facciones estaban deformadas por el sufrimiento. Era como si viese a esas tres personas por primera vez. Se giró hacia su padre... no, hacia Edward Daventry y respiró hondo antes de hablar.

—¿No soy hijo tuyo?

Él lo miró con tanta intensidad que por un segundo una parte de Leo quiso que le mintiese para que su mundo dejase de tambalearse.

—No. Naciste dentro del matrimonio, pero yo no soy quien te engendró.

Leo cerró los ojos y esperó a que el dolor acudiese a él y se alimentase de su pecho, devorando todo a su paso. No obstante, lo único que sintió fue comprensión y quizá una pizca de alivio. Una convicción absoluta de que ahora las piezas de su vida encajaban.

—Por eso me has despreciado toda la vida —dijo con una voz extrañamente fría, como si estuviera hablando de una persona ajena a él—. Por eso casi ni toleras mirarme a la cara desde que tengo memoria. Soy un bastardo.

Casi creyó ver dolor y culpa en los ojos de su padre cuando volvieron a mirarse. Leo respiró hondo y se dio cuenta de que el odio de su padre hacia él no se basaba del todo en su forma de ser, sino en que no era de su sangre. Su padre debía de haberle reconocido como hijo suyo a regañadientes, supuso que para evitar el escándalo que provocaría saberse un cornudo.

—¿Por qué me reconociste como hijo si no me querías? —le preguntó. Y, aun sabiendo que dolería, añadió—: Quiero la verdad por una vez en tu vida.

Edward cerró los ojos unos segundos antes de hablar.

—Los nobles no suelen trabajar, por lo que marcharme a América para ganarme la vida fue casi un imperativo —le explicó—. Jamás heredaría el marquesado Satherton, así que me convertí en empresario y trabajé duro contra el escepticismo de la clase media. Me labré un nombre.

Hizo una pausa, pero Leo asintió, comprendiendo. El adulterio de su esposa hubiese perjudicado a sus negocios y el gran Edward Daventry no podía permitirlo.

—Despreciarme a mí y a madre hubiese supuesto perder todo por lo que habías trabajado.

—Sí.

Olivia miraba a su cuñado como si no lo reconociera. Leo sonrió sin alegría.

—Debiste decepcionarte mucho cuando viste que mi mente no funcionaba bien, ¿no? Que era un vago y no era bueno en nada.

—Leo, no hables así de ti mismo... —dijo su tía, pero él solo tenía ojos para su padre, que tuvo la vergüenza de mirar a otro lado antes de responder.

—Siempre lo he achacado a la sangre de tu verdadero padre.

Ni siquiera sintió malestar o tristeza. Era como si su cuerpo se hubiese insensibilizado. Olivia siguió mirando a Edward con censura, pero Leo agradeció la cruda verdad. Al menos ahora entendía muchas cosas, aunque nuevas incógnitas abordaban su mente. Miró a su madre, que lo observaba como si fuese a romperse en cualquier momento. Se fijó en sus ojeras y en las pequeñas arrugas que se repartían por su rostro. Leo se preguntó si su madre habría sido feliz alguna vez.

—¿Quién es mi padre, entonces?

Edward y Agatha tenían un círculo de amistades reducido, pero siempre acudían a eventos sociales muy concurridos. No se le ocurría otro modo de que su madre hubiese conocido a alguien más. O quizá se trataba de un miembro del servicio de la casa de Boston. Las posibilidades se agolpaban en su mente mientras esperaba a que su madre le respondiese.

Ella tragó saliva, acobardada, y miró a su marido. Así que, o Edward Daventry no sabía quién era, o conocía a su verdadero padre. La postura del hombre era tan tensa que Leo dedujo que no quería escuchar la respuesta a esa pregunta. O quizá su madre no quería poner en problemas al hombre con el que había engañado a su marido. Recordó su expresión helada al conocer a Jeff —no, al decirle su nombre— y la sospecha cruzó su mente. La miró a los ojos y le dio la impresión de que su madre estaba confirmándole con la mirada lo que ya sabía.

—El padre de Jeff. Harry Hughes.

Agatha sollozó y asintió con la cabeza. Leo asintió, aunque una parte de su cuerpo seguía entumecida. Su verdadero padre era Harry Hughes, el dueño de la mayoría de los periódicos y revistas de Inglaterra. Jeff, además de su amigo, era su medio hermano. Dios santo, ¿qué broma del destino era aquella? Leo y Jeff se habían conocido de casualidad, gracias a Gerald. Jamás hubiese pensado que... Leo sacudió la cabeza, incapaz de pensar en el amable Harry Hughes como su verdadero padre. Conocía a ese hombre desde hacía años y le dolía pensar que había tenido a su padre a su alcance todo el tiempo.

Se pasó la mano por el pelo, presa de los nervios. No estaba seguro de si estaba procesando correctamente lo que estaba escuchando, pero no quería desmoronarse delante de sus padres. O de los que había considerado sus padres. Se giró hacia su tía.

—¿Mis primos lo saben? ¿Rafe?

En realidad, pensó con dolor, no eran sus primos. Dios, aquella certeza dolía más que cualquier otra cosa. Amaba tanto a los Daventry que daría su vida por ellos, pero no eran familia realmente.

—Solamente lo sabemos los que estamos en esta habitación. —Olivia lo miró con tristeza—. Yo acabo de averiguarlo gracias a tu madre.

Claramente censuraba la actitud de sus padres y los veintiocho años que habían callado aquello. ¿Acaso él no merecía saber la verdad? Su madre se lo había contado a su cuñada antes que a su hijo, que estaba directamente afectado por la situación. Cerró los puños por la rabia que comenzaba a adueñarse de él.

—Nadie más lo sabrá. A ojos de la sociedad, sigues siendo mi hijo. No vamos a destapar este escándalo, más ahora que tu negocio está prosperando.

Leo se giró con rabia hacia Edward. ¿Ahora iba a fingir que le importaba su negocio?

—¿No crees que ya habéis decidido lo suficiente por mí durante años? —espetó.

Pero su padre no se amilanó.

—¿Acaso crees que ganas más cosas de las que pierdes destapando la verdad? Tu estimado hotel también se verá afectado si todo esto se sabe, y no creo que quieras eso.

Apretó los labios ante la amenaza.

—Tal vez, pero quizá Harry Hughes sea mejor padre que tú.

Se giró, dándoles la espalda. El peso de aquella revelación comenzaba a afectarle demasiado. Necesitaba alejarse de ellos y tratar de pensar. Salió de la habitación tan rápido como pudo e hizo caso omiso a su madre cuando le llamó para que se detuviera. Se alejó de la fiesta y de la multitud, porque toda su vida acababa de hacerse añicos de forma irremediable. Pensó en su hotel, que llevaba el apellido de su familia para honrar a un padre que nunca lo quiso porque no compartían sangre. Se sintió un fraude.

Él no era un Daventry.

Nunca lo había sido.

Capítulo 19

Amelia

No podía dormir. En cierto momento de la noche, la había despertado el viento azotando los cristales de los ventanales de su habitación, asustándola, y ya no había podido volver a conciliar el sueño. Cansada de dar vueltas en la cama escuchando el silbido incesante del aire, que la ponía tan nerviosa, se puso la bata por encima del camisón y decidió salir para buscar lectura o bajar a las cocinas a por un poco de leche caliente que la relajase. Iba a ser una mala noche.

Tras despertarse, su mente había comenzado a rememorar todos los sucesos de la noche y había sido incapaz de dejar la mente en blanco. Mientras bajaba las escaleras que llevaban a la planta baja de la enorme mansión, Amelia pensaba en Florence y Jeff. No le había supuesto ningún problema moral ayudarla a verse a solas con Jeff, pero esperaba que su amiga no saliese herida de aquello. Había visto en su mirada que no estaba dispuesta a resignarse a su amor no correspondido. Roxie aseguraba que Jeff también la amaba, pero Amelia no sabía qué opinar. Era cierto que Jeff parecía estar celoso, pero ella no era lo suficientemente experta en el amor como para saber si aquello era algo más que una amistad o deseo. Era de las que necesitaban ver para creer.

Basándose en su experiencia personal, solo podía estar segura de lo que era el deseo desde que cometió el error de sentarse en el regazo de un hombre en particular, que era demasiado caballeroso como para terminar lo que había empezado.

Cuando ya se dirigía hacia las cocinas, determinando que la leche sería mejor opción que un libro, escuchó unos pasos que casi le desbocaron el corazón. Con la mano en el pecho vio a lo lejos una silueta que conocía bien. Como si le hubiese invocado, Leo andaba a paso ligero en dirección contraria. Extrañada, Amelia olvidó su rumbo y decidió seguirle.

Parecía totalmente distraído, todavía vestido con el esmoquin que había llevado en la fiesta. Murmuraba algo en voz muy baja, que Amelia no supo descifrar. A pesar de que nada en su postura lo reflejaba, le dio la impresión de que estaba alterado. Ya llevaba varias semanas trabajando con él y comenzaba a conocerle bastante bien.

Mientras le seguía, recordó su rostro maravillado al darse cuenta de que había logrado acabar un baile completo. En ese momento el corazón de Amelia se había henchido de orgullo y cariño hacia ese hombre tan especial. Había sido tan inesperado que se había quedado descolocada. Suerte que sus amigas la habían rescatado, porque no hubiese sido capaz de controlar sus actos y le hubiese besado en ese momento sin importarle un comino que la sociedad al completo estuviese presente.

Su primera intención al invitarlo a bailar había sido tentarle para que pusiese punto final a la tensión que había entre ellos y que comenzaba a destrozar sus nervios y su paciencia. Leo la rehuía e imponía distancias cada segundo que estaban juntos, pero, si bailaba con ella, no podría escabullirse. Estaba casi segura de que Leo la deseaba tanto como ella a él. Pero al verlo tan desamparado y perdido al hablar de sus dificultades para el baile, se le había roto el corazón y su única intención había sido hacerle sentir bien. Guiarle para demostrarle que podía bailar si se lo proponía. Había sido torpe y sin duda no podrían ser calificados de grandes bailarines, pero el júbilo de Leo lo había compensado.

Se alegraba muchísimo de haberle ayudado.

Tras unos minutos, Amelia se dio cuenta de que Leo se dirigía al invernadero que los Redford tenían anexionado a la mansión. Se accedía por una pequeña puertecita ubicada en el ala oeste de la casa y Amelia siguió a su jefe a través de ella, cada vez más inquieta y preocupada.

En el invernadero el viento se hacía notar mucho más y Amelia contuvo un escalofrío. Había muchísima vegetación; árboles frutales, flores y varias fuentes que convergían en el centro, donde una estatua enorme de la diosa Afrodita se alzaba con su portentosa belleza.

Vio a Leo sentarse en uno de los bancos ubicados alrededor de la estatua y suspirar. Tenía los hombros caídos, como si soportase un peso enorme sobre ellos. Amelia se preguntó si quizá debería dejarle solo, pero no era capaz de moverse. De repente, como si Leo hubiese captado su mirada, giró la cabeza hacia ella y se levantó como un resorte.

—Amelia —susurró. Tenía los ojos rojos, como si hubiera estado llorando. La mera posibilidad la entristeció—. ¿Qué haces aquí?

A pesar de seguir vestido con el esmoquin, llevaba la corbata deshecha sobre el cuello y los botones superiores de la camisa abiertos, mostrando una parte de su esculpido pecho. Lejos de parecerle desaliñado, Amelia lo encontró terriblemente atractivo.

«Céntrate, Amelia Fulton».

—No podía dormir y te he visto entrando aquí —dijo despacio—. Me ha parecido que necesitabas compañía, pero puedo irme si...

Antes de que pudiese acabar la frase, Leo la sujetó por la cintura y la besó. Amelia soltó un grito ahogado por la sorpresa, pero le devolvió el beso con las mismas ganas. Sentía la urgencia de Leo, su desesperación, como si la estuviese utilizando como un salvavidas. Como si quisiera olvidar lo que fuera que le cruzaba por la cabeza en ese momento. Él se aferró a ella con fuerza y Amelia se sujetó a sus hombros, dispuesta a recibir lo que quisiera darle.

—Yo tampoco puedo dormir. Pensaba que quería estar solo, pero te he visto y ahora no quiero que te vayas —respondió con tanta sinceridad que a Amelia se le cortó la respiración—. Te necesito, Amelia.

La besó de nuevo, haciendo que toda su piel hormiguease por su contacto, haciéndola perder la razón. Gimió cuando Leo le mordió el labio inferior con fuerza y se dejó conducir por el invernadero hasta que su espalda topó con la parte baja de la estatua de Afrodita. Amelia se apoyó contra la fría superficie de piedra blanca mientras Leo seguía saqueando sus labios, su cuello y cada centímetro de piel que tenía expuesto. Se estremeció, no supo si por el frío, el viento o por lo que Leo le hacía sentir.

—¿Sabes qué no puedo evitar pensar por mucho que lo intente? Que eres una reina —dijo con cierta pesadumbre, aunque su sonrisa prometía más cosas de las que Amelia podía imaginar—. Tal vez la metáfora sea absurda, pero consigues que un americano quiera hacerse monárquico. Debería mantenerme alejado de ti, pero es evidente que lucho en vano.

Estaba siendo brutalmente sincero y ella no supo qué responder. El rubor invadió el rostro de Amelia cuando Leo añadió:

—¿Sabes qué más pienso? En tocarte. Todo el maldito tiempo —respondió casi con agonía. No obstante, cuando se alejó un paso y la recorrió de arriba abajo con la mirada, su voz cambió—: Levántate el camisón, Amelia.

Su tono autoritario y grave navegó directamente hacia su clítoris. Ni siquiera se le pasó por la cabeza no hacerle caso. Se quitó la bata, que cayó al suelo con un leve susurro. Con lentitud, y sin apartar la mirada de la de él, cogió la tela de su camisón y lo alzó hasta la cintura, dejando al descubierto su cuerpo. La vergüenza se esfumó, incendiada por el deseo que veía en los ojos de Leo, que sonrió como si acabara de ofrecerle un tesoro.

—Llevo queriendo hacer esto desde que te escondiste en mi despacho —musitó con voz ronca. Clavó las rodillas en el suelo y le acarició los muslos, como si la venerase. Alzó el rostro para mirarla.

Tragó saliva, envuelta en su propio deseo y la anticipación. Su espalda descansó contra el vestido de la diosa del amor, la belleza y la sensualidad. Una pequeña parte de su mente pensó en lo apropiado que era estar en presencia de semejante deidad mientras tenía a Leo a sus pies, prometiéndole el pecado. A Amelia se le erizó la piel y pensó que Afrodita estaría muriéndose de envidia allá arriba mientras observaba la escena en medio de la oscuridad.

—Si te fallan las piernas, apóyate en mis hombros —añadió, antes de sujetarla por las caderas.

Antes de que pudiese pensar siquiera qué responder, Leo se hundió entre sus muslos y Amelia soltó un gemido. Cerró los ojos y se sujetó a la estatua como si le fuera la vida en ello. El calor se concentró en el punto al que Leo prestaba atención. Su lengua recorrió sus pliegues y aquel pequeño nudo de placer que Amelia había descubierto años atrás por casualidad. Pero aquello no se parecía en nada al alivio que podía darse a sí misma. Movió la mano derecha hasta encontrar la cabeza de Leo, que la sujetó con más fuerza al sentir que lo empujaba contra su cuerpo. Amelia movió las caderas, buscando esa fricción placentera. Gimió con fuerza y se mordió el labio para acallar los sonidos que salían de su garganta. Sentía que tenía el cuerpo en llamas.

Él introdujo un dedo en su interior y sus rodillas amenazaron con desplomarla.

—No te contengas, cariño, nadie puede oírte desde aquí —susurró él a sus pies. Tocó un punto especialmente sensible en su interior y Amelia gimió con fuerza—. Me encanta escucharte. Te deseo tanto que pierdo la cabeza.

La lengua de Leo rodeó su clítoris y succionó, estimulándolo de tal forma que Amelia sintió que todo su cuerpo ardía y hormigueaba como si fuera a estallar en llamas. Leo introdujo un segundo dedo y las sensaciones se hicieron insoportables. Se agarró a sus hombros, incapaz de aguantar mucho más. Notaba que la liberación se acercaba.

—Leo… —jadeó sin aliento.

Gritó cuando estalló en mil pedazos, perdiendo el equilibrio y cayendo sobre Leo, que la sujetó con fuerza contra él mientras seguía temblando por el orgasmo. Amelia cogió aire con fuerza y se dejó llevar por la increíble sensación que la recorría de la cabeza a los pies. No supo cuánto tiempo estuvieron así, pero, cuando sus respiraciones se ralentizaron, Leo se puso en pie y la ayudó a llegar hasta el banco. Amelia miró hacia arriba, donde la estatua de Afrodita los vigilaba, y le agradeció mentalmente haber sido bendecida de aquella forma.

—¿Estás bien? —le preguntó él.

Amelia lo miró con una ceja arqueada y Leo sonrió. Era la primera sonrisa alegre y genuina que esbozaba desde que habían entrado en el invernadero y el corazón de la joven aleteó.

—Lo tomaré como un sí.

La ayudó a ponerse de nuevo la bata, ya arrugada, y se sentó junto a ella en el banco sin perder la sonrisa. Amelia lo miró de reojo.

—¿Tú no...?

A pesar de la escasa experiencia de Amelia, sabía qué significaba el enorme bulto en sus pantalones. Leo se removió y sonrió.

—Estoy bien —respondió con calma—. Ver cómo te corres ha sido un espectáculo increíble.

Una vez más se sonrojó ante su sinceridad.

—Siento haberte asaltado —dijo, y notó la vergüenza en su voz. Ya no parecía el hombre apasionado de hacía unos instantes—. Cuando te he visto, solo he querido olvidar mis problemas centrándome en ti.

La verdad era que Amelia no lo sentía en absoluto. Ella misma había buscado un resultado similar aquella noche al invitarle a bailar. Una pequeña parte de su cerebro le gritaba que aquel hombre era su jefe y el mejor amigo de su hermano, pero la silenció tan rápido como pudo.

—No te disculpes. No me siento usada ni nada parecido —le aseguró, y Leo la miró agradecido—. ¿Quieres contarme por qué estás tan triste?

Leo no respondió y Amelia no quiso insistir, todavía abrumada por lo que acababa de suceder. Un cómodo silencio se instaló entre ellos y, aunque quizá debería haberle dejado solo en su melancolía, Amelia no tenía ganas de irse. Tampoco le parecía correcto. Leo miraba sin ver la vegetación que les rodeaba, sus ojos verdes oscurecidos por algo más profundo que la tristeza. Tuvo ganas de reconfortarlo, pero no sabía qué podía decirle. Se retorció las manos en el regazo y decidió esperar. Si él quería contárselo, lo haría.

Tras varios minutos, Leo por fin habló.

—¿Alguna vez te has encontrado tan perdida que no sabías cómo enderezar las piezas de tu vida? —murmuró—. Cómo encajar una verdad tan terrible que da un giro a tu mera existencia.

Amelia lo miró, pero él seguía mirando hacia el frente.

—Una vez —admitió—. Cuando mi hermano murió.

Leo se giró hacia ella.

—Gerald jamás habla de ello, así que no sé lo que sucedió en realidad. No tienes por qué contármelo si no quieres.

Amelia inspiró hondo. No creía ser capaz de repetir aquella historia ante mucha gente. Solo se la había contado una vez a sus amigas, una noche en el internado cuando los fantasmas la ahogaban y amenazaban con hundirla. Aquel día había encontrado comprensión en sus miradas, a la que Amelia se aferró para comenzar a perdonarse a sí misma.

¿Y si Leo le echaba la culpa? No creía poder soportarlo.

Le miró a los ojos, esos dos pozos esmeraldas que escondían tanta inseguridad y desaliento. Amelia tragó saliva y decidió abrirle esa ventana a su alma. Esperaba no arrepentirse.

—John tenía siete años y yo, diez —comenzó su relato—. Gerald estaba en Eton la mayor parte del año, así que siempre jugábamos los dos solos. Nuestra madre había muerto dando a luz a John y solo teníamos a nuestro padre, que solía preocuparse más de sus proyectos que de sus hijos. Yo era la mayor, así que se me decía que debía cuidar de él.

Amelia suspiró, forzándose a seguir hablando.

—Ya te había explicado que John se despistaba mucho. —Leo asintió, demostrando que lo recordaba—. Mi padre le reñía muchísimo por ello y recuerdo a John llorar y tratar de explicarle a mi padre que no lo hacía a propósito. Tenía siete años, ni siquiera entendía qué le sucedía. Pero mi padre no era capaz de mostrarse comprensivo y le castigaba cada vez que olvidaba vestirse correctamente o se perdía por los jardines persiguiendo cualquier animal o insecto, porque le encantaban.

En el rostro de Leo vio comprensión, como si él estuviera recordando a su propio padre despreciando sus propios intentos de explicar por qué no era capaz de ser igual que los demás.

—Aquel día hacía mucho viento, como hoy. —Amelia contuvo un nuevo escalofrío cuando una ráfaga de aire especialmente violenta azotó los vidrios del invernadero, como si quisiera acompañar su relato—. Me habían obligado a madrugar para mi clase de baile y a tomar una lección aburridísima sobre historia de Inglaterra. Estaba cansada. Nuestra institutriz nos ordenó que no saliésemos al jardín porque iba a llover y que jugásemos en nuestra salita de juegos. Ella salió cinco minutos para pedir nuestra cena en las cocinas y me pidió que vigilase a John. Pero yo estaba tan cansada… No fui consciente de haberme quedado dormida.

Lo siguiente que recuerdo es a mi institutriz gritándome y zarandeándome, preguntándome dónde estaba John.

Amelia cerró los ojos. Si no le miraba, era más fácil.

—Lo buscaron por todas partes. Alguien se había dejado abierto el ventanal que conducía a los jardines, así que estábamos seguros de que había salido de la casa. Era muy típico de él. —Amelia cerró las manos en puños para que Leo no viese que le temblaban—. Durante la hora que tardaron en encontrarle, una fina lluvia caía constante y calaba hasta los huesos. John se había desorientado persiguiendo un gato y no había sabido regresar a la casa. Tras deambular unos metros, había caído en una zanja sin darse cuenta y terminaron por encontrarlo empapado y congelado. Al día siguiente estaba enfermo y esa misma noche unas fuertes fiebres se lo llevaron.

Amelia no se había dado cuenta de que las lágrimas caían por su rostro hasta que Leo se las apartó con los dedos. Lo miró con la vista nublada y sollozó.

—La institutriz y el lacayo que dejó abierto el ventanal fueron despedidos. Mi padre jamás lo verbalizó delante de mí, pero estuvo tanto tiempo sin ser capaz de mirarme a la cara que estoy segura de que aún me culpa.

Se mordió el labio, incapaz de seguir hablando. Sin saber bien cómo, se encontró entre los brazos de Leo, que la abrazaba con fuerza.

—Eras una niña.

Pero Amelia negó.

—Si lo hubiese vigilado bien… —dijo contra su pecho. Las lágrimas corrían sin descanso—. Si hubiese estado atenta… Si alguien hubiese tomado en serio que John se distraía demasiado…

Se detuvo. Había aprendido que esos pensamientos no le hacían bien y siempre trataba de ahogarlos. No valía la pena pensar en lo que podría haber sido cuando las cosas no podrían arreglarse. Valía la pena en lo que podía hacer en el futuro con toda aquella culpa. Algo constructivo.

—Por eso quieres ser doctora. Para ayudar a niños como John.

Amelia asintió y, de repente, se quedó congelada. Entrecerró los ojos al mirarlo.

—¿Cómo sabes que quiero ser doctora?

Leo hizo una mueca de horror y cerró los ojos un segundo. Tragó saliva.

—Me lo dijo Gerald. Lo siento, me pidió que no te contase que yo lo sabía.

Se levantó, apartándose de él. Una sospecha comenzaba a cruzar su mente y la desconfianza hacia la persona a la que acababa de abrirle su corazón hizo mella en ella como un veneno.

—Por eso me contrataste —dijo despacio—. Le hacías un favor a Gerald.

Recordó el día que Gerald casualmente quiso pasar por el hotel, el día que le presentó a Leo formalmente. Cómo preguntó con fingida inocencia cuál era el sueldo que cobraría la persona que fuera su ayudante. Miró a Leo dolida. Pensaba que intentaría negarlo, pero en su rostro solo había culpabilidad.

—Quizá al principio, sí, pero...

Pero Amelia alzó las manos, no quería seguir escuchando. Se había sentido orgullosa de su trabajo y de lo que pensaba que era reconocimiento por parte de Leo. Pensaba que la valoraba como ayudante y lo único que valoraba era su amistad con Gerald.

—Me has mentido.

Leo se levantó y trató de acercarse a ella.

—Si hubieses sabido que Gerald había hablado conmigo antes, no habrías aceptado el trabajo, y yo solo quise ayudaros a los dos —dijo con calma—. Pero eso no quita que haces tu trabajo de forma impecable.

Ella dio un paso atrás, enfadada, herida en su orgullo.

—Solo me has permitido trabajar contigo por Gerald.

Leo negó.

—No es cierto.

—Entonces, ¿para qué más? ¿Desvirgarme?

Se dio cuenta de que se había pasado de la raya en cuanto pronunció la palabra. El rostro de Leo se endureció, envuelto en una máscara de frialdad. Amelia quiso disculparse, pero su enfado se lo impidió. Era ella la engañada; Leo no tenía derecho a sentirse ofendido.

—Si eso fuese cierto, la noche no hubiese acabado así, sino que te hubiese tumbado en el suelo y me hubiese enterrado en ti sin ni siquiera dudarlo. —Le dio la espalda—. Pero piensa lo que quieras. Ya has sacado tus conclusiones y lo demás no te importa.

Percibía el dolor en su voz, herido por lo que Amelia había insinuado. Pero, confundida por sus propios sentimientos, hechos una maraña en su pecho, se negó a escucharle un segundo más. Salió corriendo del invernadero sin mirar atrás, negándose a llorar de nuevo. Un único pensamiento la invadía.

Acababa de estropearlo todo.

Capítulo 20

Amelia

—Te creía más inteligente.

Amelia miró a Roxie con rencor, pero su amiga no tenía ninguna intención de disculparse. La réplica que tenía en la punta de la lengua fue interrumpida por un bache especialmente grande que las hizo rebotar en sus asientos. Tras una ajetreada semana en Redford Manor, las cuatro amigas regresaban a Londres en uno de los carruajes de los condes y Amelia agradecía a Roxie que las hubiese invitado a ir con ella. No hubiese aguantado otro viaje con su padre recordándole que era la vergüenza de la familia.

Tras la despedida, que solía ser lenta y aburrida, dado que todo el mundo quería agradecer a los anfitriones antes de subir a los carruajes, Amelia había huido de su padre y se había refugiado con sus amigas. Mientras cargaban su equipaje, sus ojos habían buscado inconscientemente a Leo, y la decepción y el alivio la habían invadido a partes iguales al no encontrarle entre la multitud. Había preguntado a Jeff tratando de aparentar normalidad y este le había contado que Leo se había marchado muy temprano hacia Londres junto a sus primos, alegando tener mucho trabajo atrasado. Si a Jeff le había extrañado que su propia ayudante desconociese aquella información, no lo reveló. Aunque Amelia se sintió dolida y culpable por la huida.

Aprovechando las horas de viaje, Amelia les había contado todo lo sucedido la noche anterior. Tenía que admitir que sus amigas eran un gran público, tanto a la hora de reaccionar en la parte más escandalosa del relato —Florence y Roxie le habían rogado que les diera todos los detalles, mientras que Heather se había puesto roja como la grana y se había negado a escuchar— como en el momento de contarles cómo había terminado su conversación con Leo. En ese momento las tres la miraban con censura.

—¿Acaso habéis omitido la parte en la que me engañó? —Amelia se exasperó al ver que no se ponían de su parte.

Pero hasta ella tuvo que admitir que su defensa sonaba débil. Realmente se sentía terriblemente culpable por haberlo acusado de una forma tan espantosa y aquello pesaba más que su orgullo herido.

—No puedes ofender así a las personas —alegó Heather como una institutriz estricta—. Es cierto que no se ha comportado del todo como un caballero, pero...

—Claro que se ha portado como un caballero —interrumpió Florence de malos modos—. No ha hecho nada que Amelia no quisiera y, claramente, podría haberla desvirgado si de verdad fuese un imbécil. ¿O acaso me lo vas a negar?

Florence, que parecía entender mejor que nadie la situación, la miró como si la desafiase a mentirle. Amelia, reticente, negó con la cabeza. Realmente, si Leo no se hubiese detenido, ella no lo habría hecho. En qué la convertía eso no lo sabía. Si había algo más censurable que una mujer estudiando Medicina, era una mujer arruinada.

No sabía si ese dato debería importarle más, pero no lo hacía. Era otra cuestión la que escocía más.

—Me mintió —musitó casi como una niña pequeña que quería tener la razón, pero se sentía acorralada.

—¿Y qué? —Florence se encogió de hombros—. ¿Acaso no es cierto que, si hubieses sabido la verdad, jamás habrías aceptado un trabajo que te gusta, te da bastante dinero y, por si fuera poco, te respeta como mujer? ¿Vale la pena lanzarlo todo por la borda porque tu hermano haya movido algunos hilos? Saca a la luz ese maldito orgullo que tienes cuando puedas mantenerte por ti misma.

—Florence, controla tu lenguaje —alegó Heather—. Aunque he de decir que tiene razón. Nunca he sido partidaria de tu plan, pero evidentemente es la mejor opción a la que puedes aspirar como mujer. Es triste, pero es cierto.

—Debes disculparte —finalizó Roxie de forma pragmática—. Independientemente de la metedura de pata y de que te encantaría llevártelo a la cama, tienes que ser práctica. Ese hombre te está dando trabajo cuando otros no lo harían y el sueldo que te paga es tu billete de ida a la universidad. ¿Vas a refugiarte en tu vanidad y no ir a trabajar? Dale munición a tu padre y acabarás casada a la fuerza en menos que canta un gallo.

Las otras dos asintieron y Amelia suspiró, derrotada. Tenían razón y no le quedaba otra que admitirlo. Mañana debía presentarse en el hotel para desempeñar su trabajo y cada vez que pensaba en ello un nudo en el estómago se apretaba. Había ofendido gravemente a Leo y no le sorprendería que la despidiese. Debía disculparse si quería ir a Nueva York.

Pero, sobre todo, quería disculparse porque no soportaba recordar el rostro herido de Leo, y era lo único que acudía a su mente una y otra vez.

—Está bien —dijo a sus amigas—. Tenéis razón.

Ellas sonrieron satisfechas y pasaron el resto del viaje hablando de la boda de las gemelas, de la fiesta y de lo mucho que iban a echarse de menos ahora que regresaban a la capital. Las sesiones del Parlamento comenzaban pronto, por lo que Roxie también permanecería en Londres junto con su familia, así que llegaron al acuerdo de verse más a menudo.

—Creo que padre está huyendo ahora mismo hacia Escocia ante la perspectiva de tener que pagar dos bodas en pocos meses. —Florence rio, pero su hermana apenas esbozó una sonrisa.

—Al final, has logrado casarte al mismo tiempo que yo —le dijo Heather en tono burlón, aunque Amelia sabía que en realidad se alegraba mucho por Florence—. Eso te pasa por ser un escándalo andante.

Florence sonrió sin ofenderse en absoluto.

—Jamás pensé que las cosas saldrían así —dijo en tono suave, como si decirlo en voz alta pudiese hacer desaparecer su compromiso—. Todavía quedan cosas que arreglar entre Jeff y yo, pero creo que vamos por buen camino.

Amelia esperaba que así fuese. Florence no parecía querer seguir hablando de Jeff, así que decidió echarle una mano.

—Yo creo que Heather necesita a alguien más... chispeante —alegó—. Estás a tiempo de elegir a alguien que no sea ese aburrido banquero.

Heather frunció el ceño y se puso recta en su asiento, como si eso les diera más valor a sus palabras.

—Me gusta mi aburrida y calmada perspectiva de futuro, gracias —dijo con tanta seriedad que Amelia tuvo que contener la risa—. No soy dada a las aventuras, como bien sabéis, aunque os encante arrastrarme a ellas.

Florence puso los ojos en blanco, pero no dijo nada. Claramente estaba cansada de discutir con su hermana sobre su matrimonio arreglado. Además, una vez anunciado el compromiso y publicadas las amonestaciones, había poco que hacer.

—Heather, si alguna vez quieres fugarte a Gretna Green con un apuesto hombre misterioso, seré la primera en aplaudirte. Es más, yo en persona te llevaré hasta allí si hace falta.

Heather refunfuñó algo parecido a que sus amigas eran unas pesadas y las demás rieron.

—Si no, siempre podéis intercambiaros en las ceremonias y haceros pasar por la otra —sugirió Roxie con una sonrisa burlona—. Dudo que el prometido de Heather note la diferencia. Creo que ha venido a verla dos veces desde el compromiso.

Florence contuvo un escalofrío ante la idea de casarse con el aburrido William Pickford y Heather, a su vez, las miró horrorizada. Amelia y Roxie reían a carcajadas.

—¿Y casarme con Jeff? No, gracias. Me quedaría viuda antes de cumplir el año de casada porque lo terminaría estrangulando.

Florence miró ofendida a su gemela y Roxie se encogió de hombros.

—Mientras no descubran que has sido tú... podrás quedarte con la herencia.

Heather sacudió la cabeza.

—Pobre del hombre que te encandile, Roxanne. Eres un peligro.

Amelia rio de nuevo y sus amigas la siguieron, estallando en carcajadas que las llenaron de alegría y alivio. El nudo que la ahogaba se había aflojado un poco y todo gracias a ellas.

Era muy afortunada de tener a aquellas tres mujeres en su vida.

Tras cruzar la ciudad bajo un enorme diluvio, Amelia suspiró al llegar a casa por fin. Apenas eran las cuatro de la tarde, pero ya comenzaba a atardecer. Su padre no estaba en casa cuando llegó, lo cual supuso un alivio. Quizá había decidido ir directamente hasta la Royal Academy para supervisar los preparativos de la siguiente exposición o había acudido a su club. Fuera cual fuese el motivo, se alegraba de ello. Los miembros del servicio la ayudaron con el equipaje y, tras cambiarse de ropa, se sentía tan inquieta que fue incapaz de sentarse.

Amelia resopló, frustrada, y decidió que no podía esperar al día siguiente para ver a Leo. Sentía una urgencia en su pecho que la obligaba a ponerse en movimiento y arreglar las cosas. Así pues, tras coger su capa, Amelia salió de casa dispuesta a enfrentarse a su jefe y reducir la angustia que la invadía.

Quería eliminar aquella expresión dolida de su rostro y mantener su trabajo. Sus amigas tenían razón: ahora mismo, su prioridad era trabajar para marcharse. Si la única persona que había confiado en ella la despedía, las cosas se pondrían difíciles. Era cierto que su confianza se basaba en la amistad con Gerald, pero a Amelia le gustaba su trabajo y quería seguir siendo la ayudante de Leonard Daventry.

También tenía en cuenta lo que Leo la hacía sentir cuando se transformaba en el hombre apasionado que había visto en el invernadero. Nunca se había considerado una mojigata, a pesar de su evidente falta de experiencia, pero ni en sus sueños hubiese imaginado que Leo se pondría de rodillas ante ella para…

Se sonrojó y sacudió la cabeza. No era el momento de pensar en lo mucho que le había gustado.

Llegó al Hotel Daventry con el corazón en un puño. ¿Cómo iba a ser doctora si no sabía mantener los nervios de acero? La casualidad quiso que se encontrase en la puerta con otra de las personas que deseaba ver: su hermano Gerald. Este salía del hotel con aire distraído, poniéndose el sombrero, y casi se dio de bruces con ella.

—¡Amy! —exclamó con sorpresa—. ¿Qué haces aquí? ¿Cuándo has vuelto de Bedfordshire?

Una parte de su mente se preguntó si había ido al hotel para hablar con Leo de ella y si este le habría contado lo grosera que había sido. Un sentimiento de traición la invadió, para esfumarse rápidamente. Amelia lo miró a los ojos, que tan bien conocía, y trató de aferrarse al enfado que había sentido la noche anterior, pero la culpabilidad que sentía y la conversación con sus amigas la habían desinflado. Lo único que pudo percibir en su voz fue resignación cuando, sin ni siquiera responderle, le espetó:

—¿Por qué le dijiste a Leo que quiero estudiar Medicina? ¿Tanta pena te daba mi situación que tenías que interferir? Realmente no me veías capaz de encontrar trabajo por mi cuenta, ¿verdad?

Gerald abrió la boca, pillado con la guardia baja, pero de inmediato se repuso y adoptó un semblante sereno y libre de culpabilidad. Era como si hubiese estado esperando aquella conversación desde que Amelia comenzó a trabajar en el hotel.

—Amy —comenzó en tono suave, como si estuviera hablando con una niña dura de mollera—. Aunque nada me gustaría más que pudieses sacarte las castañas del fuego tú sola, la vida no se porta con la misma amabilidad. Mucho menos, tratándose de una mujer joven y soltera. Además, no tienes nada que recriminarme. Lo único que hice fue darte un empujón en la dirección correcta, pero el resto fue cosa tuya.

Amelia resopló, incrédula, y Gerald endureció el gesto.

—Deja de ser tan recelosa. Leo solo aceptó hablar contigo, no contratarte. Si finalmente lo hizo, fue porque quiso —añadió en tono firme cuando ella fue a replicar—. Y el hecho de que lleve semanas hablando de ti en buenos términos tampoco ha sido cosa mía.

Eso la detuvo.

—¿Leo habla bien de mí?

Gerald puso los ojos en blanco.

—Por supuesto, porque eres competente y disciplinada. —Una nota de orgullo pudo apreciarse en su voz y el pecho de Amelia se llenó de calidez—. Algo en lo que yo no he tenido nada que ver. Leo no es una persona tan difícil de tratar como él quiere pensar, pero sí que requiere de paciencia y organización. Es evidente que tienes ambas cosas o ya estarías despedida.

Amelia se pasó las manos por la cara. Leo la elogiaba y ella le había acusado de aquello tan horrible, algo que ni siquiera había creído ni por un segundo. Quería que la tierra se la tragase.

—Tengo que hablar con él —resolvió de nuevo, dando un paso hacia la puerta principal.

Pero Gerald la detuvo con un gesto del brazo.

—No está aquí.

La decepción la inundó por unos segundos. No supo qué vio en su rostro porque Gerald frunció el ceño.

—¿A qué viene tanta prisa? —preguntó—. Además, ¿qué haces aquí si hoy no trabajas…?

Se detuvo y la miró indignado. La conocía mucho mejor que nadie y no podía ocultar la culpabilidad de su rostro.

—¿Qué demonios has hecho, Amelia?

La joven suspiró.

—Estaba enfadada, me sentía engañada y le dije algo… grosero y fuera de lugar —le explicó sin entrar en detalles. Si Gerald supiera que lo había acusado de querer arruinarla, le daría un infarto. Ya la estaba mirando como si le hubiese crecido una segunda cabeza—. Tengo que disculparme.

Gerald apretó los labios en una fina línea, pensativo.

—No quiero saber qué le dijiste. Estoy seguro de que es mejor así —dijo finalmente, como si estuviera convenciéndose a sí mismo. Amelia agradeció su falta de curiosidad o, quizá, su sensatez—. Leo está en Satherton House; habíamos quedado para cenar, pero me ha dejado una nota no hace ni una hora. Alexander tiene la escarlatina.

Amelia frunció el ceño, confusa. Aquel nombre le sonaba, pero en ese momento no pudo recordar por qué.

—¿Alexander…?

—El hijo del marqués —le aclaró su hermano, y Amelia evocó el recuerdo de un niño de pelo negro y ojos verdes que jugaba con su padre en la fiesta de Halloween—. Al parecer, es grave. El médico está atendiendo otra emergencia y tardará varias horas en volver. No sé mucho más.

Amelia miró hacia la lejanía, sin ver en realidad los carruajes que pasaban por la calle bajo el aguacero que seguía cayendo con fuerza. Su mente iba a toda velocidad.

—¿Por qué ha ido Leo si están esperando al médico? No puede hacer nada por el niño y, si no ha pasado la escarlatina, podría contagiarse.

Gerald la miró como si él supiese algo que ella desconocía.

—Así son los Daventry, inseparables, sobre todo ante las crisis familiares. Por el tono de urgencia que transmitía la nota que me ha dejado, parecía que el pequeño Alexander no se encontraba nada bien...

Pensó en Leo, tan olvidadizo cuando se alteraba. Quizá rodeado de sus primos no necesitaba su ayuda, pero algo se apretó en su interior al pensar en él e imaginarlo alterado como el día que su padre llegaba y ni siquiera era capaz de vestirse correctamente. Además, ella podía hacer algo.

—Vamos entonces.

Gerald la miró confuso.

—¿Adónde?

Pero Amelia ya estaba parando un coche de alquiler y le daba indicaciones al cochero con voz apresurada. Puso un pie en el apoyo para subir mientras se giraba hacia su hermano como si la respuesta fuera evidente. Le daba igual calarse de pies a cabeza.

—A Satherton House, por supuesto.

—¿Qué? ¡No podemos presentarnos sin avisar! —gritó, pero aun así subió al carruaje tras ella. Amelia dio un golpe al techo para que el hombre se pusiera en marcha con rapidez—. Es de mala educación, Amelia.

Pero ella lo miró con indiferencia.

—Un niño pequeño está enfermo y mi jefe y tu mejor amigo está pasando un mal momento —replicó, repasando mentalmente todos los manuales de medicina que había leído—. Desde luego que no me voy a quedar de brazos cruzados.

Gerald vio por dónde iba y su ceño se hizo más profundo.

—No eres doctora, Amelia.

Pero la joven ni se inmutó.

—No voy a hacer una maldita cirugía, Gerald —espetó—. Pero sí puedo ayudar mientras el médico aparece y no voy a quedarme de brazos cruzados. Si la fiebre que provoca la escarlatina no se trata rápidamente, se puede complicar. Lo sabes mejor que nadie.

Su hermano la miró con gravedad.

—John murió de hipotermia —dijo con dificultad, como si le costase incluso pronunciar su nombre.

—Que también provoca fiebre y que fue lo que lo mató.

—¡Amelia! —exclamó horrorizado ante su falta de tacto. Horrorizado y enfadado.

Lo miró, harta.

—¿Qué? ¿Acaso te vas a negar a hablar de él hasta que estés en tu propia tumba? La gente querida merece ser recordada, no olvidada. —Los ojos de Amelia se aguaron, pero contuvo las lágrimas—. ¡Fue culpa mía! ¡Bien que lo sé! Por eso no pienso quedarme quieta ahora.

Cerró los ojos un segundo tratando de serenarse. No era justo que le gritase a su hermano, ambos lo habían pasado muy mal. Gerald tragó saliva cuando Amelia se quedó en silencio, mirando por la ventana del carruaje, a su regazo, a cualquier parte menos a su hermano.

—Jamás te he echado la culpa, Amy.

Amelia cerró los ojos un segundo y una lágrima cayó por su mejilla. Dios santo, se estaba convirtiendo en una llorona.

—Quizá tú no, pero padre...

—Padre tampoco —la cortó, aunque no tenía claro si él mismo creía en sus palabras—. Es solo que... No es fácil.

Amelia no quiso discutir más, así que se quedó en silencio mientras el carruaje cruzaba un par de calles más hasta detenerse delante de Satherton House. Miró a su hermano al abrir la portezuela.

—Haz lo que quieras, pero yo voy a ir. Si no me quieren allí, que sea el propio Leo el que me ordene que me vaya.

Sintió cierto alivio cuando notó que Gerald la seguía y la cubría con su paraguas. Aunque estaba dispuesta, realmente no quería hacer aquello sola. Al fin y al cabo, era una total falta de decoro, y una voz en su cabeza muy parecida a la de Heather le gritaba que estaba rompiendo el protocolo.

Pensó en Leo y en que quizá sería él quien la echase, y con toda la razón. Respiró hondo y tocó al timbre. No era el momento de perderse en eso cuando un niño la necesitaba. Quizá estaba pecando de paranoica y exagerada, quizá el médico ya había llegado y no necesitarían su ayuda, pero aun así prefería saberlo a quedarse sin hacer nada. Prefería ver a Leo que estar en su casa dándole vueltas a las cosas.

El mayordomo les abrió la puerta con tal semblante que por un segundo Amelia pensó que habían llegado demasiado tarde. El hombre la miró con extrañeza antes de reconocer a su hermano y su rostro se suavizó. Sabía que había sido buena idea traer a Gerald con ella.

—Señor Fulton, señorita —los saludó con un gesto cortés—. Me temo que no es un buen momento.

Gerald la miró de reojo antes de hablar con cierta reticencia.

—Lo sabemos, pero venimos a darle nuestro apoyo al señor Daventry y a la familia.

El hombre no parecía muy convencido, quizá por lo altamente contagiosa que era la escarlatina, o quizá por lealtad a la familia para la que servía, pero antes de que pudiese insistir en que se marchase o que Amelia pudiese insistir en entrar, una voz intervino.

—¿Quién es, Harrison?

A Amelia se le cortó la respiración al ver a Leo tras el mayordomo, mirándolos con sorpresa. Parecía muy cansado, con oscuras ojeras marcadas y el cabello despeinado. El nudo en su pecho se apretó. Cuando sus miradas se encontraron, Amelia se envalentonó. Una verdadera doctora no se acobardaría. Avanzó un par de pasos, esquivando al mayordomo, que soltó una protesta ahogada, y se plantó ante un Leo asombrado y suspicaz.

—Vengo a ayudar.

No había hostilidad en los ojos de Leo, pero sí desconfianza.

Esperaba que no fuera demasiado tarde.

Capítulo 21

Leo

Probablemente llevaba ya veinticuatro horas sin dormir, pero no estaba del todo seguro. Así que, cuando vio a Amelia plantada en la puerta principal de Satherton House, pensó por un momento que la imaginación le estaba jugando una mala pasada y que de tanto pensar en ella se había materializado allí mismo, en mitad de un tiempo tan intempestivo.

Pero, cuando avanzó hacia él con expresión decidida, se dio cuenta de que no era un espejismo y que realmente Amelia estaba allí, delante de él.

—Vengo a ayudar —le dijo en tono firme.

Leo frunció el ceño y la miró con desconfianza. El eco de su discusión todavía resonaba en su mente, por lo que no entendía por qué Amelia estaba allí, en la casa de sus primos, hablándole como si nada hubiera ocurrido. ¿Había venido a hablar con él?

O quizá no era eso.

—Puedo ayudar a Alexander —añadió en el mismo tono decidido.

Una egoísta punzada de decepción lo inundó al comprender que Amelia no estaba allí por él, sino por su sobrino. Parpadeó, tratando de mantener a raya sus ilógicos sentimientos, y se giró hacia Gerald, que estaba detrás de su hermana mirándolo con gesto de disculpa. De repente, entendió lo que ocurría.

—¿Cómo está el pequeño? —dijo Gerald con voz suave—. ¿Ha venido ya el médico?

Leo negó, frustrado. Alexander llevaba toda la mañana con fiebre y el maldito médico estaba fuera de la ciudad cuando fueron a buscarle. Nick había ido a buscar a otro a pesar del diluvio mientras los demás se turnaban para poner paños fríos sobre la frente del pequeño. Gabriel estaba a punto de volverse loco y Leo se sentía muy impotente. Miró a Amelia, que seguía esperando una respuesta.

—¿Cómo puedes ayudarle?

—He leído muchísimo sobre la escarlatina y hay ciertos remedios que podemos usar hasta que el médico venga. Así le bajaremos la fiebre y aliviaremos el sarpullido. —Amelia hablaba a trompicones, pero con firmeza—. Déjame ayudar.

Leo la miró sorprendido. No era que no creyese en sus palabras, pero se trataba de su sobrino y no quería aplicar remedios que pudiesen ser contraproducentes. Era mejor esperar al médico, ¿no?

«O quizá el rencor está hablando por ti», dijo una voz en su cabeza. ¿Era desconfianza o tristeza lo que sentía?

—¿Qué está pasando? ¿Señorita Fulton?

Los tres se giraron hacia Simon, que bajaba las escaleras con gesto cansado.

—¿Cómo está? —dijo Leo de inmediato.

—La fiebre no hace más que subir. —Simon se pasó la mano por la cara, frustrado—. Ni siquiera aquella infusión de hierbas que le dimos a Sophie cuando pasó las fiebres ha surtido efecto. He dejado a Gwen con él y obligado a Belle a echarse un rato, aunque creo que no durará demasiado acostada. Gabriel no deja de pasearse por el pasillo, como si así el médico fuese a llegar más rápido. ¿Sabes algo de Nick?

Leo negó sintiendo cómo su frustración y preocupación se agravaban. Todos sus primos habían pasado la escarlatina, así que podían estar cerca del niño sin peligro. Leo, en cambio, jamás la había sufrido, y eso le impedía hacer nada para ayudar.

«Supongo que es lo justo, porque en realidad no soy parte de la familia».

Sacudió la cabeza para eliminar esos horribles pensamientos y se centró en la conversación que se desarrollaba a su alrededor. Simon miraba a los recién llegados con una mezcla de cansancio y duda. Amelia parecía querer salir corriendo hacia la habitación de Alexander, pero no quería hacerlo sin tener el consentimiento de la familia. Repitió lo que le había dicho a Leo, y esa vez su voz parecía más segura de sí misma.

—¿Estás segura de esto? —El tono de Simon solo albergaba desconfianza.

No podía culparle. Aunque llevaban semanas trabajando juntos, Amelia jamás había hablado de su deseo de ser doctora y de todos los libros de medicina que leía. Así que era normal que Simon dudase de ella. Amelia parecía ver lo mismo que él, porque se giró hacia Leo suplicante.

—Lo estoy —respondió, mientras Gerald se disculpaba con Simon y le explicaba lo que su hermana pretendía hacer—. Leo, sé que ahora mismo debes de estar enfadado y molesto conmigo, pero créeme cuando digo que puedo ayudar. Por favor.

Leo la miró a los ojos y no pudo ver más que determinación y sinceridad en ellos. Era la misma mirada que le lanzó al asegurarle que Leo sufría «inquietud mental». Si no le bajaban la fiebre y el médico no llegaba pronto... sería tarde. Debían hacer todo lo posible.

Leo trató de dejar sus sentimientos por Amelia a un lado y solo ver a la mujer profesional que se había convertido en una gran ayudante. Un trabajo que realizaba con pasión para poder cumplir su sueño de ser doctora. Sabía por Gerald lo mucho que estudiaba y los libros que leía. Era una mujer valiente.

Así que asintió y trató de que su corazón no se viese involucrado al ver su sonrisa.

—Simon —dijo con voz firme—. Déjala ayudar. No tenemos muchas más opciones hasta que Nick traiga al médico. Con este diluvio, quién sabe cuánto tardarán. Ya es casi noche cerrada.

Simon y Leo se miraron, como si su primo tratase de adivinar qué le estaba pasando por la cabeza.

—Leo, ¿estás seguro? —preguntó. Todavía había desconfianza en sus ojos—. Alexander es nuestro s...

—Lo sé —lo cortó, más serio que en toda su vida. Si Simon decía que era su sobrino, se derrumbaría. Debía centrarse en lo más importante, que era bajarle la fiebre—. Pero confío en ella.

En cuanto lo dijo en voz alta, supo que era cierto. No era una simple relación ayudante-jefe en la que Leo le confiaba sus asuntos laborales. No, Amelia le había visto en muchos de sus peores momentos y había sabido manejar la situación. Había bailado con él, literal y figuradamente, para sortear su inquietud mental. A pesar de lo que había sucedido en el invernadero y de sus acusaciones, no dudaba de que le confiaría su vida a esa mujer. Ya lo hacía.

Amelia lo miró y creyó ver emoción en sus ojos. Simon finalmente asintió.

—Y yo confío en ti, Leo —respondió su primo con temple, y su corazón se apretó por la tristeza y la culpa—. Hablaré con Gabriel y Belle. Venga conmigo, señorita Fulton.

Simon avanzó antes de detenerse de nuevo como si acabara de caer en algo. Se giró hacia ella con el ceño fruncido.

—¿Ha pasado la escarlatina?

Amelia asintió con gravedad y Leo recordó la historia de su hermano pequeño. ¿Había venido a ayudar porque no quería que Alexander sufriera tanto como John? Un sentimiento cálido se instaló en su pecho al caer en la cuenta de que se estaba preocupando por un niño al que ni siquiera conocía y que había cruzado la ciudad bajo un diluvio solo por intentar ayudar.

Leo tragó saliva, abrumado. Su estúpida discusión quedó en un segundo plano.

La siguió con la mirada hasta que desapareció en el piso de arriba junto con Simon. Agotado, se sentó en los escalones sin preocuparse por la falta de decoro. Su debilidad debía de ser evidente, porque ni el mayordomo se atrevió a señalarle que debería sentarse en una silla.

Gerald se sentó junto a él sin vacilar. Parecía tratar de buscar las palabras adecuadas.

—¿Dónde están tus padres? —preguntó finalmente.

Leo se obligó a no tensar los hombros antes de responder.

—Con mi t... Con Olivia, en Lily Manor. —Leo suspiró, esperando que Gerald tomase su actitud por la típica desidia que sentía hacia Edward Daventry—. Es mejor así, no tengo ganas de verlos. Mi padre no aportaría nada más que pesimismo en este momento.

—Alexander estará bien —le dijo Gerald, malinterpretando su tono afligido—. Amelia es lista y creo que realmente tiene madera de doctora. Cuidará bien de él.

Leo asintió sin dudar, pero no logró modificar su expresión abatida. Siempre fingía ante los demás que sus problemas no le afectaban y ponerse una máscara era natural para él. Cómodo incluso. No obstante, en ese momento se vio incapaz de fingir que su vida no era un desastre.

—Amigo. —Gerald volvió a hablar—. Parece que sujetes el peso del mundo sobre los hombros. ¿Qué te ocurre?

Leo no recordaba la última vez que no había contado con la presencia de Gerald a su lado, en los buenos y malos momentos. Respetando sus silencios y sus divagaciones sin enfadarse ni un ápice. Sabía que siempre podía contar con él, pero en ese momento se vio incapaz de decirle nada de lo que se arremolinaba en su pecho. Si lo decía en voz alta, si le contaba que había averiguado que no era un Daventry, la realidad sería todavía más aplastante.

Gerald pareció entenderlo, porque no insistió. Lo observó perderse en sus divagaciones durante unos minutos hasta que le dio un toque en el brazo, indicándole que estaba hablando de nuevo. Leo se centró en su voz.

—Siento haber venido sin avisar, pero Amelia... —cambió de tema— puede ser muy cabezota.

Leo esbozó una pequeña sonrisa. Lo sabía de primera mano.

—Me alegra que estéis aquí, más si ella puede ayudar. —La calidez volvió a instalarse en su pecho, reemplazando el frío que lo invadía desde la noche de Halloween—. Gracias por venir, Gerald.

Su amigo sonrió.

—No hay de qué, aunque prácticamente he sido arrastrado —respondió con incomodidad, y Leo se restregó los ojos para eliminar el escozor que comenzaba a acumularse. Necesitaba dormir, pero no se veía capaz de pegar ojo—. ¿Estás así por lo que te dijo mi hermana?

Leo alzó el rostro y lo miró con seriedad, tenso de pies a cabeza.

—¿Qué te ha contado? —preguntó con cierto temor. No creía estar preparado para afrontar que su amigo supiera según qué cosas sobre él y su hermana.

—Que discutisteis y te dijo algo muy grave, aunque no sé el qué. Está arrepentida. —Gerald lo miró con sospecha—. ¿Hay algo que quieras decirme?

Leo vaciló. ¿De qué servía decirle a Gerald lo que sentía por Amelia si ni siquiera él sabía qué era? Ella no sentía lo mismo y se marcharía a Nueva York. Era una estupidez darle alas al retumbar que experimentaba su corazón cuando la miraba a los ojos. Debía de haberse quedado en silencio mucho tiempo, porque Gerald insistió.

—¿Leo?

—No es nada —mintió, tratando de aparentar ligereza—. Hablaré con ella y dejaremos el agua correr. Es una buena ayudante y no quiero perderla.

No obstante, había subestimado a Gerald.

—He visto cómo la miras, Leo —dijo con suavidad—. Me parece que aquí hay algo más que nada. ¿Me equivoco?

Él lo miró tratando de controlar su expresión, pero Gerald arqueó las cejas indicándole que no había tenido demasiado éxito. Leo cerró los ojos, frustrado, y negó con la cabeza.

—No importa cómo la mire —refunfuñó sin desviar la vista del brillante suelo del vestíbulo—. No pienso hacer nada al respecto.

Esperaba que su amigo le diese la razón y que le asegurase que Amelia no estaba a su alcance, pero nada más lejos de la realidad.

—¿Por qué?

Leo se giró y esta vez sí lo miró. Gerald parecía genuinamente confuso, pero ni remotamente enfadado.

—¿No estás disgustado? —preguntó a su vez.

—¿Disgustado? —Gerald abrió los ojos un poco por la sorpresa—. ¿Por qué diablos iba a estar disgustado, Leo? ¿Acaso eres como Max, que olvida a las mujeres en cuanto las mete en su cama?

Leo sacudió la cabeza, pero no dijo nada. Su amigo suspiró.

—Es mi hermana pequeña, sí, y me preocupo por ella, pero precisamente tú, Leo, eres una de las personas más decentes que he conocido. —Hizo una pequeña pausa—. Nunca lo había pensado, pero… ¿mi amigo y mi hermana? De hecho, nada me haría más feliz.

No pudo evitar sentir cierto alivio, como si de alguna forma todo lo que había hecho con Amelia dejase de ser un delito capital en su mente. Pero también sintió la misma ansiedad que lo invadía cuando alguien insinuaba que ya tenía edad para casarse. Se reprendió por ser tan idiota.

«Como si Amelia quisiera casarse. ¿Acaso no has aprendido nada?».

Leo resopló e hizo una mueca llena de autodesprecio.

—No hablas en serio. Estoy seguro de que no querrías que tu hermana se ate a mis… circunstancias —dijo con voz fúnebre—. Tendría que estar toda la vida asegurándose de que no pierda la cabeza.

«Tampoco querría que se atase a mi condición de bastardo».

Todavía no lograba comprender cómo había logrado presentarse en Satherton House sin echarse a llorar como un niño. Se sentía un intruso dentro de una familia que lo había acogido sin apenas preguntar ni pedir nada a cambio.

—Leonard Daventry, por enésima vez —la voz de Gerald sonaba enfadada—: no tienes nada de malo y tu mente es una de las más extraordinarias que conozco. Deja de tener un concepto tan pésimo de ti mismo. Cualquier mujer sería afortunada de estar contigo, y mi hermana no es una excepción.

Leo no quiso discutir, así que se limitó a mirar para otro lado con evidente incredulidad. La voz de Edward Daventry, llamándole vago, trató de entrar en su mente, pero la bloqueó como pudo. Respiró hondo y trató de ahogar todos sus confusos sentimientos bajo capas de frialdad y raciocinio.

—Tampoco importa porque Amelia quiere ser doctora y tarde o temprano se irá a Nueva York —respondió con toda la calma que fue capaz de acumular. En realidad, Leo sonaba... ¿resignado?—. No vale la pena pensar en situaciones que no van a suceder.

Gerald abrió la boca, quizá para discutir, pero se vio interrumpido por la presencia de Simon, que volvía a bajar las escaleras a toda velocidad. Enseguida se apartaron para dejarle pasar.

—Gabriel y Belle han dado el visto bueno —les informó mientras iba de camino a la cocina—. Amelia necesita varias cosas y voy a ayudar a llevárselas.

243

Tras él bajó el ama de llaves, que se dispuso a dar órdenes a diestro y siniestro, pidiendo agua tibia, paños limpios, vinagre caliente y soda para hacer unas cataplasmas que aliviarían el doloroso sarpullido que provocaba la escarlatina.

Leo se giró justo a tiempo para ver a Gwen bajar la escalera con un enorme paraguas negro en una mano y un farol en la otra. Iba casi tan rápido como su hermano, a pesar de las voluminosas faldas del vestido.

—Primo, tienes que ayudarme. Necesito recoger adelfilla del jardín para hacer una especie de jarabe para la tos, y llueve tanto y está tan oscuro que necesitaré que sujetes el paraguas mientras corto la planta. —Se detuvo junto a ambos hombres—. Ah, hola, Gerald. Me alegro de verte.

Lo saludó con una sonrisa tensa, pero ya se estaba encaminando hacia los jardines. Leo la siguió sin decir palabra, sintiéndose útil por primera vez en horas, pero Gerald los miró confuso.

—¿No deberías pedirle al jardinero que te corte la adelfilla?

Gwen descartó la idea con un ademán de la mano. Su cabello pelirrojo se había soltado del recogido y ella ni siquiera parecía notarlo.

—Tengo dos manos bien funcionales para hacerlo por mí misma, y tardaré mucho menos.

Leo miró a Gerald con una sonrisa mientras Gwen le hacía gestos impacientes para que se diera prisa.

—Así son los Daventry —dijo como si esa fuera suficiente explicación.

De hecho, lo era cuando se trataba de las personas que todavía consideraba sus primos. En momentos como ese, empapándose bajo el diluvio para que Gwen no sufriese por la lluvia y pudiese cortar la planta, volvió a sentirse parte de la familia durante unos segundos. Como si no hubiese averiguado la verdad y fuese cada vez más un extraño en su propia piel.

Amelia

El médico llegó una hora después de que la lluvia amainase, con un evidente enfado y escoltado por un hombre altísimo y molesto que debía de ser Nick, conocido como el duque de Averbury o, también, como el comisariado de Scotland Yard. Amelia no tenía ni idea de qué rol había utilizado para traer con él al doctor, pero Nick rezumaba autoridad por los cuatro costados.

Para entonces, Alexander dormía profundamente a causa del agotamiento. La marquesa estaba guardando su sueño, pero el resto de la familia se encontraba en la planta de abajo, escuchando el análisis del doctor. Amelia y Gerald se sentían fuera de lugar, pero ella no quería marcharse sin confirmar si sus cuidados habían surtido efecto.

La fiebre había remitido bastante y la cataplasma estaba haciendo efecto, aliviándole el escozor. Amelia había trabajado diligentemente, espantando los pensamientos inseguros que le decían que no recordaba bien los libros de medicina y que se estaba equivocando. La fe que los padres del pequeño habían depositado en ella —que Leo había depositado en ella— no podía ser en vano.

Así que, cuando el doctor declaró que Alexander se recuperaría en unos días sin problema, Amelia sintió una oleada de alivio que la dejó agotada. Los Daventry soltaron exclamaciones de alegría y comenzaron a acribillar al pobre doctor a preguntas al mismo tiempo. El único que no había hablado era Leo, pero sí sintió que su mirada se posaba en ella y giró la cabeza para devolvérsela con cierta inquietud. No vio hostilidad en su rostro, sino simple y pura gratitud y algo más que no supo identificar.

Aún debían hablar, pero le parecía que lo peor de su enfado había pasado. Tuvo que obligarse a apartar la vista de él, pues su mirada la atrapaba como una polilla a la luz.

—Han hecho un gran trabajo bajando la fiebre —le dijo el galeno al marqués, con un deje de sorpresa que ofendió a Amelia—. Casi no me han dejado trabajo. Añadiré al jarabe un medicamento que debe tomar una vez al día. Con esto debería ser suficiente para que el pequeño recupere la salud muy pronto.

—La señorita Fulton, aquí presente, nos ha ayudado a mantener a raya la enfermedad —respondió el marqués, lanzándole una mirada de gratitud.

El doctor lo miró como si el marqués acabara de declarar que el cielo era rojo. Se giró hacia ella para mirarla y Amelia tuvo la impresión de que estaba tratando de decidir si ella merecía su atención. La furia creció en su pecho, pero calló porque no quería montar otro espectáculo delante de más miembros de la familia Daventry. Ya había tenido suficiente con el padre de Leo.

—Vaya, eso es... increíble —dijo finalmente el médico. Era evidente que no se atrevía a contradecir a un marqués, pero que tampoco estaba de acuerdo con sus palabras—. Aunque para la próxima no deberían seguir consejos de gente que es ajena a la profesión...

Era casi fascinante la forma en que la actitud del doctor había cambiado al darse cuenta de que la persona que «casi no le había dejado trabajo» era una mujer. Y, por la forma en la que lo miraron todos los presentes, Amelia no era la única indignada.

Lady Gwen, particularmente, parecía estar a punto de golpearlo con el paraguas que llevaba en la mano. No obstante, fue otra persona la que habló. Colocándose a su lado, como si quisiera protegerla, Leo fulminó con la mirada al estúpido hombrecillo.

—La señorita Fulton ha demostrado tener conocimientos suficientes como para poder sustituirle en su ausencia —dijo Leo con gravedad, y el corazón de Amelia dio un vuelco al escuchar la seguridad con la que la defendía—. Sin ella, la escarlatina se hubiese agravado, y no he me ha parecido que usted se diese demasiada prisa para venir hasta aquí.

Amelia se fijó en que todas las miradas se dirigían a Leo, como si no le hubiesen visto nunca indignarse tanto por alguien. El duque de Averbury, bendito fuera, secundó sus palabras, declarando que había sido muy difícil dar con el doctor. Amelia no quería que se llevasen impresiones equivocadas sobre Leo y ella. El doctor enfrentó a Leo profundamente ofendido.

—Estaba atendiendo una urgencia, señor. —Lo miró con el desprecio que muchos británicos sentían hacia los extranjeros. Amelia quiso estampar el puño en su rubicundo rostro por tratar a Leo como si fuese inferior a él—. No tiene derecho a hablarme así. Entre mi prestigiosa clientela hay duques y marqueses.

Su excelencia se cruzó de brazos, para nada impresionado.

—No este duque.

Además, el marqués ya había escuchado suficiente.

—Por mí, como si ha atendido a la mismísima reina. No toleraré desprecios hacia mi familia ni mis amistades. —La voz del marqués era tan fría que el médico se quedó blanco de la impresión—. Ya no son necesarios sus servicios, le acompañarán a la puerta. Buscaré a otro doctor para que atienda a mi hijo.

Le hizo un gesto al mayordomo, que de inmediato se puso en marcha y despachó al doctor entre frases y exclamaciones indignadas. Cuando dejó de oírse su desagradable voz, lady Gwen resopló:

—Menudo imbécil. Iba a atizarle con el paraguas.

Simon se carcajeó, claramente más aliviado que hacía una hora. Parecía haber recuperado el tono jovial que era habitual en él.

—Hubiese pagado por verlo. ¿Podemos traerle de nuevo para que Gwen lo golpee con su garrote improvisado?

El marqués puso los ojos en blanco, pero sonrió.

—Marchaos todos a descansar ahora que podemos. Aquí nadie ha dormido en horas, yo el primero —ordenó. Se giró hacia Amelia, que se tensó levemente ante el escrutinio de una persona tan importante—. Tiene mi sincero agradecimiento, señorita Fulton. Gracias por ayudar a mi hijo.

Amelia inclinó la cabeza con el pecho inflado por el orgullo.

—Me alegra haber podido ayudar, milord.

Con ello, la familia Daventry se dispersó, dedicándole sonrisas y gestos corteses que la llenaron de alegría. La abrumadora satisfacción que sentía por haber hecho bien las cosas se esfumó en cuanto Leo habló de nuevo. No se había movido de su lado todavía.

—Gerald, ¿puedo hablar con Amelia a solas un momento? —Su tono era serio.

Este alzó las cejas, claramente reticente. El pulso de Amelia se disparó a causa de los nervios.

—Puedes dejar la puerta abierta si tanto te preocupa —añadió Leo.

Su hermano los miró con suspicacia, pero terminó cediendo. No parecía demasiado preocupado en realidad. Igualmente, ¿acaso no pasaban horas a solas en el trabajo? Era absurdo tratar de salvaguardar su reputación cuando aquel hombre era su jefe.

Esperaba que continuase siéndolo.

—Estaré cerca —dijo como si aquello fuese una amenaza.

Leo se limitó a poner los ojos en blanco. Amelia se giró hacia él con preocupación, esperando a que dictase sentencia y le dijese que no quería verla más. Recordando de repente que ella había salido de su casa aquella mañana para disculparse con él, Amelia se adelantó antes de que Leo pudiese siquiera abrir la boca.

—Lo siento —dijo, y Leo la miró en silencio—. Jamás debí haberte acusado de… aquello tan horrible. No es algo que haya pensado nunca. Tienes que creerme.

Él no dijo nada durante tanto tiempo que Amelia tuvo que contenerse para no seguir balbuceando disculpas incoherentes. Finalmente, tras lo que pareció una eternidad, Leo se sentó en una butaca con un suspiro. Parecía agotado y le preocupó que colapsase de un momento a otro. ¿Había dormido algo?

—Yo también lo siento. Debería haberte dicho la verdad.

Amelia lo miró sorprendida. No esperaba que él se disculpase cuando no era quien se había extralimitado de los dos. No obstante, agradeció que entendiese sus sentimientos, y eso la hizo sentirse más culpable por haberle gritado.

—¿Por qué no me cuentas tus planes? Quiero oírlos de ti.

Se miraron en silencio durante unos segundos. Leo le estaba prestando toda su atención, así que Amelia respiró hondo. Merecía una explicación por su parte como mínimo.

—Tenías razón en algo: quiero ser doctora para evitar tragedias como la de John. —Señaló hacia fuera, dando a entender que Alexander era un claro ejemplo de sus intenciones—. Pero no es el único motivo.

Él la miró interrogante.

—Mi padre quiere casarme —dijo, desviando la mirada. Por alguna razón, no le gustaba hablar de matrimonio con Leo—. No entiende mis ambiciones y no cree que pueda lograr cumplir con ellas porque soy una mujer.

Amelia se sentó frente a él.

—Hace unos meses leí un pequeñísimo artículo en un periódico americano, el *New York Times*. Hablaba de una mujer que había logrado estudiar la carrera de Medicina y había construido una consulta para ayudar a mujeres desfavorecidas. Me inspiró su valor. Si ella podía, yo también.

Amelia lo miró a los ojos. Sabía que Leo comprendería sus sentimientos mucho mejor que cualquiera. Le conocía lo suficiente como para saber que no la juzgaría, así que continuó hablando.

—Me niego a ser una esposa florero que solo sirve para llevar una casa —dijo con vehemencia—. Eso puede ser válido para otras mujeres, pero no para mí. Quiero dejar huella y demostrar que puedo hacer más cosas. Quiero ser como esa mujer que, contra todo pronóstico, ha podido ejercer como doctora.

Leo asintió lentamente, sin dudar de sus palabras ni un solo segundo. Amelia se sintió tan reconfortada que tuvo que detener el llanto que amenazaba con salir a la superficie. Parpadeó con rapidez por la emoción. Decirlo en voz alta le había devuelto la perspectiva. Habían pasado tantas cosas entre ellos que había dejado un poco de lado sus objetivos. Su deseo de ser médico, algo nublado por el propio deseo que sentía por Leo.

—Pero tu padre no quiere financiar la universidad —terminó Leo—. Por eso me has pedido trabajo.

Amelia asintió. Imaginaba que Gerald sí le habría contado esa parte de la historia.

—No tengo más opciones que buscar el dinero por mi cuenta —alegó, y volvió a mirarlo a los ojos—. Jamás pretendí ofenderte.

Leo la miró con tristeza, pero ya no parecía dolido.

—¿Eres demasiado orgullosa para aceptar la ayuda de tu hermano? ¿O la mía?

Amelia se mordió el labio.

—Hace unas horas, quizá te habría dicho que sí —respondió con calma—. A pesar de mi arrepentimiento, seguía sintiéndome ofendida por los tejemanejes que hicisteis a mis espaldas.

—¿Ahora ya no?

Amelia negó.

—Hoy he comprendido que, si dejo que me ayuden, yo también podré ayudar a los demás como acabo de hacer con Alexander. No les resta valor a mis acciones.

Creía de verdad lo que decía. Amelia se había pasado dos días enfadada por algo que, en realidad, debía agradecer. Su hermano se preocupaba por ella y, lejos de cortar sus alas como hacía su padre, había encontrado la forma de ayudarla sin involucrarse demasiado. Y Leo… había confiado en ella, a pesar de que nada le daba garantías de que fuese a salir bien.

No debía tomarlo como un atajo, sino cómo un empujón en la buena dirección. El resto del camino dependía de su propio esfuerzo y no decepcionaría a la gente que pensaba que podía lograrlo.

—Te creo, Amelia. —Leo sonrió, pero el gesto no llegó a sus ojos—. Disculpas aceptadas y todo olvidado.

Ella lo miró confundida. Había pensado que sería mucho más difícil convencerle.

—¿De verdad?

Leo asintió.

—Tú no quieres perder tu trabajo y yo no quiero perderte como ayudante por una estúpida discusión. Hay cosas más graves en esta vida como para enquistar algo que puede arreglarse —alegó. La miró a los ojos antes de seguir hablando—: Eres muy valiosa para mí, Amelia.

El sonrojo calentó sus mejillas, dándole la impresión de que Leo no se refería únicamente al entorno laboral. Amelia no sabía cómo preguntar, pero se armó de valor y bajó la voz hasta convertirla en un susurro por si su hermano estaba escuchando.

—Lo que pasó en el invernadero…

—No se repetirá —dijo también en voz baja, como si quisiera convencerse a sí mismo—. Trabajaremos juntos como profesionales y después, cuando tengas suficientes ahorros, te irás a Nueva York. Es un buen plan.

Su tono fue tajante y la decepción supo agria en su lengua. Quiso saber por qué, pero algo en su postura, en la tensión de su mandíbula, le dijo que quizá no quería conocer la respuesta. Una parte de ella sabía que Leo hacía bien manteniendo las distancias, pero la otra no quería ni oír hablar del tema. No obstante, se impuso su sentido común y sus prioridades. Era esencial mantener su trabajo, y si para ello debía mantener sus deseos a raya, lo haría.

Así que calló. Y las palabras no pronunciadas flotaron entre ellos, pero ninguno se decidió a hacerlas reales. Amelia, en cambio, forzó una sonrisa y asintió.

—Es un buen plan.

Solo tenía que creérselo.

Capítulo 22

Leo

El sonido de las conversaciones era un murmullo de fondo en el que no conseguía concentrarse. Wes le había hecho llegar una nota para que se reuniesen en de Ye Olde Chesire Cheese, su lugar habitual, y Leo se había sentido muy tentado de rechazar la invitación porque no tenía ganas ni fuerzas para ver a nadie. Ni siquiera pensar en trabajar en la cena mortal que se avecinaba lo motivaba, y había sido el darse cuenta de ello lo que lo había instado a salir de su suite para buscar la compañía de sus amigos. Se negaba a seguir languideciendo por culpa del hombre al que había considerado su padre.

No obstante, era fácil decirlo, pero no tanto hacerlo. Sentado junto a Wes y Max, Leo trataba de centrarse sin éxito en la conversación que tenían entre manos. Su mente volaba una y otra vez a la noche de Halloween, como fuegos artificiales que ensordecían el resto de sus pensamientos. No fue hasta que Jeff apareció que su estómago dio un vuelco.

Jeff. Su medio hermano.

No tenía valor suficiente para contárselo. ¿Qué diría Jeff si lo supiera? ¿Se avergonzaría de él como lo había hecho Edward Daventry? ¿Se alegraría o quizá se enfadaría? Leo no quería nada del matrimonio Hughes, pero quizá Jeff no se lo tomaba de ese modo. El miedo y la incertidumbre lo invadían mientras miraba a su amigo tomar asiento. Pero este solo tenía ojos para Max, que lo miraba con una cautela poco habitual en él. Leo recordó de repente que llevaban dos semanas sin verse, desde que Jeff lo golpeó durante la estancia en Redford Manor.

—¿Qué hace él aquí? —dijo Jeff, y miró a Wes antes de añadir en tono acusatorio—: Me dijiste que no estaría.

Wes ni se inmutó ante su actitud hostil. Más bien, parecía aburrido. Se reclinó en su asiento con elegancia e hizo un ademán con la mano, señalándolos a ambos.

—En algún momento tendréis que hablar, aunque la razón principal para hacer esto es que estoy harto de vosotros dos. Comportaos como malditos adultos.

Leo se sintió culpable. Había estado tan absorto en su dolor que no había prestado atención al conflicto de sus amigos. Observó a ambos conteniendo el aliento; se evaluaron con desconfianza durante unos segundos, hasta que Max suspiró y fue el primero en romper el silencio.

—Está bien, Jeff —comenzó con impaciencia—. Lo siento. Siento haberme metido donde no me llamaban, pero en mi defensa diré que estaba cansado de ver cómo te dabas cabezazos contra la pared. Todos lo estábamos.

Jeff arqueó una ceja.

—No es una buena disculpa, Max.

Este resopló. Leo dedujo que aquello no estaba siendo fácil para él. Por el rabillo del ojo vio a Gerald aparecer, pero ninguno de los otros tres se percató y su mejor amigo fue lo suficientemente sensato como para guardar silencio.

—No soy bueno para estas cosas —replicaba Max en ese momento—. El caso es que lo siento, aunque no soy deshonesto y debes saber que lo haría de nuevo. Creo que necesitabas un empujón para darte cuenta de las cosas, pero nunca fue mi intención que os viesen todas las matronas de la fiesta. Debes creerme.

Jeff entrecerró los ojos con la mandíbula tensa. Leo no creía que estuviera cerca de perdonar a Max, pero tampoco estaba gritando ni golpeando cosas. Parecía un gran avance.

—Lo que yo sienta es solo asunto mío —respondió con dureza, y Max bajó los hombros en un gesto humilde poco propio de él. Jeff debió pensar lo mismo, porque suspiró y suavizó su expresión—. Pero la vida es demasiado corta y no quiero seguir enfadado contigo. Solo prometedme que no volveréis a meteros en mi vida de esa forma.

Wes se encogió de hombros.

—Te diremos las verdades a la cara si lo consideramos —respondió, y Leo asintió, dándole la razón. Gerald hizo otro tanto, aunque algo más reticente—. O lo tomas o lo dejas, amigo.

Max no dijo nada, pero sus ojos brillaban divertidos. Jeff finalmente esbozó una pequeña sonrisa.

—Puedo vivir con eso —dijo, levantándose de repente—. En pie, Max.

Este lo hizo con cautela, el brillo de sus ojos había desaparecido. Leo imaginó lo que venía ahora y Max, por la postura tensa que adoptó, también. Jeff avanzó y, antes de que Leo pudiese registrar el movimiento, el puño de Jeff volvió a impactar contra la mandíbula de Max, que esa vez no cayó, pero se tambaleó. Toda la gente a su alrededor se quedó en silencio mientras Jeff sacudía el puño y miraba a Max con seriedad.

—Esto no ha sido por mí, sino por haber puesto en un compromiso a una mujer maravillosa. Da gracias de que no te reto a un duelo —dijo con voz glacial—. Ahora estamos en paz.

Dicho aquello, se sentó de nuevo y miró a Max, que se había quedado en silencio. Leo se preocupó, preguntándose si aquella vez Max respondería al golpe, pero se sorprendió cuando su amigo estalló en sonoras carcajadas. Se reía tanto que se tuvo que sujetar el estómago, doblado en dos. Leo parpadeó, perplejo.

—Está como una cabra —dijo Wes con una sonrisita.

No obstante, ver a Maximus Carter riéndose a mandíbula batiente deshizo la tensión que se había apropiado de la habitación desde que Jeff había lanzado el puñetazo. Algunos rieron con él y se atrevieron incluso a lanzarle bromas burlonas, que Max aceptó con más carcajadas. Gerald se sentó al lado de Leo y sonrió.

—Es su forma de quitarle hierro al asunto. No queremos que nuestros amigos aparezcan en la columna de The Golden Swan, ¿verdad?

Wes sacudió la cabeza, como si estuviera muy resignado a ser amigo suyo, y Leo sonrió de verdad por primera vez en días mientras observaba a Max bromeando con los demás clientes del *pub*. Incluso Jeff había esbozado una sonrisa, claramente mucho más tranquilo. Era como si todo el enfado se hubiese evaporado con las carcajadas de Max.

Cuando Max se sentó de nuevo junto a ellos, con una sonrisa divertida en el rostro y el golpe de Jeff todavía marcado en su mejilla, Leo sintió que todo encajaba en su lugar de nuevo. Los cinco amigos de siempre, sin conflictos que abriesen brechas entre ellos.

Gerald se giró hacia él con una pequeña sonrisa, pero en su mirada había cautela y Leo se tensó. El recuerdo de ambos sentados en el suelo de Satherton House lo llenó de incomodidad. Gerald había presenciado más de una vez una parte de Leo, hundida y triste, que no quería enseñarle a nadie, pero su mejor amigo nunca le había juzgado por ello. No obstante, no podía dejar de pensar que en algún momento se enfrentaría a él con enfado, pidiéndole que se alejara de su hermana. El día anterior en Satherton House, tras su conversación con Amelia en la que trató de poner todas las distancias que pudo sin despedirla de su trabajo, Gerald los había dejado hablar sin intervenir. Leo se lo agradecía, pero quizá se lo había pensado mejor y quería defender a su hermana. Intentó que su inseguridad no se percibiese en su rostro, pero tuvo claro que había fracasado en cuanto los otros tres lo miraron con reserva.

—Leo —comenzó Gerald en un tono muy alejado de la beligerancia—. No insistiré para que me cuentes qué te sucede, pero sí quiero que sepas que puedes pedirnos ayuda.

Leo tragó saliva, sintiendo que el pánico se extendía por su cuerpo. ¿Acaso lo habían averiguado de algún modo? No, no podía ser.

—Estoy b... —comenzó a decir.

—No lo niegues, es evidente que algo te reconcome —lo interrumpió Max, cruzándose de brazos—. Nos hemos dado cuenta todos en cuanto has entrado por la puerta del *pub*. Incluso Jeff, que no tiene ni pizca de perspicacia, ha tenido que ver tu cara de funeral.

Jeff lo fulminó con la mirada, pero Max lo miró como si lo retase a negar su ceguera. Leo vaciló, pero no trató de discutir. Sus amigos lo conocían bien y no había sido él mismo desde hacía días. Gerald llamó su atención dándole un par de palmadas torpes en la espalda.

—Puedes contar con nosotros —repitió.

Max resopló.

—¿Por qué tenemos que ser tan jodidamente sentimentales? —preguntó, ganándose una colleja de Jeff. Max suavizó su expresión—. Cuenta con que romperemos algunas piernas si hace falta.

—Habla por ti. —Wes puso los ojos en blanco—. ¿Acaso no podemos ayudar de forma civilizada?

—¿Y qué demonios tiene eso de divertido?

Leo los miró y sonrió por fin. De las muchas cosas buenas que le había traído Inglaterra, aquellos tipos eran sin duda de lo mejor. Otro tipo de familia, pero igual o más válida que la que le daba la sangre.

—Estaré bien —dijo al fin—. Gracias a todos.

Los cuatro miraron a otro lado, claramente incómodos por estar viviendo un momento demasiado intenso. Gruñeron alguna incoherencia hasta que Gerald sugirió jugar a algo para romper el torpe momento. Sin hablar más del tema, Wes pidió una ronda de cervezas y Max sacó una baraja de póker del bolsillo de la chaqueta. Se puso a repartir una mano sin mediar palabra y los otros cuatro aceptaron las cartas sin vacilar.

Leo sonrió. Tenía una mano de cartas nefasta y probablemente sus amigos le acabarían desplumando porque era un idiota jugando al póker, pero no le importó. Se alegraba mucho de haber acudido al *pub*.

Dos horas después, y con mucho menos dinero con el que había salido del hotel, Leo se despidió de sus amigos y decidió pasar por Satherton House para preguntar por Alexander. Nada más entrar en la casa, se encontró con una sonriente Gwen que llevaba un bloc de dibujo bajo el brazo.

—¡Primo! —lo saludó—. ¿Tú también por aquí?

Leo le entregó su sombrero y sus guantes al lacayo antes de dirigirse hasta donde se encontraba la pelirroja. Iba con una capa, como si fuese a salir a la calle, y Leo se dio cuenta de que hacía mucho frío.

—¿También? ¿Quién más ha venido de visita?

—Oh, todo el mundo. Mamá ha llegado esta mañana muy temprano como si la persiguiera el diablo. Simon se ha ido hace un par de horas, Sophie y Michael vinieron a almorzar... —Gwen hizo una pausa, lanzándole una extraña sonrisa que no le gustó un pelo—. Y Amelia ha llegado hace cinco minutos.

Leo la miró sorprendido.

—¿Amelia está aquí?

¿Podría alguna vez impedir que su corazón se desbocase? Su prima asintió y arqueó una ceja, como si escuchase a su estúpido órgano intentando salir de su pecho.

—¿Acaso Amelia es la misteriosa desconocida que te besó, querido primo? Todos vimos ayer cómo la mirabas y lo mucho que la defendiste del idiota del médico.

Se quedó congelado y no pudo ocultar la expresión de su rostro a tiempo. Gwen se carcajeó con ganas.

—Gabriel me debe cinco libras —dijo con una amplia sonrisa, y a Leo no le sorprendió que sus primos hubieran apostado a su costa—. ¿Escucho campanas de boda?

Leo negó con la cabeza, serio.

—No lo creo.

Su prima se dio cuenta enseguida de que el tema era más complicado de lo que parecía y, para su sorpresa, no insistió.

Sus primos eran expertos en meterse donde nadie los llamaba, así que dedujo que la expresión de su rostro debía ser peor de lo que Leo pensaba. Gwen le lanzó un último vistazo antes de señalar la escalera a su espalda.

—En fin, como te iba diciendo, Amelia ha sido muy amable al venir a ver a Xander —dijo Gwen con cariño, como si ya considerase a Amelia una amiga querida—. Por suerte, está mejor y no ha vuelto a subirle demasiado la fiebre. Hace tanto frío porque hemos aprovechado que no llueve para abrir todas las ventanas de la casa para ventilar. Puedes subir a verle si no te acercas demasiado.

Leo asintió y subió las escaleras sintiendo la mirada de Gwen en la nuca. Tratando de no pensar en lo que su prima tenía en mente con todas esas sonrisitas y miradas, Leo se acercó al dormitorio del pequeño, alegrándose de poder verle aunque fuera desde lejos. Una parte de él se preguntó si Amelia estaría en la habitación, pero la sofocó.

Se asomó despacio, por si Alexander dormía, pero se quedó parado al ver la escena que tenía ante él.

Amelia, sentada cerca de la cama, leía un cuento a un atento Alexander, que tenía un paño sobre la frente y miraba a la mujer con los ojos bien abiertos, absorto en su relato. Amelia estaba totalmente entregada a la tarea, e incluso imitaba diversas voces para los diferentes personajes que aparecían en la historia. Pronto, Leo se encontró sonriendo ante la escena, y un sentimiento cálido se instaló en su pecho. La escena era tan tierna que tragó saliva, abrumado, y una indeseada imagen de niñas con el cabello oscuro, ojos avellana y pecas como estrellas invadió su mente. Cerró los ojos, tratando de expulsarla antes de que echara raíces. Ella quería ser doctora, no madre. No esposa. No podían tener esa clase de futuro.

Debería haberse ido, sin embargo, se quedó allí plantado como una estatua de sal, escuchando obnubilado, hasta que Amelia terminó de contar el cuento y Alexander reparó en su presencia.

—¡Primo Leo! —gritó, emocionado, antes de ponerse a toser.

Leo ignoró la punzada de dolor que lo invadió. «Primo...».

Amelia dio un respingo, tensa, y se giró para mirarlo. Leo vio la desconfianza en sus ojos, como si todavía no entendiese por qué no había arremetido contra ella tras lo que había sucedido en el invernadero. Ni siquiera él mismo tenía claro el porqué. Quizá porque sabía lo que era querer salir adelante por sus propios medios, sin depender de nadie. Quizá porque la vio arrepentida o quizá porque deseaba que cumpliese sus sueños de estudiar Medicina. Fuera lo que fuera, tuvo que contenerse para no abrazarla y decirle que todo saldría bien cuando él mismo se estaba rompiendo a pedazos.

Así que se limitó a sonreír como si no sucediese nada, como siempre hacía. Funcionó, porque segundos después Amelia relajó la postura y le devolvió la sonrisa. Solo entonces fue capaz de dirigirse al niño.

—¡Xander! —le dijo con alegría—. ¡Me alegra verte tan bien!

—¡Soy muy fuerte, primo Leo! —le respondió con orgullo, y un nuevo ataque de tos lo asoló.

Amelia se apresuró a darle un poco de agua con limón y miel hasta que el pequeño se calmó. Leo se quedó apoyado en el marco de la puerta, consciente de que ponerse enfermo era lo último que necesitaba. Además, Amelia sabía lo que se hacía.

—No fuerces la voz —reprendía suavemente al pequeño en ese momento.

El niño asintió antes de recostarse en las almohadas con expresión mustia, claramente harto de estar enfermo. En ese momento su institutriz entró con una infusión de hierbas que debía beberse cada dos horas y Amelia aprovechó para salir de la habitación e ir a su encuentro. Leo, después de prometer a Alexander que mañana también le visitaría, siguió a Amelia por el pasillo hasta llegar a la escalera principal.

—No deberías subir —le dijo en ese momento—. No has pasado la escarlatina y…

—He tenido cuidado. —Por alguna razón, le molestó que lo tratase como a un niño—. No te preocupes.

Amelia bajó la mirada y asintió. Leo, sintiéndose culpable, suavizó su tono. Antes de que pudiese procesar lo que estaba haciendo, le levantó la barbilla con la mano para que ella lo mirase a los ojos. Sus pecas, constelaciones alrededor de su nariz, lo distrajeron durante unos segundos.

—Agradezco tu preocupación, pero estoy bien.

Ella no dijo nada, pero de repente dio un paso atrás, rompiendo el contacto. Lo malo fue que no se había dado cuenta de que el escalón de la escalera estaba bajo su pie y perdió el equilibrio. Vio a Amelia caer hacia atrás con un grito ahogado que resonó en sus oídos. Leo actúo por instinto y, antes de que cayera escaleras abajo, la sujetó con fuerza del brazo, atrayéndola hacia él y abrazándola contra su pecho. El corazón le latía deprisa, pero por una razón muy diferente.

—¿Estás bien? —preguntó con voz estrangulada.

Ella asintió contra su pecho. A Leo le dio la impresión de que se aferraba a él unos segundos antes de separarse de nuevo, fijándose dónde ponía los pies. El espacio que quedó entre ellos parecía una brecha insalvable, pero Leo se dijo que era mejor así. Que debía ser así.

—Estoy bien. Gracias por sujetarme —murmuró Amelia sin mirarlo.

Leo asintió y quiso añadir algo más, cualquier cosa para hacer que ella lo mirase, pero no era así como se comportaba un jefe con su empleada. Dio un paso atrás justo en el momento en el que ella alzaba la cabeza y abría la boca para decir algo.

—Leonard.

Ambos se giraron hacia la escalera. Edward Daventry los miraba desde el pie de la escalera con su habitual gesto de enfado. Leo cerró los ojos, maldiciendo. Gwen había mencionado que Olivia había llegado aquella mañana y no se le había ocurrido pensar que sus padres y su hermano estarían con ella. Debía de haberlo supuesto.

—Hablemos —añadió Edward con tono autoritario.

Le dio la espalda y se encaminó hacia el salón de la planta baja, como si no dudase por un momento que Leo le seguiría. Aquello lo enfureció y apretó los puños a los costados.

—No tengo nada que hablar contigo —replicó—. No soy un perro al que puedes dar órdenes.

Sintió la mirada de Amelia sobre él, pero Leo solo tenía ojos para Edward Daventry, quien lo miraba con ligera sorpresa y absoluto enfado. Pero a Leo no le importaba lo más mínimo.

O, al menos, intentaba que no fuese así. Las viejas costumbres no cambiaban de un día para otro.

—Te has vuelto muy valiente desde que... —miró de reojo a Amelia— conoces tu situación.

—Me importa bien poco lo que pienses. ¿Por qué no te vuelves ya a Boston? Es evidente que estás mejor allí —sugirió con frialdad—. Así ninguno de los dos tendrá que respirar el mismo aire que el otro.

Edward entrecerró los ojos.

—Hablarás conmigo si aprecias tu hotel lo más mínimo.

Aquello lo puso en guardia. Incluso Amelia se tensó a su lado. Apretó los dientes antes de comenzar a bajar la escalera. Edward se giró nuevamente hacia el salón, claramente satisfecho de haberse salido con la suya.

—Leo —escuchó a su espalda.

Se giró para ver a Amelia mirarlo con preocupación. Leo se obligó a esbozar una sonrisa tranquilizadora antes de seguir a su padre hasta el interior del salón de visitas de los Daventry.

—Nos vemos mañana en el hotel —le dijo a Amelia, antes de cerrar la puerta tras él.

Todo su cuerpo estaba en tensión cuando enfrentó de nuevo a Edward, que lo observaba con la misma frialdad que había demostrado durante toda su vida. Se preguntó si alguna vez había intentado apreciarle de alguna forma, pero se dio cuenta de inmediato que era inútil imaginar cosas que nunca pasaron.

—Ve al grano. —Leo no tenía ganas de seguir allí con él.

Le dio la impresión de que había escuchado un ruido tras la puerta, como si alguien se moviese cerca de allí, pero lo olvidó en cuanto su padre abrió la boca.

—Si sigues adelante con tu plan de revelar tus orígenes, te cerraré el hotel.

Capítulo 23

Florence

Subida a la peana, Florence observó su sencillo vestido de novia. Imaginarse vestida de blanco siempre la había emocionado, ya que en todos los escenarios ella se casaba por amor. Aunque era una quimera, mentiría si no dijera que había fantaseado más de una vez con que fuera Jeff quien la esperaría en el altar. Pero su imagen de blanco no despertó la emoción que ella esperaba y el sabor de la decepción se instaló en su lengua como un veneno.

No necesitaba pensar demasiado para saber la razón. No era tristeza ni derrota, ya que en realidad su matrimonio iba a ser muy ventajoso y sabía con seguridad que Jeff la respetaría en todo momento. Ni siquiera era rabia porque sus intenciones de imponer sus condiciones habían derivado en la cruda realidad: que era incapaz de resistirse a Jeff. Tampoco se sentía traicionada por su propio cuerpo, que parecía reaccionar a las caricias y a los besos de Jeff mucho antes que a su propio raciocinio. Una parte de ella se alegraba de que al menos esa parte del matrimonio fuese a funcionar, y ahí estaba el problema.

Inconformidad.

Sus caóticos sentimientos y el hecho de que no fuese la novia dichosa que siempre había soñado, dándole la mano a Jeff frente al vicario, se debían a que le resultaba imposible resignarse a no tener lo que su mejor amigo parecía incapaz de entregarle. Porque para Florence no era suficiente y nunca lo sería. Era estúpido engañarse pensando que podría vivir sin el cien por cien de Jeff. Tras su conversación en la que expuso sus condiciones, envuelta en la neblina del deseo, llegó a pensar que sí era capaz de vivir con las migajas. Estaba claro que se había mentido a sí misma.

Ella siempre había querido casarse por amor. Quería exigir más. Ser egoísta. Deseaba pedirle que sintiese el mismo amor que ella le ofrecía.

Sin embargo, no se podía obligar a nadie a sentir, y eso la dejaba en un callejón sin salida. Suspiró, mirándose al espejo mientras escuchaba a su madre hacer peticiones a la modista para los arreglos del vestido. Había urgencia en su voz, dado que la boda sería en dos semanas por las circunstancias del compromiso y ambas hermanas querían un ajuar completo. Aquello no hacía más que hacer crecer la incomodidad de Florence.

Miró a su hermana, que se encontraba a la derecha, subida a una peana similar. Una de las ayudantes le arreglaba el dobladillo del vestido, mucho más recargado que el de ella. Heather estaba preciosa, pero su rostro tampoco expresaba la dicha que se suponía que debía sentir. Finalmente, y por consenso de todas las partes implicadas, ambas bodas se celebrarían el mismo día. A pesar del escándalo en el que Jeff y ella habían sido protagonistas, su padre no cabía en sí de gozo por los matrimonios ventajosos que iban a tener sus dos hijas. Al casarse con Jeff, Florence mantendría el negocio familiar unido y los periódicos no caerían en terceras manos, sino en el nieto de ambos socios. Por otro lado, Heather se casaba con uno de los banqueros más influyentes del país, por lo que su padre obtenía beneficios económicos. Según sus propias palabras: «Era lo que todo hombre querría para sus hijas, que tuvieran el futuro asegurado».

Florence no dudaba de sus buenas intenciones, pero era imposible convencerse de que las más beneficiadas con estos matrimonios eran las dos novias. Para empezar, no era como si alguna de las dos hubiese podido dar su opinión. Sin ir más lejos, el día anterior Florence había podido resolver una duda que la carcomía desde hacía tiempo.

—¿Por qué comprometiste a Heather y a mí no? —le había preguntado a su padre, aprovechando que se encontraban solos—. Nuestras circunstancias son las mismas.

Su padre la había atravesado con sus ojos azules, que ambas habían heredado, antes de responderle.

—Tenía la esperanza de que Jeff solicitase tu mano, así que estaba esperando a que ocurriese —respondió con naturalidad—. Aunque de una forma poco ortodoxa, mis sospechas no han resultado ser infundadas.

Era difícil no sentirse como una marioneta después de eso.

Heather se giró hacia ella y forzó una sonrisa. La conocía como la palma de su mano y era evidente que no estaba bien. Hacía unos días que se había disculpado con ella, pues no quería que pensase que le estaba robando el protagonismo. Heather, en cambio, había sonreído.

—Nos casaremos juntas, como hemos hecho todo siempre —se limitó a decir, y en su voz no había ápice de rencor.

En realidad, no parecía haber nada de nada. Florence estaba preocupada por ella. Cuando la modista de Heather terminó de sujetar el dobladillo con unos alfileres, las dejó solas en el reservado. Florence se giró hacia sus otras dos amigas, que tomaban el té en una mesita ubicada en un rincón.

—¿Qué os parece?

Amelia sonrió.

—Estáis preciosas las dos —respondió. Florence se dio cuenta de que también miraba a Heather con preocupación.

Roxie, como siempre, fue la que levantó la liebre.

—¿Por qué parece que las dos vayáis a asistir a un funeral en lugar de casaros?

A su lado, su gemela se tensó, pero no dijo nada. Siguió mirando su reflejo en el espejo, como si Roxie no hubiese hablado. Amelia sacudió la cabeza con desaprobación.

—Mira que eres bruta.

Pero a esta le dio igual.

—¿Y bien?

Florence suspiró antes de exponer sus pensamientos.

—No es más que lo de siempre. No quiero resignarme.

Las tres la miraron y Florence volvió a desviar la mirada hacia su reflejo. Su vestido tenía bordadas pequeñas flores azules a lo largo del corpiño. Siguió el relieve de una de ellas con la yema del dedo mientras seguía hablando. Era más fácil demostrar su vulnerabilidad si no las miraba a los ojos.

—Quiero que me ame. ¿Acaso pido tanto? —Notó que le temblaba un poco la voz. Carraspeó y su voz sonó más firme cuando añadió—: No quiero rendirme antes de luchar.

Amelia la miró en silencio; parecía conmovida, como si hubiese tocado una fibra sensible. Roxie asintió, mostrando su conformidad.

—Pues lucha, Florence —respondió—. Si no está enamorado, enamórale, y si lo está, haz que se dé cuenta.

Florence sonrió con tristeza. Pensó en Jeff como su mejor amigo y después trató de pensar en él como su amante esposo. En su mente, era incapaz de pensar en ambos como la misma persona cuando debería serlo. ¿Enamorar a Jeff?

—Creo que es más fácil decirlo que hacerlo.

Heather se giró hacia ellas por fin.

—Las mujeres de nuestra clase no estamos hechas para el amor —alegó con voz serena, como si comentase algo de lo más trivial—. No nos han criado para elegir marido, sino para aceptar al que nos impongan sin rechistar.

Se hizo el silencio y, tras unos segundos de mantenerles la mirada con la barbilla alzada, Heather volvió a mirarse al espejo, pero esa vez a Florence le dio la impresión de que aborrecía lo que estaba viendo.

—Heather —dijo Amelia con cautela—. ¿Acaso no quieres casarte?

Su gemela cerró los ojos un segundo antes de responder.

—No importa lo que yo quiera.

Amelia se puso en pie.

—¡Claro que importa!

Heather resopló, hastiada, y se giró para enfrentarla.

—Por favor, Amelia. ¡Despierta! —Se señaló a sí misma—. ¡Esto es lo que nos toca vivir a todas! No podemos perseguir sueños imposibles, son quimeras que no se cumplirán. Nacimos para casarnos y tener hijos, eso es para lo que nos han criado, y debemos cumplir nuestras obligaciones sin que importe nada más.

Fue el turno de Amelia para resoplar. Florence las miraba a ambas con preocupación, mientras que el rostro de Roxie era inescrutable.

—Desde luego que no cambiará nada si seguimos pensando así. —El tono de Amelia era seco y duro—. Si nos resignamos, las cosas seguirán igual.

Heather entrecerró los ojos.

—No seas hipócrita —alegó—. No puedes negarme que, aunque solo sea por un segundo, se te ha pasado por la cabeza dejar tu objetivo por estar con Leonard Daventry. Es el destino de una mujer casarse con un hombre.

Amelia no respondió, pero en su rostro Florence vio que Heather no iba muy desencaminada, y ella lo sabía.

—Si de verdad piensas que tu padre permitirá que te vayas a Nueva York a estudiar Medicina, es que eres más ilusa de lo que creía.

Florence contuvo una exclamación cuando vio el dolor en la mirada de Amelia.

—Heather —advirtió Roxie.

Pero esta solo tenía ojos para Amelia, que respiró hondo, dolida.

—Al menos yo no me conformo con un futuro infeliz, como haces tú. Esa es la diferencia entre tú y yo. Eres una cobarde, Heather —respondió con fría calma. Las mejillas de Heather se pusieron de color escarlata—. Si pierdo, no será por no haberlo intentado. Porque antes que marchitarme en un futuro impuesto, prefiero luchar por lo que me importa de verdad.

Amelia se dirigió a la salida del reservado. Antes de salir, se giró una última vez para enfrentarse a Heather.

—Es verdad que las mujeres no tenemos demasiadas oportunidades y lo más fácil es resignarse al camino que nos marcan —alegó—. Pero yo tengo otra opción. En mi camino ha aparecido una persona que me ha dado la oportunidad de ser más que una mujer de mi casa. No pienso desaprovecharla.

Florece la llamó, pero Amelia ya había desaparecido y no quería montar un escándalo saliendo tras ella. Miró a su hermana con reproche, pero Heather evitaba el contacto visual con las dos. Roxie suspiró.

—¿Te has quedado a gusto, Heather?

Esta la miró.

—¿Acaso no piensas como yo?

Roxie negó.

—En absoluto. Creo que el quid de la cuestión está en poder luchar por lo que cada una quiere. Con los medios que tenga a su alcance, sean o no escasos —respondió con calma—. Si quiere ser doctora, no soy quién para decirle que no puede hacerlo.

—No es cuestión de poder o no poder. Son las oportunidades que no tenemos.

Florence se mordió el labio.

—Si no las tenemos, debemos crearlas —dijo con seguridad.

Quizá su sueño no era tan ambicioso ni tan complicado como el de Amelia, pero era suyo y le parecía igual de válido. No quería ni podía resignarse a un matrimonio sin amor como el de su gemela. No cuando era su mejor amigo el que estaba al alcance de su mano. No cuando podía luchar por obtener su corazón.

Pensó en la Florence que se había alejado de Jeff para protegerse. Debía haber sabido que no funcionaría y que el destino tenía otros planes para ella. Pensó en el Jeff que había conocido los últimos días y que la encendía con tan solo una mirada. Quizá no estaba todo perdido.

Ella tampoco desaprovecharía la oportunidad que le habían dado.

Amelia

Cuando Amelia entró en el Hotel Daventry, media hora después, había logrado controlar su llanto lo suficiente como para no llamar la atención. Tras encontrarse en la calle, enfadada y triste, no había querido ir a su casa, donde su padre no haría más que darle la razón a Heather. Así que el único lugar al que se le había ocurrido acudir era a su puesto de trabajo. Atardecía, así que Amelia imaginaba que sería la hora del té.

Respiró algo mejor al encontrarse en un ambiente familiar. Quién iba a decirle que en apenas dos meses el hotel se convertiría en un lugar seguro para ella. Ya había estado trabajando por la mañana y, tras el almuerzo y el repaso diario de los asuntos más urgentes, Leo le había comunicado que no la necesitaría hasta el día siguiente. Amelia se había alegrado de ello porque podría acudir a la cita con sus amigas para ver sus vestidos de novia. Maldito momento. No quería pensar en ello o se echaría a llorar de nuevo.

A aquellas horas de la tarde, Leo siempre estaba trabajando en la sala de estar de su *suite*. Avanzó por la escalera que daba a las habitaciones, que afortunadamente se encontraba desierta. No quería que nadie le hiciera preguntas en ese estado.

Cuando llegó a la *suite*, algo la hizo vacilar. A pesar de que cada mañana se encontraba allí con Leo, la imagen de él trabajando de noche en su habitación la ponía nerviosa. Sacudió la cabeza, diciéndose que eran tonterías, y avanzó.

Llamando suavemente a la puerta, Amelia entró y encontró a Leo trabajando en la enorme mesa, concentrado en unos papeles que tenía desperdigados por toda la superficie. Verlo casi le hizo olvidar qué hacía allí. Iba en mangas de camisa y descalzo. Trató de no quedarse mirándolo fijamente, pero era demasiado atractivo para su propio bien. Cuando Leo alzó la mirada, la sorpresa inundó su rostro y esta se convirtió de inmediato en inquietud al mirarla a los ojos. Se levantó como un resorte y rodeó su escritorio para acercarse a ella.

—Amelia, ¿qué ocurre?

En su rostro vio verdadera preocupación. Ella negó con la cabeza y trató de sonreír para tranquilizarle. Las palabras de Heather no dejaban de repetirse en su mente por mucho que tratase de acallarlas. No podía dejar que hicieran mella en ella y resquebrajasen su determinación. Lo miró a los ojos e ignoró el retumbar de su corazón y la vocecita de su mente que se preguntaba si de verdad se había planteado conformarse por Leo.

No, se dijo. Entre ambos solo había atracción física y no era suficiente para hacerla flaquear. Nada era suficiente. Aun así, el estar allí con él fue suficiente para que se sintiese un poco mejor.

—Nada importante —dijo finalmente. No podía contárselo, estaba demasiado involucrado y ya le había pedido mantener las distancias—. ¿Puedo ayudarte en algo?

Si Leo vio la súplica en su mirada, no dijo nada. La observó unos segundos más antes de relajar el ceño y fingir que Amelia no tenía los ojos rojos.

—Pues has llegado justo a tiempo —dijo, adoptando un tono ligero. Fingir se le daba mejor que a ella—. Parece una estupidez, pero preparar las invitaciones de la cena mortal me está llevando una eternidad. Soy terrible con las tareas mecánicas.

Amelia frunció el ceño.

—Ya preparé y envié las invitaciones a principios de semana —respondió.

—He añadido unas cuantas más de última hora —dijo, encogiéndose de hombros como si no fuese nada—. ¿Me ayudas entonces?

Amelia asintió y se sentó frente a él.

—Yo me encargo de esto. —Le lanzó una mirada divertida—. Tú revisa por enésima vez los detalles de la cena mortal.

Leo sonrió y un pequeño hoyuelo que no había visto antes se marcó en su mejilla derecha. Amelia lo miró más segundos de lo que debería considerarse decoroso. Se sintió algo aliviada al verlo sonreír. Desde la pelea, las cosas habían sido demasiado extrañas entre ellos, como si hubiese algo distinto en el ambiente que no sabía identificar. Leo le había dicho que estaba todo olvidado, pero Amelia sentía que había algo no resuelto entre ellos.

—Empiezas a conocerme muy bien. —Le guiñó un ojo y entonces pareció arrepentirse del gesto, porque carraspeó y se puso serio. Una vez más, ahí estaba la incomodidad. De repente, pareció darse cuenta de su aspecto y maldijo en voz baja—. Discúlpame, no esperaba visita y no voy bien vestido.

Harta de la incomodidad y deseando que se esfumase, Amelia decidió tratar de que las cosas fueran como antes, así que sonrió. Tratando de no recordar el cuerpo desnudo de Leo para no perder los papeles, respondió con ligereza:

—No te preocupes, te he visto con mucha menos ropa.

Leo se tensó y Amelia se preguntó si se había pasado de la raya. No obstante, él se limitó a sonreír y a seguir trabajando. Tuvo que pasar un minuto completo antes de que volviese a hablar.

—Ya que estás aquí, quería preguntarte si avisaste a Rhys Harrington, como te pedí.

Amelia asintió, molesta. No quería que Leo dejase de ser él mismo en su presencia. Le fastidiaba esa necesidad que tenía de aparentar profesionalidad.

—El abogado viene el viernes a las once, el mismo día de la cena mortal. Pensaba recordártelo mañana por la mañana, cuando nos reuniésemos en el desayuno.

—Estupendo, gracias. —Leo sonrió y sus ojos reflejaron inseguridad al mirarla. Parecía querer suavizar su actitud de antes—. No sé qué haré sin ti cuando te vayas a Nueva York.

Amelia encogió un hombro de forma inconsciente y sintió ganas de llorar de nuevo. Ese hombre, que apenas la conocía, no dudaba en que fuera a lograrlo, parecía incluso más convencido que la propia Amelia. ¿Por qué dudaba tanto de sí misma de repente?

—Aún queda para eso —musitó, y parpadeó rápidamente para alejar las lágrimas.

Durante unos minutos trabajaron en un incómodo silencio. A Amelia le venía bien mantenerse ocupada en una tarea tan rutinaria: ensobrar, poner el lacre, estampar el sello, escribir la dirección y vuelta a empezar. Las dos primeras invitaciones no llamaron su atención, pero fue en la tercera cuando parpadeó asombrada.

—Leo —murmuró.

Él alzó la cabeza de sus papeles algo confuso, pues parecía que había interrumpido alguna línea de pensamiento. Parpadeó.

—¿Sí?

—Toda esta gente pertenece a la nobleza. —Amelia lo miró con el ceño fruncido. Revisó por encima la lista que él le había entregado—. Están absolutamente todos los duques vivos de Inglaterra. Y otros tantos marqueses, condes y vizcondes.

Leo la miró sin alterar su expresión, como si no comprendiese la sorpresa de Amelia.

—En realidad, está toda la nobleza que creo que ahora mismo se encuentra en Londres o sus alrededores. Con tan poco tiempo de margen, no he podido ampliar más la lista —respondió como si nada—. He tenido que ajustar un poco el mecanismo de la cena mortal, pero nada demasiado complicado.

Amelia miró la lista de nuevo. Realmente aquello duplicaba la cantidad de comensales.

—¿Demasiado complicado? —repitió—. Con tal cantidad de gente buscando pistas, tendrás que usar todo el hotel como escenario.

Leo asintió.

—Esa es la idea, querida Amelia. Unas pistas falsas aquí y allá…

Parecía tan seguro de sí mismo que no quiso insistir más. Si alguien podía hacer que casi doscientas personas se divirtiesen resolviendo un misterio, ese era Leo. Aun así, había algo que no entendía.

—¿Por qué este cambio de última hora?

—Porque… —la sonrisa de Leo flaqueó— tengo que diferenciarme de la competencia. Más concretamente, de un hotel que se llama como el mío.

Amelia frunció el ceño, aún sin comprender.

—¿Estás hablando del hotel de tu padre?

—Exactamente —respondió con una mueca—. Del Hotel Daventry de Boston y también del de Nueva York, claro.

—¿Por qué? —Fue incapaz de no preguntar.

La mirada de Leo era implacable cuando respondió:

—Porque yo no soy mi padre y mi hotel no es el suyo. No lo permitiré.

Ante unas palabras tan extrañas, Leo dio por concluida la conversación y volvió a sus quehaceres. Amelia, viendo que no iba a decir nada más, volvió a su tarea de preparar las invitaciones. Mientras, se preguntó si aquel cambio tendría que ver con las agresivas palabras que intercambiaron en su presencia en Satherton House. ¿No le había dicho Edward Daventry algo sobre su hotel? Amelia imaginó que algo andaba mal, pero Leo no tenía intención de soltar prenda. De repente, la tarea que tenía entre manos le pareció de suma importancia.

Después de un rato, Leo rompió el silencio.

—Alexander preguntó por ti cuando fui a verle después del almuerzo.

Un sentimiento cálido se instaló en su pecho al pensar en el pequeño. Hoy no había podido ir a visitarle, pero sí se había acordado mucho de él.

—¿Está mejor?

—Mucho mejor. —Leo sonrió y esa vez sus ojos se iluminaron al pensar en el pequeño de cinco años—. Pronto estará recuperado. Tendrás el agradecimiento de los Daventry para siempre.

Amelia rio y encogió un hombro, cohibida.

—También el mío —añadió Leo mirándola a los ojos, haciendo que el corazón de Amelia diese un vuelco.

Las palabras de Heather la atravesaron.

«No puedes negarme que, aunque solo sea por un segundo, se te ha pasado por la cabeza dejar tu objetivo por estar con Leonard Daventry. Es el destino de una mujer casarse con un hombre».

No, debía cortar aquello.

—Fue un placer ayudar —respondió devolviendo los ojos a su tarea, esforzándose en eliminar el escozor de la nariz que precedía al llanto—. Iré a visitarle pronto.

No se atrevió a volver a mirar a Leo, que no dijo nada más. Solo cuando Amelia cerró el último sobre, ya pasada una hora y media, consiguió levantar la mirada para enfrentarse a su jefe. Este parecía haber terminado al mismo tiempo que ella con sus propios quehaceres y le sonrió, valorando su trabajo.

—Ya es tarde, Amelia —dijo, mirando su reloj de bolsillo—. Dile a George que te lleve a casa. Muchas gracias por tu ayuda.

Amelia no quería irse a casa, pero sabía que sería extraño quedarse más tiempo. Así que se levantó y se alisó las faldas, vacilante. Quería alargar aquello de alguna manera. Cuando Leo se levantó tras ella, se decidió.

—Leo —dijo. Se preguntó fugazmente si debería haber vuelto a las formalidades, pero llamarle «señor Daventry» después de lo que había pasado en el invernadero se le hacía extraño. Además, a él no parecía importarle y a ella le gustaba cómo sonaba su nombre en sus labios—. ¿Puedo hacerte una pregunta?

—Claro —respondió, aunque de repente parecía estar en guardia.

—¿Siempre supiste que tener el hotel era tu ambición en la vida? ¿No dudaste nunca?

Leo parpadeó, confuso. Volvió a sentarse y Amelia hizo otro tanto, esperando una respuesta que le quitase las preocupaciones de la mente. Que eliminase las dudas que habían surgido tras la conversación con Heather. ¿Acaso era posible que ella, como mujer, pudiese ser doctora? ¿Estaba apuntando demasiado alto?

—Dudé cada día desde que decidí abrirlo —admitió con voz suave—. De hecho, ni siquiera había pensado realmente en ello hasta que conocí a Rose, la esposa de Simon.

Amelia arqueó las cejas.

—¿De verdad?

Sonrió, avergonzado.

—Me cuesta admitirlo ahora, pero llegué a Inglaterra con la firme intención de buscarme una rica heredera con la que casarme y no dar palo al agua para hacer realidad los insultos de mi padre. —Se pasó una mano por el cabello castaño, incómodo—. Que si él quería insistir en que era un vago y que no era bueno en nada, lo sería de verdad.

A Amelia le costaba imaginar al Leo que estaba describiendo y que se parecía tan poco al que tenía ante ella y que trabajaba tan duro día a día por su negocio.

—¿Qué cambió?

Leo la miró.

—Principalmente, dos cosas. La primera es que Rose creyó en mí como nadie lo había hecho nunca. Creo que no le he agradecido nunca lo suficiente por ello y gracias a Dios que se convirtió en una grandísima amiga.

Amelia tragó saliva.

—¿Y la segunda?

—Conocí la determinación de los Daventry, su apoyo incondicional, y no quise seguir fingiendo ser alguien que no era. —Se encogió de hombros levemente—. Tuve la idea de las cenas mortales y el hotel... Bueno, supongo que una parte de la idea sí estaba supeditada por mi padre. Quería demostrarle que no era cómo él me describía.

Pensó en su propio padre, que solo la creía apta para el matrimonio y, como mucho, la pintura. Podía entender perfectamente la ansiedad de querer ser digna de elogio y, a la vez, demostrar que se equivocaba con la opinión que tenía sobre ella.

—Lo conseguiste —dijo Amelia, y su ánimo creció junto al convencimiento de que ella también podría hacerlo—. Hiciste de tu idea un negocio próspero y famoso.

Leo asintió y, por un momento, Amelia vio el orgullo en su rostro, en su postura. No obstante, enseguida su mirada se entristeció.

—Sin embargo, a veces pienso que jamás podré desprenderme del estigma de Edward Daventry —dijo pensativo—. Le puse el nombre al hotel como una forma de demostrarle que era digno hijo suyo y ahora va a explotarme en mis propias narices.

Amelia frunció el ceño, confundida. ¿Aquello tenía que ver con lo que le había dicho su padre delante de ella?

—¿Qué quieres decir?

Leo vaciló.

—Nada importante —respondió con idéntico tono al que había empleado ella al llegar al despacho, y Amelia se preguntó qué era aquello tan grave que estaba quitando el sueño a su jefe—. Solo espero poder arreglarlo.

—Sea lo que sea, no dudo de ello. —Amelia lo miró con firmeza y Leo sonrió—. Ambos conseguiremos nuestros objetivos.

—No me gustaría decepcionarte —musitó en voz baja, como si no quisiera que ella le escuchase. Se miraron a los ojos antes de repetir sus palabras—: Lo conseguiremos.

Ella sonrió de verdad por primera vez desde que había llegado al hotel y sintió que un sentimiento nuevo se instalaba entre ellos. Algo parecido a la camaradería y el entendimiento, y que Amelia necesitaba para luchar contra la discusión con Heather y reafirmarse en sus objetivos.

Viajaría a Nueva York. Sería doctora.

Cumpliría su sueño costara lo que costase.

Más relajada y contenta, alzó la mirada para darle las gracias a Leo. De repente, sus ojos se encontraron y Amelia lo sintió. La misma tensión que los había envuelto al conocerse y dentro del carruaje. Esa tensión que habían comenzado a resolver, pero que nunca terminaba de culminarse. Leo también lo sentía, lo vio en sus ojos. En cómo sus pupilas se dilataban al mirarla. Imágenes del invernadero acudieron a su mente y su respiración se alteró. Leo bajó la mirada hacia su boca y vio cómo tragaba saliva.

Se estaba conteniendo. A pesar de lo que le había dicho en Satherton House, Leo seguía deseándola tanto como ella a él. Dio un paso adelante en el mismo momento en el que Leo daba un paso atrás.

Eso la enfadó. Sabía que debía retirarse y dejar las cosas así, pero Amelia lo veía. Veía que él también quería tocarla. Y no quiso irse. Heather le había dicho que se conformaría con Leo, pero no era cierto. Entre ellos solo había deseo y una incipiente amistad, pero no podían seguir así.

Envalentonada, volvió a dar un paso en su dirección.

—¿Por qué te alejas de mí? —lo provocó—. Veo en tus ojos que quieres lo mismo que yo.

Leo la miró y tuvo la decencia de no negarlo. Amelia se preguntó si le preocupaban las consecuencias y decidió tranquilizarlo al respecto.

—No te estoy pidiendo nada más, Leo. Sabes que no quiero casarme.

Él no dejaba de mirarla, pero tampoco hizo ademán de avanzar hacia ella.

—Te irás a Nueva York y no quiero arruinarte para la persona con la que termines casándote en un futuro.

Eso la detuvo. Ni siquiera se lo había planteado y, tras valorarlo unos segundos, se encogió de hombros.

—Casarme nunca será mi prioridad —respondió quitándole importancia—. Y, aunque pasase, sería dentro de muchos años. ¿Acaso no sientes curiosidad?

Leo frunció el ceño.

—¿Curiosidad?

—Por explorar el deseo que sentimos el uno por el otro.

Amelia le sostuvo la mirada con determinación y Leo, tras observarla sorprendido, sonrió de una forma que le puso la piel de gallina. Sus hombros incluso bajaron levemente, como si acabara de rendirse.

—No pienso en otra cosa, maldita sea.

El pulso se le disparó ante sus palabras y su maldición. Envalentonada por su confesión, decidió seguir provocándole.

—¿Acaso fue suficiente para ti con lo que sucedió en el invernadero?

Sabía que había logrado que Leo recordase aquello. Sus ojos la recorrieron de arriba abajo y Amelia se sintió poderosa.

—No. —Leo la miró con tanta intensidad que el calor que ella sentía en su cuerpo se acrecentó—. Te hubiese desnudado allí mismo.

Fue el turno de Amelia de sonreír.

—Pues hazlo ahora. —Se acercó a él de nuevo y esa vez Leo no se alejó. Alzó el rostro para mirarlo a los ojos y se sintió como la primera noche que se conocieron y lo cogió con la guardia baja—. Piensa que soy una más de tus conquistas.

Leo negó con la cabeza, pero, antes de que pudiera responderle, Amelia acortó el espacio que los separaba y lo besó.

Capítulo 24

Leo

Cuando lo besó, todo en lo que podía pensar para apartarla se esfumó de su mente y solo quedó la sensación de sus labios contra los de él. Las barreras que se había impuesto se destruyeron con un solo gesto hasta que no quedó nada. Ni siquiera recordaba que aquella mujer era la hermana de su mejor amigo, que trabajaba para él, que se marcharía y que comenzaba a sospechar que su corazón no solamente latía de deseo. Le ofendía que sugiriese que la tratase como a una más de sus conquistas. Ni siquiera era capaz de verla como algo pasajero.

Olvidó todo eso y solo quedó Amelia. Su olor, su suave piel y el hecho de que ella le deseaba tanto o más que él. Su cuerpo se encendió solo con pensarlo y sus últimas defensas se derrumbaron. Simplemente era incapaz de ser racional cuando se trataba de ella.

Era peligrosa, él lo sabía perfectamente. Le dio igual.

Amelia profundizó el beso y Leo la sujetó por la cintura, atrayéndola hacia sí y haciéndose con el control de la situación. Ella jadeó, y Leo estaba seguro de que había notado el bulto en sus pantalones. Que Dios lo ayudara, porque no se veía capaz de detenerse. ¿Qué tenía esa mujer que nublaba todos sus sentidos? Le mordió el labio inferior con fuerza y ella se sujetó a él como si las piernas le fallasen.

—Llevas demasiada ropa —se escuchó decir.

Maldijo. Debería echarse atrás. Todavía estaba a tiempo de detener aquella locura.

—Entonces, desnúdame —dijo con la voz entrecortada, y Leo sintió que el corazón se le saltaba un latido.

Dios, la deseaba tantísimo. Supo que no iba a poder resistirse y su sentido común saltó por los aires. Dejó de intentar buscar excusas y sonrió, ladino.

—Gírate.

Obedeció de inmediato, dejando a su vista una hilera de botones, que Leo se apresuró a deshacer. La tela azul cayó al suelo con un susurro que le provocó un escalofrío. ¿Cuántas veces había pensado en desnudar a Amelia? Más de las que podía contar. Llevaba semanas siendo la protagonista de sus fantasías.

Fue el turno del corsé. Leo deshizo las cuerdas todo lo rápido que pudo y segundos después también estaba en el suelo. Amelia se giró de nuevo para mirarlo, solo vestida con la ropa interior y las medias. Leo tuvo que contenerse para no ponerse de rodillas ante ella de nuevo. A través de la poca ropa que llevaba podía apreciarse lo hermosa que era. Más que en sus sueños. Más que en todos esos pensamientos pecaminosos que lo distraían más a menudo de lo que quería reconocer. El tirón que sintió en el pecho viajó directo a su erección.

Amelia debió notarlo porque, con una pícara mirada, cogió la camisola y tiró de ella para que cayese alrededor de su cuerpo, creando una nube blanca a sus pies. Leo la miró con avidez, deteniendo la mirada en sus pechos, tan perfectos que las manos le hormiguearon por el deseo de tocarlos.

—Suéltate el pelo —le ordenó.

Amelia se quitó las largas horquillas que encerraban sus rizos castaños y estos cayeron en cascada sobre sus hombros. La sonrisa maliciosa que le dedicó fue la llave de acceso a su cuerpo.

Leo se acercó y hundió la mano entre su espeso cabello, tirando levemente de él. Amelia jadeó y sus pupilas se dilataron cuando se vio obligada a echar la cabeza hacia atrás para poder mirarlo a los ojos.

Leo ensanchó la sonrisa. Estaba a su merced. Aunque tenía serias dudas de que fuese él quien realmente tuviera el control de la situación.

—No sabes cuántas ganas tenía de hacer esto.

La cogió en volandas y se tragó su grito ahogado con otro beso. Ella se sujetó a él con fuerza y lo miró como si quisiera desnudarlo solo con la mirada. La llevó hasta la cama, la tumbó y siguió besándola como si no fuese a hacerlo nunca más. Quizá era así y no quería quedarse con las ganas de nada. Ya no. Amelia le había buscado y, maldita fuera, le había encontrado. Era incapaz de resistirse.

Repartió besos por todo su cuerpo, mordiendo la suave piel y adorando cómo suspiraba y jadeaba ante el contacto. Bajó poco a poco hacia sus pechos y rodeó uno de los pezones con la lengua. Ella gimió con fuerza y él mordió, succionó y besó sus pechos, prestándoles toda su atención hasta que Amelia se retorció bajo su cuerpo, buscando el alivio que él podía darle.

Estaba a punto de estallar solo con verla y ni siquiera habían empezado. Su miembro dolía en los pantalones. La besó de nuevo y Amelia tiró con fuerza de su camisa, instándola a quitársela por la cabeza. Leo sonrió.

—Eres muy exigente, ¿lo sabías?

Amelia se levantó sobre sus codos y arqueó una ceja.

—Solo quiero que estemos en igualdad de condiciones. ¿Es mucho pedir?

Aquella picardía iba a volverlo loco. Cuando se conocieron y ella lo besó para ganar la apuesta, debió de haberse percatado de lo peligrosa que era.

—En absoluto. ¿Deseas verme desnudo? Tus deseos son órdenes —respondió con voz grave—. Nada me complacería más.

Se quitó la camisa y la lanzó de cualquier manera a su espalda. Le siguieron los pantalones con un par de tirones impacientes. La mirada que ella le lanzó, recorriendo con ansia su cuerpo desnudo, casi le hizo perder la razón. Se inclinó de nuevo para besarla y Amelia se aferró a él con fuerza.

Jamás se saciaría de su sabor. Estaba volviéndose adicto a esa boca.

Terminó de desnudarla de inmediato y la observó desde arriba, con los rizos desparramados por su almohada y el cuerpo desnudo lleno de promesas. Sonrió, incapaz de dejar de mirarla.

—Eres preciosa.

Amelia se ruborizó, pero le sostuvo la mirada sin vacilar. Leo la acarició con reverencia, deteniéndose en su entrepierna. Se inclinó y le dio un beso en la cara interna del muslo antes de mirarla a los ojos.

—¿Me deseas?

Amelia asintió con avidez. Le brillaban los ojos por el deseo y la expectación. Leo la acarició despacio, separando sus pliegues con los dedos e introdujo un dedo en su interior. Que estuviera tan húmeda lo acercó todavía más a la locura.

Ella gimió con fuerza y cerró los ojos, dejando caer la cabeza en la almohada.

—Quiero oírtelo decir.

Se sentía cómodo dando órdenes y ella parecía encantada de acatarlas, pues no vaciló. Mujer atrevida y maravillosa.

—Te deseo.

Leo cerró un segundo los ojos y sonrió.

—Estoy a tu entera disposición.

Bajó la cabeza y su lengua le rodeó el clítoris, provocando que Amelia gimiese con fuerza. Pronto la habitación se llenó de los gemidos entrecortados de Amelia, que trataba de moverse contra su boca buscando el alivio. Leo la sujetó con fuerza contra la cama y la devoró sin piedad.

—Leo —jadeó, sujetándole la cabeza con las manos.

Si volvía a suspirar su nombre de esa manera, no podría contenerse mucho más.

No tuvo que decir nada más. Leo incrementó el ritmo, succionando su clítoris sin tregua, e introdujo de nuevo un par de dedos en su interior, estimulándola e incitándola más y más hasta que Amelia llegó al orgasmo con un fuerte grito que viajó directo a su entrepierna.

Joder, verla correrse era una maravilla. ¿Que si había tenido suficiente con lo del invernadero? Jamás tendría suficiente y no sabía cuán preocupante era eso.

Amelia jadeó, respirando con dificultad, y lo miró con los labios hinchados y rojos por sus besos. Tenía el pelo revuelto y los ojos brillantes. Era lo más precioso que había visto en su vida.

Ella lo observó cuando se irguió, satisfecho. Podía sentir su abrasadora mirada en su punto más vulnerable. Contempló cómo sus pupilas se dilataban y sus labios se entreabrían. Daría lo que no tenía con tal de poder poseer aquella provocativa boca. Sin embargo, aquella primera vez era solo para ella. Quizá, si algún día volviera a atreverse a meterla en su cama, pudiera cumplir todas esas fantasías.

Sin decir palabra, se puso sobre ella de nuevo. Frotó su miembro contra los cálidos pliegues de su sexo y ambos gimieron. Respirando con dificultad, bajó el rostro para besarla de nuevo con ganas y ella se lo devolvió con la misma ansia.

No quería herirla. Pero la primera vez solía ser dolorosa. No podría evitárselo y se sentía miserable por ello.

—¿Estás segura de esto? —le preguntó Leo, sabiendo que si le decía que no, se apartaría con todo el dolor de su corazón—. Aún puedes echarte atrás. No habrá reproches.

Amelia negó con la cabeza.

—Lo quiero todo, Leo —declaró, y supo que estaba perdido.

Se introdujo en ella despacio, procurando no hacerle daño. Amelia gimió y se quedó quieta. Leo la besó hasta que se relajó de nuevo, ajustándose a su tamaño y permitiéndole entrar por completo. Amelia se estremeció y le clavó las uñas en la espalda. Leo la miró preocupado.

Una fina capa de sudor le cubrió el pecho ante su repentina quietud. Deseaba hacerle el amor, pero no a cualquier precio. Frunció el ceño.

—¿Te he hecho daño?

Ella sacudió la cabeza. Por supuesto que sí, pero había algo en aquella tirantez que la hacía respirar entrecortadamente.

—Más —susurró.

Leo la miró maravillado. Todo su cuerpo tembló.

—Vas a acabar conmigo —le dijo, antes de comenzar a moverse.

Lento, muy lento, permitiendo que se acostumbrase a la invasión. A la fricción.

El placer era indescriptible. Había imaginado aquello muchas veces, pero su mente se había quedado muy corta. Siguió moviéndose despacio hasta que la expresión de Amelia cambió y solo reflejó el mismo placer que él sentía en cada poro de su piel. Fuego, puro fuego. La necesidad primitiva de encontrar la liberación que podía haber entre un hombre y una mujer. Entonces incrementó el ritmo, dándole lo que ella le pedía entre jadeos.

—No pares —gimoteaba.

No hubiese podido hacerlo ni aunque el hotel se hubiese venido abajo. Cada embestida lo llevaba al cielo. Darle placer a Amelia era una de las cosas más satisfactorias que había hecho en toda su vida y hubiese muerto feliz allí mismo.

Ella comenzó a seguirle el ritmo con las caderas y el placer se incrementó. Leo se mordió el labio para no gritar y continuó con su ritmo castigador, que ella aceptaba con gusto. Se movían al unísono y el sudor cubría los cuerpos de ambos. Leo la besó sin dejar de moverse en su interior, sus lenguas danzaban juntas y sus cuerpos se frotaban en el uno con el otro en una fricción irresistible.

No había tenido ninguna oportunidad de resistirse a ella.

—Leo, no puedo más. —Amelia cerró los ojos y Leo notó cómo el clímax se aproximaba; él la seguiría de inmediato.

Le acarició el clítoris con la yema del pulgar y Amelia gritó. Sin dejar de embestirla con fuerza, Leo observó su rostro mientras se corría y apretaba su miembro con la fuerza de su orgasmo. Apretó los dientes. Tras un par de embestidas más, salió de ella con rapidez para correrse sobre las revueltas sábanas con un grito contenido.

Se dejó caer a su lado sin aliento. En silencio, la observó recuperar poco a poco la compostura mientras él intentaba regresar al plano terrenal con los restos del orgasmo todavía recorriéndole el cuerpo. Amelia abrió los ojos y lo miró con una cara de satisfacción que lo llenó de un absurdo orgullo. El corazón le latía con fuerza cuando ella se acercó a él para darle un tierno beso en los labios. Su sonrisa iluminaba toda la habitación.

—Ha sido increíble —declaró.

Leo no pudo evitar reírse.

—Tú sí que sabes cómo subirle el ánimo a un hombre.

Aunque no podía estar más de acuerdo con ella.

Joder. Acababa de correrse y ya podía notar el hormigueo en su entrepierna. Repetiría la experiencia en ese mismo momento. Si tan solo fueran otras personas, vivieran en otro lugar o en un mundo diferente y más igualitario, aquel encuentro clandestino podría ser algo más.

Hizo un verdadero esfuerzo por no maldecir al imaginar a otro hombre enterrándose en Amelia. Él mismo le había dicho que era lo que terminaría sucediendo, pero todo su ser se negaba a ello.

La acercó a él para abrazarla con fuerza y Amelia se acurrucó contra su pecho. Leo los tapó a ambos con las mantas y dejó ir un suspiro de satisfacción. Sabía que tenía que dejarla ir, pero no estaba preparado para recordar que aquello solamente había sido sexo. Era lo que ambos querían, ¿no? Entonces, ¿por qué se sentía tan vacío? ¿Por qué le molestaba que Amelia pudiera casarse con algún neoyorquino mientras estuviera estudiando Medicina?

Aturullado, cogió aire y se dijo que debía dejar ir esos pensamientos. No le traerían más que dolor.

Le acarició el hombro a Amelia suavemente y ella ronroneó de satisfacción. Leo sonrió, tratando de no pensar demasiado en las consecuencias de lo que acababan de hacer, en lo comprometedor que sería si alguien los viese así o los hubiera escuchado. Ambos lo habían deseado, y eso era lo importante.

—Debería irme —dijo Amelia con suavidad.

Leo miró al techo, sabiendo que ella tenía razón. No obstante, la idea de dejarla ir de su lado ahora era físicamente dolorosa.

—Sí, por supuesto. Deberías irte —respondió, tratando de convencerse a sí mismo.

Pero Amelia no se movió y Leo no hizo ademán de apartarse de ella ni un milímetro. Que aceptase sus palabras no significaba que fuera a echarla. Era lo último que quería. Siguió acariciándole el hombro distraídamente en silencio. Amelia resiguió los contornos de su pecho con la yema de los dedos hasta llegar a sus caderas. Con aparente inocencia, acarició su miembro, rodeándolo con la mano y fue casi vergonzosa la rapidez con la que reaccionó en respuesta.

Aquella mujer lo volvía loco de deseo y era preocupante lo poco que le importaba.

—O podría quedarme un rato más.

Sonrió. Amelia no dejaba de acariciarlo y le costó elaborar una respuesta.

—También podrías hacer eso.

Amelia alzó el rostro para mirarlo y sonrió con picardía. Era una diosa. Una maldita diosa.

—Acepto la oferta, Leonard Daventry.

Capítulo 25

Leo

Aquel día de noviembre amaneció gris y frío, pero la expectación caldeaba el ambiente en el Hotel Daventry. Esa misma noche se celebraba la cena mortal que marcaba el último mes y el inicio de la Navidad del año 1860. Ante la visita de tantísimos invitados, los empleados andaban de acá para allá asegurándose de no dejar ningún detalle al azar. El propio Leo comprobaría más tarde que todas las pistas del misterio estuviesen en su lugar, pero confiaba mucho en el buen juicio de Amelia.

Había mucho en juego, y aunque ella no lo supiera, le daba la impresión de que lo intuía.

Leo miró a Rhys Harrington, el mejor abogado de la ciudad, que tomaba asiento junto a él en su despacho, y respiró hondo. Los nervios comenzaban a hacer mella en él con tanta fuerza que tuvo que cerrar las manos en puños para que no le temblasen. Si Rhys le decía que no había nada que hacer o, peor aún, si le rechazaba...

Sacudió la cabeza, centrándose.

—Necesito contarte algo, pero no puedes decírselo a ninguno de los Daventry.

El semblante de Rhys adquirió la calma y la frialdad que lo caracterizaban cuando ejercía el rol de abogado y no del de miembro de la familia.

—No es la primera vez que alguno de los Daventry me dice eso. —Sonrió burlón—. ¿Acaso no somos expertos en ocultar secretos?

Leo asintió y esbozó una pequeña sonrisa, admitiendo que tenía razón. Entre los muchos secretos que los Daventry habían guardado a lo largo de aquellos seis años, estaba el hecho de que Rhys y Michael eran algo más que amigos. Un secreto que traería mucha miseria si saliese a la luz y que todos habían jurado guardar sin que se lo pidiesen.

—Tampoco puedes decírselo a Michael —agregó Leo, insistente—. Es importante, Rhys.

Este asintió sin vacilar.

—Eres familia, pero también eres mi cliente y, por tanto, nada de lo que digas saldrá de aquí. No te preocupes.

Leo vaciló.

—Espero que digas lo mismo cuando te cuente lo que sucede.

Rhys sonrió.

—¿Para qué hay un abogado en esta familia si no es para arreglar vuestros desastres? Exceptuando asesinatos, creo que puedo con todo.

Leo rio.

—Creía que estabas en esta familia por Michael. Se va a sentir muy decepcionado.

Rhys hizo un ademán con la mano, restándole importancia.

—Mi único objetivo en esta vida es vivir de los cotilleos que, no sé cómo, siempre os acaban involucrando. —Su voz pasó de la diversión a la seriedad en un segundo—. Ahora, cuéntame qué sucede y no te dejes ningún detalle.

Leo asintió. Respiró hondo y comenzó a hablar. Las palabras no salieron con facilidad, pero afortunadamente Rhys no le interrumpió mientras le contaba cómo había averiguado la verdad sobre su origen. No fue hasta que llegó a la parte en la que Edward lo había chantajeado que Rhys rompió su silencio.

—¿Edward te ha amenazado con cerrar tu hotel si cuentas la verdad? —Su cara era puro asombro—. De todas las cosas que me he encontrado en mis años de carrera, esta es de las más rastreras. El que no parece un Daventry es él.

Leo asintió, pero en realidad no le sorprendía. Quizá porque conocía mejor a ese hombre que cualquiera de los Daventry. La mirada fría y serena de su padre, como si en lugar de amenazarle estuviera relatándole el resultado de las carreras de caballos de Ascot, no era difícil de asumir para él.

Por eso sabía que iba totalmente en serio. Nunca había sido intención de Leo gritar a los cuatro vientos que su padre no era Edward Daventry, pero sí había querido reunir el valor para hablar con su padre biológico, Harry Hughes. Creía que tanto él como Jeff merecían saberlo. Una parte de Leo necesitaba saber si su verdadero padre también lo rechazaría, aunque doliese por partida doble.

Pero, por encima de todo, odiaba sentirse enjaulado por Edward Daventry y no quería vivir así un minuto más. Cogió un fajo de documentos de su escritorio y se los entregó a Rhys, que se puso a ojearlos de inmediato. Eran copias de todos los registros y trámites que había tenido que llevar a cabo para abrir el hotel. Tras unos minutos de silencio, Leo habló:

—Quiero saber… —respondió Leo—. Hasta qué punto puede cumplir con su amenaza. ¿La parte del capital…?

—Eso es una estupidez, y si él tiene un abogado decente, se lo dirá —lo cortó Rhys, dándole la vuelta a uno de los documentos. Señaló una parte con el dedo—. El capital inicial proviene de Edward, sí, pero te pertenecía por derecho. Usaste tu herencia para levantar el hotel. Por tanto, no puede alegar ser socio ni nada por el estilo, por mucho que él aprobara la transacción. Te cedió el dinero y puedes demostrarlo.

Leo asintió, aliviado. Era un problema menos del que preocuparse.

—¿Qué hay del nombre?

Rhys se cruzó de brazos.

—Ambos negocios están registrados con el mismo nombre, y realmente sería un problema si estuvieran bajo la misma jurisdicción, pero por fortuna no es el caso. —El abogado sacudió la cabeza—. Es cierto que tu hotel es un eco del suyo, pero no puede hacer nada contra ti de forma legal. Tu hotel es inglés y el suyo, americano, por no hablar de que Edward no es el único Daventry que existe. Tú podrías asegurar que el nombre es en honor a tus primos y nadie podría rebatírtelo. No hay una ley que regule algo así[4]. No conozco a fondo la jurisdicción americana, pero me inclino a deducir que te sería difícil construir un Hotel Daventry en América. Por lo demás, no tiene nada que hacer contra ti.

Leo asintió de nuevo. Era lo que esperaba, pero debía asegurarse antes de actuar aquella misma noche. No había tenido intención alguna de expandir su negocio en América, así que no le afectaba demasiado. Eso también le aseguraba no perseguir a Amelia como un idiota acosador cuando

4   En el Reino Unido, la primera ley de marcas (la Ley de Registro de Marcas) se adoptó en 1875.

ella se marchase. Quizá estaba pecando de falta de ambición, pero había muchos lugares en Inglaterra que podían albergar un hotel como el suyo.

—En lo social es diferente —alegó Rhys—. Puede hacer daño a tu reputación si te acusa públicamente de haberle robado la idea. Él creó dos hoteles Daventry muchos años antes de que tú abrieses el tuyo.

—Por eso debo diferenciarme. —Leo sonrió por primera vez—. Si hay algo que mi hotel ofrece que los suyos no...

Los ojos de Rhys brillaron, adivinando sus intenciones.

—Tus cenas mortales —terminó la frase por él—. Son famosas, pero...

—A partir de esta noche, lo serán aún más. —La sonrisa de Leo se amplió—. A partir de hoy, solo se hablará de este Hotel Daventry, créeme.

El abogado asintió, complacido.

—No voy a perdérmelo por nada del mundo.

Se quedaron unos minutos en silencio mientras Leo ordenaba sus pensamientos. Rhys esperó pacientemente mientras bebía té. Finalmente, Leo se volvió hacia él.

—Si la verdad trasciende, y ambos sabemos que cabe la posibilidad..., ya no seré un Daventry a ojos de la sociedad —explicó Leo—. ¿Sería un problema de cara al nombre del hotel?

Rhys negó.

—Edward Daventry te legitimó cuando naciste. Aunque te repudiase públicamente, a efectos legales eres su hijo —respondió—. No tienes nada de lo que preocuparte, más allá de que te deshered.

No quería su dinero. Leo asintió de nuevo y, algo más tranquilo, decidió centrarse en que la cena mortal saliese a la perfección. Había invitado a tanta gente —americanos, ingleses, clase media y clase alta— con la intención de que se hablase de su hotel en cada rincón. Los hoteles de su padre también eran de lujo, pero no tenían cenas con asesinato ficticio. Explotaría esa realidad en su beneficio.

—¿No...? —Leo tragó saliva y su ceño se acentuó—. ¿No te molesta que no sea un Daventry?

La ceja de Rhys se arqueó levemente.

—Leo, para mí eres un Daventry, independientemente de tu sangre —respondió, y lo miró de forma inquisitiva—. ¿Te preocupa que tus primos piensen de forma diferente?

Leo no respondió, pero no hizo falta. Rhys suspiró.

—Parece mentira que no los conozcas —dijo, y sonrió—. No te darán la espalda, Leo.

El nudo en su pecho se apretó, pero no respondió. No era el momento de obsesionarse con eso. Primero, debía salvar su hotel del ostracismo con el que lo amenazaba Edward Daventry.

—Gracias por tu asesoramiento, Rhys —le dijo, y se levantó para despedirlo. El abogado hizo lo mismo y le estrechó la mano—. Ahora, debo preparar la cena de esta noche.

Rhys asintió y sonrió. La confianza que veía en su rostro le dio ánimos.

—Guárdame un buen sitio —alegó, y Leo le devolvió la sonrisa—. Suerte, Leo. No dudo que lo conseguirás.

Amelia

Amelia estaba montando las últimas pistas de la sala de juegos cuando Leo apareció. Un solo vistazo a su rostro le dijo que, aunque seguía nervioso, la angustia que sufría desde hacía varios días había desaparecido. Un aliento que Amelia no sabía que había estado conteniendo se liberó al ser consciente de eso y, cuando Leo le sonrió, fue muy fácil devolverle el gesto. Parecía que las cosas habían vuelto a ser como antes desde la noche en la que... Pensaba en ello más de lo que le gustaría admitir. El deseo y la atracción seguían estando ahí y no parecía que fuesen a desaparecer nunca, a pesar de haberle dado rienda suelta. Era como si su cuerpo no pudiese cansarse de las atenciones de Leo. Se había sentido poderosa, bella, cómoda y segura en sus brazos. Todo a la vez.

Aun así, no perdía de vista su objetivo principal y ambos estaban muy seguros de que era un *affair* pasajero. No tenía nada de malo mientras eso siguiera siendo así. Ambos habían acordado que durante las horas de trabajo mantendrían las distancias, pero a Amelia le costaba cumplir con su parte.

—¿Cómo vas? —Leo echó un vistazo a su alrededor, escudriñando los objetos que formaban parte del gran misterio.

Amelia echó un vistazo a sus notas y tachó el último punto de su lista con la pluma.

—Todo listo y en su ubicación —anunció con satisfacción—. Podemos hacer un repaso si quieres.

—Haremos dos repasos —respondió, encogiéndose de hombros como si no fuese importante—. No es que no confíe en ti, pero prefiero verlo por mí mismo.

No podía engañarla. Aunque Amelia no tenía ni la más remota idea de qué le sucedía que lo tenía tan alterado —llevaba días especialmente despistado—, deducía por el comportamiento de Leo que aquella cena mortal en específico

300

era muy importante y que tenía que ver con su padre. Había más en juego de lo que se veía a simple vista. Por esa razón, y por el hecho de demostrarse que podía hacer bien su trabajo sin que nadie tuviera que interceder por ella, había aceptado la tarea de preparar el hotel con la firme intención de ayudar a Leo en todo lo que pudiese.

—Los que hagan falta —respondió con una sonrisa.

Empezaron desde el gran salón, donde Leo explicaría las condiciones de la cena mortal a los doscientos invitados durante los postres. Desde ahí, siguieron el recorrido que presumiblemente los participantes deberían realizar, y Leo asintió con aprobación durante todo el tiempo, llenando de orgullo el pecho de Amelia. Tras inspeccionar la sala final, donde se encontraba la pista que les haría ganar el juego, Leo sonrió.

—Gran trabajo —aprobó, y Amelia sonrió de oreja a oreja—. No haría falta, pero tras el almuerzo volveremos a mirar y colocaremos las cintas de colores en los pomos de las puertas.

Amelia asintió y se giró hacia Leo, que la miraba con una expresión que no supo descifrar. Parecía como si estuviera decidiéndose a añadir alguna cosa a su discurso. Sus ojos verdes la atravesaron y Amelia contuvo el aliento.

—Una cosa más. —Metió la mano en el bolsillo interior de la chaqueta y sacó una pequeña caja—. Feliz cumpleaños, Amelia.

Ella abrió los ojos, sorprendida. No había querido decirle que era su cumpleaños porque quería evitar que le ofreciera disfrutar de un día libre. Le había visto hacerlo con otros empleados y, aunque le parecía un enorme detalle por su parte, Amelia quería estar a su lado aquella noche tan importante, asistiéndole como su ayudante. No había mejor idea para su cumpleaños que esa. Miró la caja, enternecida de que hubiese pensado en ella lo suficiente como para hacerle un regalo. Aquel gesto le había llegado al corazón.

—¿Cómo lo has sabido? ¿Gerald...?

Leo negó.

—Está escrito en la ficha de empleada que rellenaste —dijo, encogiéndose de hombros, algo avergonzado—. Cuando la revisé y archivé, me fijé en la fecha. Espero que no te importe.

Amelia sacudió la cabeza y Leo siguió hablando.

—Además, cumples veintiuno y eso significa que ya puedes entrar en la universidad. Es una fecha especial y merecía un regalo.

Sonrió ante sus palabras y cogió la caja con emoción. Cuando la abrió, envuelto en una capa de tela había un libro precioso. Era pequeño, de viaje, con decoraciones doradas sobre cuero negro. Una compilación de relatos de Edgar Allan Poe.

—Es de mis libros favoritos —le explicó, y lo vio respirar hondo, como si se armase de valor para continuar—. Así, cuando estés en Nueva York, también podrás leer algo que no sean manuales médicos y... acordarte de mí.

Amelia lo miró y se mordió la lengua para no decir lo que estaba pensando: que jamás podría olvidarse de él aunque quisiera. Quiso darle un beso, pero se contuvo.

—Gracias —le dijo de corazón, abrazando el libro contra su pecho—. Es precioso.

Abrió el libro y se dio cuenta de que la primera página, donde se encontraba el título, estaba escrita del puño y letra de Leo.

Por si alguna vez olvidas lo capaz que eres, por si alguna vez dudas de tu objetivo, te escribo estas palabras. Eres fuerte, inteligente y lograrás lo que te propongas. No lo olvides nunca.

L.

Amelia parpadeó, abrumada. Le resultaba increíble pensar que una estúpida apuesta y un beso aparentemente inocente habían provocado que un hombre tan maravilloso entrase en su vida. Había sido y era su jefe, había deseado que fuese su amante y lo había logrado, pero, por encima de todo, se había convertido en su amigo.

—Lo guardaré como un tesoro —aseguró—. Gracias, Leo.

El corazón le latía con rapidez y no sabía por qué le costaba tanto mirarlo a los ojos. Fue Leo quien rompió el contacto visual y Amelia se tragó la desconcertante e irracional sensación de abandono que la invadió.

—Amelia, yo... —comenzó a decir.

No obstante, no llegó a saber qué era lo que seguía a aquellas palabras porque Charles Grason, el gerente, entró en la habitación en ese momento. Carraspeó para hacerse notar y ambos se giraron hacia él. Le dio la impresión de que en el rostro de Leo había una lucha que no supo interpretar.

—Señor Daventry —dijo con su pomposidad habitual—. Tiene visita. Los señores Harlem y Hughes están aquí.

—Gracias, Charles —respondió. Y, cuando se giró hacia ella, esa lucha había sido sustituida por su habitual sonrisa serena—. Ven conmigo, por favor.

Amelia asintió. Leo parecía estar pidiendo que no lo dejase solo y no lo haría. Sujetó sus papeles y el libro con fuerza y siguió a Leo hasta el comedor, donde el almuerzo ya estaba servido y cuatro personas los estaban esperando. Leo saludó a Jeff Hughes, que acudía como sustituto de su padre, y a Raymond Harlem. Amelia no tuvo tiempo de preguntarse qué quería Leo de los dueños de los periódicos más importantes de Inglaterra porque solo tenía ojos para las dos personas que los acompañaban.

Florence y Heather.

Miró a las gemelas como si ella fuera Ebenezer Scrooge ante los fantasmas de las Navidades pasadas. Llevaban cuatro días sin verse desde la pelea y, aunque Amelia no tenía nada contra Florence, había rechazado todas las invitaciones que esta le había mandado para reunirse en un lugar o en otro. No tenía ganas de ver a Heather, y mucho menos de hablar con ella. Por mucho que le doliese y por mucho que las hubiese echado de menos en su cumpleaños, le hubiese gustado que hubieran respetado sus deseos.

Pero aquello era una comida de negocios y no iba a estropeársela a su jefe. Así pues, tomó asiento con una sonrisa que esperaba fuese cordial y profesional, y dejó que Leo tomase la palabra. Florence la miraba con preocupación y pena, mientras que Heather evitaba mirarla a los ojos directamente. Se preguntó si estaba allí porque su gemela la había obligado, y aún le pareció una peor razón para inmiscuirse en su trabajo.

—Hola, Amelia —dijo Florence con cautela—. Feliz cumpleaños.

—Hola, Florence. Gracias —saludó con una sonrisa amable, antes de girarse hacia los hombres, ignorando deliberadamente a Heather—. Señores. Me alegra verlos.

La comida transcurrió de forma distendida, sobre todo porque Leo llevaba el peso de la mayor parte de ella. Amelia tenía el estómago cerrado, pero se centró en no dejar que Leo perdiese el hilo ni se distrajese haciéndole sutiles gestos y reconduciendo la conversación si esta se basaba en algo poco interesante para él. Por suerte, apenas sucedió nada y fue en el postre cuando Leo se aventuró a pedir un favor. Florence trató una vez más de entablar conversación con ella, pero Amelia desechó el nuevo intento con cordialidad y sin perder los papeles.

Estaba muy orgullosa de sí misma.

—Como saben, esta noche se celebra en mi hotel una cena mortal —dijo Leo con una sonrisa, y todos los demás asintieron—. La señorita Fulton, aquí presente, y yo hemos trabajado para que sea la mejor que se haya visto jamás en mi hotel.

Jeff asintió de nuevo; Amelia suponía que conocía de primera mano el proceso creativo de Leo. Raymond Harlem, en cambio, era un hombre que prefería ir al grano y, ahora que la comida llegaba a su fin, quería información.

—¿Qué tenemos que ver en ella, además de asistir como invitados?

Leo se sacó un sobre del bolsillo interior de la chaqueta. Amelia la distinguió de inmediato como una de las invitaciones a la cena mortal. Dentro había una ilustración del hotel y la solemne invitación al evento de la ficticia familia Ashford.

—Quiero que le deis esta invitación a vuestro mejor periodista y que este venga a cubrir la cena mortal —dijo Leo—. Quiero que este evento sea noticia mañana.

Amelia trató de esconder su sorpresa. Todos los allí reunidos miraban a Leo en silencio mientras este no perdía su sonrisa. Empujó la invitación hacia el centro de la mesa y esperó.

—Nos estás pidiendo publicidad sesgada —dijo Jeff tras unos segundos.

Leo sacudió la cabeza.

—Pido sinceridad por parte del periodista, aunque estoy bastante seguro de que le gustará —dijo con aplomo—. Quiero una crónica, testimonios y, en definitiva, una página entera en la que se hable de mi hotel y de sus cenas. Quiero que se publique en todos los periódicos de los que sois dueños.

Jeff y Raymond se miraron.

—Si tanto quieres que se hable de tu hotel, ¿no sería mejor que recurrieses a alguien como The Golden Swan?

Ante la mención de la famosa cotilla, Leo negó.

—No quiero rumores y cotilleos, quiero que periódicos que cruzan el Atlántico hablen de mí y del hotel —respondió—. Por supuesto, pagaré por cada página de cada periódico, pero deseo que vuestro periodista sea completamente sincero.

Amelia se dio cuenta de que Leo confiaba muchísimo en su cena como para no tener que manipular a la prensa. Aunque, en realidad, estaba segura de que de todas formas no haría trampas de esa manera. ¿Qué esperaba conseguir con algo así?

Jeff volvió a mirar a su socio y le hizo un gesto sutil con la cabeza. Fue Raymond quien habló de nuevo, tal y como pedía su veteranía.

—Tendremos que comentarlo con Harry, pero estoy seguro de que podremos llegar a un acuerdo.

Jeff intervino:

—¿Por qué ese afán de notoriedad de repente? Nunca has sido así.

Leo lo miró y algo en su rostro se descompuso, pero fue tan rápido que Amelia no creía que nadie se hubiese dado cuenta.

—Tengo mis razones y aún no puedo explicártelas —respondió—. Lo único que puedo prometer es que mis motivos no perjudicarán vuestro negocio.

Ambos hombres se miraron unos segundos a los ojos antes de que Jeff asintiese, confiando en su amigo. Leo sonrió, aliviado, y Raymon Harlem se cruzó de brazos.

—Está bien, negociemos entonces. ¿Puedo pedir un coñac?

Miró a sus dos hijas de forma intencionada y todos los presentes captaron el mensaje de inmediato. Leo hizo una sutil indicación a uno de los camareros, que se encargó de servir los licores en la mesa, y después se giró hacia Amelia son una sonrisa.

—Señorita Fulton, ¿sería tan amable de acompañar a las señoritas Harlem a echar un vistazo por el hotel?

Las mujeres quedaban fuera de esta conversación; era de mal gusto hablar de dinero delante de las damas. «Entretenlas, Amelia». «Mensaje recibido».

—Por supuesto, señor Daventry. —Se levantó con un nudo en la garganta, deseando que le ordenasen cualquier otra cosa. Pero su trabajo estaba por encima de cualquier sentimiento, y si Leo necesitaba que entretuviese a las gemelas, lo haría—. Seguidme, por favor.

Las dos se levantaron con rapidez y las puertas dobles del comedor se cerraron de inmediato tras ellas. Amelia respiró hondo y, sin apenas mirarlas, dijo:

—Podemos ir al jardín interior, es precioso...

—Amelia. —Florence la cortó—. Basta, por favor. Habla con nosotras.

Amelia echó un vistazo a su alrededor por si había miradas curiosas. No iba a organizar un espectáculo en su lugar de trabajo ni cerca de Leo. Heather parecía estar pensando lo mismo, porque abrió la boca por primera vez desde que había comenzado el almuerzo.

—Quizá sea mejor seguir esta conversación en un lugar más discreto —apuntó.

Amelia resopló, tentada de discutir con ella, pero una vez más su profesionalidad se impuso. Le indicó que la siguieran hasta un pequeño saloncito de té destinado a las damas que se alojaban en el hotel. Por fortuna, estaba vacío, así que Amelia les indicó que entrasen y cerró la puerta.

—Muy bien —dijo, cruzándose de brazos—. Hablad.

Florence respondió de inmediato.

—Lo sentimos.

Amelia la miró.

—No eres tú quien debe sentirlo, Flor —respondió con frialdad, y miró a Heather—. No fuiste tú la que escupió veneno.

Heather la miró y, antes de que pudiese abrir la boca, Amelia se adelantó.

—Si has venido obligada por Florence, ahórratelo —le espetó—. No quiero escuchar una disculpa que en realidad no sientes.

Florence las miraba a ambas. Heather, por primera vez, le sostuvo la mirada sin vacilar.

—No he venido obligada por Florence y realmente lamento mucho lo que sucedió —respondió con voz calmada.

Sonaba sincera, pero Amelia no se dejó ablandar. Sentía su falta de confianza como un puñal clavado en el pecho—. No debí hablarte así.

Amelia entrecerró los ojos.

—¿Por qué me da la impresión de que hay un «pero» después de esto?

Heather meneó la cabeza.

—No comparto tu visión de la vida, por lo que decirte lo contrario sería mentirte —respondió—. Lamento lo que sucedió, pero sigo pensando que tu camino es demasiado difícil.

Florence suspiró, agobiada.

—¿Por qué no podéis hacer las paces?

Amelia no era capaz de perdonarla y Heather no era capaz de apoyarla. No podía entender su postura ni sus ambiciones. Amelia tampoco comprendía por qué una vida matrimonial y anodina era suficiente para ella. Le daba la impresión de que se había abierto una brecha insalvable entre ellas y, aunque le dolía en el alma, quizá era lo mejor. No quería a su lado gente que le cortase las alas. Ya tenía suficiente con su padre.

Adoraba a Heather, la quería muchísimo, pero estaban en un punto de no retorno.

—No puedo olvidar lo que dijiste —le aseguró—. Sigo pensando que no estás siendo sincera contigo misma. Que tú no quieres casarte con ese tipo.

Florence las miró apenada y Heather asintió, como si ya se esperase sus palabras. No parecía dolida, pero ella siempre había tenido una gran habilidad para esconder sus sentimientos.

—Y yo no puedo apoyarte en algo que no creo —respondió—. Porque pienso que sufrirás y no quiero eso para ti.

Amelia aceptó sus palabras sin replicar. Al fin y al cabo, era lo que encontraría a lo largo de su camino. Su propio padre era una prueba fehaciente de ello. Pero también había gente como Gerald o Leo que creían en ella. No iba a rendirse. Así que la miró a los ojos y asintió, aceptando que Heather y ella no volverían a ser las mismas. Le dolía, pero sus convicciones eran más fuertes. Y quiso tener la última palabra.

—Te demostraré que te equivocas conmigo.

Capítulo 26

Leo

El salón se encontraba lleno hasta su máxima capacidad. Casi todas las invitaciones habían sido aceptadas, así que había reunidas en su hotel entorno a doscientas personas. La cantidad de gente jugaría en su contra, pero el hotel y el personal estaban preparados. Saldría bien.

Debía salir bien.

Escondido tras las cortinas que ocultaban el escenario, Leo miró hacia el salón. Localizó a los Daventry en una de las mesas más cercanas. El pequeño Alexander se había recuperado ya por completo, lo que había permitido a Gabriel y a Belle asistir a la cena. Todos hablaban animadamente, excepto Edward y su madre. Los miró brevemente unos segundos antes de desviar la mirada. En un rincón, sentado junto a Jeff, estaba el periodista asignado para cubrir el evento. No sabía cómo se llamaba, pero confiaba en el poder de sus palabras y en la capacidad de elección de Jeff. La negociación no había sido demasiado dura y se alegraba de tener la ayuda de la prensa. O, al menos, eso esperaba.

Respiró hondo de nuevo y se apartó de la cortina justo en el momento en el que Amelia acudía a su lado. Leo la miró de arriba abajo con disimulo y reprimió un suspiro. Estaba preciosa vestida de rosa, como la noche en la que se conocieron y un beso inocente y divertido los unió.

Quería tenerla en su cama de nuevo.

—Estaré en mi posición, pero quería desearte buena suerte —dijo con una sonrisa. Le entregó un vaso de agua—. Pensé que tendrías sed.

Leo la miró agradecido y aceptó el agua, que alivió su garganta seca. Estaba empezando a ponerse nervioso, pero no podía permitirse flaquear. Cerró los ojos un segundo y se giró hacia la pesada cortina de terciopelo, que no bloqueaba del todo las conversaciones que se sucedían al otro lado.

Amelia le cogió la mano y se la apretó. No habló hasta que él se giró para mirarla a los ojos. Por un momento, se perdió en sus iris avellana y en las pecas de su nariz, que siempre le recordaban a las estrellas. Amelia se puso de puntillas y le dio un suave beso, que hizo que su corazón temblara.

—Sea lo que sea, lo conseguirás —dijo con tanta confianza que Leo sintió que el corazón le daba un vuelco—. Sal ahí fuera y conquístalos.

Leo tragó saliva, tratando de entender por qué no podía evitar acercarse más a ella y besarla hasta que a ambos se les olvidase qué sucedía a su alrededor. Por qué le resultaba tan difícil dejar de pensar en ella o imaginar el momento en el que se marchase para no regresar. Por qué diablos era incapaz de apartar la mirada de Amelia, que estaba malgastando el día de su cumpleaños trabajando con él y lo observaba como si no dudase por un segundo de su éxito.

Y entonces lo entendió. Fue como si un rayo lo atravesase, partiendo su mente en dos. El corazón le latió con fuerza, y no tenía nada que ver con la cena mortal. Abrió más los ojos, tratando de asimilar lo que acababa de entender.

La amaba.

Estaba enamorado de Amelia Fulton.

Santo Dios.

Ni siquiera se había dado cuenta de cuándo o cómo había sucedido, pero, una vez lo admitió, supo que era cierto. A pesar de que sabía que ella se iría y de que era algo totalmente imposible, Amelia se había metido bajo su piel y se había instalado en su corazón sin pedir permiso. Anonadado, la observó como si fuera la primera vez que la veía y ella debió darse cuenta del cambio, porque frunció el ceño.

—Leo —dijo—. ¿Te has distraído? Vuelve conmigo.

«Ya estoy contigo», estuvo a punto de decir. Que Dios lo ayudara, porque ahora mismo no se veía capaz de hacer algo que no fuera caer de rodillas ante ella y confesarle sus sentimientos.

No obstante, la cordura se impuso y le recordó que la gente estaba esperando su presencia en el salón. Tenía una cena mortal que dirigir y tenía que salvar su negocio. Así que, con toda la fuerza de voluntad que pudo reunir, enterró su descubrimiento en un rincón de su mente y trató de serenarse como pudo.

—Sí, perdona —respondió finalmente—. Estaba pensando en otra cosa.

Amelia aflojó el ceño con alivio. Agradeció que sus despistes hiciesen que creyese su historia sin dudar. No soportaría que en ese momento Amelia se pusiese a indagar. No se sentía con fuerzas para fingir que no estaba perdiendo los papeles a cada segundo que pasaba.

—Vamos allá —dijo, girándose hacia la cortina. Si no la miraba, era más fácil centrarse—. Nos vemos después.

—Suerte —la escuchó decir, y sintió alivio cuando notó cómo sus pasos se alejaban de él.

Con el corazón latiendo con fuerza en su pecho, subió al escenario e hizo una seña a sus empleados para que retirasen las cortinas. El silencio fue casi instantáneo. Todos los invitados lo miraban con expectación y él se puso la máscara despreocupada que con tanta facilidad había construido hacía años. La gente no veía jamás que su interior era un desastre, porque él no lo permitiría.

Sonrió y abrió los brazos, como si les diese la bienvenida a su función. En cierto modo, así era. Una función especial para demostrarle a Edward Daventry que no le debía absolutamente nada. Que él no era nadie en su vida.

—Damas y caballeros, bienvenidos al Hotel Daventry —anunció con voz potente, consciente de que todo el mundo estaba pendiente de él. Debía hacer esto por sus empleados, por su negocio y, sobre todo, por sí mismo. Así que amplió su sonrisa y se inclinó antes de añadir con voz grave—: Que comience la cena mortal.

Jeff

Leo era un maldito maestro de ceremonias. Con apenas unas palabras, se había metido en el bolsillo a todos los invitados. Esta era una de esas raras ocasiones en las que Leo no se distraía un solo segundo de lo que estaba haciendo o diciendo. Realmente se encontraba en su salsa, en lo que más le gustaba y con lo que disfrutaba. Tras explicar el argumento que rodeaba la cena mortal, en el que una familia adinerada se reunía y acababan viviendo la muerte del patriarca de la familia, Leo les pidió que cogiesen los sobres que se encontraban bajo cada uno de los asientos sin revelar su contenido a nadie más.

Jeff frunció el ceño. Había un papel de carta con una especie de poema o cancioncilla que no reconoció y tres tarjetas verdes. También había un papel más pequeño en el que había escrito: «Tercera planta». Vio cómo la gente a su alrededor compartía impresiones y comentaba el texto buscando encontrarle sentido. Incluso su padre, que llevaba semanas sin acudir a ningún evento, parecía concentrado en el misterio que Leo había tejido para ellos. Se alegró muchísimo de que su padre estuviera disfrutando y evadiéndose por primera vez desde que se había puesto enfermo. Su corazón se alivió un poco al verlo mejor y la esperanza lo envolvió con su manto. Quizá, después de todo, los días buenos comenzarían a superar a los días malos.

Cuando volvió a centrarse en Leo, este tenía un reloj en la mano.

—Las reglas son sencillas —anunció—. El hotel ha sido cerrado a cal y canto, por lo que ahora mismo están encerrados aquí dentro. Si intentaran salir, no podrían.

Los murmullos no se hicieron esperar, pero la mayoría de ellos eran de emoción e incertidumbre. El propio Jeff miraba a su amigo asombrado. Sabía que Leo tenía una enorme capacidad para desarrollar misterios, pero aquello era diferente a lo que había creado en otras ocasiones. Sintió orgullo.

—La llave que abre la puerta del hotel la tiene la persona que ha acabado con la vida del señor Ashford —dijo con alegría, como si no estuviera hablando de asesinatos y misterios—. Uno de ustedes tiene ahora ese papel y la mencionada llave. También tiene la opción de acabar con la vida de diez invitados si considera que se están acercando demasiado a la verdad. Para ello, podrá entregarles una de las cartas rojas que ahora tiene en su poder.

»El poema puede llevarlos a la primera pista. Yo que ustedes le prestaría atención, quizá pueda arrojar luz sobre esta complicada situación.

Leo señaló el reloj. Eran las nueve y media de la noche.

—Tienen hora y media para encontrar al asesino, quitarle la llave y salir, o todos perderán —les explicó—. La planta del hotel en la que deben buscar está señalada en los sobres. Cada planta tiene las mismas pistas, por lo que simplemente es una medida para mejorar la experiencia y separarles por grupos. Para quitarle la llave al asesino, tendrán que averiguar el móvil del crimen. Las tarjetas verdes son pagos por pistas. Mis empleados, repartidos por todo el hotel, podrán guiarles en el buen camino si les entregan una de esas tarjetas.

Jeff miró sus tarjetas y el poema. A su alrededor la emoción era palpable. La gente adoraba los misterios y todo el ocio que se saliera un poco de la norma. Claramente, Leo había logrado captar su atención. Se fijó en Wes y Max, sentados juntos en otra mesa. Miraban sus papeles con mucha concentración. Una mesa cercana a Leo captó su atención. Los Daventry miraban a su primo como si quisieran saltar de sus asientos y ponerse a buscar de inmediato. Aquella familia era muy famosa por su competitividad, pero Jeff siempre había pensado que la gente exageraba. Sin embargo, la mirada feroz de algunos de ellos le hizo dudar. Parecían ser capaces de matar de verdad con tal de ganar el juego.

—¡Qué emocionante! Me gustaría ganar —dijo Florence a su lado, sonriente, captando su atención. Lo miró con determinación—. ¿Formamos equipo? No serás el asesino, ¿verdad?

Jeff negó, mirándola con cariño. Le gustaba que su familia compartiese mesa con la suya, así podía pasar tiempo con ella antes de la boda. A pesar de las circunstancias extraordinarias que rodeaban su compromiso, sus respectivas madres los estaban manteniendo alejados hasta el enlace. De hecho, no habían podido hablar de nuevo a solas desde la noche de Halloween y Jeff había tenido mucho tiempo para pensar. Se había dado cuenta de que echaba de menos a Florence a todas horas y que anhelaba el momento de volver a verla. Le había dado muchas vueltas a las condiciones que ella había puesto y, aunque la negociación había terminado de forma abrupta, Jeff le había dicho la verdad. No quería amantes en su cama, quería a su esposa. La verdad era tan arrolladora que se preguntó cómo no se había dado cuenta antes de lo mucho que la deseaba. ¿Por qué había tenido que inmiscuirse Max para que se diera cuenta?

En su papel de prometido enamorado, tal y como ella le había pedido en la primera de sus condiciones, le apartó un mechón de cabello de la cara y se lo colocó tras la oreja, asegurándose de acariciar su suave piel en el proceso. Las mejillas de ella se colorearon y Jeff sonrió.

Le resultaba muy fácil, casi natural, actuar así.

—Lo que desee mi prometida.

Ella le sonrió. Estaba preciosa aquella noche con su vestido amarillo claro, aunque la tristeza velaba su mirada. Jeff sabía que su gemela y Amelia no estaban en buenos términos y que estar en medio hacía sufrir a Florence. De hecho, Heather no había acudido al hotel, a pesar de estar invitada, y ese hecho entristecía a su hermana. Esperaba que la cena mortal lograra que se distrajera un poco. Quizá incluso podría perderse con ella en algún rincón del hotel y demostrarle lo mucho que deseaba que se celebrase la boda...

Perdido en sus pensamientos, que comenzaban a hacer presión en su entrepierna, casi se perdió el final del discurso de Leo.

—Las habitaciones que forman parte del misterio tienen un lazo verde colgado del pomo —explicó—. Eso es todo. ¡Buena suerte a todos!

La gente comenzó a moverse con rapidez, aunque Jeff no creía que hubiesen descifrado el poema tan rápido. Miró a Leo de nuevo, que bajaba del escenario y se dirigía a la salida. Su rostro había perdido la sonrisa y su postura era tensa. Se preguntó de nuevo por qué Leo quería tanta notoriedad. Por qué de repente estaba tan preocupado por la fama de su hotel. Esperaba que no estuviera metido en nada turbio o ilegal.

Preocupado, miró hacia su izquierda, donde Graham Marlow, uno de sus mejores periodistas, escribía en su bloc de notas con efusividad. Parecía bastante contento y Jeff se animó; deseaba que su amigo recibiera una buena crítica. Sabía de primera mano lo mucho que Leo se esforzaba en su hotel día a día. Esperaba que su plan, fuera el que fuese, saliese bien. Llevaba unos días muy preocupado por algo y no había querido decirle el motivo. Tal vez tenía que ver con por qué aquella noche era tan importante.

Se esforzaría por resolver el misterio.

Casi dos horas después, y tras haberse recorrido prácticamente todo el hotel en busca de pistas, Jeff fue testigo de la enorme ovación que recibió Leo por el gran éxito de su cena con misterio. Al mismo tiempo, una orgullosa lady Gwendolyn Daventry recogía su premio tras desenmascarar al asesino, representado por un decepcionado pero contento Max. El resto de los hermanos Daventry parecían bastante enfadados por el éxito de la dama.

Todo el mundo a su alrededor charlaba con entusiasmo, a pesar de no haber ganado. La verdad era que la mayoría de los invitados se habían empleado a fondo y habían logrado conseguir bastantes pistas. Jeff sintió orgullo por su amigo, al que seguían aplaudiendo y felicitando.

—La duquesa es la esposa del comisionado de Scotland Yard. —Una mujer a su derecha hablaba con sus amigas en voz baja—. Debe de haber aprendido mucho de él.

—Querida, si yo tuviera al duque de Averbury como marido, lo último que le pediría es que me enseñara técnicas policiales —respondió otra de ellas antes de soltar una carcajada.

—Excepto, quizá, a usar las esposas —añadió una tercera, y todas rieron de forma escandalosa.

Jeff contuvo una sonrisa. Florence, a su lado, las miró con curiosidad. No habían ganado, pero ambos habían vivido dos horas muy divertidas, a pesar de estar férreamente vigilados por sus respectivas madres. Suerte que la boda se celebraba en una semana.

—¿A qué se refieren con lo de las esposas? —preguntó su prometida con inocencia.

Se acercó a su oído para que solo Florence escuchase su respuesta. Notó que se tensaba ante su cercanía y sonrió contra su piel, aspirando su delicado olor floral.

—Te lo mostraré cuando estemos casados, ardillita —le prometió, besándola fugazmente en el cuello.

Se enderezó y le lanzó una mirada divertida, disfrutando de su sonrojo. Deseando besarla de nuevo, se contuvo al tener a tanta gente a su alrededor. Suspiró, deseando que la boda llegase lo antes posible.

Se sorprendió consigo mismo. Cuando su padre le pidió verlo casarse antes de morir, sintió que cumplir sus deseos sería como entrar en la cárcel: una jaula de la que no podría escapar. Se propuso encontrar esposa durante la fiesta campestre porque quería que su padre se marchase en paz, pero en su mente siempre rechazó la idea de que Florence fuera la elegida. Era su amiga, no su esposa.

Ahora, porque el destino así lo había querido, Florence se convertiría en ambas cosas y, lejos de sentirlo como un encierro, se sentía... bien. Como si las piezas de un puzle que no sabía que estaba construyendo encajasen en su lugar de repente.

Un puzle que formaba su futuro con Florence.

Capítulo 27

Leo

Tal y como Leo había supuesto, el resultado de su cena mortal corrió como la pólvora entre la sociedad londinense. El boca a boca, unido a la estupenda crónica que Graham Marlow había escrito para los periódicos de Hughes & Harlem, habían logrado que su hotel fuera conocido en cada rincón del país y parte de América. Llevaba días recibiendo felicitaciones y mucha gente le había pedido asistir a la siguiente cena mortal. Tanta que comenzaban a tener lista de espera. Como había pretendido, solo se hablaba de un hotel, y era del suyo.

—Intenta cerrarme el hotel ahora, *padre* —murmuró hacia el periódico que estaba leyendo, donde se hacía una pequeña mención al hotel, esa vez describiendo sus instalaciones al detalle—. No puedes impedirme que hable de mis verdaderos orígenes.

La rabia con que Edward lo había mirado la noche de la cena mortal, tras la ovación de sus invitados, le decía que Leo había ganado la batalla. Sentía lástima porque solo era capaz de sentir amargura.

Esperaba también ganar la guerra y que lo dejase en paz de una vez por todas. Aquellos días de calma había tenido tiempo para pensar y había decidido enfrentarse a la verdad. Quería contarle a Jeff lo que había descubierto y preguntarle si su padre aceptaría hablar con él sin comprometer su delicada salud. No sabía muy bien cómo abordar la conversación, pero lo importante era que se había decidido a hacerlo.

Después, hablaría con sus primos y se enfrentaría a su rechazo. Un paso difícil tras otro. Él no quería que su secreto fuese multitudinario, pero sí que las personas implicadas supieran la verdad. Leo no iba a ser cómplice de las artimañas de Edward Daventry.

No obstante, el destino tenía otros planes. Cuando Amelia entró en tromba con la revista *Pennie's* en la mano, su rostro estaba blanco como la pared. Leo se levantó y la enfrentó con el corazón retumbándole.

—The Golden Swan —dijo Amelia con la voz entrecortada, refiriéndose a la cotilla más famosa de Londres—. Ha dicho que tú...

Se interrumpió, asombrada, y él se quedó helado. No podía ser, aquel no era su plan. Se levantó y comenzó a caminar por la habitación, con los nervios de punta. No, no, no.

—¿Leo? —preguntó Amelia, y él casi había olvidado que ella estaba allí.

—Ha dicho que no soy un Daventry, ¿verdad? —le espetó finalmente, y Amelia, con los ojos muy abiertos, asintió.

Leo cerró los ojos y la ansiedad lo dominó. Ahora, todo el mundo lo sabía. Sus primos, Jeff...

Su verdadero padre.

La sociedad al completo.

Antes de que pudiera decir algo más, o siquiera asimilar lo que estaba ocurriendo, Simon entró en el despacho tras Amelia con idéntica expresión lívida en la cara. Sujetaba la revista como si quemase.

—Dime que no es cierto —dijo con voz débil, pero ambos sabían que sí lo era.

Porque los dos sabían quién estaba detrás de The Golden Swan y que esta nunca mentía. La pregunta que Leo se hacía era: ¿por qué lo expondría así sin preguntarle siquiera?

—Simon... —Dio un paso hacia él, pero su voz lo detuvo. Su voz, llena de incredulidad.

—Tú lo sabías.

No era una pregunta, así que Leo no respondió. No podía.

Simon sacudió la cabeza, claramente incrédulo, y se giró para marcharse. Leo sabía que se iba directo a Satherton House a hablar con los demás. Ante una noticia así, la familia se reuniría y, en condiciones normales, Leo iría tras su primo.

Ahora, solamente fue capaz de quedarse clavado en su sitio, dejando que la tristeza lo invadiese.

Los había perdido.

Miró a Amelia, que seguía de pie junto a la puerta. En algún momento había dejado caer la revista, que estaba arrugada en el suelo. Se acercó un par de pasos, vacilante.

—¿Desde cuándo lo sabes? —Se miraron y, de repente, Amelia lo entendió—. En Halloween. Lo que me preguntaste en el invernadero...

Leo asintió. De repente, algo en él explotó y la necesidad de sacar a la luz sus preocupaciones fue irrefrenable. Necesitaba que dejaran de ahogarlo y de comprimirle el pecho. Se sentó de nuevo y se puso la cabeza entre las manos, agotado. Escuchó que la silla frente a su escritorio se movía, así que dedujo que Amelia se había sentado frente a él. Su presencia lo reconfortó más de lo que le gustaría admitir.

Llevaba días evitando enfrentarse a lo que sentía por ella como un cobarde.

—Mi padre... No. —Se corrigió—: Edward Daventry amenazó con cerrarme el hotel si se lo contaba a alguien.

Levantó la vista justo para ver la ira que cruzó los ojos de Amelia.

—Por eso has creado tu mejor cena mortal hasta la fecha. —Ella asintió para sí misma, como si acabase de encajar todas las piezas—. De alguna manera, eso te protege.

Leo asintió de nuevo. No le sorprendía que Amelia hubiese llegado a la conclusión tan rápido. Era muy inteligente.

—Sin embargo, ahora The Golden Swan se lo ha contado a todo el mundo. —Leo suspiró. Volvió a levantarse, incapaz de quedarse quieto. Le dio la espalda a Amelia, pues no podía mirarla a los ojos—. Ahora, todos sabéis que el dueño del Hotel Daventry es un bastardo.

Sus primos lo sabían. Amelia lo sabía. Dios santo, ¿cómo iba a enfrentarse ahora al mundo? No estaba preparado para esto, no se había mentalizado para que toda la sociedad lo supiera. Él solo había pretendido contárselo a sus allegados. Antes de que pudiese darse cuenta, unos brazos cálidos lo envolvían por la espalda. Leo abrió los ojos, sorprendido, y se dejó abrazar por Amelia. De forma inconsciente, sus brazos se movieron y la sujetaron contra él, poco dispuesto a dejarla ir.

—¿Crees que me importa? ¿Que a alguien le importará? —Amelia habló con suavidad—. De hecho, me alegra que no seas hijo de una persona tan miserable.

Leo no respondió. Se giró para sentarse de nuevo en la butaca y la apretó contra él con más fuerza, acomodándola sobre su regazo. Una parte de su mente pensó en que estaban en la misma posición que cuando se dieron su primer beso, pero ninguno de los dos era ya la misma persona. Enterró el rostro en su cuello y respiró hondo, dejándose reconfortar por su aroma. A ella no le importaba, se repitió. No le mentiría en algo así, notaba la sinceridad en su voz. Que Dios lo ayudara a ser fuerte, porque la amó más todavía en ese momento. Se quedó allí, abrazándola en silencio, guardándose las palabras no pronunciadas dentro del caos que era su corazón.

Amelia debía de sentir los latidos de su corazón, porque no fue hasta que se sosegó su pulso que habló de nuevo:

—¿Recuerdas la última vez que estuvimos así? —le preguntó.

Leo sonrió contra su piel. Parecía que había pasado una eternidad en lugar de solamente tres meses.

—Me besaste para ganar una apuesta, mujer escandalosa. —Ella rio y su cuerpo tembló suavemente contra el suyo—. Fue un poco decepcionante que solo me eligieses para derrotar a tus amigas.

Amelia se apartó un poco, lo suficiente como para poder mirarlo a los ojos. Su rostro estaba serio.

—Te elegí porque te deseé, Leo —respondió con absoluta sinceridad—. Sigo haciéndolo, aunque ya haya estado en tu cama.

Tuvo que recordarse a sí mismo que ella se marcharía pronto a Nueva York para no decirle que se había enamorado de ella. Tuvo que recordarse que Amelia no le correspondía. Que confesar sus sentimientos solamente complicaría las cosas y pondría a Amelia en un compromiso que no merecía. No quería obligarla a rechazarlo.

No obstante, su traicionero cuerpo reaccionó al darse cuenta de que ella tenía la mirada puesta en su boca.

—Yo también te deseo. —Era la única verdad que podía responderle.

Amelia se acercó a él despacio, juntando sus labios con suavidad. Leo cerró los ojos y se dejó llevar por su calidez. Se movieron despacio, dejando que sus lenguas danzasen juntas sin ninguna prisa. No fue un beso frenético como los demás, donde la pasión y el deseo los había poseído, pero fue igualmente perfecto. Leo volcó en ese beso todo lo que no podía expresar con palabras.

—No estás solo —le prometió Amelia cuando se separaron.

Se abrazaron de nuevo y así fue cómo los encontró Jeff. Un carraspeo los sobresaltó y Amelia se movió con rapidez, poniéndose de pie. Leo miró hacia la puerta del despacho, donde un Jeff pálido trataba de mirar a cualquier parte menos a ellos.

—He llamado, pero no has respondido y... —dijo, incómodo—. Necesitaba hablar contigo.

Amelia miró a Leo con pánico y supo lo que estaba pensando.

—Jeff... —comenzó Leo.

—No he visto nada —se limitó a responder el otro, captando el mensaje.

Leo asintió, aliviado, y miró a Amelia. Esta se acercó a la puerta y, sin mirar a Jeff, se despidió.

—Procuraré que no os moleste nadie.

—Gracias, Amelia —respondió, mirándola a los ojos—. Por todo.

Ella asintió y se marchó cerrando la puerta con un suave golpe. Fue entonces cuando Jeff giró por fin el rostro hacia él.

—Leo —comenzó, pero no supo cómo seguir y se limitó a mirarlo como un niño perdido.

—Tengo *whisky* —se limitó a responder.

Jeff esbozó una pequeña sonrisa.

—Es un buen comienzo.

Leo sirvió los vasos y lo invitó a sentarse en las dos cómodas butacas del rincón. Jeff se dejó caer como si no fuese capaz de sostenerse en pie un segundo más. Leo miró el líquido ambarino de su copa como si este fuese a darle todas las respuestas que necesitaba.

—No podía creerlo cuando he leído la columna. Ahora comprendo tu afán por la notoriedad del hotel. —Jeff suspiró—. No se lo he dicho a mi padre todavía, porque antes quería comentarlo contigo.

Leo asintió, comprensivo.

—¿Tu madre...?

Jeff se encogió de hombros.

—Ella cree que, por nuestra diferencia de edad, todo esto debió suceder antes de que mis padres se casaran o al poco tiempo de hacerlo —respondió, y tenía mucho sentido. Jeff tenía seis años menos que Leo—. No parecía ni sorprendida ni dolida, pero es mi padre quien tendrá que dar explicaciones.

Jeff se bebió el *whisky* de un trago y, con una mueca, se sirvió más.

—Ya lo sabías, ¿verdad? Esto es lo que lleva días preocupándote.

Leo alzó la cabeza para mirarlo. Esbozó una sonrisa triste.

—Yo tampoco podía creerlo cuando me enteré de todo en la fiesta de Halloween —respondió. Jeff no dijo nada, esperando a que continuase—. Escuché una conversación que no debería haber presenciado.

Le contó todo a Jeff al detalle, desde la conversación entre sus padres y su tía hasta el día de la cena mortal. Una vez comenzó, no se detuvo hasta que terminó de contarle por qué Edward Daventry no quería que se supiera la verdad. Jeff gruñó ante las amenazas que Leo había soportado.

—No estaba dispuesto a que afectase a su reputación, pero yo pensaba hablar contigo en cuanto tuviese los asuntos del hotel protegidos. —Leo lo miró, esperando que le creyese—. No quería ocultarte esto, aunque me arriesgase a que dejáramos de ser amigos.

Jeff lo miró seriamente.

—Tienes razón, ya no somos amigos. —El corazón de Leo se contrajo unos segundos antes de que Jeff continuase hablando—: Ahora somos hermanos.

Leo lo miró sorprendido y Jeff resopló.

—¿De verdad pensabas que te iba a echar la culpa por algo que no tiene nada que ver ni contigo ni conmigo? ¿Por las decisiones de nuestros padres? —Ante la expresión compungida de Leo, el rostro de Jeff se ensombreció—. Dios santo, lo pensabas de verdad.

Leo no dijo nada. Jeff se pasó una mano por la cara, frustrado.

—¿Qué demonios te ha hecho ese tipo toda la vida? —preguntó sin esperar respuesta—. Mira, Leo, yo no soy Edward Daventry. Me atrevo a decir que ese desgraciado es único en su especie.

Jeff se rascó la nuca, incómodo.

—Nunca se me ha dado bien esto, pero quiero que sepas que me alegra que seas de mi familia.

Leo por fin sonrió y el alivio lo inundó con fuerza. No sabía qué hubiese hecho si Jeff lo rechazaba. Rafe nunca se había portado con él como se suponía que deberían comportarse los hermanos, así que Leo no sabía si sus primos eran la excepción y no la regla a lo que debería ser un hermano.

—Yo también me alegro, Jeff. —Leo habló con el corazón en la mano—. Y quiero que sepas que no busco nada económico de tu padre ni de ti. Los periódicos son vuestros y...

—Ni siquiera se me había pasado por la cabeza. No somos la aristocracia, Leo, en esta familia cada uno llevará sus negocios.

«Familia». Era increíble cómo Jeff con apenas unas palabras lo había hecho sentir más integrado que Edward y Rafe en toda su vida. Tal vez era porque ya eran amigos o porque Jeff jamás le había hecho sentir inferior.

Se hizo el silencio, pero, lejos de ser incómodo, Leo sintió cómo parte del gran peso que le aplastaba el pecho se desvanecía. Ahora, necesitaba hablar con sus primos para acabar con la incertidumbre que lo ahogaba. No obstante, antes de que su mente comenzase a imaginar cientos de escenarios catastróficos, Jeff llamó su atención.

—Así que tú y Amelia...

Leo se bebió de un trago su copa, pensando una respuesta adecuada. El líquido le abrasó la garganta, aclarándole las ideas.

—En realidad, no es lo que piensas. —Leo suspiró—. En unos pocos meses, ella se irá a Nueva York a estudiar Medicina y no volveré a verla.

Jeff frunció el ceño.

—Pero lo que he visto antes... —dijo con cautela—. Estás enamorado de ella.

Se contuvo de poner los ojos en blanco. Jefferson Hughes, tan perspicaz para los demás y tan obtuso para sí mismo.

—Ella de mí no, y es mejor así —repitió como si tuviera que convencerse a sí mismo más que a Jeff.

Era probable que así fuera.

—¿Vas a dejar que se vaya sabiendo que la amas?

Leo asintió.

—Su sueño es ser doctora, no voy a inmiscuirme —respondió encogiéndose de hombros, aunque estaba convencido de que no engañaba a nadie—. Además, no quiero ponerla en el compromiso de tener que rechazarme.

—¿Por qué demonios te rechazaría? ¿Acaso no es compatible lo que ella quiere con lo que quieres tú?

—Te repito que ella no me ama, y no me sorprende. Mis despistes me hacen una persona… demasiado complicada.

Jeff dejó el vaso en la mesita auxiliar con demasiada fuerza.

—Como vuelvas a decir algo así, te daré un puñetazo. Ahora tengo aún más potestad si cabe —respondió con seriedad.

Leo se obligó a sonreír ante su enfado.

—¿No es reñirte mi papel como hermano mayor? —bromeó.

Pero Jeff lo ignoró.

—Se te olvidan las cosas cuatro veces al día y pierdes el hilo de algunas conversaciones. ¿Y qué? Ahora estás muy centrado, por si no te habías dado cuenta. ¿Sales sin sombrero a la calle? Bueno, en mi opinión, es una moda horrible. —Resopló, como si quisiera dar énfasis a su discurso—. ¿Complicado, tú? Complicado es Edward Daventry, que debería estar en un manicomio —espetó con rabia, paseándose de un lado a otro—. Complicado es Max, que intentó seducir a la mujer a la que amo. Complicado es Wes, que...

Se interrumpió, pálido, y Leo ladeó la cabeza. Por fin se había dado cuenta. Probablemente lo sabía todo Londres excepto él y la propia Florence. Vio cómo volvía a sentarse en silencio, mirando al infinito durante unos segundos larguísimos. Se hubiese reído de no ser por la seriedad de la situación.

—¿La mujer a la que amas? —preguntó con una ceja arqueada, animándole a hablar.

Jeff lo miró, atónito. Era como si acabasen de darle un mazazo en la cabeza.

—¿Cómo he podido ser tan idiota?

Leo sonrió.

—Eso nos preguntábamos todos. —Se levantó y Jeff lo miró como si no terminase de entender la epifanía que acababa de experimentar—. Deberías ir a decírselo, ¿no? Florence lleva esperando mucho tiempo.

Jeff se levantó de nuevo y observó a Leo con cautela.

—¿De verdad?

—Obviamente —respondió—. Florence está enamorada de ti y estaba esperando a que te dieses cuenta.

Jeff no respondió, sin duda preguntándose si no había captado bien las señales que le lanzaba su prometida. Leo sintió una punzada de envidia al ser testigo de un amor que sí podía llegar a buen puerto porque Jeff podía gritar sus sentimientos a los cuatro vientos. No obstante, apenas duró unos segundos y la negatividad fue reemplazada de inmediato por felicidad por su recién encontrado hermano.

Leo le dio una palmada amistosa en el hombro a un confuso Jeff, que finalmente sonrió como si hubiese recibido el mejor de los tesoros.

—Vamos, te llevo hasta casa de los Harlem. —Leo sonrió con ganas—. Será mi primera tarea como tu hermano
mayor.

Capítulo 28

Florence

Florence estaba leyendo en la salita de estar, acompañada por su hermana, cuando Jeff entró en el salón como si de un vendaval se tratase. Sorprendida, dejó el libro de poemas a un lado y miró a su prometido, que parecía que había llegado corriendo hasta allí desde su propia casa. Ambas hermanas se levantaron, pero Jeff ni siquiera hizo amago de saludar o de llevar a cabo cualquier gesto protocolario. Era evidente que Jeff solo tenía ojos para Florence y que lo que le estaba pasando por la cabeza era importante. La intensidad de su mirada le disparó el pulso.

Heather debió pensar algo parecido, porque carraspeó y habló mirando a su hermana.

—Procuraré que nadie os moleste —le aseguró con voz seria—. Pero no tardéis demasiado. Padre y madre no tardarán en regresar.

Florence asintió, captando el mensaje. Desde que se había anunciado el compromiso, sus respectivas madres habían tomado como afrenta personal el no haberlos vigilado mejor y parecía que se turnaban para procurar que no volviesen a quedarse solos. Aquel momento era todo un milagro y agradecía enormemente la discreción de su hermana. Había echado mucho de menos a Jeff.

Una vez se quedaron solos, Florence esperó a que Jeff hablase, pero este parecía contentarse con atravesarla con la mirada como si nunca la hubiese visto bien. Parecía en trance. Sus ojos se encontraron con los de ella y la joven tragó saliva al no comprender qué reflejaba la expresión de su cara.

—Jeff, ¿estás bien? —preguntó, preocupada.

De repente, su mejor amigo pareció volver a la vida. Tras acercarse a ella en un par de zancadas, Jeff le cogió el rostro entre las manos y la besó sin decir una sola palabra. Florence ahogó un grito de sorpresa, pero enseguida le devolvió el beso. No tenía ni idea de qué mosca le había picado, pero no iba a quejarse. Ni siquiera le importó que estuviesen en su casa y que alguien pudiese entrar en cualquier momento. Ya habían pasado por eso una vez.

Jeff se sentó en el sofá con Florence en su regazo y profundizó el beso, encendiendo cada poro de su piel con sus caricias. Ella gimió contra sus labios y Jeff le mordió el labio inferior.

—Me vuelves loco —le susurró, antes de seguir besándola.

Florence se aferró a su cuello y sus lenguas se encontraron en una danza pasional que le hizo olvidar dónde se encontraba. ¿Así iba a ser cuando estuvieran casados? No era nada parecido a lo que su madre le había explicado la noche anterior. Enterró los dedos en su cabello y tiró de él, provocando un gemido en Jeff que recorrió toda su columna con un escalofrío de placer.

—Jeff —gimió cuando él le mordió el cuello.

—Venía a hablar contigo, pero he perdido el norte, ardillita —dijo entre beso y beso.

—¿Qué querías decirme? —preguntó cuando encontró dos segundos lo suficientemente lúcidos como para verbalizar sus desperdigados pensamientos.

Siempre la sorprendía lo mucho que la hacía perder el raciocinio cuando la tocaba. Aquella ocasión no era diferente, pues, en cuanto Jeff la había besado, sus sentimientos habían aflorado más fuertes que nunca.

Quizá era el deseo o el inconformismo que se había adueñado de ella, pero decidió que iba a confesarse. Que ya estaba cansada de fingir que no le había dado su corazón hacía meses. Si el Jeff que la estaba besando no la correspondía, al menos ya no habría secretos entre ellos.

Pero entonces se separaron, y Jeff habló:

—Te amo.

En ese momento, todo su mundo se dio la vuelta antes de continuar girando, aunque ya no de la misma manera. Florence parpadeó despacio y miró a Jeff como si se hubiese vuelto loco.

—¿Qué acabas de decir?

Jeff le acarició el rostro con la mano y la miró como nunca lo había hecho. Siempre la había querido, por supuesto, pero como su mejor amiga. Como dos personas que habían jugado juntas y compartido vivencias desde pequeños. Ahora, la estaba mirando como a una mujer. La estaba mirando como ella había deseado que lo hiciera desde que regresó del internado para señoritas y lo volvió a ver convertido en un hombre.

—Estoy enamorado de ti, Florence Harlem —le dijo con tanta seguridad que Florence dejó de preguntarse si estaba soñando—. Y siento haber tardado tanto en darme cuenta de que quiero pasar el resto de mi vida contigo. No porque estemos comprometidos ni porque nos casemos a la fuerza, sino porque deseo de verdad tenerte a mi lado.

Llevaba meses soñando con aquellas palabras, meses deseando que Jeff se girase a mirarla y se diese cuenta de que la amaba. Dios sabía que había dudado muchas veces que alguna vez eso fuera a suceder. Ahora que por fin escuchaba lo que tanto había deseado, no podía evitar echarse a llorar por la enorme felicidad que le provocaban sus sentimientos. Él le apartó las lágrimas con los dedos con suavidad y la miró preocupado, como si temiera haberla ofendido.

—¿Qué sientes tú?

Florence le lanzó una aguada sonrisa. Casi una carcajada de incredulidad que se convirtió en un suave sollozo.

—¿Yo, Jeff? Te amo desde hace tanto que apenas puedo recordar cuándo fui consciente de ello —le respondió, sin dejar de perderse en sus ojos oscuros. Quería quedarse allí toda la vida—. Te besé durante aquella apuesta para ver si te dabas cuenta de que estábamos hechos el uno para el otro.

Jeff abrió mucho los ojos, atando cabos. Aquella noche, él ni siquiera se había planteado la posibilidad de que Florence estuviera besándolo en serio y no como parte de una broma pesada, pero ahora ella podía dejarle ver cuáles fueron sus verdaderas intenciones.

Jeff esbozó una amplia sonrisa.

—Pues en cierto modo creo que funcionó, porque comencé a no poder sacarte de mi cabeza, pero no quise admitir el motivo. —Jeff sonrió con tristeza—. No podía pensar siquiera en casarme contigo porque no quería quitarte la posibilidad de que tuvieras un matrimonio por amor. No era capaz de ver que...

—Tú eres mi matrimonio por amor, Jeff. Siempre lo fuiste. —Florence le sujetó las manos con fuerza y le devolvió la sonrisa—. Nunca podría haber otro para mí y no sabes lo feliz que me estás haciendo.

Jeff la besó de nuevo como respuesta y esa vez fue diferente. Mejor. Florence eliminó todas las restricciones y barreras de su corazón y se entregó por completo al amor de su vida, siendo consciente de que le correspondía. Por fin sentía que tenía a Jeff por completo y no solo una parte de él. Era su amigo y también su amor. Construirían una vida juntos como siempre había soñado.

Jeff apoyó la frente en la suya y la miró.

—No puedo esperar a ser tu esposo —susurró—. Doy gracias a Dios porque te fijases en mí.

Florence sonrió.

—No eres el único afortunado aquí, Jefferson Hughes —respondió—. Te amo.

Jeff le dio un beso suave, corto, que le supo como el inicio de una nueva vida para ambos. Un inicio que era, a su vez, el final de una etapa que había comenzado como una amistad infantil e inocente que evolucionó una y otra vez hasta convertirse en lo que ahora tenían entre manos.

Un futuro en el que caminar de la mano.

Leo

Tras dejar a Jeff en casa de los Harlem, y observar con una sonrisa cómo su recién descubierto hermano cruzaba la cancela de entrada casi de un salto, Leo llegó a Satherton House en el preciso momento en el que la puerta principal se abría y los Daventry al completo marchaban en formación hacia destino desconocido. Parado tras la cancela, se los quedó mirando confuso. Los cinco hermanos se detuvieron abruptamente al verle y comenzaron a hablar al mismo tiempo. De repente, Leo estaba rodeado de gente que luchaba por gritar más que los demás.

—¡Íbamos a buscarte!

—¡Lo sentimos mucho!

—¿Cómo es posible que haya sucedido esto?

Leo no era capaz de distinguir apenas palabras entre el gallinero que estaban formando sus primos, pero se dejó arrastrar de vuelta a la mansión del marqués de Satherton y no opuso resistencia cuando le entregaron su sombrero y abrigo a uno de los lacayos antes de llevarlo a la sala de estar del primer piso, donde solían hacer las reuniones informales. No sabía cómo, de repente, había bandejas de té y café dispuestas en las mesitas auxiliares y muchísimos dulces al alcance de su mano.

Una vez todo el mundo estuvo acomodado entre sofás, butacas y sillas, los cinco hermanos Daventry y sus cinco parejas lo miraron con expresiones que iban desde la ansiedad hasta la cautela pasando por la culpabilidad. Leo no sabía qué demonios decir, así que esperó sin despegar los labios. Una parte de él, la más temerosa, estaba congelada en su butaca. Había ido a buscarlos porque no podía quitarse de la cabeza la expresión de Simon, traicionado y culpable. No quería alargar aquello más de lo necesario, por muy doloroso que fuese. Leo se giró hacia su primo y contable, que esa vez no apartó la mirada. Parecía profundamente disgustado.

Se arrepentía de haber ido allí. Llevaba días y días pensando que sus primos le darían la espalda porque ya no tenían ninguna obligación de soportarle por ser de la familia. Otra parte de él, más sensata, le decía que aún no había nacido persona que obligase a los Daventry a hacer algo que no quisieran y que, si para ellos Leo era importante, no se debía a ningún sentido del deber.

Entonces, ¿por qué estaba tan nervioso?

Contuvo un suspiro cuando Gabriel se inclinó hacia delante en su asiento. Como cabeza de la familia, no le sorprendía que decidiese tener el primer turno de palabra. Belle, a su lado, le cogía la mano con fuerza. Por las caras de gravedad que todos se gastaban, cualquiera desde fuera pensaría que aquello era un funeral. No obstante, la familia Daventry era de las que trataban cada asunto con la intensidad que merecía.

Gabriel carraspeó para llamar su atención y Leo lo miró, tenso.

—Creo que hablo por todos al decir que nos sorprende y duele que nos hayas ocultado esta información tan trascendental, Leo. ¿Acaso no confías en nosotros?

Leo se encogió ante el tono disgustado de su primo. Las diez personas reunidas a su alrededor compartieron susurros y murmullos mientras se hacían eco de las palabras de Gabriel. Parecían más molestos por no haberlo sabido por él que por el problema en sí.

—¿Desde cuándo lo sabes? —preguntó Sophie con más suavidad que la que había mostrado el marqués.

Leo suspiró de nuevo. Con Jeff solo se había tratado de enfrentarse a una persona, pero los Daventry siempre hacían las cosas en grupo, y eso tenía sus ventajas y sus inconvenientes.

—Desde Halloween —respondió Leo en voz baja—. No os lo dije porque... bueno, porque no sabía cómo hacerlo. Ni siquiera era capaz de asimilarlo sin desear pegarle un puñetazo a la pared. Siento habéroslo ocultado.

Se hizo el silencio y Leo los miró uno a uno. Mientras que Sophie y Gwen parecían compasivas, Michael y Simon habían adoptado una expresión pétrea. Gabriel parecía el más disgustado de todos ellos, aunque su molestia no parecía estar dirigida hacia Leo. Las parejas de sus primos se encontraban pendientes de todo, pero habían decidido de forma tácita mantenerse al margen.

Leo decidió ser completamente sincero con ellos, como siempre había hecho. Desde que lo aceptaron tal y como era aquella Navidad de 1854: un libertino con pájaros en la cabeza que era incapaz de montar cajas de regalos sin ayuda.

—Supongo que... —vaciló antes de armarse de valor para terminar la frase—. Supongo que me resistía a dejar de ser vuestro primo.

Los miró de nuevo tras confesar su mayor miedo y solo vio incredulidad en los rostros de los Daventry, como si no hubiesen esperado nada parecido. Gwen fue la primera en romper el silencio y lo hizo resoplando con fuerza.

—¿Estás de broma, Leo? —preguntó, arrugando la nariz con disgusto—. ¿Crees que te vas a librar de nosotros tan fácilmente?

—Nos importa bien poco de quién eres hijo en realidad —añadió Michael, encogiéndose de hombros—. De hecho, nos da igual si tío Edward no es tu padre. Es un amargado. Estás en la rama correcta de la familia.

—Eres nuestro primo, el primo Leo —intervino Sophie, como si lo que decía fuera más que evidente, y agregó con visible fastidio—. Más familia que otros con los que sí compartimos sangre, debo decir.

—Por lo que a nosotros respecta, esto no cambia nada —añadió Gabriel con solemnidad—. No importa quién sea tu padre, porque en esta familia no damos la espalda a nadie.

Simon giró la cabeza y, cuando sus miradas se encontraron, habló.

—Siempre serás un Daventry, Leo —declaró—. Métetelo en esa cabeza tan dura que tienes.

A su lado, Rose asintió para dar énfasis a las palabras de su marido. Su aceptación y la de Simon eran especialmente importantes para Leo. Rose fue la primera persona que conoció cuando llegó a Inglaterra años atrás y la que lo animó a abrir el hotel. Rose, que seguía sonriéndole de oreja a oreja como si el cotilleo sobre sus orígenes nunca hubiese salido a la luz.

Los demás pronunciaron palabras de acuerdo y murmullos similares, apoyando a sus parejas. Leo los miró sin decir nada, emocionado por las palabras de sus primos. Aliviado por tener ante sí la prueba de que no iban a alejarse de él por no compartir su sangre. Agradecido por haber ido a parar a una familia tan maravillosa como esa, a pesar de no haber tenido suerte con sus padres. Amaba a sus primos con todo su corazón y allí estaban, demostrándole que sentían lo mismo por él.

Por primera vez en mucho tiempo, se sintió de nuevo un Daventry.

—Ya te lo dije —dijo Rhys con una sonrisa de satisfacción de quien se sabe inteligente—. Tus primos jamás te rechazarían.

Mike lo miró incrédulo.

—¿Ya sabías que Leo era hijo de Harry Hughes? ¿Desde cuándo?

El abogado le lanzó a su pareja una sonrisa enigmática y Gwen puso los ojos en blanco.

—Rhys siempre tiene la exclusiva, y eso que no es The Golden Swan.

—Llevar los asuntos legales de toda la familia tiene sus ventajas. —Rhys se encogió de hombros.

Los demás rieron. Ante la mención de la cotilla, Leo frunció el ceño, recordando de repente una de las dudas que lo asaltaban desde aquella mañana.

—Si tan sorprendidos estáis todos por la noticia, ¿cómo es que The Golden Swan lo sabía y ha escrito sobre ello?

Sus primas se miraron, como si se hubiesen hecho la misma pregunta, pero, antes de poder responder, una voz desde la puerta atravesó la sala como un látigo restallando en el aire.

—Por mí.

Todos se giraron para ver cómo Olivia, la marquesa viuda, entraba y tomaba asiento. Pero no venía sola. Quien había hablado era Agatha, la madre de Leo. Los observaba con una serenidad que jamás había visto en ella. Era como si se hubiese quitado un enorme peso de encima y hubiese dejado de sufrir.

—Yo le pedí a The Golden Swan que hiciese pública la información sobre tu padre biológico. Olivia tuvo la amabilidad de ponerme en contacto con ella.

Sus primos se miraron entre ellos, pero tuvieron el sentido común de no decir nada. Tía Olivia tampoco abrió la boca, pero miraba a su cuñada como si estuviera muy orgullosa de las decisiones que había tomado. Leo frunció el ceño, confuso, y le sostuvo la mirada a su madre.

—¿Por qué lo has hecho, madre? ¿Por qué ahora?

Esta lo miró con compasión y pena. Sus ojos parecían pedirle perdón sin utilizar sonido alguno.

—Escuché la conversación que mantuviste con Edward —le confesó compungida—. No pude evitarlo. Cuando te amenazó con cerrarte el hotel, supe que tenía que actuar. Tras la cena mortal, estaba tan irascible que deseé que dejara de tener poder sobre ti.

Se escucharon exclamaciones ahogadas por parte de sus primos, que no sabían nada de aquello. Todos excepto Rhys, claro. Leo se apresuró a tranquilizarlos, contándoles qué había hecho para asegurarse de que el chantaje de Edward caía en saco roto. Tras su relato, tuvo que escuchar cinco minutos de alabanzas hacia su persona e insultos hacia el «estúpido tío Edward», que le demostraron una vez más lo leales que llegaban a ser los hermanos Daventry.

Agatha sonreía con tristeza.

—Quería que te deshicieses por completo de las cadenas con las que Edward te había atrapado durante años. Si no tenía nada con lo que hacerte daño, tendría que dejarte en paz de una vez por todas. —Su madre parpadeó, conteniendo las lágrimas, pero Leo jamás la había visto tan fuerte como en ese momento. Siempre había sido muy callada y, cuando su padre hablaba, ella desaparecía. No obstante, en ese momento Agatha Daventry brillaba—. No debes sufrir más por mis errores, Leo. Ya lo he permitido durante demasiado tiempo. Quiero que seas libre y forjes tu futuro sin el yugo de Edward a tus espaldas, que ha enfocado su ira en ti. Cuando tu padre te decía que no valías para nada, estaba reflejando en ti la frustración por mi adulterio.

Leo tragó saliva, agradeciendo el gesto enorme que su madre había tenido con él, renunciando a su propia reputación y temiendo la ira que Edward lanzaría sobre su esposa en cuanto se enterase de lo sucedido.

—Dile que he sido yo, madre.

Pero ella negó.

—Me haré responsable de mis actos. Como debe ser.

Olivia le cogió la mano.

—Puedes quedarte aquí todo el tiempo que necesites, ya lo sabes —le aseguró—. Edward será hermano de mi marido, pero tú también eres de la familia.

—Te lo agradezco, querida, pero no será necesario. —Agatha sonrió—. Tengo la conciencia muy tranquila y Boston sigue siendo mi hogar. Estoy deseando regresar. De hecho, en vista de las circunstancias, regresaremos antes de tiempo. Después de lo que Edward ha hecho toda la vida y que yo he permitido, no merecemos estar cerca de Leo.

Su madre hizo ademán de retirarse y Leo se levantó, sin saber muy bien qué decirle. Los últimos acontecimientos habían alejado a una madre y a un hijo que ya de por sí no estaban muy unidos. No obstante, no quería terminar las cosas así. No estaba bien.

—Leo —dijo su madre de repente, girándose de nuevo antes de que pudiera abrir la boca—. ¿Podrás perdonarme?

Tragó saliva, sorprendido. Sentía las miradas de todos los presentes sobre ellos, envueltos en un silencio sepulcral. Agatha miró a su cuñada y Olivia debió de darse cuenta enseguida de lo que pretendía, porque desalojó la salita tan rápido que Leo se vio solo con su madre antes de que pudiera asimilar que todos sus primos habían salido por la puerta. Al verse a solas con su hijo, Agatha se sentó despacio en el sofá, a su lado.

—No iba a revolver más este asunto, pero creo que mereces saber mi versión de la historia —dijo con una sonrisa aguda—. No pretendo darte lástima, pero sí que entiendas mis motivos para hacer lo que hice.

Leo asintió, dispuesto a escucharla el tiempo que hiciera falta.

—Tras nacer Rafe, tu padre procedió a ignorarme —comenzó—. No estaba desatendida y tenía cualquier cosa material que pidiera, pero dejó de visitarme por las noches y apenas pasábamos tiempo juntos. Supongo que, como ya tenía a su primogénito y heredero, había dejado de ser de utilidad. Que no nos amábamos era una realidad y ambos lo sabíamos, pero en aquel tiempo se hizo más patente que nunca.

»No me dolía, pero sí me sentía... abandonada. Necesitada de cariño. Tenía una vida de lujo, pero estaba muy sola. Me volqué en Rafe para olvidar la pena, pero no era suficiente. Sentía un enorme vacío y día tras día me preguntaba por qué mis padres me habían obligado a casarme con ese hombre. Conforme sus hoteles crecían, yo me hacía más pequeña.

Hizo una pausa, enjugándose las lágrimas con el dorso de la mano. Leo le ofreció su pañuelo, que ella aceptó con una sonrisa cariñosa.

—Lo siento, madre.

—No es tu culpa —se limitó a decir—. El caso es que yo tenía tanta necesidad de cariño que cualquiera que me ofreciese un mínimo me hubiese encandilado, y entonces apareció Harry.

Por primera vez desde que había aparecido en la salita, Agatha Daventry esbozó una sonrisa sincera.

—Era tan amable y simpático... —Su madre suspiró—. Te ahorraré los detalles, pero no tardé mucho en caer en sus brazos. Me dijo que estaba prometido con su actual esposa y no me importó, ya que yo estaba engañando a mi marido.

Para mí era una aventura, un hombre que eliminaba mi soledad. Harry estaría en Boston varios meses por trabajo y nos vimos muy a menudo, aprovechando todo el tiempo posible. Me sentía viva.

Leo la miró, tratando de imaginar a esa Agatha Daventry, casi treinta años atrás, viviendo el deseo alocado que nunca se le había permitido sentir con su marido.

—No nos amábamos, pero sí nos respetábamos. Me trataba como jamás me había tratado Edward y me entregué a él sin remordimientos.

—¿Y qué pasó?

Agatha sonrió de nuevo, pero la pena se reflejó en sus ojos.

—Él tuvo que volver a Londres y acordamos no volver a vernos —respondió con un suspiro—. Así que imagina mi pánico cuando descubrí poco después que estaba embarazada de ti.

Leo tragó saliva, imaginando el miedo de su madre por contárselo a su marido.

—Era evidente que el bebé no era de Edward, pero no podría ocultarlo por mucho tiempo. —Su madre se estremeció—. Fue la peor discusión que hemos tenido, pero aceptó legitimarte. Sabía que lo hacía por las apariencias, pero una parte de mí albergaba la esperanza de que te tratase como a Rafe.

—¿Por qué se enfadó tanto si él seguramente hacía lo mismo que tú?

Una mirada de su madre le confirmó que su suposición era cierta.

—Imagino que no le gustaba que no hubiese evitado quedarme embarazada o tal vez tenía su orgullo herido. Nunca lo supe. —Suspiró de nuevo—. El caso es que le prometí no volver a hacerlo y, a cambio, te dio su apellido.

Leo sacudió la cabeza, incrédulo.

—Qué desgraciado.

¿Total para qué? ¿Para recordarle cada día de su vida que no merecía tal apellido? Su madre le apretó la mano con fuerza, mirándolo compungida. No parecía apenada por su vida matrimonial, sino por él mismo.

—Soy consciente de que, envuelta en mi pena y cobardía, prefería mirar a otro lado cuando Edward te despreciaba —respondió, y esa vez sí que las lágrimas fluyeron por sus mejillas—. Espero que puedas perdonarme por no haberte defendido.

Podía entender a su madre; él mismo había necesitado varios años para poder enfrentarse a Edward Daventry sin que le temblase el pulso. Sintiendo que no valía nada sin su aprobación. Sin ir más lejos, había tenido que ser Amelia quien lo defendiese como un chiquillo incapaz de responder ante su abusón. Así que sí se sentía abandonado por su familia, pero había una diferencia enorme respecto al Leo que había recibido a Edward Daventry en su hotel con el pánico ahogándolo. No sabía cómo había sucedido, pero el cambio estaba ahí.

Ya no le dolía.

Ya no le importaba su opinión.

Porque había encontrado a otra familia que sí estaba a su lado. Porque se había demostrado a sí mismo que podía conseguir lo que se propusiera.

Miró a su madre y esperó sentir tristeza ante lo que era una clara despedida, pero no fue así. Era consciente de que nada volvería a ser igual con su madre o con Rafe. Su hermano mayor había hecho como que no existía la mayor parte de sus vidas, así que, ahora que sabía que no era hijo de Edward, estaba seguro de que esa indiferencia solo se acrecentaría. No obstante, no iba a echarlo de menos. Ni a Rafe ni a Edward. Ni siquiera a su madre.

Porque no los necesitaba. Acababa de darse cuenta de que nunca los había necesitado.

Así que, si podía aligerar algo la carga de su madre, lo haría. Tampoco sentiría pena al verlos marchar. Solo una ligera decepción por lo que podría haber sido si Edward Daventry hubiese enfocado su ira de otra forma.

Leo sonrió, más ligero de lo que nunca se había sentido.

—Te perdono, madre.

Capítulo 29

Amelia

Días después, a las puertas de las fiestas navideñas, las consecuencias de la columna de The Golden Swan eran mucho menos graves de lo que habían pensado en un principio. Al menos, en apariencia. Sí, habían recibido algunas cancelaciones por parte de huéspedes, pero no una cantidad significativa que obligase a Leo a tomar medidas. En parte, supuso Amelia, se debía a que los Daventry habían apoyado públicamente a Leo, al que seguían considerando de la familia, y eso obligaba a la sociedad a ser más benevolente con el escándalo. Leo no iba a cambiar su apellido, así que esperaban que los cotilleos fueran disipándose con el paso del tiempo hasta ser solamente un murmullo poco molesto.

Lo que sí le preocupaba a Leo era la reacción que tendrían sus empleados al saber que trabajaban para un bastardo. Si le hubiese preguntado a Amelia, le habría asegurado que los trabajadores del hotel apenas se interesaban por esos asuntos y que realmente apreciaban al jefe justo y cabal que era Leo, no su apellido. No obstante, se alegró de ser testigo de cómo el gerente anunciaba todo eso y mucho más ante un estupefacto Leo, que guardó muy bien la compostura a pesar de que Amelia sabía que se había emocionado ante la lealtad que demostraban sus empleados.

Así pues, las cosas en el Hotel Daventry volvían a parecerse a una rutina normal y corriente que todos agradecían. Leo le había pedido adelantar mucho trabajo para poder irse tranquilamente a pasar la Navidad con sus primos —y que ella pudiese hacer lo mismo con su familia—, y en ello estaba cuando Amelia vio a su padre entrar por la puerta de su despacho con cara de pocos amigos.

Amelia se levantó, extrañada. Sir Gerald Fulton nunca faltaba a la Royal Academy of Arts por las mañanas, y no creía que eso cambiase hasta el día que muriese, así que era toda una sorpresa verle allí, más tratándose de su lugar de trabajo. Como no apoyaba su decisión de ganarse un sueldo, no había pisado el hotel ni una sola vez desde que ella trabajaba allí. Incluso había rechazado la invitación a la cena mortal.

El corazón de Amelia se disparó. Algo no iba bien.

—¿Padre? ¿Qué pasa? ¿Está Gerald bien? —De repente, soltó una exclamación ahogada—. ¿Es Mary Ellen? ¿Ha pasado algo con el bebé?

Su padre negó. Amelia vio por el rabillo del ojo cómo Leo pasaba por detrás de ellos rumbo a su propio despacho y se detenía al reconocer a su interlocutor. Lo miró con suspicacia.

—Mary Ellen y el bebé están perfectamente, aún quedan tres semanas para el parto —respondió con gravedad—. Vengo a hablar de ti.

Amelia frunció el ceño, extrañada. ¿Lo que quería decirle era tan importante que no podía esperar a que ella regresase a casa por la tarde?

—¿De mí?

—Ya está bien de tonterías, he sido demasiado benevolente contigo —dijo su padre con frialdad—. Te vienes conmigo a casa. No vas a trabajar más, y mucho menos para un bastardo. Tú eres una mujer de bien.

Amelia se quedó congelada y miró a su padre sin dar crédito de lo que estaba escuchando. A espaldas de su padre, vio a Leo entrecerrar los ojos, molesto.

—¿De qué estás hablando? Creía que te gustaba el señor Daventry.

Él mismo le había dicho rumbo a la casa de campo de los Redford que le había permitido trabajar para Leo porque podía ser un potencial marido. ¿De verdad un cotilleo tan estúpido le había hecho cambiar radicalmente de opinión?

—No es un Daventry —gruñó, respondiendo a su pregunta.

Amelia puso los ojos en blanco.

—Sí lo es —replicó con cabezonería—. No voy a ir a ninguna parte. Mi trabajo es importante, padre.

Sir Gerald intentó cogerla del brazo, pero ella dio un paso atrás y lo fulminó con la mirada sin ceder ni un milímetro. Pero su padre tampoco pensaba darse por vencido.

—Ya no vas a tener que trabajar más.

Por un segundo, por su mente pasó la idea de que su padre había decidido pagarle los gastos del viaje a Nueva York y la consiguiente universidad. Pero de inmediato rechazó esa idea y entrecerró los ojos con sospecha.

—¿Por qué? —preguntó, y se dio cuenta de que no iba a gustarle nada la respuesta.

—Porque vas a casarte con Richard Carmichael.

Fue como si la hubiesen abofeteado. Miró a su padre con el mismo horror que vio reflejado en la cara de Leo. Carmichael, el tipo del que huía la noche que conoció a Leo. Un tipo que podría ser su padre, dueño de varias algodoneras y que solo quería el dinero de la familia.

—No puedes estar hablando en serio. —Amelia sacudió la cabeza—. Me niego. No puedes obligarme.

Su padre apretó la mandíbula.

—Puedo y lo he hecho —respondió sin miramientos—. Debes dejar ir los pájaros que tienes en la cabeza y casarte, como es tu obligación. Es ridículo pretender otra cosa.

—Jamás —le espetó Amelia con furia—. No pienso casarme.

Pero Sir Gerald Fulton pocas veces aceptaba un no por respuesta.

—Lo harás. Acaban de publicarse las amonestaciones en el periódico —le aseguró su padre—. No puedes hacer nada.

Sus palabras tardaron en llegar a sus oídos, era como si estuvieran muy lejos de allí y las escuchase con retraso. Amelia parpadeó, incapaz de reaccionar. Fue como si un enorme abismo se abriese bajo sus pies y la oscuridad se la tragase. No contento con haberla prometido a otro hombre sin siquiera consultarle, lo había hecho ya oficial publicando las amonestaciones. El dolor de su pecho solo podía describirse de una forma: traición.

Dio otro paso atrás, mirando a su padre como si no lo conociera. No obstante, él le devolvió la mirada serena, como el que tiene la convicción de que está haciendo lo correcto destruyendo los sueños de su hija por su bien.

Abrió la boca para hablar, pero no le salieron las palabras.

—No puede hacer eso.

Su padre se giró hacia Leo, que lo miraba con tanta rabia que Amelia casi no lo reconocía. Tenía los puños apretados y su rostro estaba lívido, con la mandíbula apretada. Su padre lo miró indignado.

—No es usted nadie para intervenir en esto, señor.

—Y usted no es nadie para hacer lo que quiera con la vida de su hija —replicó con idéntico tono brusco—. ¿Se ha parado a escucharla alguna vez? Porque, si le hace esto, la matará en vida.

Amelia se estremeció, pero no era capaz de negar las palabras de Leo. Sus sueños se estaban haciendo añicos ante sus ojos y lo único que podía sentir era una terrible y desgarradora tristeza. No pudo evitar que los ojos se le aguasen y parpadeó para contener las lágrimas.

Se negaba a llorar delante de su padre.

Miró a Leo con el corazón latiéndole con fuerza. Estaba defendiéndola a capa y espada, discutiendo con su padre por ella. Aquel hombre maravilloso, que había creído en ella sin vacilar, mucho más de lo que lo hacía en sí mismo, no estaba dispuesto a dejarla ir sin luchar. Sus ojos verdes brillaban con tanta resolución que la calidez la inundó, alejando el frío que le habían provocado las palabras de su padre.

Entonces lo supo y casi tuvo que agarrarse al escritorio para no caer cuando las rodillas le temblaron ante la revelación.

Estaba enamorada de Leonard Daventry.

Apenas escuchó las siguientes palabras de su padre, pues su corazón le resonaba en los oídos con fuerza, tratando de asimilar tantas cosas al mismo tiempo. Su compromiso y el hecho de que acabase de darse cuenta, como una estúpida, de que llevaba enamorada de Leo más tiempo del que era capaz de asumir.

—Soy su padre y es mi deber asegurar su bienestar. —Sir Gerald miró a Leo con desprecio—. ¿Acaso quiere que la anime a ir a la universidad, cuando la despreciarán y humillarán por ser mujer? Esa idea está abocada al fracaso y, aunque ahora Amelia no lo entienda, no voy a permitir que fracase en algo para lo que no está destinada. Simplemente la vida es así, ni más ni menos.

Leo sacudió la cabeza y Amelia fue incapaz de apartar los ojos de él. Deseaba correr a abrazarle, refugiarse en sus brazos y que le dijese al oído que todo saldría bien.

No obstante, la vida no era tan fácil. Nunca lo había sido. Había vivido en una pequeña burbuja gracias a la seguridad que le había dado trabajar para Leo, pero la realidad se había impuesto y la estaba aplastando con la fuerza de mil soles.

—Usted no puede decidir eso, señor Fulton —respondió Leo con frialdad—. Solo es un padre más que ha sacado las conclusiones erróneas sobre su hija. Amelia tiene derecho a cumplir sus sueños igual que cualquier hombre.

Su padre entrecerró los ojos.

—Es gracioso que me diga eso un bastardo.

Amelia volvió en sí de repente.

—¡Padre! —exclamó.

Pero este hizo caso omiso de su reproche y siguió mirando a Leo como si quisiera aporrearlo con el bastón. Leo, por su parte, lo observaba como si quisiera devolverle el golpe. Su jefe bloqueaba la puerta del despacho, poco dispuesto a dejarla marchar, por lo que su padre resopló.

—Ya puede buscarse otro ayudante, porque Amelia no va a venir más —le aseguró—. Así que, si no quiere que monte un escándalo en el hotel, me dejará pasar con mi hija. O si no, le juro que le diré a todo el que quiera oírme todas las barbaridades que se me ocurran sobre usted, sean verdad o no. Le aseguro que, después de lo que ha sucedido con The Golden Swan, no entrará en ningún círculo social, por mucho que lord Satherton le defienda.

Amelia sabía que su padre hablaba en serio, lo veía en su mirada. No era amigo de los escándalos, pero su rabia era demasiado grande y su desprecio por Leo, muy evidente. Él había tomado su decisión y nada lo haría cambiar de opinión.

La desesperación la invadió. Una mujer siempre debía pertenecer a un hombre y ella era propiedad de su padre. ¿Qué podía hacer contra eso? Su libertad terminaba donde su padre decidiera.

Todavía necesitaba algunos meses más de trabajo para poder marcharse a la universidad. Le faltaban libras que le permitieran estudiar al menos el primer año, por lo que escaparse no iba a servirle de nada sin una red de seguridad bajo sus pies. ¿Qué haría ella en una ciudad desconocida sin dinero ni apoyo de ninguna clase? Tenía que hablar con Gerald, buscar un aliado en su familia que la ayudase a hacer entrar en razón a su padre.

Pero ella no iba a rendirse sin luchar, y su padre lo sabía. Por eso no le había dejado tiempo de reacción.

No podía permitir que crease un escándalo en el hotel. Leo no se lo merecía, mucho menos después de lo que había sucedido tan solo unos días antes. Cerró los puños hasta que las uñas se le clavaron en la palma de la mano y le hicieron daño. Alzó la barbilla, negándose a suplicar. Negándose a pensar en lo que sentía por Leo hasta que estuviera sola y pudiese asumir todo lo que estaba ocurriendo.

—Iré contigo —dijo con rabia.

Su padre la miró con satisfacción. Leo la miró con horror.

—No, Amelia.

—Sabía que entrarías en razón...

Pero ella lo cortó con una mirada glacial.

—No te equivoques, padre, porque esto lo hago por Leo, no por ti —replicó enfadada—. Ten clara una cosa: antes morir que casarme con Richard Carmichael.

Si antes no quería nada de él, ahora que conocía a Leo, que había estado en su cama y que sabía que le había dado su corazón, le resultaba físicamente imposible pensar en casarse con otro hombre. Fuera el que fuese. Era otro motivo por el que luchar contra las decisiones de su padre.

Se giró hacia Leo, que la miraba como si quisiera agarrarla y no soltarla jamás. Amelia quería que no lo hiciese, pero sabía que no podía ser posible. No en ese momento, al menos.

—Lo siento, Leo —le dijo, sintiéndose culpable, a pesar de que no era culpa suya—. No puedo dejar que otro escándalo te salpique. Mucho menos, por mi causa y la de mi familia.

Leo quiso protestar, pero ella negó con la cabeza. Desvió la mirada, incapaz de mirarlo a los ojos o terminaría suplicándole que la protegiese. Pero no podía hacer eso, no podía buscarle más problemas.

—Esto no ha terminado —lo escuchó decir a su espalda, y Amelia cerró los ojos, notando cómo el corazón se le partía a cada paso que daba lejos de él.

Dejó que su padre la condujese fuera del hotel en silencio, pero, mientras avanzaba hacia el exterior, su tristeza se convirtió en rabia. Había dicho que no se rendiría, así que no iba a hacerlo. Encontraría la forma, le daban absolutamente igual las consecuencias que recayesen sobre ella.

Las cosas no iban a quedar así.

Leo

—No puedo creer lo que mi padre acaba de hacer.

Gerald se paseaba por el despacho de Leo como un león enjaulado desde hacía diez minutos. El propio Leo quería imitar su paseo desenfrenado, pero estaba congelado en su asiento, recordando una y otra vez lo que acababa de suceder un par de horas atrás y preguntándose por qué demonios había permitido que se marchase.

Pero Amelia le había pedido que se mantuviera al margen y lo único que pudo hacer fue mirarla a los ojos mientras veía cómo su padre se la llevaba.

Lo primero que había hecho tras salir de su estupor había sido enviar una nota a Gerald a su casa, que había acudido apenas media hora después. Ni siquiera parecía haberse detenido a acicalarse bien, porque llevaba el cabello despeinado y la chaqueta mal abrochada. Tras contarle todo lo que había sucedido de forma atropellada, Leo se había detenido a mirar cómo su mejor amigo le desgastaba el suelo paseando de un lado a otro.

Lo segundo que había hecho había sido buscar un ejemplar de *The Times*, y allí estaban las amonestaciones, burlándose de él. Estrujó el diario con el puño y lo lanzó a la chimenea. Se tragó un grito de frustración mientras el papel se consumía.

Era cierto que había borrado de su mente la idea de estar con Amelia, pero que se casara con otro le resultaba intolerable. Más por el hecho de que esa boda acababa con sus sueños, como si no fuesen más que nubes deshilachadas en el cielo. Si lo hubiese elegido ella, se haría a un lado con el corazón partido, pero no protestaría. No obstante, la mirada de horror de Amelia era lo único que podía ver cada vez que cerraba los ojos.

No podía acabar así. Se negaba con todo su ser.

—Tienes que hacer algo, Gerald —le dijo con un tono suplicante que odió con todo su ser—. Tu hermana no se merece esto.

Su amigo detuvo el frenético paseo y lo miró con expresión derrotada. Tuvo ganas de zarandearlo.

—Nada se puede hacer sin crear un escándalo, Leo —respondió con tristeza—. Las amonestaciones han sido publicadas en el periódico más leído de Inglaterra. Amelia ya está prometida a ojos de toda la sociedad.

Leo sacudió la cabeza, diciéndose una y otra vez que debería haberla retenido de alguna forma. Gerald lo miraba con lástima y Leo respiró hondo, tratando de serenarse. En su mente ya estaba intentando encontrar una solución que ayudase a Amelia a salir de aquel embrollo.

—No puedo quedarme de brazos cruzados mientras veo cómo tu padre le destroza la vida, Gerald.

Su amigo meneó la cabeza con lentitud, como si quisiera estar de su lado pero no fuera capaz de ver cómo podía hacerlo. Entendía que él se encontraba dividido entre el amor a su padre y el amor a su hermana, pero Leo no tenía esos problemas. El Gerald Fulton padre que él había visto aquella mañana era un egoísta. Amelia no se merecía eso.

—¿Por qué te importa tanto?

Leo lo miró a los ojos con serenidad. Gerald le había dicho hacía unos días que miraba a Amelia de forma especial, así que ni siquiera se planteó mentirle.

—Porque la amo.

Era la primera vez que lo decía en voz alta y lo sintió como si fuera todavía más real. Gerald lo miró con la boca abierta durante unos segundos antes de suspirar, muy poco sorprendido.

—Así que al final te has enamorado de ella. —La expresión de Gerald era sombría, como si no concibiese que las cosas pudiesen ir tan mal.

—Sí —confesó sin andarse con rodeos—. Por esa razón no puedo dejar las cosas así. Ella debe irse a Nueva York.

Se miraron durante unos instantes y vio en sus ojos la pregunta que quería hacerle. La misma que Jeff le había hecho en aquel mismo despacho. ¿La dejaría marchar si la amaba? Pues claro que lo haría. Porque Amelia no estaba buscando amor, sino cumplir su sueño. Jamás la intentaría retener a su lado sabiendo lo mucho que deseaba irse. Leo la amaba con todo su corazón y, precisamente por esa razón, quería que se fuera. Si eso le hacía sufrir, lidiaría con ello.

Gerald pareció entenderlo, porque asintió.

—Tienes razón, Amelia debe irse —respondió, sin añadir nada más al respecto—. ¿Cómo lo hacemos?

Leo sonrió. Sabía que podía contar con él.

—¿No quieres un escándalo? Pues creemos un escándalo.

Capítulo 30

Amelia

—Amelia... —La voz de su padre fue mucho más suave cuando se asomó a su habitación a la mañana siguiente—. Matándote de hambre no vas a conseguir nada.

Amelia no respondió, tal y como había hecho durante las últimas horas, desde que llegó a su casa tras abandonar el Hotel Daventry. Se había negado a hablar con su padre, se había encerrado en su habitación y se negaba a comer. No iba a dejarla salir sola hasta el día de la boda, así que había decidido comportarse como la mujer caprichosa que su padre creía que era. Tras llorar casi toda la noche en silencio, Amelia seguía en sus trece, dispuesta a hacer entender a su padre que no aceptaría nada de aquello por las buenas.

—Esto es por tu bien —siguió diciendo, y Amelia se contuvo para no resoplar—. Tú todavía no sabes lo que es mejor para ti y marcharte a la otra punta del mundo a estudiar Medicina, cuando lo más probable es que ni siquiera te acepten en la universidad, no es lo ideal. Tienes que encontrar un hombre que cuide de ti y te dé lo que necesites.

Puso los ojos en blanco, pero no dijo nada. Siguió mirando el dosel de su cama como si su padre no estuviese allí. Su padre volvió a suspirar otra vez y cambió de tema.

—Tus amigas han venido a verte —dijo cambiando de tema—. Deberías vestirte para recibirlas.

Amelia no pudo morderse la lengua por más tiempo.

—Ah, pero ¿vas a permitirme verlas? Creía que estaba en la prisión de New Gate.

No miró a su padre, pero imaginó que apretaba la mandíbula, como siempre que estaba enfadado.

—No estás en ninguna cárcel, Amelia —respondió—. Pero cuesta hacerte entender que trabajar para ese hombre no es lo que debe hacer alguien de tu estatus.

Amelia parpadeó, negándose a pensar en Leo. Si lo hacía, las lágrimas volverían a fluir con rapidez, y no podía permitirse llorar delante de su padre. Si veía debilidad en ella, todavía tendría más argumentos para demostrarse a sí mismo que Amelia no podía cuidarse sola.

Durante su noche en vela, había tenido tiempo de asumir lo que sentía por Leo y solo había empeorado las cosas. Por un segundo, solo un segundo, flaqueó. Se preguntó si debería decirle a su padre que Leo la había arruinado para que la boda fuese con él.

No obstante, Leo no sentía lo mismo por ella y no podía hacerle una jugarreta tan sucia solo para librarse de su prometido. Además, ella no quería eso. No quería casarse, no ahora, al menos. Quería estudiar y ser doctora. Decirle a su padre la verdad solo era la solución fácil y la que la convertía en una cobarde.

«Pero él sí te permitiría estudiar —le dijo una vocecita en su cabeza—. No te abandonaría. Podrías pescarle».

Amelia cerró los ojos, enterrando esa idea en lo más recóndito de su mente, diciéndose que la desesperación estaba hablando por ella. Aunque tuviera que casarse con Carmichael, no utilizaría a Leo para impedirlo. No era justo ni para él ni para ella. ¿Quería que Leo estuviera a su lado de esa forma? La respuesta era sencilla.

Le amaba y quería que fuese feliz, no que tuviese que casarse con ella por obligación. Aunque eso significase que ella debía casarse con un hombre al que no quería ver ni en pintura.

—Recibiré a mis amigas aquí —se limitó a responder con voz monótona.

Su padre suspiró de nuevo y cerró la puerta de su habitación. Unos minutos después, esta volvió a abrirse y un frufrú de faldas le indicó que sus amigas estaban allí. Giró la cabeza esperando ver a Roxie y a Florence, pero su sorpresa fue mayúscula cuando vio también a Heather junto a ellas.

Enseguida frunció el ceño y se levantó de la cama, enfadada.

—¿A qué has venido? ¿A regodearte?

Heather no parecía avergonzada; se limitó a mirarla con su serenidad habitual. Aunque sí creyó que sus ojos reflejaban cierta culpabilidad. A buenas horas.

—Por supuesto que no —respondió—. Estamos preocupadas por ti.

Amelia resopló. Ahora que estaba Heather allí, había encontrado una persona en la que volcar toda su ira, fuera justo o no.

—Claro. No me hagas creer que no has venido a decirme «te lo dije» —respondió.

Roxie intervino.

—Amelia, entiendo que estés enfadada, pero nosotras no tenemos la culpa —dijo, acercándose al borde su cama y sentándose. Florence hizo lo mismo al otro lado y Heather eligió sentarse en el banquito que tenía a los pies de esta—. Estamos aquí para animarte y ayudarte.

Ella puso los ojos en blanco.

—Ah, entonces, mi padre os ha dejado pasar para que me convenzáis de que casarme con ese tipo es lo correcto, ¿no?

—Por supuesto que no —respondió Florence—. Leímos el periódico y hemos querido venir a verte enseguida. ¿Cómo estás?

Amelia la miró. Se sentó en la cama y se cruzó de brazos.

—Pues absolutamente furiosa y frustrantemente impotente —respondió de malos modos—. Supongo que ahora tendré que soportar que me digáis que nunca creísteis que lo conseguiría.

—Jamás he pensado eso —dijo Roxie, negando con la cabeza.

—Yo tampoco —añadió Florence—. Aunque te echaremos de menos, queremos que te vayas tanto como tú.

Amelia giró el rostro hacia Heather con una ceja arqueada, instándola a mentirle en la cara.

—Amelia, basta de melodrama —le espetó Heather—. ¿Quieres demostrarme que estoy equivocada? Entonces, deja de lamentarte y haz algo.

Esta la miró furiosa.

—¿Qué pretendes que haga? —gritó—. Legalmente, le pertenezco a mi padre y, por mucho que proteste, él puede hacer lo que le dé la real gana conmigo. Además, no tengo dinero suficiente para irme por mi cuenta. Así que tú me dirás qué puedo hacer para que mi padre comprenda que prefiero morir a casarme.

Las tres se miraron como si estuvieran hablando entre ellas y asintieron al unísono.

—Nosotras tenemos una idea —dijo Florence—. Vístete, tenemos que irnos.

Amelia frunció el ceño.

—¿Cómo? —preguntó—. Además, mi padre no me deja salir…

—Confía en nosotras, ¿vale? —la cortó Roxie—. Tenemos que ir a un lugar.

Entre las tres la ayudaron a vestirse. Amelia no las tenía todas consigo, pero solo la idea de salir a la calle le sosegaba el corazón. Además, la curiosidad hacía que sus movimientos se volviesen dóciles y pudiese refrenar su lengua. Quería saber qué tenían en mente las tres mujeres.

Una vez estuvo lista, las cuatro bajaron la escalera hasta el vestíbulo, donde vieron a su padre. Amelia se tensó.

—Veo que habéis conseguido que salga de su habitación —dijo el hombre con satisfacción. Amelia iba a replicar, pero un sutil gesto de Roxie le cerró la boca—. ¿A dónde os lleváis a mi hija?

Heather tomó la palabra, quizá porque reflejaba tener más autoridad que las otras dos.

—Vamos a Hyde Park, señor Fulton —respondió con calma—. Hemos pensado que ver a otras parejas pretendiéndose hará que Amelia vea cuán afortunada es.

La rabia la inundó, pero nuevamente Roxie le hizo el mismo gesto, tirándole de la manga sutilmente. Su padre, por otro lado, miró a Heather con extrañeza. Después hizo otro tanto con Amelia, que lo miró con tanto enfado que el hombre dejó de dudar si Amelia iba con ellas en contra de su voluntad. Finalmente, asintió.

—No tardéis demasiado —advirtió—. Después debe elegir un vestido de novia. La boda se ha fechado para principios de enero y el tiempo apremia.

Amelia no pudo quedarse callada por más tiempo.

—¿Principios de enero? ¿Tanta prisa tienes por deshacerte de mí?

Su padre no le hizo caso y se giró para volver a su despacho sin decir una sola palabra. Amelia quiso ir tras él y soltarle todas sus verdades a la cara, pero Roxie la paró por tercera vez.

—Déjalo si no quieres que te prohíba salir hasta con nosotras —le susurró, molesta.

Se subieron las cuatro en el carruaje de las Harlem y el vehículo arrancó. Amelia miró por el ventanuco mientras avanzaban por las grises calles de Londres en medio de un silencio incómodo que jamás había vivido con sus amigas. La joven tardó cinco minutos en darse cuenta de algo. Frunció el ceño.

—Estamos yendo en dirección contraria a Hyde Park —susurró.

Se giró justo a tiempo de ver a Roxie poner los ojos en blanco.

—¿Acaso te has creído la estupidez que ha dicho Heather? —Miró a la susodicha con burla—. Creía que nos iba a pescar en ese mismo momento. ¿Observar parejas? ¿En serio?

Heather desvió la vista, avergonzada.

—Es lo primero que he pensado que le parecería bien —respondió—. El señor Fulton debía pensar que le dábamos la razón.

—¿Y no se la dais? —no pudo evitar preguntar Amelia.

Las tres la miraron. Roxie suspiró cansada, Florence meneó la cabeza con tristeza y fue Heather la que volvió a sostenerle la mirada.

—Por supuesto que no —respondió, y antes de que Amelia pudiera protestar, añadió—: No si va a hacer las cosas de este modo tan deleznable. No si vas a ser tan infeliz como yo.

Algo había cambiado en ella, Amelia podía sentirlo. Era la primera vez que Heather admitía que no era feliz, y eso fue lo que la enmudeció. Jamás pensó que lo diría en voz alta, y sus otras dos amigas debieron pensar lo mismo, porque se quedaron mirándola boquiabiertas.

—No me miréis así, no lo he dicho para que me compadezcáis. —Las mejillas de Heather enrojecieron ligeramente—. No quita que mi deber sea obedecer y casarme. Pero no sucede lo mismo con Amelia. —Hizo una pausa y sonrió ligeramente—. Amelia debe hacer grandes cosas.

Se miraron a los ojos y Amelia suspiró.

—Tenías razón en algo —dijo—. Me he enamorado de Leo.

Florence soltó una exclamación ahogada y Roxie arqueó una ceja, poco sorprendida. No obstante, Amelia solo tenía ojos para Heather, que asintió.

—Pero no te conformarás con él —respondió, alegando a lo que le dijo aquel día en la modista.

Amelia negó.

—No lo haré.

Heather sonrió de nuevo.

—Creo que eso lo tenemos todos muy claro y por eso estamos aquí.

El carruaje se detuvo en ese momento. Amelia echó un vistazo por el ventanuco del carruaje y se congeló al darse cuenta de que se encontraban en la parte trasera de un enorme edificio que no había visto nunca. La fachada era elegante y, en cierto modo, desentonaba con el resto de las construcciones de los alrededores. Miró a sus amigas con el pulso disparado.

—¿Dónde estamos? —Miró a su alrededor, pero no reconoció el barrio.

Heather siguió su mirada antes de responder.

—En el Soho —respondió—. En el club de juego de Wesley Davis.

Aquel nombre le sonaba. Era amigo de Leo y Jeff. El corazón le latió con más fuerza si cabía. ¿Qué estaba pasando allí?

—Si mi padre se entera...

—No lo hará —le dijo Florence con seguridad—. Mucha gente te cubre las espaldas.

—Vamos —añadió Roxie—. El señor Daventry te lo explicará mejor.

¿Leo estaba allí? Se le hizo un nudo en el estómago mientras seguía a sus amigas al interior del club de juego. Entraron al edificio en silencio y Amelia se sintió algo mejor al entrar en el edificio, a salvo de las miradas curiosas de la gente que pasaba por la calle. ¿Y si alguien la reconocía?

Por dentro, el club era igual de elegante. Estaba repleto de muebles oscuros y mesas de juego, vacías en ese momento. De hecho, el lugar estaba desierto, cosa que tenía mucho sentido, dado que ni siquiera eran las once de la mañana.

—Señorita Fulton, bienvenida a mis dominios. —La voz grave de un hombre la distrajo. Era alto, rubio, de mandíbula cuadrada y con los ojos muy azules. Le sonrió y el gesto transmitió calidez—. Creo que no nos han presentado oficialmente. Mi nombre es Wesley Davis.

El hombre la saludaba como si fuese de lo más normal estar allí. Sus amigas no dijeron nada, aparte de devolverle el saludo al anfitrión, así que carraspeó para llamar su atención.

—Encantada de conocerlo, señor Davis —dijo con cortesía—. Me temo que no sé qué hago aquí...

—Amelia.

El corazón amenazó con salírsele del pecho cuando escuchó su voz. Se giró para mirar a Leo, que acababa de entrar en el salón de juego por otra de las puertas. Venía acompañado de Jeff y otro hombre que reconoció como Maximus Carter. No obstante, Amelia solo tenía ojos para Leo y a él debía de pasarle lo mismo, porque no le quitó los ojos de encima hasta que el señor Carter habló.

—Bien, ahora que estamos todos...

—Te olvidas de mí, Max.

Amelia se quedó boquiabierta cuando vio entrar a Gerald con paso vivo. Su pecho se congeló al pensar que su hermano podría contarle a su padre dónde estaba, pero un solo vistazo a su rostro le dijo que no estaba ni enfadado ni molesto por encontrarse allí. Parecía formar parte de lo que fuera que se trajesen entre manos.

—Perdona, Gerald —dijo Max, aunque la mirada divertida que le lanzó le decía que no lo sentía en absoluto—. Te creía en casa con Mary Ellen.

Pero este negó con la cabeza.

—Aún queda margen —respondió refiriéndose al parto.

—¿Tomamos asiento? —sugirió Wes.

Amelia todavía no había podido quitar los ojos de encima a Leo cuando todos se sentaron en una de las mesas redondas más grandes, frente a un desayuno completo. A Amelia le rugieron las tripas y no dudo en atacar la comida con toda la cortesía que fue capaz de reunir teniendo en cuenta que se moría de hambre.

Se sirvió té y huevos revueltos mientras los demás la imitaban. Todos menos Leo, que parecía estar conteniéndose para comenzar a hablar. El señor Davis pareció darse cuenta, porque dio una palmada al aire, llamando la atención de todos ellos.

—Bien, Leo. Toma la palabra.

Amelia miró a Leo y supo que su vida iba a cambiar para siempre.

Otra vez.

Leo

Miró a Amelia con el corazón encogido. Parecía cansada, con ojeras alrededor de los ojos, que estaban hinchados y rojos. Sintió furia al imaginarla llorando durante horas por culpa de su padre. Por eso había montado aquel tinglado con la ayuda de Gerald, que lo miraba paciente a que comenzase a hablar. Habían hecho todas las gestiones contrarreloj, pero, por suerte, tenía amigos resolutivos que valían oro.

Respiró hondo.

—Gracias por dejarnos el club, Wes —comenzó Leo, y el susodicho asintió, restándole importancia. Miró a Amelia para explicárselo—. Pensamos que tu padre pensaría que irías al hotel si salías de casa, así que hemos intentado despistarle un poco.

Gerald bajó la vista, incómodo. Leo sabía que no le hacía ninguna gracia engañar a su padre, pero tampoco le gustaba lo que estaba sucediendo con Amelia. Había tratado de dejarle al margen todo lo que había podido, pero había un punto en el que su participación era clave. Sentía ponerle en ese aprieto.

—No entiendo qué hacemos todos aquí —dijo finalmente Amelia.

Leo asintió.

—Vamos a ayudarte a ir a la universidad.

Amelia parpadeó, desconcertada.

—¿Qué?

Leo puso sobre la mesa el plan que había pensado al milímetro con la ayuda de sus amigos.

—Dentro de exactamente cinco días parte un barco desde el puerto de Liverpool en dirección a Nueva York —explicó Leo con voz grave—. Pertenece a la familia de Roxie, aquí presente.

Leo calló, incapaz de arrancarse las siguientes palabras, porque eran físicamente dolorosas. Por suerte, Roxie asintió y miró a su amiga. Sacó de su ridículo bolso un par de pasajes de barco y los dejó sobre la mesa.

—Tú irás en ese barco, Amelia.

Amelia dejó los cubiertos y la miró como si se hubiese vuelto loca.

—¿De qué estás hablando?

Leo miró a Jeff, que asintió. Amelia se giró hacia él con la cara desencajada.

—Dentro de cinco días Florence y yo nos casamos —dijo.

—También yo —intervino Heather.

—Como debes acudir a la boda sí o sí, es el momento más propicio para actuar. Crearemos una distracción para que puedas escabullirte —alegó Florence con seriedad—. Te irás con el señor Carter.

Amelia miró a Max, que sonrió como si todo aquello fuese muy divertido. Cogió los pasajes de barco y se los guardó en el bolsillo interior de la chaqueta.

—Casualmente, tengo que viajar a Nueva York por negocios —dijo con naturalidad, aunque Leo sabía que era mentira. Le hacía el favor a Leo de acompañarla durante toda la travesía y este jamás podría agradecerle lo suficiente que se asegurase de que llegara sana y salva. Max le había sugerido que la acompañase él mismo, pero Leo se había negado. No se veía capaz de pasar por eso—. Viajaremos a Liverpool en uno de mis trenes y después cogeremos el barco juntos. Si alguien pregunta, serás mi prima. No creo que tengamos problemas una vez dentro del barco.

—Una vez en América, irás a la universidad con esta carta para el decano. —Fue el turno de Gerald de hablar, que sacó un sobre lacrado del interior de su chaqueta—. Es un añadido a la carta de recomendación que ya he enviado al Geneva Medical College.

Amelia estaba muda. Observó a su hermano como si estuviera esperando que de repente se riera y le dijera que todo aquello era una broma pesada. Pero, como no decía nada, Amelia rompió el silencio.

—Te meterás en un lío con padre —le dijo—. No te lo perdonará jamás.

Leo sabía por qué Amelia se lo recalcaba. Gerald y su padre siempre habían estado muy unidos, hasta el punto de que claramente su primogénito era su mayor orgullo. Que este lo traicionara así sería una enorme brecha que partiría la familia en dos. No obstante, Gerald suavizó la mirada y le sonrió a su hermana pequeña.

—Padre no lo sabrá nunca y, aunque lo hiciese, no me importa. —Hizo una pausa y sonrió con dulzura—. Creo que debes hacerlo, Amy. Debes ayudar a otros niños como John.

Los ojos de Amelia se aguaron, pero consiguió mantener la compostura. Sacudió la cabeza, como si no quisiera que la esperanza echara raíces en su pecho.

—Os agradezco muchísimo todo esto, de verdad, pero...
—Amelia apretó los labios en una mueca—. No he ahorrado dinero suficiente para estudiar los dos años teóricos, así que...

Su voz se apagó y Leo respiró hondo. Se lanzó al vacío.

—Yo los financiaré.

Amelia alzó el rostro como si le hubiesen dado un latigazo y sus ojos se encontraron. Leo no había hablado más en serio en toda su vida, y dejó que esa seriedad se reflejase en su cara.

Pero Amelia se levantó y lo miró con enfado. Tenía los ojos muy abiertos y las mejillas sonrojadas.

—¡De ninguna manera!

Leo no se alteró lo más mínimo. Ya se esperaba esa reacción y también sabía lo que debía hacer al respecto. Miró a los demás, que los observaban expectantes y en silencio.

—¿Podéis dejarnos solos, por favor?

No tardaron en vaciar el salón en silencio. Notó que Max le daba un apretón en el hombro a modo de apoyo. Leo agradeció la ayuda de sus amigos, ya que se estaban jugando la reputación en esto. Realmente no estaban cometiendo ninguna ilegalidad porque Amelia era mayor de edad; lo único que debían cambiar era que dejara de ser dependiente económicamente de su padre.

Para eso estaba Leo.

El escándalo al suspenderse la boda por fuga de la novia sería mayúsculo, pero para entonces Amelia ya estaría lejos y ninguno de ellos se vería implicado en el asunto. Aun así, sus amigos ni siquiera habían vacilado a la hora de unirse a su plan y sabía que estarían a su lado cuando el dolor lo consumiese por ver a Amelia marchar.

Daba gracias a Dios por ello.

Miró a la mujer que le quitaba el sueño y que ahora lo observaba alterada. A pesar de que el cansancio velaba su rostro, seguía siendo preciosa. Leo sabía que la vería hermosa hasta el fin de sus días. No tenía ninguna duda de que su corazón ya no le pertenecería a nadie más.

—No puedes darme el dinero —dijo ella en cuanto se quedaron solos.

Leo se encogió de hombros, como si no tuviera importancia, y diablos si la tenía.

—¿Por qué no? A mí me sobra y tú lo necesitas. —Leo la miró suplicante—. Déjame hacer esto. Por favor. Sabes tan bien como yo que este plan es la única opción que tienes.

Amelia sacudió la cabeza. Cuando volvió a mirarlo, parecía tan perdida como una niña. Quiso abrazarla, pero no vio conveniente acercarse a ella ahora que estaba tan nerviosa.

—¿Por qué haces todo esto por mí? —Amelia lo señaló con el dedo—. Y no me digas que es porque trabajaba para ti, porque no me lo creo.

Leo se levantó para que ambos estuvieran a la misma altura. En su fuero interno se había planteado la posibilidad de no decirle la verdad, pero pensar en que ella se marcharía sin saberlo le provocaba un dolor casi físico. Así que alzó las manos para enmarcar su rostro con las manos y el hecho de que ella no se apartase ante su contacto le dio valor. Observó unos segundos la constelación que creaban sus pecas antes de responder.

—Lo hago porque... —miró esos hermosos ojos color avellana que no podría olvidar jamás— estoy enamorado de ti, Amelia.

Amelia lo miró de hito en hito. Abrió la boca para hablar, pero Leo la cortó.

—Te amo con todo mi corazón —repitió—. Ni siquiera sé cuándo ocurrió, ni cómo, y no espero que me quieras porque sé que no soy una persona especialmente fácil de querer, pero... Te quiero muchísimo, Amelia Fulton. Quiero que seas feliz, y si pagándote la universidad lo consigo, lo haré las veces que sea necesario.

Habló de forma atropellada y cuando terminó, con el corazón en un puño, vio cómo Amelia ponía las manos sobre las suyas y una lágrima se deslizaba por su mejilla.

—¿Que no eres fácil de querer? —repitió con la voz tomada—. Eres el hombre más maravilloso que he conocido nunca, y yo también te amo.

El corazón de Leo casi salió de su pecho. La miró buscando signos de falsedad, pero solo había amor y sinceridad en la mirada de Amelia. Leo tragó saliva, incapaz de asimilar sus palabras.

—¿Me amas? —preguntó, incrédulo.

Amelia asintió.

—¿Cómo no quererte, Leonard Daventry?

Leo tuvo ganas de gritar, pero se contuvo. ¿Cómo podía ser que su confesión lo hiciese volar y lo enterrase en la miseria, todo a la vez? Ahora sería incluso más difícil dejarla ir. Ella debió de leerle la mente, porque las lágrimas salieron de nuevo, y Leo se las limpió con los pulgares. Cerró los ojos unos segundos antes de mirarlo de nuevo.

—Pero... pero... —Lo miró completamente destrozada—. No puedo, Leo. No puedo quedarme contigo.

—Lo sé, cariño —respondió él con una sonrisa triste—. Jamás te lo pediría. Debes volar por ti misma y cumplir tus sueños.

Ella sollozó. Leo la abrazó con fuerza, acariciándole el cabello y tratando de guardar la compostura. Se dijo que ya se derrumbaría después, ahora debía convencerla de que aceptase su oferta.

—Un gesto tuyo y no te dejaría ir nunca, pero ambos sabemos que no nos lo perdonaríamos. —Leo habló en su oído con suavidad—. Por eso, déjame hacer esto por ti.

Amelia sollozó con fuerza y tembló en sus brazos. Leo la estrechó más contra su cuerpo, tratando de consolar algo que no podía arreglarse de ningún modo. Simplemente ahora mismo no podía ser.

Pero tal vez...

—Hagamos un trato —propuso. Amelia se separó de él para mirarlo—. Te irás a estudiar a Nueva York y te convertirás en doctora. Si para entonces sigues amándome, vuelve conmigo y te prometo que no volveré a dejarte marchar jamás.

Amelia se apartó las lágrimas con un gesto impaciente.

—¿Me esperarías? —Había incredulidad en su voz, pero también esperanza.

Era lo que ambos necesitaban. Esperanza de que podían superar este obstáculo. Leo sonrió y el gesto le costó tanto que sintió cómo el corazón se le partía. Pero no le mentía cuando respondió:

—Hasta que las estrellas se apaguen.

Amelia sonrió por fin ante la promesa infinita que Leo acababa de hacerle.

—Tenemos un trato.

Leo se inclinó hacia ella y redujo el espacio que los separaba para besarla sin restricciones, sin ocultar nada de lo que su corazón gritaba. Sabiendo que ella le amaba y que, a pesar de todo lo que les deparaban los próximos años, tenían una oportunidad de ser felices en un futuro.

Pero primero Amelia debía volar lejos de él y su cometido era esperar a que el destino la trajese de vuelta. El beso sabía a sal, pero también le trajo esperanza. Una que no había tenido cuando la vio marchar de su lado el día anterior.

Una a la que Leo se aferraría con todas sus fuerzas.

Capítulo 31

Leo

Quedaba un día para la boda de Jeff y Florence, y Leo solo podía pensar en aquella cuenta atrás como si fuera su infierno personal. Llevaba cuatro días ultimando los detalles del viaje con Max y asegurando que Amelia tuviese acceso a suficiente dinero cuando llegase a Nueva York. Así, se mantenía ocupado en algo útil. La alternativa era ir a buscar a Amelia y suplicarle que no se fuera, una idea que no podía dejar que echase raíces en su mente.

No obstante, una nota de Jeff rompió su monotonía y el bucle de desesperación en el que se encontraba inmerso. Su padre, el verdadero, quería hablar con él y con su madre. Leo también había estado dándole vueltas al hecho de que vería en la boda a Harry Hughes y que no sabía si dirigirse a él o no. ¿Qué podía decirle? «Hola, soy tu hijo. ¿Quieres champán?».

Sabía por Jeff que su padre había sido informado del escándalo unos días atrás y que el señor Hughes se había encerrado en sí mismo durante varios días. Parecía que aquella nota era el fin de su mutismo.

Por suerte, su madre no había vuelto todavía a Nueva York. Sabía por Simon que los Daventry americanos regresaban a Boston en el mismo barco en el que Amelia se marcharía. Ya le había pedido a Max que los evitasen en la medida de lo posible. Ya tenían bastantes problemas sin Edward dándoles más.

No había vuelto a hablar con él desde que The Golden Swan los había expuesto, y la verdad era que Leo tampoco tenía ganas de hacerlo. Edward había cortado lazos con él de forma definitiva y no podía estar más agradecido por ello.

Una hora después de recibir la nota, se encontraba frente a la casa de los Hughes junto a su madre. Leo había pasado a buscarla en su carruaje y Agatha Daventry parecía aún más nerviosa que él.

—¿Qué querrá de mí? —preguntó por enésima vez, preocupada.

Leo no tenía claro si su madre le había dicho a alguien a dónde iba, pero imaginaba que no. Tal vez le había dicho a su marido que quería despedirse de su hijo, una excusa más que válida para asegurarse de que ni Edward ni Rafe quisieran acompañarla.

Entraron, y un mayordomo de rostro solemne los recibió y recogió sus abrigos. Acto seguido, los acompañó hasta el salón, donde Harry Hughes y Jeff los esperaban. Leo miró directamente a su padre a los ojos y tragó saliva. ¿Cómo sería aquel hombre? ¿Cordial? Jeff siempre hablaba con cariño de su padre, pero quizá con Leo era diferente. Trató de eliminar esos pensamientos sombríos, diciéndose que él era tan válido como Jeff. Que si el señor Hughes no le aceptaba en su familia, no era el fin del mundo. Sin duda, estaba viviendo algo mucho más doloroso viendo cómo Amelia se marchaba de su lado.

Jeff ayudó a un cansado Harry a ponerse en pie, y este los saludó con los brazos abiertos.

—Agatha, me alegro tantísimo de verte —dijo. En ese momento, Leo entendió lo que su madre le había explicado. Hubo cariño entre ellos, pero no amor—. Estás tan hermosa como siempre.

De repente, todos los nervios de su madre se evaporaron. Sonrió al señor Hughes como si saludase a un viejo amigo y le dio un abrazo. Como una especie de acuerdo tácito, Agatha ignoró la enfermedad del señor Hughes, como si las profundas ojeras y su extrema delgadez no existiesen.

—Harry —respondió—. Me alegro mucho de verte.

Cuando su padre se giró hacia él, Leo se puso tenso.

—Leonard —saludó con una sonrisa—. Ven aquí.

Leo se acercó con cautela, como si aquel hombre fuera a gritarle de un momento a otro. Pero lo único que hizo el señor Hughes fue examinar su rostro de cerca y sonreír. Sus ojos castaños brillaban, la única parte de su cuerpo que no se veía apagada.

—Te pareces mucho a tu madre, pero me veo en ti —dijo, y en su voz no había ni hostilidad ni molestia—. No puedo creerlo. Todo este tiempo has sido amigo de Jeff y no nos habíamos dado cuenta de lo que ocurría.

Se sentaron alrededor de la mesa y Jeff llamó a los lacayos para que sirviesen el almuerzo. Durante el tiempo en que estos trabajaban, los dos jóvenes estuvieron en silencio mientras el señor Hughes le hacía a Agatha preguntas inocentes sobre Boston que ella contestaba con ligereza. Una vez se quedaron solos de nuevo, Agatha preguntó:

—Tu esposa, Harry…

Este negó con la cabeza.

—Le dije que podía estar presente si quería, pero ha preferido mantenerse al margen. Lo entiendo perfectamente

—respondió con un encogimiento de hombros—. Aunque no estábamos casados todavía, es chocante para ella descubrir que tengo otro hijo.

Miró a Leo sin rastro de acritud y este se esforzó por devolverle la sonrisa. Al otro lado de la mesa, Jeff asintió con la cabeza, dándole ánimos. Su madre bajó la mirada hasta su plato.

—Siento no habértelo contado, pero le prometí a Edward que jamás lo diría y hubiese sido complicar las cosas —le aseguró, y miró a los Hughes con nerviosismo—. Espero que puedas perdonarme.

El señor Hughes hizo un gesto con la mano para restarle importancia y le dio un sorbo a su té.

—Lo entiendo, querida Agatha —respondió—. No obstante, me alegra haberlo sabido antes de morir.

Leo tragó saliva, observando al señor Hughes de arriba a abajo y siendo consciente de su fragilidad. Jeff, frente a él, apretó la mandíbula con el rostro sombrío.

—No hablemos de cosas tristes. —El señor Hughes se recuperó enseguida y volvió a sonreír—. Leonard, quiero que sepas que, aunque no he ejercido nunca como tu padre y entiendo perfectamente que ya tienes uno, me gustaría conocerte mejor.

Leo quiso reír histéricamente, pero se contuvo. ¿Que ya tenía un padre? Ojalá fuera eso verdad. No obstante, no era momento de decirle aquello. Se limitó a asentir.

—Yo también quiero conocerle, señor —respondió con sinceridad—. Y llámeme Leo, por favor.

—Entonces, tú puedes llamarme Harry. *Señor* es demasiado formal para nuestra situación —respondió con alegría—. Aunque me gustaría que con el tiempo me tratases como a tu padre.

Leo parpadeó, abrumado. Ni siquiera se había planteado la posibilidad de que su verdadero padre lo tratase con tanta familiaridad y le aceptase como su hijo con tanta rapidez. Debió de notar el desconcierto en su cara, porque Harry asintió.

—Cuando te sucede algo como una enfermedad así, que arrasa con todo, la vida se ve diferente y te das cuenta de que no tienes tanto tiempo como para perderlo en darle demasiadas vueltas a las cosas —respondió, antes de dar otro sorbo a su té—. ¿No crees que la vida es demasiado corta como para dejar que las dudas te carcoman?

Leo no sabía qué responder, pero no hizo falta. Harry cambió de tema de inmediato y el almuerzo se desarrolló de forma distendida. La mayor parte de la conversación recayó en los antiguos amantes, pero Agatha se interesó mucho por Jeff y su trabajo, y este estuvo un buen rato respondiendo a sus preguntas. Leo finalmente pudo relajarse y disfrutar de la comida y de la compañía.

Finalmente, cuando ya estaban terminando, Harry les pidió a los jóvenes que los dejaran solos.

—Quiero hablar con Agatha de los viejos tiempos.

A Leo le pareció una excusa para preguntarle sobre las circunstancias de su nacimiento, pero se levantó en silencio y siguió a Jeff lejos del pequeño salón.

—Leo. —Su padre lo llamó y este se giró para mirarlo—. Me alegro mucho de conocerte como mi hijo y hermano de mi Jeff.

Leo sonrió y esa vez fue sincero. Se dio cuenta de que la vida le estaba quitando cosas al mismo tiempo que le daba otras. Así que suponía que funcionaba, ¿no? Una de cal y otra de arena.

—Gracias por aceptarme.

Harry sonrió.

—Bienvenido a la familia.

Amelia

Eran las diez de la noche y Amelia sabía perfectamente que no iba a ser capaz de dormir. La boda se celebraría al día siguiente y su vida cambiaría para siempre. Ya lo tenía todo preparado y su escaso equipaje estaba en manos del señor Carter para que ella no tuviese que cargar durante la celebración con nada que resultase sospechoso.

Aquellos días había tratado de mostrar un perfil bajo con su padre, comportándose como se esperaría de ella si no tuviese un plan de huida. Lo único que no había mantenido era su huelga de hambre. Si iba a hacer la travesía por el Atlántico, necesitaba estar fuerte y nutrida. Le daba la impresión de que su padre tomaba aquello como si Amelia estuviera aceptando su destino, algo que le venía bien para que se relajase y dejase los sermones sobre su futuro, la boda y demás estupideces.

Todavía no podía creer que Leo la amase y que hubiese creado un plan semejante para ayudarla a marcharse. Amelia estaba segura de que no podía amarle más y no entendía cómo semejante hombre no se veía merecedor de amor. Cuando le había dicho que la esperaría, Amelia sintió que el corazón le explotaría.

Volvería a por él. Era una promesa que se hacía a sí misma y que pensaba cumplir costase lo que costase.

Se levantó de la cama como un resorte, decidiendo que no podía pasar su última noche en Londres lejos de Leo y que estaba perdiendo el tiempo de mala manera. Si iban a pasar tanto tiempo separados, quería poder utilizar sus recuerdos para calentarse en sus noches solitarias y frías.

Asegurándose de que la casa estaba en silencio, que los criados se habían acostado y que su padre también, Amelia salió sigilosamente de su habitación y se internó en las calles de Londres por la puerta de atrás de la casa. Arrebujándose en su capa, paró un coche de alquiler, que la dejó minutos después en la puerta del Hotel Daventry. En la recepción del hotel encontró a uno de los empleados, que la reconoció de inmediato. No parecía sorprendido de verla.

—Amelia —dijo—. Se te echa de menos por aquí.

Le escocieron los ojos por lágrimas contenidas. Realmente había pasado muy buenos momentos en el hotel, trabajando junto a personas con talento y compromiso. Los echaría mucho de menos también.

—James —respondió—. Yo también os echo mucho de menos.

Se sonrieron y su compañero hizo un gesto con la cabeza hacia la escalera.

—Ya sabes el camino. —Le guiñó un ojo—. El jefe ha estado muy triste últimamente. Os haré un favor y no diré que te he visto.

—Gracias, James. Eres el mejor.

No perdió más el tiempo y subió con presteza la escalera hasta la *suite* de Leo. Tocó con el corazón en un puño y la puerta apenas tardó en abrirse. Cuando Leo la vio, sonrió como un niño la mañana de Navidad.

—Creo que te he invocado de tanto pensar en ti. ¿O eres un fantasma?

Amelia sonrió cuando él se apartó para dejarla pasar. Leo cerró la puerta y ella se colgó de sus brazos, estrechándolo contra ella.

—Soy real y estoy aquí, contigo —dijo, antes de besarlo.

Leo no perdió el tiempo y la cogió en volandas sin decir palabra. Amelia no dejó de besarlo en ningún momento, por lo que les costó un poco llegar a la cama. No quería perder ningún segundo, quería recorrer su cuerpo con las yemas de los dedos y que dejaran su huella en el cuerpo del otro.

—¿Tengo toda la noche para adorarte? —le preguntó Leo, y sus ojos verdes refulgieron cuando la recorrió con la mirada de pies a cabeza.

Amelia lo besó de nuevo como respuesta y se perdió en las sensaciones que le provocaba. En el tacto suave de Leo, en su olor y en su fuerte cuerpo, que le robaba el aliento. La primera vez había sido increíble, pero el hecho de saber que era la última noche en mucho tiempo lo dotaba todo de un aura de lentitud y calma, como si ambos quisieran alargarlo todo lo máximo posible.

Se desnudaron despacio, besando y explorando sus cuerpos como si fuera la primera vez que los veían. Amelia no quería dejar un solo milímetro de la piel de Leo sin besar. Lo tumbó en la cama y se sentó a horcajadas sobre él antes de besarlo de nuevo. Leo la sujetó por la cintura y ambos gimieron cuando Amelia se frotó contra su erección.

—Quiero tocarte —le dijo ella sin aliento, moviendo las caderas de nuevo para sentir la placentera fricción. Se preguntó si podría llegar al orgasmo solo haciendo eso—. Quiero besarte.

Leo le acarició el rostro con cariño antes de poner las manos en el cabecero, sujetándose a él y mirándola con la mirada encendida. Amelia volvió a frotarse contra él y ambos jadearon.

—Soy todo tuyo —dijo con voz ronca.

Amelia sonrió, sintiéndose tan poderosa como una reina.

—Te amo —declaró antes de comenzar a recorrerle el cuerpo a base de besos, lametones y mordiscos—. No separes las manos del cabecero.

Leo parecía disfrutar de sus caricias y Amelia descendió despacio por su pecho, acercándose poco a poco al lugar por el que sentía más curiosidad. Obviamente, había leído muchos manuales de anatomía, pero ver el cuerpo de un hombre de carne y hueso era algo que no podía enseñarle ningún manual de medicina. Leo era hermoso, delgado y musculoso, un dechado de perfección y se le hacía la boca agua al mirarle.

Alzó la cabeza cuando llegó a su miembro y se dio cuenta de que Leo no le quitaba el ojo de encima. Su erección clamaba por atención y Amelia estaba más que dispuesta a dársela. Con cautela, rodeó con la lengua la punta y el gemido de Leo fue como un premio para ella.

—Dime si lo estoy haciendo bien —le pidió.

Leo cerró los ojos y murmuró algo que no llegó a escuchar. Después la miró con los ojos encendidos y le explicó cómo tocarlo, cómo lamerlo para llevarlo al límite tal y como él hacía con ella. Quería verlo retorcerse y gemir sabiendo que ella era la causa de que perdiera el control. Recordaría toda la vida su rostro consumido por el placer.

—Amelia —jadeó su nombre y, sin poder aguantarlo más, la instó a moverse hasta que sus rostros volvieron a estar a la misma altura. La besó con pasión y Amelia sintió que cada milímetro de su propio cuerpo se encendía por su contacto—. Te amo y, si solo tenemos esta noche, quiero recordarla toda la vida.

Amelia volvió a besarlo y Leo aprovechó para tumbarla de espaldas sobre la cama y colocarse sobre ella. Capturó sus pechos con la boca y el placer la recorrió de nuevo en oleadas. Succionó y mordió sus pezones, y su espalda se arqueó en respuesta, demandando más.

—Eres tan sensible... Estás preciosa cuando el placer te recorre —murmuró contra su piel, provocándole escalofríos—. Pienso en que otro hombre te vea así y los celos me consumen.

Amelia quiso decirle que no habría jamás otro hombre, pero perdió el hilo de sus pensamientos cuando Leo descendió hacia su entrepierna y enterró la cabeza en ella. Gimió con fuerza y se agarró a las sábanas mientras Leo la llevaba a la cresta del placer con la rapidez de un relámpago restallando en el cielo. El orgasmo la recorrió de pies a cabeza, haciendo que la piel le hormiguease y viese lucecitas a través de los párpados cerrados. Respirando de forma entrecortada, Amelia alzó el rostro hacia Leo, que sonreía como si quisiera devorarla de nuevo.

—Preciosa —susurró de nuevo, y se tumbó de nuevo de espaldas en la cama, instándola a que se sentara a horcajadas sobre él—. Móntame, cariño. Quiero verte.

Amelia abrió los ojos, sorprendida, mientras su cuerpo se deslizaba sobre el miembro de Leo. El dolor de la primera vez no estaba y solo quedó el placer de sentirse plena. Leo jadeó cuando se enterró en ella y la miró a los ojos.

—Muévete sobre mí —le indicó—. Tienes todo el control.

Amelia movió las caderas tentativamente y jadeó cuando sintió que el placer la recorría. Leo se movió bajo ella, ayudándola, y la fricción los desató. La calma dio paso al fuego arrollador que los consumía siempre que estaban juntos. Pronto, Amelia encontró un ritmo que los llevó a ambos al borde de la locura. Leo tiró de ella para besarla y el nuevo ángulo fue increíble. Amelia quiso cerrar los ojos, abrumada por el placer, pero no se lo permitió a sí misma. Quería ver cada segundo de Leo y guardarlo en su memoria hasta que volvieran a verse.

—Te amo —repitió mientras se movía sobre él cada vez más rápido, el sudor recorriéndole la espalda por el esfuerzo—. No sabes cuánto. Volveré a buscarte.

—Y yo a ti —le respondió Leo casi sin aliento—. Te esperaré el tiempo que sea necesario, amor.

Como si esas palabras hubiesen sido un detonante, Amelia estalló de nuevo en mil pedazos y apenas fue consciente de que Leo la apartaba de él para derramarse sobre su estómago con un fuerte gemido.

Jadeando todavía, Amelia se tumbó sobre el colchón y miró a Leo, que se limpió antes de volver junto a ella y abrazarla con fuerza. Le besó la cabeza con suavidad y ambos se recostaron sobre las almohadas. Amelia no quería dormir y luchó contra el sueño que le cerraba los ojos.

Como aquella primera noche, Leo la acarició despacio, provocando que la piel se le pusiese de gallina ante el sutil contacto, ligero como una pluma. Amelia suspiró y se acercó más a él hasta que cada parte de su cuerpo estuvo en contacto con el suyo.

—Creo que, si no hubieses venido tú, hubiese escalado hasta tu balcón para verte —le dijo de repente.

Amelia sonrió.

—Como mi caballero de brillante armadura.

Leo soltó una pequeña carcajada.

—Como un simple hombre que te echará mucho de menos.

Se besaron despacio, con suavidad, prolongando el momento lo máximo posible. Cada segundo contaba entre ellos aquella noche y Amelia no quería perderse ni uno solo.

Ella también lo echaría de menos. Estaba segura de que todavía no era consciente de cuánto. Pero cumpliría su promesa y regresaría junto a él una vez cumplidos sus objetivos. Regresaría, porque tenía un buen motivo para hacerlo.

Leonard Daventry era suficiente razón para dar la vuelta al mundo si hacía falta.

Capítulo 32

Amelia

La iglesia de St. James se encontraba repleta de gente que esperaba la llegada de las dos novias. Sentada en uno de los bancos entre Roxie y su padre, Amelia observó con curiosidad a los flamantes novios, que se encontraban al lado del vicario. Mientras que Jeff estaba tan visiblemente nervioso que cambiaba el peso de una pierna a la otra constantemente, William Pickford parecía casi aburrido. Frente a ellos, un satisfecho Raymond Harlem miraba hacia el altar con la alegría de haber casado a sus dos hijas de golpe. Buscó con la mirada a quien más le interesaba, pero no vio a Leo por ninguna parte. Algo decepcionada, volvió a mirar al frente a la espera de que la ceremonia comenzase.

Como la boda era doble, se había reunido en la iglesia más gente de lo normal en aquellos casos, algo que le venía muy bien, dadas las circunstancias. Nadie la vería escabullirse entre la multitud cuando llegase el momento. Suspiró, tratando de que su nerviosismo no fuera visible. Amelia miró hacia arriba, fijándose en las vidrieras de colores que cubrían las paredes del edificio santo. Una parte de ella lloraba por dejar su hogar y su país, por dejar a Leo y a sus amigas, pero la otra estaba muy emocionada por la nueva etapa que estaba por venir.

Tenía muchas ganas de ir a Nueva York y conocer lo que la ciudad podía ofrecerle. Durante la noche anterior, Amelia le había hecho un millón de preguntas a Leo mientras ambos se encontraban tumbados en la cama.

—¿Que cómo es América? —Leo sonrió con nostalgia—. Muy diferente. Creo que te encontrarás mucho más a gusto allí que en Inglaterra. La mentalidad, la sociedad y la cultura en general son muy distintas. También llueve menos.

Ambos rieron, pues se escuchaba claramente la lluvia golpeando los cristales desde hacía un buen rato, y no tenía pinta de que fuera a detenerse pronto. Sin duda, el cambio de clima sería bienvenido. Amelia miró a Leo con curiosidad.

—¿Lo echas de menos?

Leo se quedó pensativo.

—Sí y no. Fue mi país durante muchísimo tiempo y siempre lo recordaré con cariño, pero no tengo nada que me retenga allí. —La miró a los ojos y Amelia, como siempre, se perdió en sus iris verdes—. Hasta ahora, claro.

Amelia sonrió.

—Puedes venir a verme —sugirió, aunque ambos sabían que no lo haría.

Leo le había dicho que debía volar y vivir sola hasta que sus sueños se viesen cumplidos. Habían prometido cartearse a menudo, pero entendía que Leo no quisiera ir a visitarla porque la situación entre ellos se convertiría en algo mucho más doloroso y difícil de sobrellevar.

Él quería que Amelia fuese feliz y ella le amaba por su firme intención de darle alas sin pedir nada a cambio.

Que ambos hablasen como si no hubiese dudas de que ella iba a regresar los ayudaba a ambos a enfrentarse a la despedida. La realidad era que estarían más de dos años separados, pues para graduarse necesitaba completar dos años teóricos y después seguir estudiando en un hospital. Aunque ninguno de los dos quería pensar en ello, sabían que sería muy duro.

Amelia esperaba que pudiesen superarlo.

Regresó al presente cuando la música del órgano comenzó a sonar con fuerza. Amelia se puso en pie junto al resto de invitados. Roxie, a su izquierda, sonrió al ver a las gemelas, tan rubias y delicadas, vestidas de blanco. La verdad era que estaban preciosas y Amelia sintió tristeza por dejarlas atrás. No creía que Heather y ella volvieran a ser las amigas que habían sido, pero apreciaba muchísimo todo lo que las tres la estaban ayudando para que pudiera marcharse. Leo le había contado que ninguna había vacilado en colaborar cuando se lo pidió y Amelia sentía que las cosas entre ellas habían comenzado a encajar como siempre había sido. Iba a echarlas mucho de menos.

La boda fue preciosa, al menos una parte de ella. Florence y Jeff estaban claramente enamorados y se sonreían como si fueran lo más preciado para el otro. En cierto modo, daba envidia mirarlos. Heather y el señor Pickford, en cambio, eran la viva imagen de la seriedad, y el beso que se dieron fue tan superficial que Amelia dudó que en realidad se hubiesen besado.

Amelia aplaudió por Florence, deseando de corazón que fuera muy feliz, y por Heather, para que consiguiera encontrar una forma de no ser desdichada. Vio a Leo pasar por su lado y no pudo evitar suspirar al verlo, guapísimo y elegante. Él ni siquiera pareció notar que estaba allí, como habían acordado. No querían dar a su padre motivos para mostrarse demasiado controlador con ella.

Amelia lo vio conversando con otros caballeros, pero de vez en cuando la miraba de reojo para vigilarla. Ella fingió no darse cuenta mientras salía con Roxie hacia la puerta de la iglesia.

Debía esperar el momento propicio. Así que sonrió, aplaudió y felicitó a los novios como una invitada más.

Una hora después, todos se encontraban en casa de los Harlem, donde se celebraba la fiesta por el doble matrimonio. Amelia miró a su alrededor y vio a su padre marcharse con otros hombres rumbo a la sala de fumadores a jugar a las cartas. Por fin parecía relajarse y dejar de hacer de perro guardián. La joven, con Roxie a su lado, miró a su hermano Gerald, que asintió en dirección a Jeff. Este le dijo algo al oído a su flamante esposa, que miró a Amelia con determinación. Sus labios pronunciaron unas palabras en silencio que la hicieron sonreír: «Te quiero, amiga».

Acto seguido, comenzó a abanicarse con la mano, diciendo algo que no pudo escuchar y se desplomó. Jeff de inmediato comenzó a armar barullo, haciendo notar a todo el mundo que su esposa se había caído redonda al suelo. Roxie le apretó la mano a Amelia a modo de despedida y se acercó con rapidez para ayudar a Jeff con la distracción. Heather hizo otro tanto, arrodillándose junto a su desmayada gemela. Los invitados enseguida se congregaron alrededor de los novios, gritando toda clase de consejos y quejas, y dejaron a Amelia vía libre para moverse. Cuando se aseguró de que nadie miraba en su dirección, se puso en pie.

Respirando hondo, fue hacia la parte de atrás de la casa. Por suerte, se la conocía bien y sabía de buena tinta que su padre se encontraba en el otro extremo de la enorme mansión. Atravesó el vestíbulo y bajó las escaleras que conducían hacia las cocinas, que por fortuna se encontraban desiertas. Vio a Max donde habían acordado que se esperarían: en el jardín trasero, junto a la puerta que utilizaba el servicio. A lo lejos todavía escuchaba los gritos de Jeff y de Heather, armando barullo.

—Señorita Fulton —le dijo su nuevo compañero de viaje. Parecía relajado, como si nada de aquello lo afectase lo más mínimo. Envidió el temple que demostraba—. Es la hora. El carruaje nos espera.

Ella asintió y dio la espalda a la casa sin vacilar. Empezaba su nueva vida. Cada paso que daba hacia el carruaje retumbaba en su corazón. Pensó en su hermano, de quien se había despedido el día anterior; también en que no podría conocer a su sobrino hasta dentro de mucho tiempo. Sintió una punzada de dolor en el pecho, pero las consecuencias de quedarse eran todavía más dolorosas como para siquiera planteárselas. Los echaría muchísimo de menos, pero debía hacer aquello. Por sí misma y por todas las personas que se estaban jugando la reputación por ayudarla.

Un nuevo paso adelante. Esperaba que sus amigas fueran felices y que las gemelas encontrasen lo que buscaban en sus matrimonios. Esperaba que Roxie consiguiera encajar entre la nobleza. Habían prometido cartearse a menudo y esperaba no perder el contacto con ellas. A cada avance hacia América, Amelia era más consciente si cabía de lo mucho que iba a perder marchándose.

Pero también tenía todo por ganar. Estaba a pocos pasos de su libertad.

El atardecer iluminaba el cielo de una forma muy hermosa y Amelia sintió que el nudo de su garganta se apretaba por los nervios a ser descubierta. Por la emoción de una nueva aventura.

Por el deseo de volver a despedirse de Leo. La noche anterior no había sido suficiente, pero tendría que bastar. Cerró los ojos unos segundos, pensando en él, en su olor y en su voz tranquilizadora. En lo segura que se sentía entre sus brazos, como si todo pudiera ser posible.

Conteniendo las lágrimas, llegó por fin al carruaje que los llevaría rumbo a la estación para tomar el tren hacia Liverpool. Max subió con ligereza y ella fue a seguirlo cuando una voz la detuvo nada más poner un pie en el peldaño.

—¡Amelia!

Se giró con el corazón desbocado, reconociendo su voz. Como si lo hubiese invocado, Leo corría hacia ella y no se detuvo hasta que la hubo estrechado entre sus brazos. Amelia se aferró a él con fuerza y no pudo contener las lágrimas por más tiempo. Siempre era Leo el que la hacía sentir como si su corazón estuviera a punto de desbordarse.

Las dudas la asaltaron con fuerza de nuevo. ¿Podrían superar un obstáculo tan enorme cuando apenas comenzaban a conocerse? Era fácil si se veían a diario, pero ¿podrían seguir amándose tras tanto tiempo separados? ¿Lograrían mantener viva la llama que ahora incendiaba sus almas? Amelia miró a Leo a los ojos y vio en ellos las mismas dudas que cruzaban su mente. Le dolía pensar que una relación como la de ellos, donde sentía que habían estado destinados a encontrarse, acabase de esa manera.

Leo le había dicho que la esperaría y Amelia había prometido que volvería. No obstante, una punzada de dolor cruzó su pecho al pensar que quizá era la última vez que se veían. ¿Y si él la olvidaba? ¿Y si ella no podía volver? ¿Cuánto podían cambiar dos personas en dos años?

Como si Leo notara todas sus dudas, la estrechó con más fuerza contra su pecho y Amelia cerró los ojos, tratando de eliminar los horribles pensamientos que querían echar raíces en su mente.

—No podía dejarte ir sin despedirme otra vez —le susurró al oído. Y, por alguna razón, las lágrimas volvieron a salir en cascada—. Quiero que tengas esto.

Le puso entre las manos una larga cadena de oro con una pequeña esmeralda. Tan hermosa como los ojos de Leo. La apretó entre sus dedos con fuerza y sonrió.

—Es preciosa.

—Como tú.

Estaba siendo una tonta. Leo le había demostrado más de una vez su lealtad y lo mucho que la amaba. Podrían superarlo. Debía creerle cuando le decía que estaría allí cuando regresara. Que jamás la dejaría ir de nuevo. Que la amaría hasta que las estrellas se apagasen.

—Me alegra que estés aquí —le respondió ella, perdiéndose en su olor por última vez. No quería olvidar su aroma, su sabor ni el tono de su voz. La aterraba despertar y no poder evocarlo en su mente—. Me escribirás, ¿verdad?

—Cada día —le respondió—. Sabes que soy muy cuadriculado si me lo propongo.

Eso la hizo reír y la carga que notaba en su pecho se aligeró un poco. Lo suficiente para permitirle respirar y decirse que todo saldría bien. Que el final feliz tardaría un poco, pero terminaría llegando. Que podía tener todo lo que había soñado y lo que no sabía que necesitaba hasta que se escondió bajo su escritorio.

Max carraspeó y habló sin mirarlos, como si quisiera darles intimidad, pero no pudiera evitar avisar de que se encontraban en una situación delicada.

—No más de un par de minutos, Leo —respondió con voz suave—. No podemos arriesgarnos a que nos echen de menos antes de tiempo.

Dicho aquello, cerró la puerta del carruaje, dejándolos a solas en mitad de la acera. Por suerte, no había nadie más cerca de ellos, exceptuando el cochero del carruaje, que también fingía no saber qué sucedía a un par de metros de él.

Sin perder más el tiempo, Leo juntó sus labios con los de ella y Amelia se perdió en el beso, que le supo agridulce. Sus lenguas se entrelazaron y Amelia era incapaz de no pensar una y otra vez que aquel beso sería el último en muchísimo tiempo. Un beso que contenía todo el dolor y la felicidad que sentía. Iba a echar muchísimo de menos a ese hombre, que se había instalado en su corazón sin pedir perdón ni permiso.

Se separaron con reticencia, ambos respiraban con dificultad. Se miraron a los ojos y Amelia jamás imaginó que lo más difícil en su camino hacia la universidad fuera decirle adiós al amor de su vida. Por un momento, su traicionero corazón le gritó que se quedase y, aunque fue un solo segundo, lo consideró. Pero entonces Leo sonrió y le recordó por qué estaba haciendo todo aquello.

—Sé libre, mi Amelia —le susurró al oído—. Te amo.

Eso era. Su libertad y sus sueños. No podía perderlos de vista, aunque no hacía más fácil la separación.

—Te quiero, Leonard Daventry, y ten claro que esto no es un adiós —le dijo con toda la determinación que pudo reunir—. Es solo un «hasta pronto».

Leo asintió y en sus ojos pudo ver que era sincero cuando dijo:

—Volveremos a vernos. Regresa pronto o tendré que ir a buscarte.

Amelia se obligó a sonreír como pudo.

—No escondas a ninguna chica bajo tu escritorio en mi ausencia.

Leo le devolvió el gesto y le acarició el rostro con el pulgar, llevándose las lágrimas con él. La ternura y el cariño que desprendía la llevaron de nuevo al borde de las lágrimas.

—¿Cómo podría hacerlo si tú existes?

Amelia lo besó una vez más antes de obligarse a alejarse de él. Le costó tanto soltarle la mano que el dolor le acuchilló el pecho sin miramientos mientras se alejaba. Subió al carruaje y dejó de intentar impedir que las lágrimas cayesen con fuerza. Se asomó por el ventanuco cuando el cochero arrancó y se despidió de él con la mano hasta que Leo no fue más que una pequeña mancha en el horizonte. Amelia entonces se arrellanó en su asiento y, sujetando todavía la cadena de oro, se secó las lágrimas como pudo, sintiendo que los recuerdos de toda la gente a la que amaba invadían su mente. ¿Por qué la despedida tenía que ser tan difícil?

Max la miraba sin decir nada, dejándola gestionar su tristeza en silencio, y Amelia le agradeció que no dijera nada hasta que ambos estuvieron sentados en el tren, dentro de un vagón de primera clase. Para entonces, Amelia había logrado recomponerse un poco y se despedía de la ciudad que la había visto crecer. La niebla envolvía Londres, como cada día, pero su sombrío ánimo la hacía más gris que de costumbre.

Cada decisión que había tomado desde que quiso encontrar trabajo la había llevado hasta allí. Era allí donde debía estar y era a Londres a donde regresaría tarde o temprano. Tal vez pecaba de optimista o de ingenua, pero no se arrepentía de haberse enamorado de Leonard Daventry. Estaba convencida de que era una de las mejores cosas que le había dado la vida. Lo sentía en lo más profundo de su corazón: sus caminos se cruzarían de nuevo y volverían a verse.

—¿Estás segura de esto? —le preguntó Max.

Amelia lo miró y no vaciló.

—Lo estoy.

El tren arrancó diez minutos después, rumbo a su nueva vida. Amelia apoyó la cabeza en la ventanilla y cerró los ojos. Unos ojos verdes llenos de calidez invadieron su mente. No importaba cuán lejos se marchase; sabía, sin lugar a duda, que una parte de su corazón se quedaba en Inglaterra junto a Leo.

Y también sabía que volvería para recuperarla.

Epílogo

Leo

La fiesta estaba llegando a su apogeo, pero Leo no tenía ganas de socializar por más tiempo, así que se había escondido en su despacho como un cobarde. Sus empleados se encargarían de los invitados en su nombre. Suspiró, cansado, cerrando la puerta tras él y deleitándose con el silencio cuando el sonido de las conversaciones se amortiguó por fin. Se estaba volviendo un viejo cascarrabias.

Desde luego, Max sí sabía montar una fiesta de compromiso por todo lo alto.

Podría dedicarse a avanzar trabajo, pues el nuevo hotel que pretendía abrir en Edimburgo estaba exigiéndole muchas gestiones, pero sus ánimos no estaban especialmente subidos aquella noche. Ver a Max, el eterno libertino, enamorado de su futura esposa, lo había dejado con un mal sabor de boca que no le gustaba nada. Leo no era así y, sin embargo, no podía evitar que la envidia lo corroyese. Sentía cómo la amargura recorría su torrente sanguíneo, envenenándolo.

Desde que se separaron tanto tiempo atrás, habían procurado cartearse muy a menudo. No obstante, llevaba dos meses sin saber nada de ella; ni una mísera carta que lo ayudase a sobrellevar una situación que se estaba alargando más de lo que le gustaría. ¿Se habría olvidado de él por fin, tal y como siempre había temido? Las dudas lo carcomían como un veneno corrosivo.

Maldita sea, la echaba terriblemente de menos. Cada día era difícil, pero en noches como aquella se le hacía especialmente complicado mantener la negatividad a raya. Suspiró y se planteó emborracharse, pero luego recordó que no toleraba demasiado bien el alcohol y que perder su credibilidad como empresario era lo último que necesitaba. Bastante había luchado aquellos dos años para demostrar que su estatus de bastardo no afectaba a lo bien que llevaba sus negocios. Ahora que la gente parecía haber olvidado sus orígenes, no podía ponerse en evidencia.

Se acercó a los ventanales de su despacho y trató de ver algo a través de la espesa niebla que cubría las calles. Algunos faroles destacaban sobre el desapacible clima como pequeñas lucecitas titilantes. Los pensamientos de Leo vagaron hacia su familia. Sus primos le habían insistido muchísimo en ir a pasar unos días a la casa de campo de los Daventry, pero no quería ser el aguafiestas.

Habían pasado dos años y medio y, aunque sus sentimientos no se habían apagado ni un ápice, comenzaba a preguntarse si Amelia regresaría o si ella había dejado de amarle. Cada poco tiempo se encontraba pensando en ella y dudando de que cumpliera con su promesa. Al fin y al cabo, era demasiado tiempo sin verse y su amor por él podría haberse esfumado. No sería descabellado que la distancia los hubiese matado antes de comenzar.

Apoyó la frente en el frío cristal y suspiró de nuevo. Se sentía una persona terrible y un egoísta. Claro que se alegraba de que fuera feliz y de que estuviera cumpliendo sus sueños, a pesar de los problemas que había habido en América con la guerra de Secesión. Sin embargo, Leo no podía evitar sentirse como un espectador lejano que no tenía derecho a participar en la obra de teatro de la que Amelia era protagonista. La amargura comenzaba a hacer mella en él y no le gustaba la persona en la que se estaba convirtiendo.

Trató de decirse que estaba siendo irracional y que no debía dudar de su promesa. Pero se le hacía muy difícil seguir confiando ciegamente tras dos años sin verla. De no escuchar su voz ni oler su suave fragancia a flores. De no tocarla, besarla y estrecharla entre sus brazos. Más en noches como aquella, donde se demostraba que el amor triunfaba para todo el mundo excepto para él.

—Deja de compadecerte, Leo —se dijo, alzando el rostro—. Ponte a trabajar y deja de pensar tonterías. Tú sabías a lo que te enfrentabas cuando la dejaste marchar.

Pero no se movió. Siguió mirando por la ventana como si del cielo fuera a caer la respuesta a todos sus problemas. Le pareció escuchar que la puerta del despacho se abría, pero no se giró a comprobarlo. Quizá fueran Tommy o George esperando resolver alguna duda. Su antiguo ayudante había regresado hacía poco desde Birmingham para hacerle la vida un poco más fácil. O tal vez era Jeff, preguntándose por qué se había escondido durante la fiesta de compromiso de uno de sus mejores amigos. Se sentía culpable al dejarle solo ahora que ambos habían tenido que despedirse de su padre. Harry Hughes no había podido superar la enfermedad que lo había terminado postrando en una cama. Para Jeff estaba siendo especialmente duro, pero, por suerte, tenía a su esposa y a su hija para apoyarle y hacerle el luto más llevadero.

Estaba a punto de girarse y echar de su despacho a quien fuera que quisiera molestarlo, cuando se quedó paralizado. La voz que atravesó la sala era la de una mujer. Una voz que reconocería en cualquier parte, a pesar del tiempo que había pasado.

—¿Me dejaría esconderme debajo de su escritorio, señor?

Leo se quedó congelado. Despacio, sin dar crédito a sus oídos, se giró hacia la puerta. Amelia se encontraba apoyada en el marco de madera, sonriéndole con timidez y cierta cautela. Estaba cambiada, con el cabello más corto y las facciones más maduras. Incluso su figura parecía más estilizada. No obstante, sus ojos avellana seguían desprendiendo la misma luz y su sonrisa era la que recordaba y que visitaba sus sueños de vez en cuando. La miró de pies a cabeza, el sobrio vestido oscuro hacía destacar la pequeña esmeralda que llevaba colgando del cuello.

Se le aceleró el pulso.

—Amelia —murmuró con reserva, preguntándose si estaba soñando y un mal gesto la haría desaparecer entre volutas de humo—. Amelia.

Repitió su nombre como una letanía. Ella cerró la puerta del despacho y se aproximó despacio. Parecía moverse con la misma prudencia que él, como si después de más de dos años no supieran cómo comportarse el uno con el otro. Leo contuvo la respiración hasta que ella estuvo lo suficientemente cerca como para poder apreciar las pecas que salpicaban su rostro como estrellas. Lentamente, soltó el aire y la miró embelesado.

Era preciosa. Una obra de arte.

—Leo —respondió en voz baja, casi un susurro. En su rostro vio emoción y expectación—. He vuelto.

Conforme su mente comenzó a asimilar lo que veía, una sonrisa se instaló con lentitud en su rostro. Los dos años y medio de repente se esfumaron como si nunca hubiesen existido y solo quedó la mujer que se encontraba delante de él, mirándolo con esperanzadora alegría.

Se acercó a ella, salvando la distancia que los separaba en un par de pasos. Le cogió el rostro entre las manos y la miró a los ojos. Quería estar seguro de que no estaba soñando y que de repente despertaría en su cama, echándola de menos.

—Has vuelto —dijo con la voz estrangulada—. Estás aquí. Conmigo.

Amelia puso sus manos sobre las de él y asintió. Una lágrima solitaria cayó por su mejilla y se perdió entre sus manos.

—Teníamos un trato —respondió con la voz tomada—. Y aún te amo, Leo.

Leo no pudo aguantarlo más. La besó con ganas, empapándose de su sabor de nuevo y recordando la suavidad de sus labios y lo increíble que era besarla. Sus lenguas se encontraron y Amelia ahogó un gemido que resonó en el pecho de Leo. Estaba allí, estaba allí, no dejaba de repetir su mente una y otra vez.

No supo cuánto tiempo estuvieron besándose, pero, cuando Leo se separó de ella para recuperar el aliento, parecía que había sido un solo segundo. Deseando besarla de nuevo, Leo apoyó su frente en la de ella y sonrió.

—Yo también te amo, Amelia —murmuró, y notó cómo la amargura desaparecía de un plumazo, dejando solo el inmenso amor que sentía por aquella mujer—. Bienvenida a casa, cariño.

La sonrisa que ella le dedicó fue cegadora. Leo volvió a besarla, incapaz de creerse que estaba allí junto a él. Jamás volvería a dejarla marchar. Recordó lo que se habían prometido como si fuera ayer.

—Cásate conmigo —dijo casi con desesperación.

Ella rio y de repente recordó por qué era el sonido más bonito que había escuchado nunca.

—Estaba deseando que me lo pidieras —respondió, ampliando su sonrisa—. Voy a empezar a trabajar en el Hospital St. Bartholomew's durante una temporada y, con el tiempo, pretendo abrir en Londres una clínica para mujeres y niños desfavorecidos. Y nada me gustaría más que hacerlo casada contigo.

Leo sonrió, nada sorprendido. Era lo que Amelia siempre había querido: ayudar a niños con problemas de salud como su hermanito John. Su pasión y la forma que tenía de hablar de sus sueños tampoco habían cambiado.

—¿Debería llamarte *doctora Fulton* entonces? —respondió con una sonrisa divertida.

Leo sabía que Amelia se había graduado como la mejor de su clase hacía unos cuatro meses. Lo último que había sabido de ella era que estaba en un hospital de Nueva York, creado por otra doctora —la misma que tanto había admirado años atrás—, completando su formación y adquiriendo conocimientos a través de la práctica. El hecho de que hubiese regresado a Londres con la firme intención de crear algo propio lo llenaba de orgullo.

—Espero que pronto me llames *doctora Daventry*.

Leo sintió cómo el pecho se le hinchaba por la absurda vanidad que sentía al pensar que Amelia llevase el apellido Daventry.

—Lo lograste, mi amor —dijo sin poder evitar que el orgullo que sentía impregnase cada palabra—. Te convertiste en doctora.

Amelia asintió y en su mirada vio una arrolladora alegría. Leo sabía por sus cartas que no había sido nada fácil lograrlo. Que allá donde iba se había encontrado hombres que pensaban igual que su padre, que había cortado todo lazo con ella desde el momento en el que se dio cuenta de su fuga. Amelia había luchado contra los prejuicios y la desigualdad desde el primer día que puso un pie en la universidad. Pero había logrado sobreponerse a los insultos y los desprecios, convirtiéndose en la mejor alumna de su promoción. Leo no había dudado en ningún momento que lo lograría.

Había personas que simplemente habían nacido para realizar un papel muy concreto que dictaba su vida. Amelia era una de ellas, así que el hecho de que hubiese vuelto junto a él era todavía más milagroso.

—Te he echado muchísimo de menos, Leo —respondió con infinito cariño—. Sin ti, jamás lo habría logrado.

Leo le dedicó una sonrisa de oreja a oreja. No recordaba la última vez que había sonreído tanto. Se sentía como si estuviese despertando de una horrible pesadilla que había comenzado el día que tuvo que dejar a Amelia marchar rumbo a su nueva vida.

—El mérito es todo tuyo. —La besó de nuevo, incapaz de contenerse. No creía poder quitarle las manos de encima en una buena temporada. Probablemente, nunca lo haría—. Estoy deseando ver todo lo bueno que harás con esa clínica.

Amelia sonrió de oreja a oreja. Su mirada era más madura, como si hubiese vivido cosas que la hubiesen cambiado para siempre. Leo quería conocerla de nuevo, escuchar embelesado sus historias y pasar el resto de sus días junto a ella.

—¿Estarás a mi lado?

Leo la abrazó con fuerza y, cuando ella se aferró a él, sintió que todas las piezas de su vida encajaban en su lugar, como si Amelia hubiera sido el pegamento que las uniese todas. Sintió como si, después de casi tres años, volviera a respirar con normalidad.

Y esa vez la seguiría al fin del mundo si hiciera falta.

—Hasta que las estrellas se apaguen.

Nota de la autora

Cuando empecé a idear la trama para el libro de Leo, lo único que tenía claro era que su protagonista femenina no iba a ser noble —ya teníamos muchas ladies gracias a la serie principal de libros— y que esta mujer tendría un carácter decidido. Una de las razones principales para esto era que la «inquietud mental» de Leo es, en realidad, un nivel bajo de trastorno de déficit de atención de tipo inatento, algo que en esa época todavía no se había diagnosticado como tal y que se confundía con vagancia o tontería. Tras documentarme y leer testimonios, he intentado representar el TDA de Leo de la mejor forma posible siendo yo una persona neurotípica. Espero haberlo conseguido o, al menos, no haberme alejado demasiado de la realidad.

Por esta razón, sí creía necesario que la persona que estuviera con Leo pudiera entenderle lo máximo posible.

Fue entonces cuando me topé con un artículo de la BBC sobre Elizabeth Blackwell: *Elizabeth Blackwell: la inusual 'primera doctora moderna que ingresó a la medicina para probar que tenía la razón*. Os dejo aquí el QR con el enlace sobre su historia, porque me pareció muy interesante:

Como puse en una de las notas al pie, Elizabeth fue aceptada por error en el Geneva Medical College —la misma universidad a la que al final acude Amelia— en 1847, porque los alumnos de su clase pensaron que era una especie de broma pesada que una mujer fuera a estudiar Medicina con ellos. En 1849 se graduó como la mejor de su clase y terminó haciendo muchísimo bien por las mujeres en un mundo principalmente masculino. Cinco años más tarde, su hermana Emily se convertiría en la tercera mujer en conseguir el mismo título. Juntas abrieron la Clínica de Nueva York para Mujeres y Niños Indigentes en 1857. Me pareció tan maravilloso que decidí inspirarme en su historia para crear los sueños de Amelia.

Así que soñad y luchad por vuestros sueños, aunque os digan que no podéis hacerlo.

Agradecimientos

Cuando Leo apareció por primera vez en *Alas de cristal*, no imaginé que las lectoras le cogeríais tanto cariño. Así que a las primeras personas que debo agradecer es a vosotras, que pedisteis sin cesar una historia para el primo americano de los Daventry. Gracias por hacerme escribir esta historia, porque Leo se quedará para siempre con nosotras.

Gracias a mis padres, a mi hermana y a mi Sofía por animarme y ser siempre un apoyo para mí. Aunque yo no me fui tan lejos como Amelia, sí me marché a otra ciudad para estudiar y nunca me dijeron que no pudiese lograrlo.

A Albert, mi compañero de vida y uno de mis pilares. Gracias por tirar siempre del carro cuando me encuentro en la recta final de una historia y mi cabeza no da para más.

A Lena, mi lectora beta y mi mejor amiga. Gracias por estar ahí animándome y creyendo en mí sin vacilar. Siempre te lo digo, pero eres una más de la familia Daventry. Gracias por creer en Leo desde el primer minuto.

A Lauri, Laia, Eleonora y Carmina, por darme ánimos siempre, una desde la distancia y las otras desde la oficina. Sois maravillosas.

A mis chicas del libro, siempre presentes cuando las necesito.

A mi editora, Tere, y a Ediciones Kiwi por confiar en mí una vez más y darme el tiempo suficiente como para acabar esta historia como yo quería. Mil gracias.

Una vez más, gracias a ti, que estás leyendo esto. Bien porque acabes de descubrir mis historias, o porque ya me hayas leído antes, gracias. Muchísimas gracias. Espero que nos veamos pronto.